A ENXADRISTA DE AUSCHWITZ

Uma jovem joga pela vida, em meio
ao horror do campo de concentração

A ENXADRISTA DE AUSCHWITZ

GABRIELLA SAAB

São Paulo
2022

Grupo Editorial
UNIVERSO DOS LIVROS

Diretor editorial
Luis Matos

Gerente editorial
Marcia Batista

Assistentes editoriais
Letícia Nakamura e Raquel F. Abranches

Tradução
Daniela Tolezano

Preparação
Ricardo Franzin

Revisão
Jonathan Busato

Diagramação e Capa
Renato Klisman

Dados Internacionais de Catalogação na Publicação (CIP)
Angélica Ilacqua CRB-8/7057

S116e

Saab, Gabriella
A enxadrista de Auschwitz / Gabriella Saab ; tradução de Daniela Tolezano. -- São Paulo : Universo dos Livros, 2022.
400 p.

ISBN 978-65-5609-177-8
Título original: *The last checkmate*

1. Ficção americana 2. Guerra Mundial, 1939-1945 - Ficção
I. Título II. Tolezano, Daniela

21-5687 CDD 823

Universo dos Livros Editora Ltda.
Avenida Ordem e Progresso, 157 — 8º andar — Conj. 803
CEP 01141-030 — Barra Funda — São Paulo/SP
Telefone/Fax: (11) 3392-3336
www.universodoslivros.com.br
e-mail: editor@universodoslivros.com.br
Siga-nos no Twitter: @univdoslivros

Para Poppy: meu avô, meu padrinho e meu maior fã.
Eu te amo e sinto saudades com todo o meu coração.

CAPÍTULO 1

AUSCHWITZ, 20 DE ABRIL DE 1945

TRÊS MESES ATRÁS, ESCAPEI DA PRISÃO que prendia meu corpo, mas ainda não escapei da que prende minha alma. É como se nunca tivesse me desfeito do uniforme listrado em azul e cinza ou pisado do lado de fora das cercas eletrificadas de arame farpado. A libertação que busco exige uma fuga diferente, uma que só poderei realizar agora que retornei.

Uma garoa cai sobre mim, adicionando uma névoa sinistra à manhã cinza e nublada. Não muito diferente do primeiro dia em que fiquei exatamente neste local, olhando para a placa de metal escuro que me chamava a distância.

ARBEIT MACHT FREI.

Eu pego a carta em minha pequena bolsa e leio as palavras que memorizei. Então tiro a arma e a examino. Uma Luger P08, igual à que meu pai mantinha como troféu depois da Primeira Guerra. Aquela que ele me ensinou a usar.

Deixo a bolsa cair no chão úmido, arrumo minha camisa e enfio a pistola no bolso da saia. A cada passo no cascalho, o cheiro de terra fresca se mistura à chuva, mas eu juro que posso detectar vestígios do odor de cadáveres em decomposição e da fumaça dos cigarros, das armas e do crematório. Tremendo, cruzo meus braços sobre a cintura e respiro para me assegurar de que o ar está limpo.

Ao passar pelo portão, eu paro. Sem xingamentos, insultos ou ofensas, sem chicotes estalando ou baques de porretes, sem cães latindo, sem coturnos pisando duro, sem a orquestra tocando marchas alemãs.

Auschwitz está abandonado.

Quando a voz alta em minha cabeça me detém, um baixo sussurro me lembra de que este é o dia pelo qual esperei, e se eu não completá-lo, posso nunca mais ter outra chance. Sigo pela rua vazia, passo pela cozinha e pelo bordel do campo. Viro no Bloco 14 e chego ao meu destino, colocando minha mão dentro do outro bolso para sentir as contas do terço que está lá.

A praça da chamada. Nosso local de encontro. E ele já está aqui.

O desgraçado está de pé no abrigo de madeira, e não parece nada diferente do que me lembro. Um pouco mais alto do que eu, pequeno e insignificante. Ele está vestido com seu uniforme da SS, impecável e passado mesmo sob a chuva, os coturnos brilhando apesar de alguns respingos de lama. Sua pistola está pendurada ao seu lado. Seus olhos redondos se fixam em mim quando paro a alguns metros de distância.

— Prisioneira 16671 — diz Fritzsch. — Prefiro vê-la em roupas listradas.

Não importa quantas vezes tenha sido tratada por essa sequência, a forma como ele diz *um seis seis sete um* me deixa sem voz. Passo meu polegar sobre a tatuagem em meu antebraço, tão contrastante com minha pele pálida, e então passo-o sobre as cinco cicatrizes redondas acima da tatuagem. Esse simples gesto convence minha língua a formar palavras.

— Meu nome é Maria Florkowska.

Ele ri.

— Você ainda não aprendeu a controlar sua boca, não é mesmo, polaca?

O jogo final começou. Minha sagacidade é meu rei; a dor, minha rainha; a arma, minha torre; e eu sou o peão. Minhas peças estão posicionadas neste gigante tabuleiro de xadrez. O peão claro enfrenta o rei escuro.

Fritzsch me chama com um aceno de cabeça e aponta para uma pequena mesa colocada no meio da praça. Eu poderia reconhecer aquele tabuleiro quadriculado e suas peças em qualquer lugar. Nossos passos no cascalho são o único som até eu me preparar para sentar-me atrás das peças brancas. Então sua voz me interrompe.

— Você esqueceu os termos do nosso acordo? Se você vai me entediar, não vejo necessidade de uma partida final.

Conforme ele se move para bloquear meu caminho, uma das mãos permanece na pistola e eu respiro lentamente. De algum modo, me sinto como a garota rodeada por homens nesta praça onde se faziam as chamadas, todos os olhares virados para ela, envolvida em partidas de xadrez com o homem que dispararia uma bala contra seu crânio tão logo lhe impusesse um xeque-mate.

O silêncio pesa entre nós até que eu consigo quebrá-lo.

— O que eu devo fazer?

Um murmúrio de aprovação ressoa em sua garganta; eu me odeio por fazê-lo acontecer.

— A obediência funciona muito melhor para você do que a impertinência — ele diz, e observo seus pés conforme se aproxima. — Outro lado.

Ele está tomando minhas peças brancas e a vantagem do meu primeiro movimento tão facilmente quanto todo o resto que tomara de mim. Mas eu não preciso de uma vantagem para derrotá-lo.

Eu me mudo para o lado oposto do tabuleiro e observo as gotículas de água brilhando nas peças pretas. Fritzsch vai iniciar com o Gambito da Rainha. Eu sei que ele vai, porque é a minha abertura favorita. Ele fará questão de tomar isso de mim também.

E é o que ele faz. Peão da rainha para D4. O solitário peão branco está duas casas à frente de sua linha, já buscando o controle do centro do tabuleiro. Quando meu peão da rainha preto encontra o dele no centro, ele responde com um segundo peão à esquerda de seu primeiro, completando a abertura.

Fritzsch repousa os antebraços na mesa.

— Sua vez, 16671.

Seguro o *Jawohl, Herr Lagerführer* que surge em minha garganta. Ele não é mais o subcomandante do campo. Não o tratarei como tal.

Quando fico em silêncio, o canto de minha boca se contrai e o calor da satisfação percorre meu corpo, misturando-se ao frio desta manhã sombria. Enquanto examino o tabuleiro, mantenho minhas duas mãos à sua vista; a pistola continua enfiada dentro do bolso da minha saia, parecendo pesada contra meu colo.

Fritzsch observa enquanto busco meu próximo peão, os olhos acesos como se esperasse eu dizer alguma coisa. Algo dentro de mim me incita a obedecer, mesmo que seja apenas para fugir dele, deste lugar, mas não posso, ainda não. Não até que chegue a hora certa. Então, exigirei as respostas que busco, mas se deixar que isso me consuma agora, se eu perder o foco...

Depois de fazer a jogada, aliso minha saia úmida, conseguindo uma razão para esconder minhas mãos embaixo da mesa. Os tremores não podem começar. Esse jogo é muito importante. Minhas mãos estão firmes agora, mas basta apenas uma pequena mudança.

Termine o jogo, Maria.

O xadrez é o meu jogo. Sempre foi o meu jogo.

E, depois de tanto tempo, esse jogo terminará do meu jeito.

CAPÍTULO 2

VARSÓVIA, 27 DE MAIO DE 1941

DESDE QUE EU E MINHA FAMÍLIA fomos confinados à prisão de Pawiak, uma frase reverberava pela minha mente: *a Gestapo virá atrás de mim.*

Encolhida no canto de nossa cela, abraçava meus joelhos bem próximos ao meu peito e passava o polegar sobre meu lábio inferior cortado. Primeiro, imaginei que a polícia secreta alemã talvez chegasse à conclusão de que não valia a pena perder tempo comigo. Bastava olharem para minha trança loira e meus olhos arregalados para que vissem que eu era inofensiva.

Mas era tarde demais para isso. Eles já tinham provas do que eu havia feito.

Na única cama de metal, em cima do colchão fino, Zofia apertava o braço de mamãe. Um prisioneiro passou tropeçando pela nossa cela, mas minha irmãzinha não soltou a mamãe nem desviou o olhar das barras na porta. As súplicas do homem por piedade ecoaram em meus ouvidos, súplicas que lhe renderam chutes e empurrões enquanto os guardas o arrastavam para longe. Finalmente, mamãe convenceu Zofia a soltar do seu braço, e então ficou mexendo em seus cachos dourados, provavelmente tentando distraí-la.

Karol, por outro lado, parecia ter se esquecido da cena que presenciamos. Ele se levantou do chão imundo e correu para meu pai, do outro lado da cama.

— Quero brincar com meus soldados de brinquedo quando chegarmos em casa, papai — ele disse.

— Seus soldados vão derrotar os nazistas?

— Eles sempre derrotam — Karol disse com um sorriso. — Podemos ir para casa agora?

— Em breve — respondeu papai. — Em breve.

Ele trocou olhares com mamãe, aquele mesmo que trocavam desde que os nazistas invadiram. Aquele cheio de dúvida.

Fiquei imaginando o quanto eles se ressentiam de mim. Eles não deixavam transparecer, mas deviam ressentir-se, se não por eles, por Zofia e Karol. Minhas ações colocaram duas crianças inocentes na prisão. Estávamos presos por apenas alguns dias, mas os suspiros suaves, embora enfáticos, dos meus pais, seus consolos e incentivos fúteis, as reclamações tediosas de minha irmã e o choro faminto de meu irmão, tudo me fazia lembrar de que eu era responsável por nosso sofrimento.

Enquanto Karol subia no colo de papai, um novo som me chamou a atenção. Passos.

Meus pais se aproximaram um do outro, um gesto tênue e simples, mas que eles fizeram juntos, como se fossem uma pessoa só. Movendo-se ao mesmo tempo, na mesma velocidade, em perfeita sintonia. Duas metades de um todo. Suas mãos se tocaram por um momento antes de olharem para mim. Queria que não tivessem feito isso, pois, sob esse olhar, agarrei meus joelhos com mais força ainda.

Mamãe acomodou Zofia e Karol no lado mais afastado da cama, como se a estrutura de metal pudesse protegê-los, e papai ficou de pé. Ao sustentar seu peso na perna ferida, ele se retraiu e pôs a mão na parede para equilibrar-se. Era tudo que podia fazer sem sua bengala. O silêncio tomou conta do espaço minúsculo enquanto os barulhos das botas se aproximavam cada vez mais. Então, a porta da nossa cela se abriu e dois guardas apareceram. Um deles apontou para mim, um gesto que fez meu coração desabar tanto quanto as palavras que o acompanharam.

— Você. Saia.

Durante todo o tempo, eu sempre disse a mim mesma que, quando os guardas viessem me buscar, eu obedeceria para evitar que me maltratassem. Mas, de repente, não conseguia me mover.

Papai avançou. Não sei como conseguiu se manter de pé, mas o fez, até que um guarda o atingiu, derrubando-o no chão.

Mamãe me apertou contra o seu peito e me protegeu, posicionando-me entre ela e a parede.

— Não toquem nela! — ela gritou.

Seus gritos agudos reverberaram pelo pequeno espaço e continuaram mesmo quando sua cabeça inclinou-se para trás. Seus braços me seguraram com mais força, mas pude ver o guarda que a segurava pelos cabelos puxando-nos da parede e me arrancando dos braços dela.

Eu me debatia e me contorcia, um instinto natural, embora inútil, enquanto eles me arrancavam da cela, como se minha luta fosse um pequeno inconveniente. Então, fecharam a porta e puseram pesadas algemas em meus pulsos. Os gritos da minha família foram ficando mais tênues conforme eles me levavam embora. Pensamentos ameaçadores invadiram a minha mente e eu ponderei se um dia voltaria.

Rumores e tinidos ecoavam com cada passo conforme passávamos pelos corredores longos e gelados. Até minha própria respiração era alta. O ar cheirava a metal, sangue, suor e Deus sabe o que mais. Se o sofrimento tivesse um cheiro, seria como o deste lugar.

Quando um guarda abriu uma porta, o outro me empurrou através dela. Emergi em um mundo preenchido por uma luz intensa, tropeçando de maneira cega até que outro empurrão me jogou de volta à escuridão. Piscando, vi que estava em uma van, sentada em um banco baixo de madeira em um dos lados. Um grande tecido preto cobria todo o espaço, bloqueando a vista para o lado de fora, e um movimento brusco quase me jogou do banco. Os prisioneiros que me rodeavam evitaram que eu perdesse o equilíbrio, enquanto a van continuava a rodar pelas ruas de Varsóvia.

A viagem não durou muito. Quando uma mão impiedosa me agarrou e me puxou para fora, eu estava na frente da sede da Gestapo na Avenida Szucha.

Apertei os olhos, impossibilitada de suportar a luz solar ou o enorme prédio com suas bandeiras nazistas ondulantes, de um vermelho vivo que contrastava com a rocha cinza. Um guarda disse algo sobre porcos poloneses e marchando, então segui os prisioneiros de Pawiak pelo pátio, para dentro e para baixo, descendo para a condenação. Cada passo na descida pelos corredores estreitos, cinzas e sombrios me aproximava ainda mais das profundezas da Szucha, até que chegamos a uma cela vazia. Um guarda me agarrou e riu de maneira sarcástica quando eu tentei me esquivar. Ele removeu minhas algemas e me disse para me dirigir ao vagão; imaginei que ele se referisse à fileira de bancos individuais de madeira, um atrás do outro, virados para a parede do fundo.

A porta de ferro se fechou com uma batida. O espaço minúsculo fedia a sangue e urina — os cheiros do terror, tão pungentes que quase engasguei —, e o chão de madeira estava escorregadio por causa deles.

Eu era a prisioneira mais jovem.

Sentei-me em um banco pequeno e duro atrás de uma mulher cujo braço esquerdo estava inchado, ferido e pendia ao seu lado. Quebrado, provavelmente. Fixei meu olhar em sua nuca, com medo de me mover, com medo de respirar.

Com o canto do olho, já que não me atrevi a virar a cabeça, notei algo gravado na tinta preta ao meu lado. Talvez um nome. Talvez uma mensagem heroica sobre liberdade ou independência. Talvez marcas das unhas de um prisioneiro que fora arrastado para outro interrogatório, aterrorizado com a possibilidade de não aguentar desta vez.

Outro som cortou o das fracas respirações à minha volta. Levantei os olhos para uma pequena janela aberta, de onde ouvi vozes agitadas vindas do andar de cima. Um interrogador aos berros, o lamento assustado de um prisioneiro, e então sons de algo quebrando, gritos e soluços. Ouvir uma tortura era quase pior que a ideia de vivenciá-la.

Um por um, os guardas chamavam os prisioneiros da cela. Em uma tentativa inútil de permanecer calma, fechei os olhos e respirei fundo. Inspirando e expirando, de forma lenta e controlada. Isso só encheu minhas narinas do cheiro penetrante de sangue e urina no chão grudento e do fedor de corpos imundos. Toda vez que um guarda vinha buscar um prisioneiro, meu coração disparava com novo horror, esperando que eles chamassem meu nome.

Porém, quando o ouvi, meu coração disparado parou subitamente.

— Maria Florkowska.

Uma onda de tontura caiu sobre mim. Meu corpo parecia preso ao vagão, voltado para a frente, sempre para a frente, e, de repente, eu daria tudo para continuar sentada pelo resto da vida em vez de ir para a sala de interrogatório. Mas eu tinha que proteger a minha família e a resistência. Fiz uma prece rápida pedindo forças e me levantei.

No andar de cima, sentei-me atrás de uma mesa retangular de costas para o retrato de Hitler. Dois guardas permaneceram no local enquanto eu olhava à minha volta. Parada atrás de uma mesa no canto, uma mulher impassível apoiava seus dedos em uma máquina de escrever. Fora isso, a sala não tinha mais nada, exceto na parede oposta, cheia de chicotes, cassetetes de borracha e instrumentos de tortura.

Sob a mesa, apertei minhas mãos uma na outra tentando fazê-las parar de tremer.

A porta se abriu para anunciar a chegada de meu interrogador. Sturmbannführer Ebner, o mesmo homem que nos prendera.

Após a invasão de 1939, quando tornou-se seguro sair do porão de nosso prédio, eu vi um cavalo morto caído do lado de fora. Pássaros tinham atacado a sua carcaça, arrancando a carne, músculos e tendões dos ossos, manchando o chão de vermelho e deixando aquela forma estraçalhada para apodrecer. Enquanto Ebner se sentava à minha frente, eu observei sua calvície precoce e seu nariz aquilino, e não pude tirar a imagem daqueles pássaros e da carcaça da minha mente.

— Meu nome é Wolfgang Ebner — sua voz saiu suave, como se fôssemos velhos amigos nos reencontrando. — O seu é Maria Florkowska, não é?

Eu odiei o som do meu nome saindo da boca dele, mas não confirmei nem neguei. Quando a máquina de escrever fez um barulho, eu dei um pulo e esperei que Ebner não tivesse notado.

— Devo chamá-la de Helena Pilarczyk em vez disso?

As palavras tinham um leve tom de sarcasmo, e um cartão de identificação verde foi colocado sobre a mesa. Meu *Kennkarte* falso. Ele o abriu para revelar as informações e os selos governamentais falsificados em volta de minha foto e assinatura. Quando não falei nada, Ebner colocou o *Kennkarte* de lado.

— Se me recordo bem, você fala alemão fluentemente, mas posso trazer um intérprete caso prefira resolver essa questão em sua língua nativa.

Um intérprete teria prolongado o processo, e tudo que eu queria era que chegasse ao fim.

— Fui fluente a minha vida toda — respondi. De alguma maneira, consegui manter audível a minha voz.

Ebner assentiu com a cabeça e pegou um maço de cigarros. Ele acendeu um deles, deu uma tragada lenta e pensativa e então soltou uma fumaça cinza. Enquanto a fumaça preenchia o espaço entre nós, ele me ofereceu o maço. Quando recusei, ele o colocou de volta em seu bolso.

— Tudo que preciso é a verdade. Se você cooperar, nós nos daremos bem.

Quase ouvi a voz de Irena na minha cabeça. *Porra, Maria, quantas vezes te avisei sobre o que esses desgraçados vão fazer com você?* Minha colega de resistência enchera minha cabeça com histórias da brutalidade da Gestapo e suas descrições vívidas passavam por cima da falsa tranquilização de Ebner.

A máquina de escrever soltou outro som enquanto Ebner fumava e esperava que eu dissesse algo. Quando minha boca continuou fechada, sua expressão não mudou, mas um brilho de irritação apareceu em seus olhos. Ele piscou e o apagou.

— Suponho que você saiba da pena por ajudar judeus — ele disse. E eu *sabia*, claro, mas ele realmente estava ameaçando um membro tão pequeno da resistência com uma punição severa, até mesmo com a morte? Ele colocou um outro documento à minha frente. — Você entregava certidões de batismo em branco para a resistência clandestina polonesa?

A prova estava bem à nossa frente, então, era inútil negar. Eu assenti com a cabeça.

— Como você manteve seu trabalho em segredo de sua família?

— Quando você era só um garoto, seus pais ficavam sabendo de todas as vezes que você os desobedecia?

Ele riu.

— Não, acho que eles não sabiam.

Minha mentira deve ter sido bem mais convincente do que pareceu. Se Ebner se convencesse de que meus pais não sabiam do meu trabalho na resistência, certamente eu poderia convencê-lo de que eles não estavam envolvidos com ela. O que fosse preciso para evitar que minha família passasse por um interrogatório.

Ebner jogou a ponta do cigarro no chão e a esmagou com o salto da bota para apagar a brasa. Ele colocou a certidão perto de meu *Kennkarte* e se inclinou em minha direção, de forma lenta e calculada, com os olhos brilhando, preparado para apanhar sua presa. Embora eu não tentasse me mover, agarrei a beirada de meu assento.

— Para quem você trabalha?

Sua voz não mudou, mas tudo que ouvi foi a ameaça velada por trás da pergunta. Uma parte egoísta de mim tentou emergir, desesperada para evitar o que aconteceria se eu ficasse quieta, mas a empurrei de volta. Eu não deixaria a Gestapo me transformar em uma traidora.

Meus dedos doíam, incapazes de se soltarem do meu assento. Ebner mantinha o poder de fazer qualquer coisa comigo. Com minha família. Sentada no vagão, eu entreouvira como a Gestapo tratava os prisioneiros que não davam as respostas que eles buscavam. E minha hora estava chegando, eu sabia que sim.

— Minha família mora em Berlim — disse Ebner, ajeitando-se na cadeira. — É difícil ficar longe dela.

Esse homem estava fazendo com que eu, uma garota, passasse por um interrogatório da Gestapo. Ele realmente achava que eu acreditaria que ele era sentimental?

— Minha esposa, Brigitte, é dona de casa. Hans tem quase sua idade e quer ser advogado. Anneliese é mais nova e diz que se casará e terá lindos bebês arianos, mas, primeiro, ela terá uma loja que vende bonecas, vestidos e chocolates.

Ele abriu um sorriso entretido. Descobrir que ele tinha filhos me deu um pequeno sinal de esperança, que sumiu logo em seguida. Eu sabia que não poderia confiar nele. A tática era boa, devo admitir. Mas não o suficiente.

— Se você responder às minhas perguntas, posso providenciar a sua libertação. E a de sua família. Agora, certamente você pode me dizer quem lhe dava as ordens.

A oferta parecia genuína. Se eu não tivesse suspeitado de que era um blefe, ele quase teria me convencido. Obviamente, eu queria que a minha família fosse solta, mas mesmo se eu traísse a resistência e confessasse, por algum motivo não achei que Ebner teria nos deixado sair.

Quando não obedeci, ele assentiu com a cabeça, emitindo uma ordem silenciosa. Antes que eu pudesse tentar adivinhar o que aquilo significava, os guardas me ergueram, como se eu não pesasse nada, e a cadeira bateu com tudo no chão. Eles ignoraram minhas tentativas de resistir e arrancaram a minha saia. Por que eles estavam tirando minha roupa? Tudo estava acontecendo muito rápido, rápido demais. Tão rápido que não tive tempo de resistir.

Irena estava certa. Eles não têm pena de mim porque sou jovem.

Os guardas me despiram quase completamente, deixando apenas as roupas íntimas, o que foi uma bênção pequena e inesperada, e me jogaram contra a parede. Revistaram as minhas roupas primeiro, então as jogaram de lado e descobriram as pequenas costuras em meu sutiã que revelavam bolsos escondidos.

Os bolsos estão vazios. Eu queria gritar, mas só conseguia gritar em minha mente. Não os revistem, *por favor*, não os revistem.

Mas eu sabia que eles fariam isso, e o fizeram. Eles revistaram meu corpo inteiro, examinaram os bolsos detalhadamente, se divertindo com minhas tentativas de impedir, enquanto Ebner observava em silêncio. Depois que terminaram de me apalpar, eu não tinha mais fôlego para lutar. Olhei para a mulher no canto, esperando que viesse me ajudar, mas ela colocou uma nova folha de papel na máquina de escrever e não ligou para mim. Eu me encolhi, ciente de minha quase nudez com toda aquela gente perversa à minha volta.

É uma tática de intimidação. Não os deixe perceber que está funcionando.

Eu respirava com arfadas curtas, embora tentasse me manter firme enquanto Ebner contornava a mesa e a cadeira caída vindo em minha direção. Ele absorveu cada centímetro de meu corpo pequeno e exposto. Conforme se aproximava, um tremor tomou conta de mim, e eu não sabia se era de frio, horror, vergonha ou os três juntos. Não havia mais aquela camaradagem fingida. Eu era a inimiga, não uma criança, apenas um membro da resistência que não acreditara em sua farsa. Alguém que ele quebraria.

Ele agarrou o meu queixo e levantou a minha cabeça, gritando e cuspindo enquanto seu hálito cheirando a tabaco preenchia minhas narinas. Ele exigia saber a quem eu servia, insistia que descobriria a verdade mesmo se tivesse de extrair cada palavra de minha boca de polaca. Mesmo que eu estivesse disposta a responder, a ameaça deixara a minha garganta muito seca para falar, e, quando ele me soltou, foi em direção à parede oposta. A que tinha os instrumentos de tortura.

Eu me contorci nas mãos dos meus captores e rezei para que o gesto patético quebrasse seus braços para que eu pudesse fugir do inferno que estava prestes a suportar.

Claro que não consegui.

Ebner passou a mão no bastão de metal, nas correntes, no chicote, e cravei minhas unhas nas palmas de minhas mãos. Por fim, ele fez a sua escolha. Um porrete. Mais piedoso do que o chicote, imaginei, embora não pudesse engolir a bile em minha garganta. Quando ele me alcançou, virei para o lado, mas ele agarrou meu queixo e me obrigou a encará-lo. Minha respiração instável era o único som, até que ele bateu com o porrete em minha têmpora. Então, piores do que a arma sólida contra a minha pele foram as palavras que se seguiram.

— Todo prisioneiro implora pela morte, mas, até que eu tenha respostas, eu não a concedo. Lembre-se disso quando implorar que eu atire em você.

Embora a voz de Ebner tenha chegado aos meus ouvidos, foi a de Irena que eu ouvi.

Quando eles terminarem com você, você implorará para que coloquem uma bala em sua cabeça.

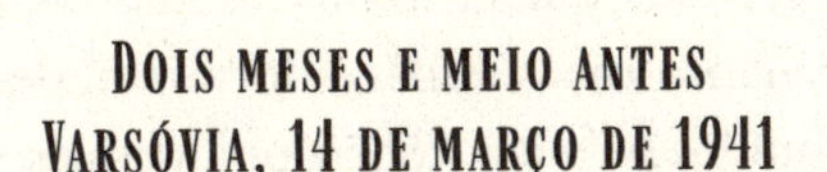

DOIS MESES E MEIO ANTES
VARSÓVIA, 14 DE MARÇO DE 1941

A BATIDA FIRME DA BENGALA de papai na calçada de paralelepípedos quebrava o silêncio que pairava sobre o distrito de Mokotów. O sol da manhã refletia no cabo prateado, desgastado pelo uso diário depois que papai serviu na Primeira Guerra. O arrastar de seus passos mancando e da batida rítmica de sua bengala estranhamente me confortavam. Sua força física fora comprometida, mas a força de caráter era uma parte de si que nenhum ferimento poderia roubar.

Uniformes cinzas ameaçadores chamaram minha atenção: *Schutzstaffel*, o Esquadrão de Proteção do Partido Nacional-Socialista, ou SS. Do outro lado da rua, dois oficiais da SS fumavam e conversavam. Quando mamãe os viu, lançou um olhar para papai. O mesmo olhar que eu os observava trocando desde a invasão. Preocupação e dúvida, misturadas em olhares tão passageiros que eu não perceberia se não tivesse me acostumado a eles. Ao chegarmos ao final de nosso quarteirão, corri para o lado de Zofia, esperando o inevitável. É claro que ela tropeçou e se desequilibrou. Eu ri e peguei em seu braço para apoiá-la.

— Você tropeça nesses paralelepípedos toda vez, Zofia.

Ela lançou um olhar ressentido para as pedras à nossa volta.

— Alguém precisa consertá-las.

Em resposta, puxei um de seus cachos dourados e soltei-o, para que ele saltasse de volta formando uma espiral firme. Ela riu e me afastou. Havia uma depressão no chão sob o amontoado de paralelepípedos, mas nós os chutamos de volta para recobri-la. Assim que a armadilha foi preparada para a próxima vítima inocente, papai pegou Karol, que roubou o chapéu de feltro cinza de aba larga de sua cabeça e o vestiu.

— Zofia, Karol, divirtam-se no parque Dreszera e ouçam o seu pai — mamãe ajustou seus casacos antes de olhar para mim. — Maria e eu vamos pegar rações de comida, então, nos vemos em casa.

Enquanto nossa mãe se despedia de meus irmãos com um beijo, papai piscou para mim. Ele havia lançado várias piscadelas discretas para mim nos últimos dias, desde que revelei que sabia do segredo dele e de mamãe. Isto é, desde que entreouvira suas conversas sussurradas tarde da noite enquanto meus irmãos dormiam, descobrira panfletos antinazistas distribuídos pela resistência polonesa escondidos em nosso apartamento e encontrara documentos identificando meus pais como Antoni e Stanisława Pilarczyk, não Aleksandr e Natalia Florkowski. Desde que pedi para me juntar a eles na resistência clandestina polonesa, para ajudar a libertar meu país dos invasores que perseguiam judeus, poloneses não judeus, como minha família, e qualquer um que não fosse ariano ou que desafiasse o Terceiro Reich.

Mamãe e eu *íamos* pegar rações, isso era verdade. Mas não antes do meu primeiro dia de trabalho de resistência.

— Você quer jogar xadrez comigo quando chegarmos em casa? — perguntei a Zofia enquanto mamãe checava sua bolsa para se certificar de que havia trazido os cartões de racionamento.

Ela fez uma cara de nojo.

— Xadrez é chato.

— Você acha isso porque não me deixa ensiná-la como jogar — tentei puxar um cacho novamente, mas ela afastou minha mão com um tapa e correu para fora do meu alcance.

— Eu jogo xadrez com você, Maria. Zofia, você pode ficar com o Banco Imobiliário — disse mamãe.

Alguns anos antes da guerra, meu pai retornou de uma viagem à Alemanha e nos surpreendeu com o jogo, importado dos Estados Unidos. Desde então, ele era o favorito de minha irmã.

Partimos. Conforme mamãe e eu desviávamos dos amontoados de neve e gelo, passávamos por apartamentos e lojas que sobreviveram aos bombardeios, mas os buracos abertos indicavam edifícios que não tiveram tanta sorte. A propaganda nazista contaminava muros e fachadas de loja, e cada cartaz vermelho-sangue continha a suástica preta repugnante sobre um círculo branco. Um vendedor de rua ofereceu à mamãe um broche de sua coleção de bugigangas, mas ela recusou com educação, sem diminuir seu ritmo.

Quando entramos em um pequeno edifício de apartamentos cinza no distrito de Mokotów, atravessamos um corredor estreito coberto por uma alegre tinta amarela. Mamãe correu para a última porta à direita, bateu três vezes, esperou e bateu mais duas vezes. Um padrão incomum que eu não tinha ouvido ela usar antes. Uma mulher baixa abriu a porta e mamãe me empurrou para dentro.

Embora eu já soubesse que a sra. Sienkiewicz era uma figura proeminente da resistência, ainda era difícil conceber, pois a conhecia antes de tudo como amiga de minha mãe. Ela nos recebeu com um sorriso radiante e nos ofereceu *ersatz*. Bebi o meu para ser educada, embora desejasse que a mistura desagradável fosse um chá de verdade. Sentei-me próxima de mamãe no sofá e examinei um grande retrato sobre a lareira. A imagem mostrava a sra. Sienkiewicz e seu falecido marido no dia de seu casamento: ela em um lindo vestido de renda, ele em um uniforme condecorado do exército polonês.

— Este é um trabalho perigoso, Maria, tenho certeza de que entende — disse a sra. Sienkiewicz. — Até que esteja familiarizada com o que fazemos, haverá alguém com você o tempo todo.

Aquela era a última coisa que eu esperava ouvir. Mamãe me lançou um olhar de desaprovação, provavelmente me alertando a não parecer tão emburrada. Pelo menos a companhia seria temporária e supus que poderia ser benéfico aprender com alguém. Quando eu comprovasse a minha competência, poderia trabalhar sozinha. A sra. Sienkiewicz desapareceu para buscar a minha acompanhante. Quando voltou, trazia com ela sua filha.

Irena entrou na sala atrás de sua mãe e fez uma cara feia quando me viu.

— Merda.

Não era exatamente a reação que eu esperaria de uma colega, mas não foi uma surpresa, já que essa colega era Irena.

A sra. Sienkiewicz agarrou o braço da filha.

— Maneire essa boca.

Não dava para fingir que eu não pensava o mesmo de Irena. A ideia de trabalhar com ela tampouco me agradava. Irena sempre agiu como se a nossa diferença de idade de três anos fosse de trezentos, mesmo antes da guerra, quando participávamos daqueles jantares intermináveis com nossos pais. Ela ficava escutando os adultos falarem de seus medos de que uma guerra estivesse a caminho, ouvia-os discutir o *Anschluss* da Alemanha nazista, um plano de unificação com a Áustria; eu, com onze anos na época, odiava a ideia de meu pai retornar ao serviço militar, embora ele insistisse que era impossível ele lutar. Eu não tinha motivo para temer que ele fosse enviado e possivelmente ferido mais uma vez. Apesar das suas tentativas de me tranquilizar, as conversas intermináveis sobre as crescentes tensões na Europa sempre me levavam a refugiar-me no meu tabuleiro de xadrez.

Naquele dia de primavera de 1938, depois da conversa sobre o *Anschluss*, Irena me seguiu até a sala de estar da minha família. Meu coração disparado já estava se acalmando enquanto eu planejava minha estratégia de abertura. *Um dia, quando você for mais velha, entenderá que há coisas mais importantes com que se preocupar do que essa droga de jogo*, ela disse, não me dando tempo para responder antes de voltar ao seu lugar na mesa.

Talvez ela tenha interpretado minha concentração no xadrez com indiferença frente ao risco que seu pai e tantos outros enfrentariam caso a guerra chegasse à Polônia. Ainda assim, fiquei indignada com a forma como ela dissera *quando você for mais velha*, como se a juventude fosse sinônimo de ignorância. Quanto ao jogo em si, ela havia recusado todas as minhas ofertas de ensiná-la a jogar, e ainda assim eu é que era a ignorante?

E aquele mesmo olhar furioso e condescendente que ela lançara contra mim naquele dia voltou a aparecer agora.

— Maria é a nova recruta? — Irena olhou para sua mãe como se tivesse sido traída. — Mamãe, você disse que eu treinaria um novo membro, não que me tornaria uma babá.

Bebi meu *ersatz*, mas estava tão amargo quanto a resposta que se formara em minha garganta. Manter as palavras na segurança de minha mente não era tão satisfatório quanto dizê-las, mas me recusei a descer ao nível dela.

— Eu aprenderei rápido — respondi no lugar.

— Então, aqui vai a primeira lição — Irena sentou-se na mesa de centro à minha frente e deu tapas com as duas mãos em meus joelhos. Encolhi-me, antes de fazer o esforço consciente de não dar a ela essa satisfação. Ela se aproximou ainda mais, e eu pude ver um crucifixo minúsculo em seu pescoço e contar cada elo delicado da corrente. — Há um lugar especial no inferno para membros da resistência que são pegos. Chama-se prisão de Pawiak. E se todos os membros da polícia secreta fossem demônios, a Gestapo seria o próprio Satã. Aqueles desgraçados não terão pena de você porque você é jovem; e quando eles terminarem com você, você implorará para que coloquem uma bala em sua cabeça...

— Chega — as bochechas da sra. Sienkiewicz pareciam ter sido pintadas com um pote inteiro de *blush*, mas, antes que ela pudesse dizer qualquer outra coisa, Irena se levantou e foi até a cozinha.

Um calafrio repentino me dominou depois dos esforços bem-sucedidos de Irena de me aterrorizar, e eu me ressenti dela ainda mais por causa disso. Eu sabia muito bem dos perigos que eu enfrentaria. Não precisava ser lembrada.

A sra. Sienkiewicz deu um suspiro.

— Por favor, perdoe o comportamento de Irena e seus palavrões. Tentei de tudo para fazê-la parar, mas desde que nos juntamos a esta causa depois que seu pai... — sua voz sumiu, então ela limpou a garganta. — Maria, se Irena se comportar de maneira inapropriada enquanto vocês estiverem trabalhando juntas, avise-me. Eu falarei com ela.

Ela achava que eu seria estúpida o suficiente para dedurar? Eu valorizava minha vida, obrigada.

— Vou me lembrar disso — eu disse em voz alta.

— E não se preocupe, querida, ela vai mudar — a incerteza em sua voz não gerou muita confiança.

Ela foi ao encontro de Irena na cozinha e eu me concentrei na conversa abafada que acontecia do outro lado da parede, nas reclamações de Irena de que seria atrapalhada por mim, uma criança.

Mamãe sentou-se com os lábios apertados enquanto eu colocava minha xícara na bandeja de prata, passando um dedo pelo estofamento floral do sofá. O olhar depreciativo e a língua afiada de Irena me manteriam sob escrutínio constante. Ela me analisaria como eu analisava um tabuleiro de xadrez, buscando fraquezas para amedrontar meu oponente. Eu não pretendia perder para ela. Como membro consolidado da resistência, ela tinha a vantagem inicial, mas precisaria de mais do que isso para me superar.

Depois que a sra. Sienkiewicz persuadiu Irena a voltar para a sala de estar, mamãe me abraçou fortemente, com a respiração ofegante. Respirei fundo e senti o cheiro familiar do seu perfume de gerânio, sua flor favorita. Quando ela deu um beijo em minha testa, a tensão em seu corpo aliviou-se.

— Tome cuidado — ela sussurrou, enquanto prendia um fio de cabelo solto por trás de minha orelha, provavelmente para me distrair de seus olhos atordoados.

A sra. Sienkiewicz passou um braço em volta dos ombros de mamãe e ambas seguiram até a porta do apartamento, saindo para concluir suas próprias tarefas da resistência. A porta se fechou com um clique suave e um silêncio tenso se formou na sala, até que Irena o interrompeu.

— Não espere nada de mim. O trabalho vem primeiro, não as pessoas.

— Que bom que posso contar com você, Irena.

— É Marta, sua idiota.

Ela apanhou em sua bolsa sua permissão de trabalho e seu *Kennkarte* falsos e sacudiu-os, enfatizando o nome de guerra. Então, mostramos nossas identificações falsas uma para a outra.

— Helena Pilarczyk — ela disse, lendo a minha em voz alta.

Era um bom nome. Eu gostava dele. Não tanto quanto gostava de Maria Florkowska, mas gostava. Irena puxou seu cartão das minhas mãos, devolveu-me o meu e saiu sem esperar por mim.

— Qual é a nossa primeira tarefa? — perguntei, enquanto me apressava para acompanhar seus passos largos.

— Quando eu quiser que você me faça perguntas, aviso.

Meu estômago se contorceu de raiva, mas fiquei em silêncio. Passamos por confeitarias dilapidadas, igrejas marcadas pela batalha, parques vazios e lojas arruinadas. Algumas faziam um esforço para lembrar seu antigo esplendor; outras simplesmente desistiram. A multidão ficava maior à medida que nos aproximávamos do centro da cidade. Esperava que Irena nos conduzisse ao bonde para que pudéssemos fazer o caminho na metade do tempo, mas ela não o fez. Ela avançava pelas ruas em disparada, desviando-se dos transeuntes e sem parecer se importar se eu conseguiria acompanhá-la.

Finalmente, viramos na rua Hoża, uma das minhas preferidas devido ao grande número de árvores que ficavam cobertas por folhas verdes e flores vibrantes durante a primavera. Alguns botões estavam começando a surgir de maneira tímida, mas não tive muito tempo para admirá-los, pois devia manter o ritmo da Irena. Segui-a até chegarmos a um conjunto de prédios, a casa provincial das Irmãs Franciscanas da Família de Maria. Irena cruzou o portão preto no muro de tijolos vermelhos, parou em frente a uma pequena porta de madeira e tocou a campainha.

— Marta Naganowska está aqui para ver a Madre Matylda — ela disse.

A porta se abriu e revelou uma jovem freira, coberta por um hábito preto adornado com uma corda roxa escura em volta da cintura e um terço no quadril. Ela nos conduziu a um pátio de paralelepípedos, rodeado pelo convento em três dos seus quatro lados. Algumas poucas árvores emergiam entre os edifícios de estuque branco e tijolos cor de ferrugem, e em um canteiro grande e circular uma estátua branca de São José segurando o Menino Jesus observava o espaço exuberante. O local era silencioso e calmo, um retiro no meio da cidade. Fomos a uma pequena sala. Lá, sentada em um banco de madeira quadrado e no meio de uma acalorada ligação telefônica, estava Madre Matylda. A já idosa madre provincial não levantou os olhos quando entramos.

— Você tem certeza de que aceitará a bênção de Deus? — ela ajustou o grande crucifixo preto em seu pescoço e passou os dedos sobre três botões redondos que adornavam cada um dos seus braços. Após um momento, fechou os olhos e seus ombros se ergueram com um pequeno suspiro. — Estou muito contente, minha amiga.

Enquanto Irena se entretinha com seu próprio crucifixo, notei um pequeno caderno na mesa. Cobria uma pilha de documentos, mas um dos papéis estava torto. Fui em direção à estante de livros ao lado dela, como se quisesse examinar aquelas velhas obras escritas por vários santos e teólogos. Folheei uma cópia surrada de *Confissões,* de Santo Agostinho, e espiei o papel. Uma certidão de batismo, parcialmente preenchida com informações pessoais. Intrigada, aproximei-me ainda mais, mas uma tosse alta quase me fez derrubar o livro. Eu o segurei contra meu peito e me virei, deparando-me com Irena indicando o espaço vazio a seu lado. Cerrei os olhos, mas devolvi o livro e me juntei a ela.

Por fim, a Madre Matylda desligou o telefone, escreveu algo em seu caderno e lançou um grande sorriso na direção de Irena.

— Marta, que maravilhoso vê-la. E você trouxe uma amiga.

Irena pareceu não gostar do uso da palavra *amiga*, mas não tentou argumentar. Em vez disso, fez um aceno desdenhoso na minha direção.

— Helena.

Então, enfiou uma mão dentro da blusa, tirou um pedaço de papel de seu sutiã e o entregou, dizendo:

— Tenho um pedido de oração, Madre Superiora. Minha mãe está doente.

Madre Matylda pegou o pequeno papel.

— Que Deus possa conceder a ela saúde e uma longa vida — a madre murmurou, conforme desdobrava o papel e o colocava sobre a mesa. Forcei meus olhos para ver o conteúdo. Na escrita elegante da sra. Sienkiewicz estava uma lista de nomes e um deles se destacou para mim: Stanisława Pilarczyk, o nome de guerra da minha mãe.

O papel permaneceu na minha mente enquanto voltávamos ao apartamento da sra. Sienkiewicz. Irena jogou seu casaco sobre uma poltrona e nela desabou, não me dando a mínima atenção. Meus pés pareciam três vezes maiores que os meus sapatos, então dobrei os dedos para aliviar a sensação latejante. Devíamos ter caminhado uns oito quilômetros. Eu não entendia por que ela não pegara os bondes.

— Você guarda as mensagens em seu sutiã? — perguntei finalmente.

Irena examinou suas unhas.

— Todas as garotas da resistência têm sutiãs com bolsos no bojo.

— E esse é o método que você usa para levar informações escondidas às freiras?

— Estou aproveitando os presentes que Deus me deu — Irena levantou os olhos por tempo suficiente para sorrir de maneira presunçosa para mim. — Você deveria arrumar um sutiã desses, sabia? Isso a incomodaria? Porque se você for muito recatada e não quiser esconder as informações onde for necessário, é melhor desistir agora — ela riu, tirando seus sapatos oxford e pondo os pés em cima da poltrona.

Estou contente por você se achar tão divertida, eu pensei, embora não dissesse isso em voz alta. Em vez disso, eu me aproximei da poltrona, mas ela se levantou e foi até a lareira.

— Você entregou uma mensagem codificada para a Madre Matylda, não foi?

— Descubra, já que você é tão esperta.

— Você deveria me ensinar, mas está fazendo um trabalho terrível.

— Eu *estou* ensinando. Eu falei sobre o sutiã que você precisa usar e estou lhe dizendo que deve descobrir sobre a mensagem por conta própria.

Bufando, andei pela sala e parei ao lado da escrivaninha no canto. Uma fina camada de poeira cobria a máquina de escrever, como se não tivesse sido usada por alguns dias, e um peso de papel fora colocado sobre uma pilha de documentos. Peguei um lápis e bati com um dedo em sua ponta desapontada. Em vez de executar tarefas com um membro prestativo da resistência, eu teria que fazê-lo na difícil companhia de Irena.

— Irena — quando ouviu seu nome verdadeiro, ela me olhou feio e voltou à poltrona; eu saboreei minha pequena vitória antes de continuar —, por que a Madre Matylda estava falsificando certidões de batismo e por que o nome de guerra da minha mãe estava naquele papel?

— Meu senhor — ela resmungou, desviando-me para a poltrona em frente à dela. — Como você espera que as freiras acobertem crianças judias sem certidões? Elas têm que preparar os documentos para que os membros da resistência possam tirar as crianças do gueto às escondidas.

— A mamãe está levando uma criança para as freiras?

— Amanhã, que foi o que indiquei ao dizer que minha mãe estava doente. A criança será levada a uma família católica ou a um dos orfanatos que as freiras mantêm fora de Varsóvia. Quando a Madre Matylda pergunta a alguém se aceita a bênção de Deus, ela na verdade está perguntando se essa pessoa cuidará de uma criança judia. Em relação a nós, você irá comigo entregar mensagens e dinheiro, mas não tocará em informações confidenciais até que prove seu valor... Se é que esse dia vai chegar.

As palavras doeram, embora eu não devesse ter deixado. Apesar de sua tendência de me lembrar de minha inferioridade, cada observação mordaz me deixava mais determinada a provar meu valor.

— No começo da guerra, você tinha apenas quinze anos, e foi quando se juntou aos primeiros movimentos de resistência — eu lembrei.

— Sim, mas eu me mantinha informada, não me escondia atrás de um tabuleiro de xadrez. E mais uma coisa — Irena se aproximou e baixou sua voz: — Todos os membros da resistência arriscam suas vidas, mas eu não pretendo perder a minha por ninguém. Faça o que eu digo, e se você me deixar zangada ou me colocar em risco, farei da sua vida um inferno. Entendeu?

Mais ameaças. Porém, diferentemente de Pawiak, essa não me dava medo.

Minha peça favorita no jogo de xadrez era o peão. Uma escolha estranha talvez, porque os peões não são as peças mais importantes, mas quando um alcançava o lado oposto do tabuleiro, tinha a habilidade única de se transformar em uma peça mais poderosa. De repente, um simples peão mudava todo o equilíbrio.

Nesse jogo eu era o peão e cada momento com Irena me ensinou mais sobre como mudar o equilíbrio. Eu fui até a ponta da minha poltrona e bati minhas mãos em seus joelhos, imitando suas ações daquela manhã. Seu sorriso presunçoso desapareceu, mas ela nem piscou quando apertei mais forte suas pernas e dei o sorriso mais doce que podia.

— Claro como água.

Seu rosto permaneceu impassível, mas seu olhar era gratificante o suficiente, como se estivéssemos no meio de uma partida de xadrez e minha jogada tivesse acabado com a estratégia dela. Logo ela perceberia que eu não era mais a garotinha que fugia da guerra, que cada momento que passara jogando xadrez havia me ensinado como traçar estratégias e, assim, eu superaria os oponentes que enfrentaria neste trabalho. Antes que ela pudesse responder, uma chave virou na porta, anunciando o retorno de mamãe e da sra. Sienkiewicz. Irena se levantou.

— Até a próxima, Helena.

— O trabalho de resistência terminou — eu me levantei e ergui o queixo. — É Maria.

Varsóvia, 27 de maio de 1941

Enquanto me contorcia no chão da sala de interrogatório, fiquei imaginando quanto tempo Ebner esperaria desta vez antes que começasse novamente. Minha testa estava banhada de suor; meu rosto, molhado por resquícios salgados de lágrimas; e minhas mãos trêmulas tentavam remover os sinais de ambos da melhor maneira possível. O pungente gosto de vômito subia à minha boca.

Ele só conseguiria ouvir *eu não sei* e *acredite em mim* e *por favor* por um certo tempo antes de se cansar de mim. E depois?

Quando os guardas me ergueram, fiquei tensa, mas eles me puseram de volta na cadeira. Eu me curvei sobre a mesa, grata pela trégua, e a máquina de escrever fez um barulho novamente. *Clique, clique, ding!* Sem parar, enquanto a mulher responsável não fazia nada além de transcrever, com a boca fechada, o rosto impassível, livre de qualquer traço de repulsa ou compaixão. Mesmo durante uma série particularmente agressiva de golpes, quando olhei nos olhos dela e implorei por ajuda, ela me ignorou.

Ebner sentou-se à minha frente e seus olhos vermelhos não tinham qualquer sinal de compaixão ou arrependimento, apenas raiva e frustração. Tinha as bochechas enrubescidas, as mangas da camisa arregaçadas, o cabelo desgrenhado, o lábio superior e a linha do cabelo com gotas de suor. As horas ameaçando e batendo em uma criança cobravam seu preço.

Durante meu interrogatório, escondi meu conhecimento sobre a resistência nas profundezas de minha mente. Agora eu estava cansada, muito cansada, e desesperada por um copo d'água. Quando a cadeira de Ebner rangeu, torci para que tudo tivesse acabado, mas o brilho sinistro em seus olhos dizia outra coisa.

— Tragam a família — ele ordenou aos guardas. — Talvez ela possa nos ajudar a refrescar a memória da garota. Comecem com o menino.

Ele está blefando. Por favor, Deus, faça com que ele esteja blefando. Eles não torturariam um menino de quatro anos. Mas eu vi em primeira mão o que eles podiam fazer e sabia que o fariam.

— Esperem! Por favor, esperem!

Com a minha súplica, Ebner bateu com as duas mãos na mesa, tão forte que me fez recuar.

— Você se acha tão corajosa, sentada aqui como se fosse uma muda? — ele veio para o meu lado em um instante e agarrou meus cabelos, forçando minha cabeça para trás. Senti agulhadas de agonia em meu couro cabeludo, e o rosto enraivecido dele pairava a centímetros do meu. — Comece a falar, sua cadelinha polaca, ou vou prender sua bunda nesta cadeira e você assistirá à sua família inteira pagar por seu silêncio.

Minha família era o seu xeque-mate. A última jogada que eu tinha era confessar algo, qualquer coisa, para evitar que ele o executasse.

— Mensagens... — foi tudo que eu consegui dizer. Quando Ebner retornou ao seu assento, minha mentira saiu freneticamente. — Eu entregava mensagens da resistência. Eu não sei quem as escrevia, elas não eram assinadas...

Ele se aproximou ainda mais e eu me encolhi, abraçando meu tronco nu, acreditando ridiculamente que esse gesto me protegeria.

— O que elas diziam? — ele perguntou.

— Onde retirar ou deixar os documentos, e uma vez recebi uma mensagem sobre as informações de que precisavam para fazer meus documentos falsos. Mas era só isso — eu fiz uma pausa para recuperar a respiração e Ebner se levantou. Eu deveria ter observado o que ele tinha ido fazer, mas estava muito abalada, muito preocupada em não esquecer a história que inventara e em não deixar a verdade aparecer.

Alguma coisa fez um barulho metálico ao atingir a mesa; imediatamente, recuei. Algemas.

Meu Deus, meu plano não é bom o suficiente.

Ou Ebner estava a ponto de me algemar e enviar os guardas para buscar minha família ou tinha colocado as algemas lá para me assustar. Eu não sabia. Só sabia que fracassar não era uma opção, a traição não era uma opção. Eu tinha que manter o controle, eu tinha que convencê-lo.

— Quem te recrutou?

Lutei contra os soluços que sufocavam minha garganta e forcei uma resposta:

— Uma mensagem estava jogada na rua e eu peguei para ver o que era. Alguém deve tê-la perdido, então deixei um recado no local mencionado dizendo a eles como me contatar para que eu pudesse ajudar.

Ebner agarrou meus ombros machucados e, enquanto me sacudia ferozmente, um som estranho e ofegante saiu da minha garganta.

— Quem lhe dizia o que fazer? Dê-me uma porra de um nome.

— Não posso. A assinatura indicava que a mensagem era da resistência, mas não incluía nomes.

— Para onde você levou seus documentos?

— Para os paralelepípedos... Uns paralelepípedos que estão soltos no final do nosso quarteirão. Eu escondia as certidões embaixo deles, e era de lá que eu pegava as mensagens.

Quando seus lábios se curvaram em um sorriso cínico, um forte ataque de emoções me atingiu, tão impiedoso e doloroso quanto seu porrete.

— É verdade, juro por Deus...

Um golpe repentino no meu rosto interrompeu minhas súplicas e reabriu o corte no meu lábio. Conforme minha mente desanuviava, ele me puxou para mais perto.

— Pare de resmungar. E se uma única palavra for mentira...

Balancei minha cabeça negando com veemência, mas tudo que consegui dizer veio na forma de mais uma súplica desesperada.

— Por favor, permita que eu e minha família voltemos para casa... — sufoquei em meio às lágrimas e tentei não falar mais. Ebner me soltou e pus meus pés descalços na cadeira.

O silêncio pairava na sala toda, interrompido pelo som da máquina de escrever e pelos soluços constantes que eu não conseguia controlar. Chorando alto como uma criança inconsolável, pressionei minha testa contra meus joelhos, tentando obedecer à sua ordem de parar de chorar. Ele acendeu um cigarro e deu uma longa tragada, com a fumaça horrível invadindo minhas narinas.

— Bem, estou contente que você tenha decidido cooperar, Maria. É uma pena que tenha demorado tanto.

Durante todo aquele tempo, eu estava convencida de que Ebner não nos soltaria, mas agora eu tinha oferecido a ele uma confissão. Talvez houvesse piedade em algum lugar daquele homem perverso. Piscando, enxuguei minhas lágrimas e vi o seu olhar frio enquanto colocava mais um cigarro na boca.

— Eu respondi às suas perguntas, *Herr Sturmbannführer* — a voz que saía da minha boca era crua e trêmula, não dava para reconhecê-la. — Você vai nos mandar para casa?

Ebner colocou seus cigarros e seus fósforos sobre a mesa.

— Eu disse que soltaria todos vocês se você cooperasse, não disse? — ele perguntou, e eu assenti com a cabeça. Então, ele acenou com a cabeça para os guardas.

Um deles agarrou meu braço direito para me conter e o outro esticou meu antebraço esquerdo sobre a mesa. Aconteceu tão rápido que não tive tempo de resistir antes que o cigarro aceso de Ebner tocasse minha pele. Uma dor ardida arrancou um grito da minha garganta, e ele pressionou o cigarro ainda mais antes de jogá-lo fora e aceitar outro, que o segundo guarda já tinha acendido.

— Esta será uma lição para você, Maria — ele pressionou o segundo cigarro logo abaixo da primeira marca e falou mais alto que meu choro. — Você passou horas me desobedecendo, provando que não tinha nenhuma consideração pela minha oferta generosa — ele pegou um terceiro cigarro enquanto eu me retorcia, mas um guarda me segurou e Ebner continuou a trilha de queimaduras pelo meu antebraço. — Quando você começou a se comportar, já era tarde. Nosso acordo já não valia mais — quando o quarto cigarro tocou minha pele, eu ouvi o guarda já acendendo outro fósforo, o que me fez chorar tanto quanto a dor fazia. — Você poderia ter aceitado a minha oferta e garantido que você e sua família seriam soltos, mas não o fez — o quinto cigarro arrancou um grito agudo da minha boca e Ebner me olhou nos olhos. — Sua garota estúpida.

Ele levou o cigarro à boca e o guarda me soltou.

Cinco queimaduras, cinco círculos vermelhos e brancos de carne irritada e derretida em uma linha perfeita pelo meu antebraço. Um para cada pessoa da minha família, eu própria incluída.

Enquanto eu apertava meu braço machucado contra o peito, o cheiro de minha carne queimada se misturava ao fedor da fumaça do cigarro. Meu estômago embrulhou. A bile amarela subiu pela minha garganta e se espalhou pelo chão.

Um guarda jogou alguma coisa na minha direção e eu recuei, mas o ruído suave do tecido na madeira do chão sinalizava o retorno de minhas roupas abençoadas. Eu as apanhei e me vesti tão rapidamente quanto meu corpo dolorido permitia. Os botões tinham se soltado da minha camisa quando os guardas a arrancaram, mas meu suéter cobria a peça arruinada. Assim que acabei de me vestir, não tive nem tempo de enxugar o sangue ou as lágrimas de meu rosto, pois mãos ásperas agarraram meus braços.

Enquanto eu tropeçava de volta ao vagão, minhas queimaduras pulsavam. Se eu tivesse cooperado logo no início, minha família e eu poderíamos ter ido para casa...

Não, eu não podia acreditar nas mentiras de Ebner. Ele nunca nos teria mandado para casa. Minha família era a tática da sua jogada perversa. Sua melhor jogada.

Quando retornei a Pawiak, os guardas me levaram para dentro. Estranhamente, senti-me agradecida pela maneira firme como me seguravam. A dor tinha diminuído e agora era mais um mal-estar, mas eu não teria forças para arrastar meu corpo destruído pelo corredor. Eu tinha que me recompor antes que chegasse à cela.

Eu fui interrogada, só isso. Apenas interrogada.

Enquanto eu me concentrava para colocar um pé na frente do outro, fiz uma pequena oração de agradecimento por Ebner não ter quebrado nenhum dos meus ossos e por ter mantido os sinais de meu interrogatório em locais que poderiam sem escondidos por minhas roupas.

Antes da guerra, eu agradecia a Deus por coisas como minha família, meus amigos e a luz do sol, mas se algo afetava essas bênçãos, eu lamentava meu azar. Tive a audácia de perguntar a Deus por que Ele havia permitido que a chuva levasse a minha luz do sol embora, como se uma tempestade fosse a pior coisa que pudesse acontecer com uma garota. Mas coisas muito piores podiam acontecer com uma garota: sua família ser presa, ser interrogada pela Gestapo, não ter poder algum para evitar o que quer que viesse pela frente. Tudo que eu tinha era a chuva e eu não sabia se o sol voltaria a brilhar algum dia. Então, eu teria que encontrar minhas bênçãos em meio aos trovões e relâmpagos.

Quando a nossa cela apareceu, vi minha família esperando em um silêncio tenso, enquanto mamãe andava de um lado a outro. Ela provavelmente não parara de andar desde que saí. O fedor azedo de suor, urina e vômito me rodeava e se misturava ao cheiro de sangue e fumaça. Os cheiros de Szucha. Eu não tinha como disfarçá-los, mas não revelaria nada mais.

Karol foi o primeiro a me notar e seu rosto se iluminou.

— A Maria voltou.

Os guardas me empurraram para dentro. Quando caí no chão, mamãe correu para meu lado antes de dar um grito agudo para os guardas:

— Canalhas!

Era uma ilusão acreditar que poderia convencer meus pais de que fora apenas interrogada.

Uma vez, fomos ao zoológico de Varsóvia e observei o cuidador alimentar os leões. Quando ele se aproximou da jaula, um leão tentou atacá-lo através das barras. Se não fosse por elas, eu tinha certeza de que o cuidador estaria morto.

Mamãe tinha prendido seu cabelo loiro no penteado elegante de costume, mas ele acabou arruinado no alvoroço que se seguira à nossa prisão. Seu cabelo cascateava em cachos indomáveis em volta do rosto, emoldurando olhos agitados e lábios que formavam um grunhido, e ela me lembrou daquele leão. Ela avançou em direção aos guardas e provavelmente teria rasgado suas gargantas, mas eles fecharam a porta antes disso. Ela agarrou as barras, exigindo que os covardes voltassem e a encarassem, mas os sons de seus passos foram diminuindo conforme eles desapareciam pelo corredor.

Papai segurou as barras por um momento e então se aproximou de mamãe, mas ela o afastou, caiu de joelhos e apoiou sua testa contra a porta.

Mamãe nunca xingava, não quando sabia que estávamos escutando, e os olhos de Zofia se arregalaram.

— O que aconteceu, Maria? — ela perguntou com a voz trêmula. — Onde você estava?

Se eu permanecesse deitada e imóvel por muito mais tempo, acho que nunca me mexeria novamente.

— Interrogatório privado — murmurei, sem olhar para ela enquanto me sentava. — A mamãe está chateada porque eles me empurraram.

Talvez Zofia acreditasse em mim. Ou talvez ela se perguntasse se a explosão de raiva não havia sido tão injustificada quanto eu fizera parecer.

— O que há de errado com você?

Embora eu suspeitasse de que ela faria essa pergunta, não a deixou mais fácil de ouvir.

— Estou cansada... — eu disse, com um tremor na minha voz, enquanto mamãe voltava para o meu lado.

— Mas você...

Mamãe levantou a cabeça em direção à minha irmã:

— Zofia Florkowska, nem mais uma palavra.

Zofia deu um passo assustado para trás, mordeu seu trêmulo lábio inferior e foi para a pequena cama. Papai se sentou ao lado dela e beijou sua bochecha. Ele olhou para mamãe, que abriu a boca, mas, antes que ela pudesse falar, Karol correu para seu lado. Ele estava roendo o colarinho da camisa, um hábito que indicava que vinha pensando profundamente, embora soubesse que não devia mastigar a roupa.

— O que é um canalha?

— Essa não é uma palavra educada, Karol — disse papai.

— Então, por que a mamãe a usou?

— Desculpe, querido, mas eles... — mamãe recompôs a voz. — Eles empurraram a sua irmã.

— Isso não foi legal — disse Karol, que então correu em direção à barata que estava observando antes que os impropérios de mamãe o distraíssem. Ele a seguiu enquanto ela se dirigia para um canto.

Papai enxugou uma lágrima do rosto de Zofia.

— Você pode ficar de olho no seu irmão?

Enquanto ela se juntava a Karol, papai sentou-se no chão, ao meu lado e de mamãe. Encostamos nossas costas contra a parede, o que fazia pressão em meus ferimentos, mas eu estava muito cansada para me importar. Esfreguei uma casca fina de sangue seco que havia se formado em minha mão. Talvez meus pais não tivessem notado.

— Querida, por favor... — mamãe sussurrou.

Eles já tinham deduzido o suficiente. Eu piscava enquanto as lágrimas escorriam e papai colocou sua mão gentil sobre a minha.

— Quando eles ameaçaram levar vocês para lá também, eu dei informações falsas.

Meus pais ficaram em silêncio. Mamãe enxugou uma lágrima da minha bochecha com um beijo e então correu para a porta, ficando de costas para nós. Ela passou as mãos pelos cabelos e as apertou até que seus punhos ficassem brancos. Seus ombros pesaram, então ela atravessou a sala e pegou Zofia no colo.

Enquanto eu enxugava uma última lágrima, papai colocou algo na palma da minha mão. Era um pequeno pedaço de pão, misturado com um pouco de lama e moldado para parecer uma pequena peça de xadrez — um peão, tão diminuto que equivalia à metade do meu mindinho. Eu fechei a mão, cruzei meu braço com o dele e lhe dei um abraço apertado de gratidão. Repousei minha cabeça em seu ombro e me rendi à exaustão. Estava quase dormindo quando seu sussurro familiar chegou aos meus ouvidos.

— Você é forte e corajosa, minha Maria.

Embora eu estivesse mergulhando cada vez mais profundamente no sono, ainda pude notar o tremor em sua voz.

CAPÍTULO 3

VARSÓVIA, 28 DE MAIO DE 1941

QUANDO ACORDEI, VOZES SUSSURRADAS chegaram aos meus ouvidos. Mamãe e papai estavam no meio de uma conversa agitada, então fiz uma das coisas que sabia fazer melhor: fingi estar dormindo e fiquei ouvindo escondida.

— Esta cela é imunda, eles mal nos alimentam, falei de maneira ríspida com a pobre Zofia, ensinei Karol a praguejar e Maria... — mamãe ficou em silêncio antes de continuar. — Temos de contar à Gestapo o que sabemos.

— Não seremos traidores, Natalia.

— Que escolha nós temos? De que outra maneira podemos proteger nossos filhos?

— Se falarmos a verdade, eles perceberão que Maria mentiu e ela será punida. De um jeito ou de outro, eles não nos soltarão, mas, como ela confessou, esses desgraçados não têm motivo para interrogá-la de novo.

— *Interrogá-la* — ela repetiu as palavras em um rosnado. — Eles não a *interrogaram*. Meu Deus, Aleksander, eles a torturaram — um soluço abafado seguiu suas palavras e imaginei papai lhe dando um abraço. Eu ouvi quando ele a beijou, provavelmente no topo da cabeça, porque é onde ele sempre a beijava quando ela estava chateada. A respiração pesada de ambos foi tudo que ouvi até que mamãe falou em um sussurro baixo e triste:

— Eu quero matar todos eles.

— Eu também, Nati.

O apelido geralmente a acalmava, mas acho que papai sabia que não funcionaria desta vez.

Ele disse à mamãe que eles tinham umas duas horas antes de os guardas voltarem para nos acordar, então deveriam dormir enquanto podiam. Depois de um tempo, sua respiração ganhou ritmo e ficou estável. Eu me sentei. Meus pais se encostaram na parede do fundo e Karol e Zofia estavam aninhados na cama. Eu os observei até que Zofia se mexeu. Ela olhou na minha direção, como se não soubesse mais o que pensar de mim, então sentou-se no chão, próxima da cama, e enrolou o cabelo em seu dedo.

Apesar de doer quando eu me movia, engatinhei até ficar perto dela, mas ela se concentrou em um furo do seu vestido azul-claro.

— Zofia, se você soubesse que eu estava trabalhando para a resistência...

— Eu não teria contado para ninguém.

— Eu odiei não ter contado, mas se você soubesse e eles descobrissem... — minha voz sumiu e a hostilidade em seus olhos foi diminuindo.

— Eles teriam me interrogado também. E quando eles te interrogaram, algo ruim aconteceu.

Eu assenti com a cabeça e ela não tentou descobrir mais. Por muito tempo eu não desejei nada além de ser honesta com ela, embora mentir significasse mantê-la segura. Agora eu tinha a honestidade que queria, mas de repente desejei que pudéssemos ficar escondidas atrás da mentira. Quando se é protegido por um muro de mentiras, torna-se mais fácil fingir que a verdade não está espreitando do outro lado. Agora o muro caiu e a verdade foi exposta. Eu não conseguia mais proteger a minha irmã.

Dei um leve puxão em um de seus cachos, o gesto que geralmente a fazia rir e afastar minha mão com um tapa. Mas, desta vez, Zofia entrelaçou seu braço com o meu e repousou sua cabeça em meu ombro.

Com nada mais para fazermos além de esperar em nossa cela, o dia se arrastou, deixando-me com muito tempo livre para pensar. Sentei-me no meu canto, com medo de que Ebner descobrisse que minha confissão tinha sido inventada.

O movimento fazia meus hematomas doerem, então tentei não me mexer. Eu me perguntava o que Irena tinha feito quando percebeu que eu não apareceria para cumprir a tarefa que deveria ter feito com ela no dia anterior. Não era normal eu chegar atrasada, e menos ainda perder o trabalho da resistência. Ela provavelmente foi até o nosso apartamento e descobriu que todos haviam sumido. Quando uma família inteira desaparecia, a conclusão era óbvia.

Porra, Maria.

Pelo canto do olho, percebi que mamãe se virou para mim, mas não olhei para ela de volta. Eu não conseguia olhar para os meus pais. O cabelo de papai estava desordenado, seu terno de *tweed* marrom, desgrenhado, sua barba por fazer. As salientes maçãs do rosto da mamãe haviam perdido seu brilho rosado, seu vestido preto com botões estava amassado e um pequeno rasgo descia por suas meias de náilon, desaparecendo em suas sandálias baixas. Mas não era a aparência dos meus pais que me abalava. Eram seus olhos. Eles refletiam uma tristeza que nunca existira antes. Não era desesperança, ainda não, mas perto disso. E, em meus pais, isso me assustou mais do que tudo.

Passos ecoaram pelos corredores silenciosos e me levantei quando a porta da nossa cela se abriu, revelando Ebner e quatro guardas.

Oh, Deus, ele sabe que eu menti, e agora ele vai torturar minha família para me forçar a dizer a verdade.

Eu passei meus braços ao redor da minha barriga como se estivesse de volta à sala de interrogatório, quase nua, seus olhos em cima de mim. A fumaça de tabaco saiu de seu hálito e me envolveu...

Pisquei e percebi que estava com as mãos agarradas ao meu suéter, como se meu aperto pudesse impedi-lo de sair do meu corpo. Abri minhas mãos e me aproximei de Zofia e Karol. Uma promessa vazia subiu à minha garganta, uma promessa de que manteria meus irmãos seguros. Talvez eu devesse ter dito, fosse a promessa vazia ou não, mas eu não aguentava mais mentir. Em vez disso, fiquei em silêncio e passei meus braços em torno deles. Desta forma, não parecia tanto assim uma mentira.

— Leve os prisioneiros para o transporte — disse Ebner.

Não tinha sido isso que os guardas disseram antes de me levar para o interrogatório, e só por esse motivo fiquei aliviada. Saímos da cela. Meus pais tentavam se manter eretos, mas seus ombros envergavam, exauridos, e papai se apoiou na mamãe enquanto ela cambaleava sob seu peso. Os guardas não o ajudaram nem lhe deram uma bengala. Não que eu esperasse o contrário. Eu seguia por último, com meus irmãos entre nós. Do lado de fora, os guardas conduziam os prisioneiros para grandes caminhões que rugiam com a presença de vida, engoliam os prisioneiros inteiros e expeliam uma fumaça quente e negra de seus escapamentos.

Subimos na barriga da fera indicada para nós e imaginei cinco peças de xadrez sendo capturadas, uma a uma.

Havia bancos dos dois lados, semelhantes aos do veículo que me levara para Szucha. Encontramos alguns assentos ainda vagos, enquanto mais prisioneiros enchiam o espaço vazio no centro, e então o caminhão começou a se mover.

— Vamos para casa? — Karol perguntou da ponta do colo da mamãe.

Ela endireitou seus suspensórios e o beijou na bochecha.

— Ainda não, meu amor.

— Para onde vamos?

— Você verá quando chegarmos.

Em silêncio, ouvi o caminhão sacudir pelas ruas de paralelepípedos. Quando parou, estávamos na estação ferroviária, onde um trem esperava. Mamãe e papai trocaram um olhar, aquele cheio de preocupação. Desta vez, havia outra coisa também.

Desesperança.

Eu me agarrei ao braço de papai e segurei com força o pequeno peão que ele tinha feito para mim. Prisioneiros de Pawiak nos cercavam. Eram tantos que era difícil se mover, mais difícil ainda respirar. Soldados impacientes nos conduziram para vagões-restaurante vazios, enquanto mais prisioneiros me acotovelavam, pisavam nos meus pés e me esmagavam a ponto de eu ter de lutar para respirar. Certamente eles não pretendiam fazer com que tantos coubessem em um espaço tão pequeno.

Mas foi o que fizeram. Mais prisioneiros de Pawiak entraram no vagão, arrastando os pés no chão coberto de cal. Depois de me apertar entre meus pais, notei dois baldes em um canto. Um estava preenchido com água e o outro, vazio. Serviria para as necessidades. Ao me dar conta disso, senti um arrepio e decidi que não iria usá-lo, não importasse quanto tempo ficássemos presos. Até Pawiak era mais civilizada: tínhamos horários designados para nos aliviar.

Quando as portas se fecharam, eu quis me jogar contra elas e me libertar para poder ficar em Varsóvia, voltar para o nosso apartamento aconchegante na rua Bałuckiego, no distrito de Mokotów, e ser um membro da resistência bem-sucedido novamente. Eu até teria escolhido Pawiak em vez de embarcar no trem. Mas o trem gemeu e guinchou em protesto quando começou a puxar sua forma monstruosa pelos trilhos, lembrando-me de que eu não tinha escolha.

TRÊS MESES ANTES
VARSÓVIA, 15 DE MARÇO DE 1941

UM DIA, ALGUÉM QUE não fosse Vera Menchik venceria o Campeonato Mundial Feminino de Xadrez; se eu quisesse ser a segunda campeã mundial feminina, tinha que treinar. Depois de dedicar meu dia ao xadrez, terminei meu último jogo à noite, quando meus irmãos já estavam dormindo, então algumas batidas na porta anunciaram a chegada de Irena.

Enquanto papai a recebia na sala de estar, mamãe preparou um *ersatz* e colocou o bule, as xícaras e os pires na mesinha de centro. A porcelana branca e brilhante refletia a luz da lamparina, enquanto o acabamento dourado cintilava sob seu brilho quente. Papai foi o único que se serviu de uma xícara.

Irena sentou-se no sofá, mantendo certa distância entre nós. Passei meus dedos pelos intrincados braços de mogno, afofei uma almofada de veludo cobalto e examinei um cavalo preto do meu tabuleiro de xadrez, tudo em um esforço para me distrair da tensão sufocante. Por fim, papai colocou sua xícara intocada na mesa e pigarreou.

— Irena, você já aprendeu a jogar xadrez?

— Não.

Mais silêncio. Guardei o cavalo e peguei o bispo branco.

Ele fez uma segunda tentativa.

— Você já faz isso há bastante tempo, não, Irena? Você tem alguma história boa para contar? Uma tarefa emocionante ou uma escapada por um triz de um nazista, talvez?

Ela pensou na pergunta.

— Uma vez, um soldado me pegou durante o toque de recolher, então fingi que ele tinha me parado no caminho do trabalho para casa. Eu comprovei a história com a minha licença falsa e passei um sermão no desgraçado, até que ele me liberou.

Papai se esforçou para controlar um sorriso divertido.

— Uma fuga impressionante — disse ele, virando-se para a mamãe. — Você não concorda, Natalia?

Ela estava sentada com uma perna apoiada sobre a outra e os braços cruzados. Quando ele se dirigiu a ela, ela fechou os olhos, beliscou a ponta do nariz e suspirou.

Depois de mais alguns minutos mexendo nas minhas peças de xadrez, o relógio bateu onze vezes. Olhei pela janela e observei os caminhões equipados com alto-falantes sacudindo pela rua, anunciando que o toque de recolher estava em vigor. Eu nunca havia quebrado o toque de recolher antes. Essa atitude de rebeldia flagrante me causava calafrios, mas a voz crítica de Irena se movia pela minha cabeça. Eu a silenciei. As distrações me atrapalhavam no xadrez e me atrapalhariam na resistência. Quando erros são cometidos, perde-se o jogo.

Irena se levantou e lançou um sorriso de despedida para meus pais antes de sair. Quando eu me pus a segui-la, ela já estava no meio da escada.

— Devagar — eu disse, correndo para alcançá-la.

— Não dá para falar mais alto? Os alemães em Hamburgo só ouviram metade do que você disse.

Recusei-me a dignificar o comentário sarcástico com uma resposta. Irena seguia pelas sombras, o que tornava ainda mais difícil a tarefa de segui-la. Ela disparou por uma rua lateral, despercebida por mim, e dei cinco passos na direção errada. Eu tinha saído do curso.

— Vamos entregar algo? — perguntei quando a alcancei novamente.

— Você percebe o quão irritante você é?

— Estou tentando aprender.

— Tudo bem, se você quer tanto assim uma droga de uma lição, aí vai: você é irritante.

Sem esperar pela minha resposta, Irena fez outra curva. Cada movimento era furtivo e inteligente, e ela se mantinha escondida, misturando-se com a noite. Ela era concentrada e decidida, e se não fosse tão irritante eu quase ficaria impressionada.

— Para uma filha de professora, você não é lá muito boa ensinando — eu disse depois de um momento.

— Graças a Deus. Ensinar é a paixão da mamãe, não a minha. Eu sou mais parecida com meu pai.

— Ele xingava tanto quanto você? — lancei um olhar malicioso para ela; em vez de revirar os olhos, como eu esperava, Irena deu uma risadinha.

— Sempre, desde que mamãe não estivesse por perto.

Um olhar distante cruzou seu rosto enquanto ela ajustava a corrente do colar. Ela falou com algum grau de civilidade. Claramente não tinha sido intencional, porque ela aumentou a velocidade e disparou pela próxima rua. Eu desviei de um pequeno monte de neve.

— Sabe, é mais provável que eu seja descoberta se você continuar me obrigando a correr atrás de você. Além disso, você não pode cuidar de mim se estiver me ignorando — dei a ela um sorriso triunfante. — Xeque-mate.

— O que você disse?

— Xeque-mate. É assim que se termina um jogo de xadrez. O rei é a peça mais importante, e quando você coloca o rei do seu oponente em xeque-mate, ele é ameaçado de captura, não importa para onde ele se mova. Seu oponente não tem como evitar o xeque-mate, então ele perde. Um xeque, por outro lado, significa que o rei pode evitar a captura ao...

— Parei de ouvir há duas horas.

Com um suspiro exasperado, coloquei uma mecha de cabelo solta atrás da orelha.

— Deixa pra lá. O que eu quero dizer é que você tem que me deixar acompanhá-la — corri na frente dela, forçando-a a parar. — Ganhei.

Irena zombou.

— Cala a boca, Helena. Temos uma longa noite pela frente, e se você continuar reclamando, vou deixá-la sozinha. Agora, saia do meu caminho, ou vou ter que obrigá-la?

Apontei a rua vazia com um gesto amplo.

— Mostre o caminho, Marta.

Ela passou por mim, movendo-se tão rapidamente quanto antes.

Era estranho andar por Varsóvia quando a cidade estava tão quieta. As praças iluminadas e coloridas estavam vazias, os parques exuberantes eram habitados apenas por criaturas noturnas, as vitrines pareciam escuras e hostis. Eu estava acostumada às multidões agitadas, ao tráfego barulhento, ao som das carruagens puxadas por cavalos, aos gritos de vendedores ambulantes... e com os gritos dos soldados e as batidas de suas botas brilhantes. Quando os poloneses que amavam essa cidade ficavam confinados em suas casas, até o farfalhar das roupas soava tão alto quanto o rugido dos aviões bombardeiros voando sobre nós.

Enquanto eu me perdia em meus pensamentos, meu ritmo diminuiu, mas o de Irena, não. Examinei a rua escura e uma figura sombria dobrou a esquina à frente. Ajeitei o meu grosso casaco de lã para me proteger melhor da brisa fria e comecei a correr, pisando levemente para abafar o som de meus passos. Assim que dobrei a esquina onde Irena desaparecera, congelei.

No final do quarteirão, um homem da SS a mantinha detida, enquanto um segundo vasculhava a sua bolsa.

Imediatamente, encolhi-me contra o edifício de estuque áspero ao meu lado e me fundi às sombras, mas uma mistura de curiosidade e preocupação tomou conta de mim. Olhei pela esquina e comecei a ouvir enquanto a rua vazia carregava as vozes em minha direção.

— Eu já disse, estou voltando do trabalho para casa. Soltem-me e me devolvam as minhas coisas — Irena tentou libertar um braço, mas o homem que a segurava torceu-o ainda mais nas suas costas. Ela sufocou um grito, deixando escapar um xingamento entre os dentes cerrados.

Os segundos se arrastavam enquanto o soldado vasculhava seus pertences. Esperava que ele acabasse encontrando suas permissões de trabalho falsificadas, o que reforçaria a mentira dela. E serviria para liberá-la.

Mas quando ele virou a bolsa e esvaziou o conteúdo que ainda restava, fez um único e horrível anúncio:

— Sem autorização de trabalho.

Irena ficou tensa.

— Você está errado... Quer dizer... Eu... — ela gaguejou, a voz mais fraca do que antes. Por fim, recomeçou, desta vez mais rápido e com mais força: — Eu devo ter esquecido lá. Pela última vez, me solte!

Isso era ruim, muito ruim. Irena os estava enfrentando, como na história que contara aos meus pais, mas desta vez não estava funcionando. Tive a terrível sensação de que nenhuma discussão ou palavrão funcionaria com aqueles soldados. Ao longo de nosso tempo juntas, ela nunca havia cometido um erro, mas se tinha esquecido de pegar sua autorização de trabalho, não tinha permissão para estar na rua tão tarde.

O homem da SS largou a bolsa dela no chão.

— Última chance.

Embora Irena mantivesse uma expressão inabalável no rosto, o desdém falhou em mascarar o medo em suas palavras.

— Estou indo para casa.

— Bem, você não pode trabalhar sem a sua licença. Vamos acompanhá-la até o seu local de trabalho para que possa recuperá-la e para que seu empregador confirme a sua história. Mas se você preferir dizer a verdade e admitir que infringiu a lei, posso dizer à Gestapo para pegar leve contigo.

As frágeis tentativas de se desvencilhar cessaram e Irena cedeu a seu captor, enquanto seu peito arfava cada vez mais rápido. Ele a chutou atrás dos joelhos, suprimindo de vez a sua rebeldia, e quando seus joelhos bateram no chão o outro soldado se aproximou. Ela se encolheu e se virou de lado antes de ele agarrar sua mandíbula e virar sua cabeça para cima.

Eu me afundei ainda mais em meu esconderijo. Casa, eu precisava ir para casa. Irena me dissera para colocar o trabalho da resistência em primeiro lugar, não os membros, então, não deveria intervir. Eu tinha que ir embora.

Mas não fiz isso. Eu tinha um plano.

Usando toda a minha coragem, virei a esquina e chamei com perplexidade:

— Marta?

O soldado soltou o rosto de Irena e voltou-se para a direção do som da minha voz, enquanto eu corria rua abaixo. Quando ele sacou a arma, eu parei derrapando. Por um momento fugaz, arrependi-me do que tinha acabado de fazer, mas se eu pudesse me concentrar, talvez funcionasse. Tinha que funcionar.

Eu sou apenas uma criança. Uma garota boba que estava andando sem rumo, sozinha e com medo. Não um membro da resistência claramente consciente de que havia uma arma apontada para si.

Virei-me para o homem que segurava Irena, que permaneceu de joelhos.

— Por favor, pare, ela é minha prima. Sinto muito, Marta, eu não queria...

— O que você está fazendo na rua depois do toque de recolher? — perguntou o soldado armado. A arma permaneceu firme em sua mão, mas seus olhos se viraram para ela. Esse breve movimento me levou a supor que minha idade o pegara de surpresa. Ele estava apontando sua arma para uma garotinha.

— Eu não queria ficar na rua tanto tempo. Eu fui visitar uma amiga e saí do apartamento dela antes do toque de recolher, pode acreditar, mas me perdi indo para casa. Como eu não voltei na hora certa, eu sabia que meus pais pediriam para a minha prima me encontrar — indiquei Irena com um aceno de cabeça, embora parecesse que ela mesma ia atirar em mim se eu não calasse a boca. — Por favor, não a machuquem. Ela estava tentando me ajudar.

O soldado se virou para Irena:

— Se ela está dizendo a verdade, por que você mentiu?

Irena levou um momento para tirar seus olhos da arma. Eu só precisava que ela corroborasse a minha história. Um silêncio tenso pairou no ar enquanto esperávamos ela falar.

Por favor, Irena, faça-o acreditar na história.

— Claro que ela está dizendo a verdade, mas não achei que você acreditaria que eu infringi a lei só para vir procurá-la. Assim que eu levar essa idiota de volta para a casa dos meus tios, vou me certificar de que isso nunca aconteça novamente — ela lançou um olhar sombrio na minha direção. A ameaça não se destinava ao soldado.

Aproximei-me cautelosamente.

— Eu sinto muito, de verdade. Por favor, não nos prenda.

Os olhos do soldado se desgrudaram de mim e pousaram em Irena. Quando ele se aproximou, ela recuou, até que ele pressionou o cano da pistola sob seu queixo. Ela congelou, enquanto tudo em mim parecia ter parado. Ele observou a palpitação no peito dela, então girou e agarrou-me pelos ombros. Eu dei um grito sufocado, esperando o golpe, as algemas ou a bala que viria a seguir.

— Da próxima vez, você não terá uma segunda chance.

O tom ameaçador impediu-me de oferecer mais do que um pequeno aceno de cabeça. Ele me soltou enquanto seu companheiro empurrava Irena para fora de seu alcance. Com uma respiração tensa, ela se apoiou nas mãos e nos joelhos. Os soldados marcharam para longe e eu os observei indo embora, até que mãos trêmulas agarraram meu braço e me arrastaram rua abaixo, ignorando meus esforços vacilantes para manter-me em pé. A fúria de Irena viria em seguida, e a expectativa por sua bronca era como a de um bombardeio prestes a ser iniciado. O barulho distante dos aviões. O apito agudo conforme os projéteis cortam os céus. Esses eram os únicos avisos antes de o mundo entrar em erupção.

Quando viramos a esquina, ela me puxou para o beco mais próximo e agarrou meus ombros com força.

— Que diabos foi aquilo, Maria? Por que você não foi para casa?

Havia uma agitação frenética no seu olhar, suas roupas estavam amarrotadas e os joelhos, ensanguentados, e diante de tudo isso eu finalmente consegui encontrar alguma voz na minha garganta seca.

— Eu não podia deixar que eles te prendessem.

Ela me soltou, balançando a cabeça.

— Eu não vou agradecer por você ser uma idiota de merda. Você deve se preocupar em manter o trabalho seguro e continuar viva, e se você não enfiar isso na sua cabeça dura e aprender a se virar sozinha...

— Sim, e isso funcionou tão bem para você um momento atrás... — respondi, olhando para ela. — A Gestapo a teria levado para o interrogatório.

— Isso não é problema seu. Você teria ficado livre para continuar trabalhando.

— Mas como eu intervim, estamos as duas livres.

— E da próxima vez que você fizer isso, nós duas podemos ser presas.

— Ou nós duas podemos estar livres novamente.

— Que droga, Maria, você não consegue nem reconhecer sua própria incompetência.

Rígida de tensão, Irena se virou e deu alguns passos para longe. Por alguma razão, essas palavras me atingiram, tocando em algo dentro de mim que ela nunca havia tocado tão profundamente antes.

— É isso que você acha? Que fui incompetente por ajudar em vez de ir embora? — perguntei, tão alto quanto ousei. — Bom, você quer saber o que eu acho? Você diz que a autopreservação é o que é melhor para a resistência, mas essa é a sua desculpa. A autopreservação é o que é melhor para *você*, porque você não se preocupa com ninguém além de si mesma.

Irena ficou ainda mais rígida. O silêncio recaiu sobre nós, espesso e sufocante, a fumaça depois de uma explosão. Caos em um momento, quietude no próximo.

Para acalmar a fúria que bombeava em minhas veias, inalei o ar fresco da noite, fingindo cheirar algo refrescante e límpido, não o lixo e o mofo deste beco imundo. Por fim, Irena diminuiu a distância entre nós, até que seu corpo alto e magro pairou sobre mim. Mantive minha posição, mas, quando ela falou, sua voz foi mais cortante do que a rajada gelada rasgando minha pele.

— Se você tentar de novo alguma outra porra de intervenção, está tudo acabado entre nós. E se eu ouvir outra maldita palavra da sua boca esta noite, você vai desejar ter me largado com aqueles soldados.

Ela não esperou por uma resposta, e eu não deveria dizer mais nenhuma maldita palavra de qualquer maneira; em vez disso, caminhou em direção à rua. Eu fiquei onde estava, observando-a sair. Irena havia quebrado sua própria regra sobre usar nossos nomes verdadeiros durante as atividades da resistência. Eu queria dizer isso a ela, mas decidi não provocá-la. Parecia que eu já a tinha provocado o suficiente por uma noite.

Auschwitz, 29 de maio de 1941

O trem roncara pelos trilhos a noite toda, o vagão-restaurante escuro como as ruas apagadas de Varsóvia durante o toque de recolher. Mamãe nos disse para beber a água nojenta do balde comunal, apesar dos meus temores de que, se fizesse isso, seria obrigada a usar o balde de necessidades. Eu já estava em um vagão ferroviário, espremida entre estranhos, sendo transportada como mercadoria. Poderia pelo menos tentar manter a pouca dignidade que restava. Mas mamãe insistiu.

Quando o trem parou, parecia que estávamos presos há décadas. Quando as portas se abriram, revelaram homens da SS que nos conduziram a uma plataforma. Mamãe saiu primeiro, seguida por Zofia e Karol, e eu fiquei para ajudar o papai. Quando nos aproximamos da porta, agarrei sua mão para ajudá-lo a descer. Quando ele olhou para mim, não consegui olhar de volta.

— Papai, me desc...

Ele segurou meu rosto com suas mãos carinhosas, então engoli as lágrimas que ameaçava derramar.

— A verdadeira liberdade vem da bravura, da força e da bondade. A única pessoa que pode tirar isso de você é você mesma.

Depois que assenti lentamente, ele pegou o meu pulso e girou-o. Então, abri minha mão para revelar o peão que ele tinha me dado. Com um sorriso, ele cerrou os meus dedos e beijou a minha testa.

— *Raus!* — alguém gritou.

Papai e eu continuamos em direção à saída. Era uma longa descida pela rampa, então ele se sentou, pegou a mão de mamãe e se apoiou em sua perna saudável para levantar-se. Ambos me ofereceram a mão enquanto eu seguia.

Lá fora, eu esperava ter mais espaço, mas estava tudo lotado e cheirando a passageiros cobertos de suor, dejetos humanos e sujeira. A manhã cinzenta carregava um frio pesado e o caos se desenrolava diante dos meus olhos. Soldados berravam e espancavam os recém-chegados com armas e chicotes, homens enlouquecidos em uniformes listrados faziam o mesmo, incitando todos a seguirem em frente.

Karol estendeu a mão para mim, então eu o peguei em meus braços e contive um grito quando seu peso fez os hematomas em minha barriga doerem.

— Olhe — ele sussurrou, apontando para dois soldados que estavam empurrando os prisioneiros para apressá-los. — Canalhas.

Eu disfarcei minha risada com uma tosse antes de adotar a expressão mais severa que pude.

— Karol, não diga essa palavra.

— Foi isso que a mamãe disse quando o guarda te empurrou, lembra?

Coloquei um dedo sobre seus lábios e baixei minha voz.

— Você tem razão, mas os soldados vão ficar bravos se nos ouvirem dizendo essa palavra. Por que você e eu não a mantemos em segredo?

Ele acenou com a cabeça, parecendo animado com a ideia, e beijei sua bochecha antes de colocá-lo no chão e agarrar sua mão. Zofia se aproximou de mim com os olhos arregalados enquanto olhava ao redor.

— Onde estamos? — ela sussurrou.

Segurei minha pequena peça de xadrez com ainda mais força enquanto observava a massa de corpos. Até que notei uma placa: Oświęcim.

Os alemães chamavam de Auschwitz.

Enquanto seguíamos os outros prisioneiros de Pawiak pela plataforma, os soldados da SS ordenavam que os homens se separassem das mulheres e crianças. Segurei a bainha da jaqueta de lã do papai, e um olhar trocado entre meus pais confirmou minhas preocupações.

— Você nos permitiria ficar juntos? — mamãe perguntou ao soldado mais próximo.

Em resposta, o soldado cuspiu em seus pés e papai ficou tenso. Mamãe agarrou sua manga, mas antes que ele pudesse fazer qualquer coisa, o homem da SS nos olhou com desdém.

— Eu não dou a mínima se vocês ficarem juntos ou não. Vocês vão para o mesmo lugar de qualquer maneira — disse ele.

Algo sobre a maneira como ele disse isso me fez congelar, mas eu não tinha certeza do motivo.

— Desça a plataforma — ele a empurrou na direção certa antes de sair marchando.

Papai agarrou o braço de mamãe sem perder seu próprio equilíbrio e eu corri para ajudá-los. Mamãe pegou a mão de Zofia e envolveu a cintura de papai com o braço enquanto ele pegava Karol.

— Fique perto — ela disse, e seguimos em frente.

Como eu poderia ficar perto? Inúmeras pessoas se aglomeravam ao meu redor, ficando entre mim e minha família enquanto todos se alinhavam em fileiras. Graças a Deus meu pai era alto. Eu me concentrei na nuca de papai e fui abrindo caminho em direção a ele. Enquanto eu lutava contra a multidão, alguém me empurrou e meu peão minúsculo escorregou da minha mão.

Corri atrás dele, caminhando entre pés calçados em sapatos oxford, sapatilhas e mocassins até quase colidir com coturnos brilhantes. Ofegante, endireitei-me e me vi diante de um oficial da SS.

Ele segurava meu peão entre os dedos.

De alguma forma, não havia quebrado durante a queda. Ele o examinava enquanto eu esperava que ele me notasse, mas gostaria que se apressasse para que eu pudesse voltar à fila.

Tudo nele parecia pequeno e apertado: figura esguia, olhos redondos, lábios finos, rosto comprido. Imaginei que um dos soldadinhos de brinquedo de Karol tivesse ganhado vida; a imagem mental teria me feito rir se não fosse a expressão no rosto desse homem. Quando ele ergueu os olhos para mim, eles ficaram endurecidos pela repulsa, como se ele nunca tivesse visto nada mais inferior do que a garota à sua frente. Ao mesmo tempo, seus lábios se entreabriam de uma forma que parecia ansiosa demais.

— Você joga xadrez? — perguntou.

Ele olhou para um guarda próximo e gesticulou, provavelmente pedindo a ele que traduzisse, mas eu assenti com a cabeça. Ele tensionou a mandíbula, talvez ofendido por meu conhecimento de sua língua nativa, e colocou meu peão na palma da minha mão.

Retornei, mas simplesmente não estava mais na fila. E minha família não estava à vista.

Eu girei em um círculo completo. Certamente, eles não poderiam estar longe; só dei alguns passos em outra direção para recuperar a minha peça de xadrez. Nada parecia familiar, eu não conseguia lembrar para qual direção o soldado nos havia enviado e mal conseguia ver por cima da multidão. As pessoas esbarravam em mim e me empurravam para o lado, impossibilitando que eu me mantivesse parada em um lugar. Apertei meus punhos no meu peito, meu coração martelando embaixo deles.

Vamos para o mesmo lugar, como disse aquele soldado. Se eu não encontrar a minha família agora, vou encontrá-los quando chegarmos lá.

O lembrete era reconfortante, mas a cada minuto nos separávamos mais. Talvez eles já tivessem alcançado o nosso destino final. O oficial da SS estava me observando, então me virei para ele. Eu não pude suportar a expressão em seu rosto; em vez disso, encarei o chão e falei em voz baixa.

— O senhor poderia me dizer para onde ir? Eu deveria ficar com a minha família, mas agora estou perdida e eu... — parei com uma respiração trêmula. — Por favor, eu tenho que encontrá-los.

Após uma breve pausa, ele estalou os dedos para um soldado da SS e acenou com a cabeça na minha direção. O soldado parecia confuso, provavelmente porque estava liderando um grupo de homens; ainda assim, não contestou a ordem implícita. Ele acenou para que eu entrasse em seu grupo, então obedeci.

Por um momento, pensei ter visto papai, mas minhas esperanças desapareceram tão logo surgiram. Não era ele. Mas estávamos indo para o mesmo lugar. Não importava como eu chegaria lá, apenas que voltaria para minha família.

Enquanto eu seguia com os homens, olhei por cima do ombro. O oficial da SS nos observava partir com a mesma fome no rosto e fechei minha mão com mais força em torno do meu peão minúsculo. Outro homem da SS o chamou, e o som de seu nome flutuou pela plataforma e alcançou os meus ouvidos. Fritzsch. Tive a sensação de que deveria me lembrar dele.

CAPÍTULO 4

AUSCHWITZ, 20 DE ABRIL DE 1945

NUNCA DEMORO MUITO PARA fazer a minha jogada. Fritzsch, por outro lado, examina o tabuleiro como se tivesse esquecido todas as regras e devesse revisá-las toda as vezes. Ele deve saber que fico irritada quando ele abusa do tempo durante as nossas partidas de xadrez, e é provavelmente o motivo pelo qual faz isso.

Por fim, ele passa uma das mãos sobre um cavalo e então parece mudar de ideia, ajustando o cigarro entre seus lábios. Eu mordo o interior da minha bochecha e aperto minhas mãos para não me remexer.

— Você se lembra de quando esteve aqui pela primeira vez?

Sua pergunta desperta a parte de mim que estou determinada a manter adormecida, a parte sobre a qual não tenho controle. Uma resposta arriscaria trazê-la à tona, então, para me acalmar, solto um pequeno suspiro e limpo a água da chuva dos meus olhos.

Rindo, ele brinca com o peão preto que capturou em sua última jogada.

— Você era uma criatura meio pequenininha, não era?

Palavras, isso é tudo que são. Apenas palavras.

— Sua vez — minha voz está tensa, carregada com uma corrente elétrica tão forte quanto aquela que uma vez correu por essas cercas de arame farpado.

— Já se passaram quatro anos, então você tinha... Quantos anos? Catorze, talvez quinze? — Fritzsch joga sua bituca de cigarro no cascalho. — Diga, 16671, como é?

— Como é o quê?

Ele se senta ainda mais empertigado e descansa seus antebraços na mesa.

— Voltar a Auschwitz.

A menor provocação é suficiente para liberar a corrente elétrica dentro de mim.

Como posso colocar em palavras o que é voltar a um lugar como este?

Fritzsch aguarda, os lábios entreabertos de expectativa, mas até parece que eu darei a ele o que ele quer. A corrente elétrica passa por mim, mas antes que possa se manifestar em mãos trêmulas ou em um estalo de raiva, imagino a onda diminuindo, acalmando, recuando para as profundezas. Enquanto me inclino sobre o jogo de xadrez Deutsche Bundesform e baixo minha voz, a pistola em meu bolso parece tão pesada e mortal quanto minhas memórias deste lugar.

— A menos que você pretenda desistir, é a sua vez.

Por um momento, Fritzsch não reage. Por fim, ele cede, recua e enfim move seu cavalo, mas segura o peão preto pelo pescoço e o gira entre os dedos, para a frente e para trás, para a frente e para trás. Eu mordo o interior da minha bochecha com mais força. Embora a corrente esteja controlada novamente, o formigamento de sua energia permanece.

— É como se nunca tivéssemos saído, não é?

As palavras soam quase acusatórias, como se ele estivesse me levando a dizer mais, para revelar por que voltei a este lugar após passar tanto tempo desesperada para dele escapar. Mantenho minha boca fechada. Ele não vai me forçar a uma jogada que eu não estou pronta para fazer. Depois que eu confessar por que vim — se eu perder o controle —, esse jogo não terá mais serventia para ele. Nem para mim. O passado me dominará, não importa como eu o combata; passei três meses lutando contra isso, e não ganhei nenhuma vez.

Ele não vai me apressar, não vai trazer essas memórias à tona antes que eu esteja pronta para lutar contra elas. Vou me agarrar ao controle com a mesma força com que aquela garotinha perdida certa vez se agarrou a uma peça de xadrez que ganhara de seu pai.

Mas ele está certo. Voltar a Auschwitz me faz sentir como se nunca tivesse partido. É aqui que tudo aconteceu, a realidade que se transformou em lembrança. Às vezes é impossível distinguir uma da outra.

Estar aqui é como no dia que cheguei, e em todos os dias que se seguiram.

É o inferno. Inferno absoluto.

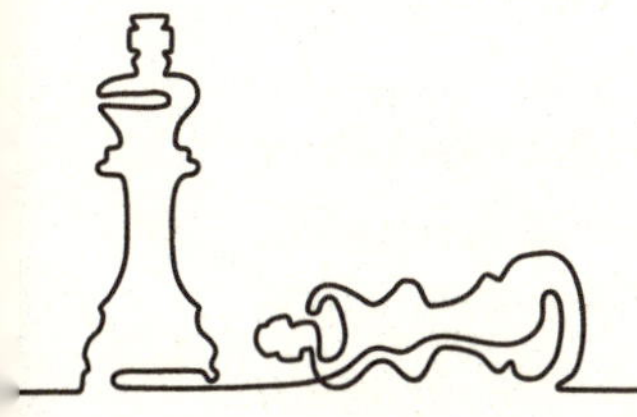

CAPÍTULO 5

Auschwitz, 29 de maio de 1941

— *Schnell!* — o guarda da SS gritou, enquanto eu marchava com o grupo de homens na plataforma da ferrovia. Ele ergueu o chicote, mas fui mais rápida e me escondi na multidão.

O frio recaía sobre mim. Eu não estava certa se era por causa da chuva que tinha começado a cair ou se era devido ao desconforto persistente que sentia depois da minha interação com Fritzsch. Mas cruzei os braços em volta de mim mesma para tentar afastar essa sensação. Mantendo os olhos abertos em busca da minha família, agarrei meu pequeno peão enquanto nos aproximávamos do que parecia ser uma cerca de arame farpado que se estendia de um portão. Assim que chegamos mais perto, distingui as palavras no letreiro de metal sobre a entrada.

ARBEIT MACHT FREI. O trabalho liberta.

Irena nunca mencionou que a Gestapo enviava membros da resistência a lugares assim. Talvez ela não tivesse ideia de que um lugar como este existia.

Seis semanas antes
Varsóvia, 12 de abril de 1941

Um minúsculo sino sobre a porta bateu em saudação quando Irena e eu entramos no pequeno armarinho para nossa última missão da resistência no dia. Vários clientes examinavam os produtos à venda, então fizemos o mesmo. Prateleiras de madeira escura repletas de camisas masculinas cobriam as paredes, e passamos por prateleiras com gravatas coloridas, cintos de couro e chapéus. Por fim, nos demoramos na seção de acessórios de costura.

Atrás do balcão, o balconista, o sr. Niemczyk, recebia o pagamento de um senhor idoso, mas foi um jovem casal que olhava as gravatas que chamou minha atenção. Um broche com a suástica brilhava na lapela do homem e a mulher trazia o mesmo símbolo no peito. *Volksdeutsche*.

Ao perceber isso, aproximei-me de Irena, meu coração batendo quase tão alto quanto o relógio de bronze na parede. Enquanto a mulher admirava a coleção, seus olhos se voltaram para nós. Talvez ela se perguntasse o que faziam duas meninas em uma loja de roupas masculinas. Ela logo voltou a atenção para o seu companheiro, mas eu pude captar o olhar penetrante que eles trocaram.

Outra regra fundamental de Irena: sempre suponha que *Volksdeutsche* sejam colaboradores. Pessoas com ascendência alemã, mas não cidadania — já que viviam fora da Alemanha —, tinham a oportunidade de assinar a *Deutsche Volksliste*, a Lista do Povo Alemão, em apoio às campanhas de germanização que o Terceiro Reich promovia nos territórios ocupados. *Volksdeutsche* que viviam na Polônia, mesmo aqueles com algum sangue polonês, e professavam sua lealdade ao Reich eram notórios por trair seus compatriotas para a Gestapo.

Se Irena também havia notado o casal, não deu nenhuma indicação. Nós nos aproximamos da seção dos chapéus, com os dois pairando ao nosso redor. Embora tentassem ser sutis, não era difícil adivinhar suas intenções. Imaginei que eles se acercariam para confirmar suas suspeitas sobre nós. Não poderíamos cumprir nossa tarefa sem que eles notassem, então tínhamos que nos livrar deles.

Eles estavam a menos de cinco metros de distância, perto o suficiente para ouvir o que eu planejava fazer. Perfume de couro e madeira permeava o ar, então respirei lentamente, deixando o doce aroma acalmar meus nervos. Nenhum dos planos que eu executara durante o trabalho de resistência tinha falhado, e eu me certificaria de que este também fosse bem-sucedido. Esperei até que Irena largasse um chapéu e escolhesse outro, então joguei minha cabeça para trás com um resmungo.

— Dá pra você escolher um logo?

Ela quase derrubou o chapéu e praguejou baixinho, mas, antes que pudesse se recompor, eu continuei.

— Temos que gastar tanto tempo fazendo compras para o Patryk? Já perdi muito do meu tempo ouvindo você flertar com ele esta manhã.

Seus olhos se arregalaram tanto que ficaram tão redondos quanto a borda do chapéu, antes de afiarem tanto em sinal de compreensão como de aborrecimento. Depois de tantas semanas trabalhando juntas, ela sem dúvida reconheceu o jovem imaginário a que sempre me referi quando precisávamos de uma história convincente. Era a minha estratégia de resistência favorita — e a que ela mais odiava. Felizmente, ela sempre entrava no jogo.

Irena ergueu o chapéu para uma inspeção mais próxima, seu olhar se movendo em direção aos *Volksdeutsche.*

— Quanto mais você reclamar, mais vou demorar.

— Ah, foi por isso que passamos tanto tempo no café? Porque eu reclamei que você estava nos atrasando para as nossas tarefas? — perguntei, cruzando os braços enquanto ela se voltava para a prateleira. — Ou foi porque vocês dois não conseguiam parar de se beijar?

Ela me lançou um olhar particularmente irritado. E não perdeu tempo em retrucar.

— Se você é tão paranoica com as nossas tarefas, termine-as você mesma.

— Talvez eu faça isso. Eu disse para a mamãe que não demoraríamos, e ainda temos que parar no açougue. Nesse ritmo, não estaremos em casa até o toque de recolher.

O sr. Niemczyk pigarreou em resposta à nossa discussão em voz alta, mas ele sabia por que estávamos lá, então imaginei que também soubesse o que estávamos tentando fazer. Como se para acalmar o funcionário, lancei um sorriso vitorioso para ele, embora tenha notado os olhares irritados dos *Volksdeutsche*. Em seguida, peguei um chapéu Homburg preto e coloquei-o nas mãos de Irena.

— Aqui, compre este e vamos embora.

Ela o empurrou de volta.

— Não, eu não gostei desse.

— Decidam-se e não mexam na mercadoria — disse o sr. Niemczyk, mas nosso teatro só aumentou.

Eu apontei com uma mão frustrada para os chapéus de feltro.

— Escolha um desses e pare de ser tão exigente.

— Pare de ser tão irritante.

— É você quem está desperdiçando nosso dia inteiro por causa de um garoto estúpido!

Durante nossa disputa, ouvi alguns murmúrios indistintos dos *Volksdeutsche*, então o homem entregou suas gravatas ao sr. Niemczyk e balançou a cabeça negativamente. Apontando para a mulher, ele a conduziu até a porta.

— Perdoe-me pela perturbação — disse o sr. Niemczyk, estendendo a mão pesarosa para eles.

Quando a campainha sobre a porta parou de tilintar, Irena e eu ficamos em silêncio. Enfim, sós. Esperamos mais um momento, certificando-nos de que ninguém mais estava vindo, então corremos para o balcão.

— Desculpe por termos lhe custado um cliente — ela disse, lançando-me um olhar penetrante. Ela tirou da bolsa um envelope e uma cópia do *Biuletyn Informacjny* e entregou os dois para ele.

Enquanto dobrava o jornal da resistência, abria o envelope e tirava a pilha de złotys, o sr. Niemczyk deu de ombros.

— Se eu posso perder uma venda para protegê-las e o seu trabalho, é uma honra.

Ela olhou para a porta antes de se aproximar dele.

— E o bebê? — ela murmurou. Havia um tom de preocupação em suas palavras, que se sobressaía à franqueza habitual.

— Melhor — ele respondeu com um sorriso. — Engordou um pouco, e meus filhos o adoram. Depois que eu usar esse dinheiro para comprar mercadorias no mercado paralelo, poderemos alimentá-lo ainda melhor.

Troquei um olhar aliviado com Irena. Mamãe entregara a criança em questão e, ao retornar para casa mais tarde naquela noite, ficou andando pela sala de estar, preocupada com a desnutrição do bebê. O relato positivo aliviaria suas preocupações, assim como a notícia de que os fundos permitiram que o sr. Niemczyk utilizasse o mercado civil secreto para sustentar sua família com mais do que as rações e mercadorias miseráveis que os alemães distribuíam.

O sr. Niemczyk acenou com a cabeça em direção à porta.

— Agora vão, antes que espantem ainda mais a clientela.

— Vou espantar só mais uma — disse Irena. Ela se virou para mim com suas sobrancelhas levantadas. — Mais alguma coisa que você gostaria de dizer sobre o Patryk?

O nome foi o suficiente para me fazer rir, apesar de seu tom sarcástico. Eu corri em direção à saída. Ela me seguiu, mas a campainha tocou, anunciando outro cliente e me salvando de sua repreensão. Por enquanto, pelo menos. Corri para fora e mal consegui descer alguns metros na rua vazia antes de cair na gargalhada.

— Você ficou maluca? — gritou Irena, seguindo-me até eu parar do lado de fora de uma barbearia. — Por que sempre faz isso?

Depois de um momento, me recompus.

— Os *Volksdeutsche* estavam nos observando e pareciam suspeitar de algo, então eu sabia que uma discussão falsa os faria perder o interesse. E funcionou, não, prima?

— E se não tivesse funcionado? Pelo amor de Deus, Maria, eles poderiam ter mentido para o oficial da SS mais próximo simplesmente para nos prender e nos calar.

— Calma, Irena. Não me faça começar a reclamar do Patryk novamente.

Sua raiva se dissipou um pouco e, com um sorriso fraco, mas afetuoso, ela se encostou na vitrine.

— Patryk era o nome do meu pai — ela ficou quieta, então suspirou e voltou a ser a mesma de sempre. — De todas as histórias que você poderia ter inventado, não dava para pensar em nada melhor do que me transformar em uma idiota apaixonada?

— É fácil e verossímil. Xeque-mate — respondi, sorrindo. — Admita, foi divertido.

Irena pareceu perder o ímpeto de continuar me repreendendo e balançou a cabeça.

— Você é uma idiota, mas de um jeito ou de outro seu plano estúpido fez com que eles saíssem e pudéssemos entregar aqueles fundos, então acho que você não é tão incompetente quanto eu pensava. Eu não disse que você é competente — ela acrescentou, quando percebeu que ergui a cabeça. — Só não é completamente incompetente.

— Bem, acho que você não é tão horrível quanto eu pensava. Não é legal. Mas não é completamente horrível.

— Cuidado. Ainda tenho o poder de tornar sua vida um inferno, Helena Pilarczyk.

— E eu posso contar pra sua mãe quantos palavrões você fala perto de mim. Você não é a única com poder, Marta Naganowska.

Com um olhar de desdém, Irena começou a descer a rua, embora não antes de eu perceber o sorriso que ela tentava esconder. Escondi meu próprio sorriso e corri para alcançá-la. Ela deu um suspiro exasperado quando reapareci ao lado dela.

Enquanto caminhávamos, eu me deliciava de satisfação. Mais um dia bem-sucedido de missões de resistência. Minhas peças estavam em posição, minha estratégia foi definida e a fase de abertura seguia para o meio-jogo. Nesta fase, o branco e o preto atacavam com força total, utilizando todas as possibilidades para capturar o rei do oponente. Era a fase mais perigosa de todo jogo de xadrez. Mas também a mais emocionante.

A essa altura, a entrada do gueto judeu já estava à vista. O portão se abriu para permitir a passagem de um carro alemão e avistei um outro mundo, cujos habitantes eram forçados a usar uma braçadeira branca com uma estrela de Davi azul sobre as roupas. Três homens barbados de cabelos escuros andavam em um riquixá pedalado por um quarto homem; um punhado de crianças maltrapilhas passou por uma figura esquelética esparramada na calçada. Se estava morta ou muito doente para se mexer, eu não poderia dizer. Perto da forma imóvel, alguém se encolhia sob uma pilha de trapos. Com base no tamanho da mão que se estendia em direção à multidão, presumi que fosse uma mulher. Além da pedinte, os soldados detiveram um homem que parecia um rabino e apararam sua longa barba grisalha enquanto ele mantinha uma postura solene e digna durante a humilhação.

O portão se fechou, prendendo os judeus, e uma pontada aguda de tristeza perfurou meu coração. Uma ideologia havia se disseminado como uma doença e gerado tal maldade. Antes da guerra, eu testemunhara vários casos de ódio e opressão, mas nenhum tão vil e sem sentido como isto.

Auschwitz, 29 de maio de 1941

Apertei meus olhos sob a chuva enquanto seguia o grupo de prisioneiros pelo portão. Ao longo do caminho irregular, passamos por prédios de tijolos vermelhos sinalizados com placas pretas e letras brancas. Os soldados nos conduziram ao Bloco 26, onde homens em roupas listradas empunhavam porretes como os da rampa da ferrovia. Lá dentro, procurei minha família, mas os únicos presos eram os homens do meu grupo, e alguns já se encontravam em vários estágios de nudez, preparando-se para receber seu novo traje de prisioneiro. O grupo da minha família já devia ter passado. Enquanto eu observava a cena, um homem a poucos metros de mim tirou a camiseta e o shorts e ficou ali, nu.

Por um momento, fiquei surpresa demais para desviar o olhar; quando o fiz, descobri que todos estavam se despindo de suas roupas. Totalmente. Sem vestir nada no lugar.

Alguns homens se amontoaram para se aquecer e oferecer apoio uns aos outros, alguns estremeciam sozinhos. Este lugar despojava os seres humanos de roupas e posses e os deixava encolhidos na nudez. Que tipo de prisão era aquela?

Um dos homens vestindo uniforme listrado aproximou-se de mim. Uma braçadeira branca com a palavra *KAPO* escrita em letras maiúsculas pretas adornava seu bíceps, mas eu não tinha ideia do que aquilo significava. Eu esperava que ele ficasse surpreso ao ver uma garota entre os homens, e não com as mulheres e crianças, onde quer que estivessem, mas ele não pareceu surpreender-se. Não havia emoção em seus olhos.

— Tire a roupa — disse ele.

Eu abracei meu abdômen, e meus dedos agarraram meu suéter como se nunca fossem afrouxar, assim como em Pawiak. Eu odiava me despir na frente da minha própria irmã, minha carne e sangue, e as pessoas nesta sala eram estranhas. Homens, tantos homens.

— Agora.

A ordem me trouxe de volta à realidade e dei um passo apressado para trás.

— Espere, por favor, posso... posso pegar outra roupa primeiro?

Um novo som, profundo e insensível. Risada. Por que ele estava rindo da minha pergunta? Ela não tinha nada de engraçado.

Como eu ainda não obedecera, ele deixou o humor de lado e deu um passo ameaçador em minha direção.

— Tire suas malditas roupas ou eu vou tirá-las para você.

Depois de alguns segundos agonizantes, engoli em seco, lutei contra as lágrimas quentes e soltei meu suéter. Qualquer coisa para manter as mãos dele afastadas de mim. Eu me atrapalhei com os botões e os fechos, cada movimento era uma traição. Assim que terminei, levantei-me, nua — a pele branca como leite salpicada de manchas azuis e roxas —, na frente de um homem estranho com idade suficiente para ser meu pai. Com o rosto quente e os olhos baixos, cruzei os braços sobre meus seios machucados para esconder um pouco o corpo exposto. Não adiantou muito.

O homem apanhou minhas roupas e as jogou em uma pilha, mas eu mantive o peão de papai escondido em meu punho.

Ele não o tiraria de mim.

Alguém me entregou um cartão no qual havia um número anotado. Meu novo nome, pelo que me disseram, embora *um seis seis sete um* não se pronunciasse tão facilmente quanto *Maria*.

Alguns homens tentavam se cobrir, outros nem se importavam, e passamos por três jovens da SS que nos observavam caminhar. Nada aliviava a sensação de vulnerabilidade mais horrível que eu já vivenciara: aquela nudez entre estranhos. Os homens compartilhavam entre si a exposição de seus corpos, mas eu estava sozinha. Era a única mulher sofrendo com aquilo, o único corpo que não combinava com os demais que me cercavam. Enquanto caminhava, aquecida apenas pelo calor da vergonha, tudo que eu queria era passar despercebida, ser pequena e invisível.

Observei os tornozelos à minha frente, com os braços cruzados no peito, até que uma mão firme se fechou em volta do meu pulso. A mão me puxou para o seu dono, colocando-me cara a cara com um dos jovens da SS.

— Não precisa ser modesta, querida.

Ele agarrou meu outro pulso e, apesar da minha resistência, facilmente abriu meus braços. Eu congelei, incapaz de escapar, incapaz de me proteger.

Ele me avaliou com um olhar esquadrinhador.

— Pronto, não é muito mais confortável?

Tudo que pude fazer foi olhar para os emblemas da *Totenkopf* em seu quepe e colarinho.

Mais dois pares de olhos, mais dois sorrisos misteriosos. Seus companheiros pegaram meus braços e um deles riu.

— Essa é jovem demais até para você, Protz. O que a garotinha está fazendo aqui?

Eu odiava Fritzsch por ter me despachado junto com os homens.

Aquilo não estava acontecendo, não podia estar. Suas mãos não estavam no meu peito, elas não estavam deslizando da minha cintura até meus quadris, ele não estava sorrindo enquanto eu me encolhia e ele me puxava para mais perto. Mas eu não pude ignorar a ordem gutural que acompanhou os dedos que acariciavam a minha bochecha.

— Venha comigo, pequena.

Lute, grite, implore. Pelo amor de Deus, faça alguma coisa, qualquer coisa.

Mas não fiz.

Quando Protz me puxou para uma sala adjacente, tudo dentro de mim dizia para protestar, cada parte de mim tentou obedecer e falhou. Resistir não teria funcionado de qualquer maneira; ele era muito forte, ele tinha uma arma. Uma mão agarrou meu braço enquanto a outra permanecia em seu cinto.

— Protz.

Ele parou a alguns metros de mim. Eu não conseguia compreender a nova voz, aquela que instruía Protz a ir a algum lugar e fazer algo. Eu não conseguia nem respirar.

— Droga, isso é uma pena, não é? Até a próxima, amor.

Protz me mandou de volta para os prisioneiros com um tapa entusiasmado em meu traseiro.

Acompanhada por seus risinhos, me afastei cambaleando, cruzei os braços sobre o peito e deixei que a multidão me levasse com ela. Eu estava entorpecida demais para fazer qualquer coisa além de seguir, enojada demais comigo mesma e com meu próprio desamparo.

— Mexa-se, garota — a ordem veio do mesmo guarda com a estranha braçadeira que me obrigara a tirar as roupas.

Mas eu estava congelada novamente. Mais pessoas com roupas listradas estavam armadas com tesouras e navalhas. Diante dos meus olhos, corpos inteiros tiveram os pelos raspados e suportaram exames físicos minuciosos, tudo em um silêncio assustador. A mesma coisa estava para acontecer comigo. Onde estava minha família? Eu precisava encontrar a minha família.

Alguém me puxou por trás com um movimento rápido e doloroso, pressionando algo duro sob meu queixo e forçando minha cabeça para trás. Então, encontrei um olhar cruel.

— Parece que alguém já te deu uma surra. A menos que você obedeça às ordens, vou te dar outra — o prisioneiro com a braçadeira me empurrou para um homem que empunhava uma tesoura.

Parei diante dele, dolorosamente ciente de minha vulnerabilidade, mas seu rosto não tinha expressão. Suponho que isso deveria ter me feito sentir melhor, mas não foi o caso.

O prisioneiro colocou a mão em meus ombros trêmulos, guiou-me até um banquinho e ordenou que eu me sentasse. Ele não era rude, mas não era gentil, e eu queria que o chão se abrisse e me engolisse.

— Obedeça aos kapos — ele murmurou. — Eles também são prisioneiros, mas trabalham como supervisores, então, têm algo que o resto de nós não temos: poder.

Mais guardas da SS patrulhavam a sala e observavam o horrível procedimento. O homem levantou minha trança e metal raspou contra metal quando ele abriu a tesoura. Meu cabelo era tudo que me ligava à garota que eu era antes. A garota que eu nunca seria novamente.

— Por favor... — era um apelo inútil, mas não pude evitar.

Mesmo que meu apelo não tivesse sido inútil, ele veio tarde demais. O homem já tinha desfeito e cortado as minhas tranças e trocara a tesoura pela navalha.

— Vou tentar não fazer muitos cortes, mas tenho que ser rápido — disse ele, a lâmina fria tocando a minha nuca. — Eu tenho uma cota a cumprir.

Uma vez, Karol encontrou um besouro morto no chão da cozinha. Ele o dissecou e estudou suas patas, o exoesqueleto e o interior, não deixando nenhuma parte da infeliz criatura sem escrutínio. Agora, enquanto homens estranhos me raspavam e examinavam, eu me sentia como o besouro de Karol. Quando a humilhação acabou, toquei a penugem que restava em minha cabeça. Era tudo que eu tinha para chamar de cabelo. Se eu não tivesse tocado e ignorasse o frio no meu pescoço, quase poderia fingir que ainda tinha minhas longas mechas loiras. Mas não adiantava me enganar.

Zofia odiaria isso. Se havia algo que ela amava em si mesma eram seus cachos.

O desinfetante fez com que os cortes que me cobriam ardessem terrivelmente, mas depois de todos os lugares do meu corpo que mãos, olhos e instrumentos estranhos violaram, nem mesmo a purga ardente do antisséptico me fez sentir limpa novamente. Então, alguém me entregou uma roupa listrada em cinza e azul. O uniforme horrível e grosseiro era uma visão bem-vinda, e eu o vesti o mais rápido possível. Eu nunca mais desdenharia de roupas.

Meu uniforme era muito grande, mas ninguém parecia se importar. Um triângulo vermelho com um *P* em seu interior havia sido bordado na altura no peito esquerdo, e logo abaixo havia uma tira branca de tecido com meu número, 16671, grafado em preto. Meu novo nome. Fingi que o lenço escondia a minha careca, embora provavelmente a acentuasse, e por fim calcei o par de desconfortáveis tamancos de madeira.

Na próxima sala, tentei preencher um formulário de registro, mas minha mão não parava de tremer, e só pude anotar uns rabiscos quase ilegíveis. Outro homem em roupa listrada tirava algumas fotos de cada novo prisioneiro, e então os guardas nos conduziram para fora.

Certamente, o pior já tinha passado. Acabei ficando na parte de trás da multidão enquanto marchávamos pelo terreno extenso. O lugar parecia mais um acampamento do que uma prisão. A chuva caía constantemente e eu apertei meu olhar para procurar minha família. Com nossas cabeças raspadas e uniformes iguais, era impossível distinguir alguém, mas minha esperança era ver um homem, uma mulher e duas crianças juntos.

Um prisioneiro solitário desceu a rua, com um lenço na cabeça em vez de um chapéu. Uma mulher. Graças a Deus, finalmente outra mulher. Quando ela se aproximou, diminuí o ritmo e toquei seu braço para chamar sua atenção. Ela recuou, olhando para mim com olhos escuros em órbitas vazias e emoldurados por um rosto magro. Ela era magra, magra demais.

— Você é uma garota... — o murmúrio incrédulo carregava um leve sotaque, um que eu costumava ouvir bastante antes da guerra.

Você também, eu quis responder. Eu estava farta de ser a única garota entre os homens. Depois que me reencontrasse com meus pais e irmãos, minha próxima missão seria encontrar mais mulheres. Seu uniforme estava marcado com um *P* e dois triângulos sobrepostos, um vermelho como o meu e outro amarelo, formando uma estrela de Davi. Seu número era 15177. Imaginei que a simbologia significava que ela era uma judia polonesa. Sua aparência sugeria que ela era, talvez, dez anos mais velha do que eu. Era difícil dizer.

— Você sabe onde posso encontrar a minha família? Chegamos hoje, mas eu acabei separada do grupo, então acho que eles se registraram antes de mim. Será que você os viu? Papai é alto e anda mancando, mamãe é um pouco mais alta do que eu, e minha irmã e meu irmão...

Minha voz desapareceu. O nó em minha garganta, causado pela expressão de cautela da mulher, impossibilitou que eu formulasse mais palavras. A judia lançou um olhar furtivo por cima do ombro e baixou o olhar.

— Você verá sua família em breve — ela saiu sem esperar que eu retrucasse.

Se havia uma habilidade que eu desenvolvera ao analisar meus oponentes em jogos de xadrez, esta era como ler as pessoas. As pistas para detectar uma mentira eram sutis: uma mudança no tom de voz, um alargamento da narina, a incapacidade de manter contato visual. Esses indicadores nem sempre eram confiáveis, mas eu geralmente conseguia saber quando eram. Nesse caso, os sinais eram tão óbvios quanto o porrete do kapo que atingira meus ombros e me forçara a continuar andando.

A mulher estava mentindo. Eu não veria mais a minha família. Para onde teria sido enviada? Um campo diferente? Uma prisão? Eles voltariam? Rolei a pequena peça de xadrez na palma da minha mão, desejando nunca tê-la deixado cair para poder ficar com o grupo correto.

Enquanto eu caminhava e tentava ignorar o uniforme úmido e a coceira em minha pele nua, notei um portão de ferro aberto que levava a um pátio entre os Blocos 10 e 11. Embora eu tivesse aprendido minha lição sobre ficar para trás, aquela cena me deixou fraca demais para que conseguisse me mover.

Um caminhão esperava perto do portão enquanto os prisioneiros o carregavam com cadáveres. Na outra extremidade do pátio, havia uma parede cinza em frente ao muro de tijolos, e parecia ser de lá que os prisioneiros retiravam os cadáveres. Corpos nus eram jogados na pilha como gravetos recolhidos para uma fogueira. Não sabia o que me horrorizava mais: o desprezo pelos mortos ou a indiferença com que os prisioneiros cumpriam a tarefa.

Um oficial grisalho da SS supervisionava a alguns metros de distância e, quando me aproximei do caminhão, ele não me impediu. O cheiro forte e metálico de sangue atingiu minhas narinas e eu segurei meu estômago para conter uma vontade repentina de vomitar.

— O que aconteceu com eles? — perguntei para ninguém em particular.

Um homem que carregava um corpo balançou a cabeça para indicar a parede cinza dentro do pátio.

— Membros da resistência e prisioneiros políticos poloneses são perfilados na parede e executados.

Executados. Essas pessoas não morreram, eles foram assassinadas. O nó na minha garganta agravou-se

— Somos da resistência, eu e minha família. Nós seremos...?

— Não. Se vocês foram registrados, foram considerados aptos para trabalhar. Eu não chamaria isso de sorte, mas pelo menos vocês não estão mortos ainda — respondeu o prisioneiro com um riso sombrio.

Ele carregava o corpo de um homem e notei um pequeno buraco com sangue na parte de trás da cabeça do cadáver. Mais uma vez, meu estômago embrulhou como reação; contive o enjoo com enorme dificuldade. O prisioneiro depositou o corpo no caminhão, acidentalmente deslocando um outro, que escorregou e aterrissou no solo úmido. Ele o pegou e o arremessou de volta em um movimento rápido e mecânico.

— Alguns presos políticos têm permissão para trabalhar; outros são eliminados, especialmente os doentes, os portadores de alguma deficiência, os idosos, as mulheres e as crianças. Eu não desejaria este lugar para a escória da Terra, quanto mais para uma criança. Se eles a registraram é porque devem precisar de mais trabalhadores, independentemente de quem sejam.

O rol de qualidades indesejadas ressoou em minha mente.

Papai tem deficiência. Mamãe é uma mulher. Zofia e Karol são crianças. Eu sou uma criança.

Vocês vão para o mesmo lugar de qualquer maneira.

A chuva caía mais forte e encharcava meu uniforme fino. Meu corpo inteiro estremeceu, mas não por causa do frio úmido.

Eu não queria olhar para as pessoas no caminhão, não podia olhar, mas precisava. Então, olhei. E foi então que notei cachos loiros familiares entre a pilha de corpos.

Depois de localizar Zofia, encontrei o resto da minha família agrupada ao redor dela. Mamãe, papai, Zofia, Karol. Mortos. Minha família inteira estava morta porque eu havia sido pega pela Gestapo.

Algo dentro de mim se estilhaçou e me fez cair de joelhos; uma agonia aguda e penetrante golpeava o meu peito. Eu teria dado qualquer coisa para trocar essa dor por mil golpes do porrete de Ebner, eu a trocaria por infinitos interrogatórios da Gestapo; o que quer que fosse necessário para mudar o que eu tinha feito.

Traga-os de volta, querido Deus, por favor, traga-os de volta.

Uma mão forte me ergueu e me pôs de pé.

— Saia da fila novamente e você desejará ter sido mandada para a parede como aqueles polacos.

A voz áspera esperou que eu compreendesse a ameaça antes que seu dono me arrastasse de volta para o grupo.

A parede era para mim também. Se eu não tivesse me perdido, Fritzsch não teria me enviado para o registro. Era para eu estar com eles. Não, eles deveriam estar seguros em casa. Eu fui pega, mas foram eles que pagaram o preço. Meus pais, minha irmã, meu irmão, exterminados; seus cabelos emaranhados manchados com sangue rubro, seus corpos amontoados entre estranhos.

Um grito nos mandou para o Bloco 18. Quando a porta bateu atrás de nós, não me importei em olhar ao meu redor. Eu estava tremendo e sufocando e precisava me afastar. Corri para o canto mais distante do bloco, longe de meus companheiros de prisão, e desabei.

Soluços profundos e dolorosos me estrangularam, e as lágrimas queimavam enquanto escorriam pelo meu rosto. As chamas da culpa e a desolação eram mais agonizantes do que qualquer dor que eu já sentira. Minha família inteira estava morta.

Agora, eu sabia o que era o inferno. A prisão não era o inferno, a tortura não era o inferno. Auschwitz era o inferno.

— Eu sabia que tinha visto uma garota.

A voz de um homem soou ao meu lado. Ninguém tinha armas, mas minha mente emitiu um alerta: havia incontáveis homens naquele ambiente e apenas uma de mim. Cada homem poderia ser como Protz.

Imediatamente, virei-me e golpeei com o punho fechado na direção da voz. Algo oscilou e abriu caminho com o impacto. Com um grito, o homem levou as duas mãos ao rosto antes de olhar para mim com os olhos arregalados, que logo se estreitaram em uma careta. Quando ele ergueu a cabeça, o sangue escorria de seu nariz ferido.

— Que diabos há de errado com você?

Cerrei meus punhos novamente, mas ele se levantou e foi embora, murmurando algo sobre eu estar louca. Eu me encolhi novamente.

Os soluços incontroláveis não cessavam e minha mão latejava, mas a dor era insignificante em comparação com a agonia interior.

— As coisas podem parecer sombrias, mas mantenha a cabeça erguida. Você não está sozinha.

As palavras exprimiam um sentimento comum. Normalmente, eram usadas como tentativas inúteis de oferecer conforto, mas algo parecia diferente. A voz era tão encorajadora que eu nem sequer considerei dar mais um soco. Não eram palavras vazias, mas cheias da confiança mais profunda.

— Qual é o seu nome?

Embora eu não tenha levantado a cabeça, acalmei-me o suficiente para responder em um sussurro:

— Um seis seis sete um.

— Como?

— Meu nome é 16671.

Vociferei o número enquanto minhas lágrimas brotavam novamente. Era o único nome adequado para mim agora. Carregar o nome que meus pais me deram era uma honra que eu não merecia mais.

Apesar da minha hostilidade, o homem riu.

— Bem, então, pela sua lógica, meu nome é 16670. Prazer em conhecê-la.

Olhei para o seu uniforme. Seu número de prisioneiro realmente era o imediatamente anterior ao meu, e ele usava um triângulo vermelho com um *P* no peito. Ele se ajoelhou e ficou mais próximo do nível dos meus olhos, mas manteve uma distância respeitosa, como se me assegurasse de que não pretendia fazer mal.

— Eu sou um frade franciscano. Meu mosteiro imprimia publicações antinazistas, então, eu e alguns de meus irmãos fomos presos. Por que você está aqui?

Uma pergunta tão simples, mas com uma resposta tão complexa. Porque eu fiz com que a minha família fosse presa, porque eu me perdi, porque minha família estava morta. Engoli minhas lágrimas e limpei as que corriam pelas minhas bochechas.

— Eu trabalhava para a resistência em Varsóvia — ele não precisava saber de toda a verdade.

— Você deve ser uma garota muito corajosa — ele murmurou, ainda que corajosa não estivesse entre as palavras que eu usaria para me descrever. — Meu nome é padre Maksymilian Kolbe.

O padre tinha um queixo levemente dividido e alguns cortes de navalha bem visíveis no rosto. É provável que tivesse barba antes de chegar ao campo — o que faria sentido, considerando que era um frade — e aparentava ser alguns anos mais velho do que meu pai. Ele me olhava com tanta gentileza, uma gentileza que talvez não me oferecesse se eu lhe contasse a verdade. Havia sinceridade em seus olhos, mas, não obstante o quanto eu confiasse nele, eu não poderia revelar o que tinha feito.

Ainda assim, ele esperou pela minha resposta. Para eu lhe dizer o meu nome. Mas eu já dissera como deveria me chamar.

Maria Florkowska era uma criança estúpida que pensava que podia transformar um simples peão em uma rainha poderosa. Ela era uma idiota, um peão em um jogo que jamais ganharia, sendo enganada, dominada e manobrada por adversários muito mais inteligentes e poderosos. Sua família pagou com a vida enquanto ela se tornava uma *häftling*, a Prisioneira 16671.

E a Prisioneira 16671 não era nada. Eu não era nada.

— Meu primeiro nome era Maria. Meu nome na resistência era Helena. Meu novo nome é Prisioneira 16671 — minha voz estava rouca, áspera e zangada, tão zangada.

O Padre Kolbe baixou a cabeça e meneou-a.

— Entendo.

Ele se virou para confortar um homem que praguejava e lamentava seu destino. Olhei em volta para confirmar que eu era a mais jovem em nosso bloco — e a única mulher. Levantei os joelhos, encostada no canto, e olhei para as listras do meu uniforme. Quando o homem perturbado ficou quieto, o Padre Kolbe falou com alguns dos outros e depois sentou-se ao meu lado. Eu não levantei meus olhos.

— Meu nome de batismo é Raymund, mas quando professei meus votos, recebi dois novos nomes. O primeiro é Maksymilian. O segundo é Maria, em homenagem à Imaculada, a imaculada Virgem Mãe de Deus. Nomes ocupam um lugar querido em meu coração, e mesmo as pequenas alegrias fazem a diferença em momentos como este. Se você não se importar, posso chamá-la de Maria?

O nome não era mais meu, então eu deveria ter recusado, mas ele parecia tão benevolente. Eu poderia abrir uma exceção, simplesmente porque isso o confortaria. Eu balancei a cabeça em concordância.

— Quantos anos você tem, Maria? — perguntou Padre Kolbe, que então riu. — Perdão, eles levaram meus óculos.

— Catorze.

— Tem alguém aqui com você? Um amigo talvez, ou sua família?

Ao ouvir a menção à minha família, as lágrimas retornaram, então balancei minha cabeça para escondê-las. Não era exatamente uma mentira.

— Bem, eu não cheguei com ninguém também, então somos iguais nesse sentido, você e eu. Vamos ser amigos?

Ele não teria se oferecido para ser meu amigo se soubesse que minha família estava morta, jogada em um caminhão nas instalações do campo. Morta porque eu fiz com que todos fossem capturados. Eu deveria ter me punido recusando sua amizade, mas aquela oferta era tudo que eu tinha, a única chance de afastar meus pecados de minha mente.

Eu não confiava em minha voz, então apenas assenti.

Seu pequeno sorriso era tão carinhoso, tão compassivo.

— Combinado, então. Amigos.

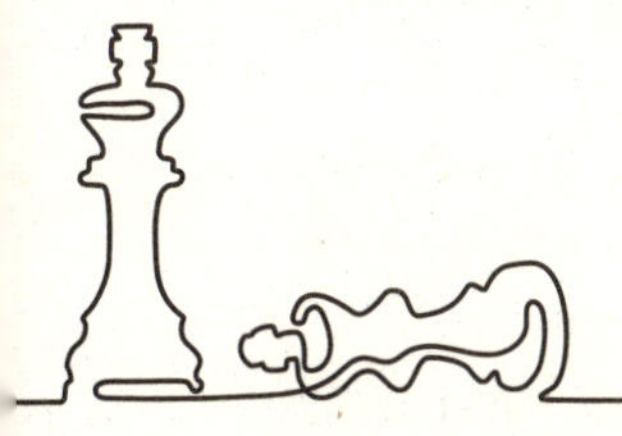

CAPÍTULO 6

AUSCHWITZ, 30 DE MAIO DE 1941

MAL PASSAVA DA MEIA-NOITE, após um dia inteiro no Bloco 18, e eu refletia sobre a minha nova existência. Prisioneira 16671, órfã e sem ninguém, exceto por um padre gentil que não sabia nada sobre mim ou o que eu causara à minha família.

Respirações compassadas e roncos discretos cortavam o silêncio assustador. Eu não tinha dormido nada. Estava deitada em um monte de feno infestado de piolhos, olhando para a escuridão e agarrada ao pequeno peão de meu pai. Quando nos acomodamos para passar a noite, os dois homens amontoados de cada lado me garantiram que eu não tinha motivo para temê-los, mas nenhuma garantia me fez sentir segura.

Como alguém poderia dormir depois dos horrores que vivenciamos? Houve vários ataques de pânico e crises de nervosismo desde que chegamos ao nosso bloco, mas agora estava tudo quieto. Talvez os demais tenham aceitado a situação, estivessem exaustos demais para se importar ou não tivessem visto sua própria família em meio a uma pilha de corpos.

Fechei meus olhos, pois a escuridão era a mesma com eles abertos. Ainda que eu quisesse dormir, não conseguiria. O dia horrível preenchia a minha cabeça, embora eu tentasse pensar em lembranças felizes e despreocupadas da vida antes da guerra. Quase pude sentir o aroma tentador de pão fresco no forno enquanto minha família e eu nos reuníamos na sala de estar para ouvir nossos programas de rádio favoritos e jogar jogos de tabuleiro, mas não consegui me agarrar a isso por muito tempo.

As lembranças desapareceram, substituídas por um tabuleiro de xadrez, familiar e relaxante, uma pausa nas atrocidades que me atormentavam. As peças eram pretas e vermelhas, e fechei meus dedos em torno do pescoço esguio de um peão vermelho. Minha mão escorregou, a tinta ainda estava fresca e úmida. Examinei a substância escarlate e brilhante que se acumulou embaixo das minhas unhas e um odor metálico atingiu minhas narinas. Sangue.

Ofegante, esfreguei minha mão na saia xadrez, só que não era ela, era um uniforme listrado. Peguei um peão preto, mas estava pegajoso e cobriu meus dedos com sangue escuro coagulado, e olhei através do tabuleiro para encontrar não um oponente, mas centenas: corpos nus empilhados em um caminhão. Imediatamente, eu os encontrei. Ou talvez eles tenham me encontrado. Mamãe, papai, Zofia, Karol. Seus olhos, que antes brilhavam de vivacidade e amor e agora eram vazios e sem vida, me encaravam, me acusavam, me lembravam de que a culpa era minha, toda minha.

Choro e soluços me acordaram e demorei um pouco para perceber que eram meus. Eu adormeci, embora achasse que nunca mais dormiria.

— Cale-se! — uma voz zangada e pastosa ordenou.

A bronca deve ter sido dirigida a mim, e alguns presos reclamaram da interrupção, mas eu não conseguia controlar o choro.

— Shhh, você está bem, Maria.

— Minha família...

O choro ofegante emergiu antes que eu me impedisse de dizer mais. *Não. Não diga a ele o que aconteceu.*

Padre Kolbe me guiou até a parede e nos sentamos com nossas costas contra ela em meio às formas adormecidas. Ele passou um braço em volta dos meus ombros trêmulos e me permitiu chorar.

— Você se sentiria melhor se me contasse sobre sua família? — ele sussurrou quando meu choro se transformou em soluços, mas eu recusei com a cabeça. — Muito bem. Ficaremos sentados aqui até que você esteja pronta para voltar a dormir.

— Eu não vou voltar a dormir.

— Nesse caso, ficaremos sentados o tempo que você quiser — apesar do meu desespero, a voz do Padre Kolbe permaneceu calma. — Tenha fé, criança. Mesmo que sua família não esteja mais aqui, ela estará sempre com você espiritualmente. E você estará sempre com ela.

Suas palavras dissiparam um pouco da ansiedade que preenchia o meu corpo. Eu não respondi, e o Padre Kolbe ficou em silêncio antes de começar a murmurar palavras conhecidas. Ele estava rezando o terço. Minha família e eu nos reuníamos na sala de estar para recitar essa mesma oração todas as noites antes de dormir. As contas grandes e pequenas do terço eram uma lembrança tangível de cada pai-nosso e cada ave-maria que passara pelos meus lábios enquanto eu contemplava a vida de Jesus Cristo. Agora, eu quase podia imaginar que a voz do Padre Kolbe era a do meu pai, quase podia sentir as contas entre meus dedos.

Pensar na minha família me faria começar a chorar de novo. Em vez disso, concentrei-me em ficar acordada e ouvir a oração do Padre Kolbe, mas nada aliviou o peso em meu peito.

Doía, por dentro e por fora, coração e mente, corpo e alma. Era uma dor que nunca diminuiria. Nesse jogo, meu oponente me cercou por todos os lados, sem deixar nenhuma rota de fuga previsível.

Ouça as orações, pense nas orações. Não durma. Fique acordada, apenas fique acordada.

Apesar da minha resolução, a recitação gentil do Padre Kolbe me ajudou a pegar no sono. Desta vez, meus sonhos foram tranquilos.

Gritos impacientes me acordaram. Quando eu tirei minha cabeça do ombro do Padre Kolbe, ele se levantou, ofereceu sua mão e me ajudou a ficar de pé. Em meio à escuridão, pude ver seus olhos injetados sob as pálpebras caídas, embora ele me oferecesse um sorriso suave. Eu me perguntei se ele havia dormido depois que eu acordei todo mundo.

Do lado de fora, em um grande pátio, os soldados nos instruíram a formar filas de dez pessoas para a *appell*, como diziam em alemão. Alguns poloneses pareciam não entender a ordem, mas os porretes dos guardas falavam uma linguagem universal. Meu uniforme não ajudava muito a afastar o frio da manhã, mas quem se mexia ou reclamava era golpeado, então, tentei não sucumbir aos arrepios. Fiquei na parte da frente, ao lado do Padre Kolbe, imóvel e em silêncio, enquanto os guardas contavam os prisioneiros.

— Todos aqui, *Herr Lagerführer* — um homem finalmente anunciou. Já estávamos ali parados há horas.

O *lagerführer* entrou em cena. Um homem com um uniforme cinza.

Fritzsch.

Eu não suportava olhar para ele, então voltei minha atenção para o oficial ao seu lado. Devido às olheiras sob os olhos semicerrados, às rugas ao redor do nariz largo, à boca franzida e à testa larga, ele parecia velho, provavelmente mais velho do que sua idade indicaria. Uma Luger P08 repousava em seu quadril, semelhante à que papai mantinha no armário, junto com seu uniforme militar da Primeira Guerra. Quando ele me ensinou a limpar e a carregar a arma, contou que havia salvado um companheiro de armas de uma bala alemã, então, acabou ficando com a pistola do alemão. Papai me mostrou como atirar também, e ele prometeu me deixar atirar algum dia. Esse dia nunca chegou.

Não era hora de chorar. Eu não podia pensar na minha família.

Determinada a manter meus pensamentos guardados, concentrei-me outra vez no homem ao lado de Fritzsch. Ele ordenou a um prisioneiro que se movesse alguns centímetros para a esquerda para endireitar a fila. O *häftling* obedeceu, mas não notei muita diferença.

— Meu nome é Rudolf Höss, *kommandant* de Auschwitz — disse ele, depois de ficar satisfeito com nossa formação. — Todas as manhãs, vocês se alinharão na praça para a chamada, do mesmo modo como estão agora. Assim que cada prisioneiro for contado, vocês se reportarão à sua turma de trabalho. Vocês devem obedecer prontamente às ordens e trabalhar com precisão e eficiência. A partir de hoje, eu os entrego ao meu subcomandante do campo, Karl Fritzsch. Tenho certeza de que ele seguirá adequadamente os padrões de administração que estabeleci para o meu campo.

A voz de Höss não transmitia a mesma confiança em Fritzsch que suas palavras indicavam. Ele começou a se afastar e examinou a multidão uma última vez. Então, parou.

— É uma garota?

Todos os olhos se viraram para mim, a única pessoa com um lenço na cabeça. Ao meu lado, o Padre Kolbe inquietou-se. Foi gentil da parte dele, mas sua preocupação não foi suficiente para impedir que meu coração pulasse na minha garganta. Agora, mais do que nunca, gostaria que a terra me engolisse.

Um inquieto homem da SS consultou um punhado de papéis.

— Deve ter havido algum engano, *Herr Kommandant*.

— Não tenho tempo para erros! — gritou Höss, interrompendo os titubeios do homem. — Eu preciso de homens, trabalhadores, trabalhadores empenhados, e uma menina não está apta para o trabalho. Cuide disto, Fritzsch.

Com o rosto vermelho, ele se afastou, vociferando algo sobre a estupidez absoluta que reinava entre aqueles que eram enviados para servir no seu campo.

Quando o comandante foi embora, fitei o cascalho, incapaz de olhar nos olhos de Fritzsch enquanto os homens me encaravam, até que me desintegrei em um terror visceral. Ele me enviara para o registro apenas para me mandar depois para a parede de execução. Eu tinha certeza disso. Todas as mulheres haviam sido enviadas para lá, exceto a judia que conheci, e ela deve ter sido poupada porque servia a algum propósito. O medo me envolveu, de tal forma que eu tive certeza de que me mataria antes que a bala tivesse uma chance. Fechei minha mão em torno do peão minúsculo.

O som de passos se aproximando alcançou meus ouvidos, e eu não tive que olhar para cima para saber que era ele. Primeiro, vi seus pés, depois a palma da mão aberta. Ele deve ter percebido que eu estava segurando algo.

Eu não tive escolha. Soltei o peão que papai fez para mim nas mãos de Fritzsch.

Embora eu esperasse que ele fosse embora, não o fez. Assim que ergui minha cabeça, Fritzsch olhou para mim com a mesma intensidade de quando nos encontramos na plataforma de chegada, como se ele fosse uma criança e eu, seu novo brinquedo favorito.

— Não há engano. Filha de intelectuais, não é, polaca?

A ardilosa suposição estava correta: meus pais tinham se formado na universidade. Eu tinha vivido sob ocupação alemã por tempo suficiente para saber que os nazistas desprezavam os poloneses intelectuais, e planejavam nos reduzir a uma raça de trabalhadores sem instrução.

— Inapta para o trabalho — continuou ele, avaliando-me. — Inapta para sobreviver. Inapta para qualquer coisa, exceto isto... Por um tempo.

Ele segurava o pescoço esguio do peão entre o polegar e o indicador, balançando-o para a frente e para trás, para a frente e para trás, de forma lenta e calculada. Seus dedos ficaram brancos quando ele apertou com mais força.

Um estalo repentino me fez estremecer. O peão decapitado jazia a meus pés. O último presente do meu pai.

Enquanto eu olhava para o meu peão e lutava contra o aperto em minha garganta, Fritzsch voltou-se para seus companheiros. Eu não ouvi o que eles disseram, mas alguns guardas saíram em várias direções. Quando voltaram, um carregava uma mesinha, outro duas cadeiras e um terceiro uma caixa. Eles puseram os itens diante de mim, afastaram os prisioneiros e ordenaram que eu me sentasse. Dei uma olhada rápida nos rostos perplexos que nos cercavam, então Fritzsch apontou para um prisioneiro a poucos metros de distância.

— Você sabe jogar xadrez?

Os olhos do homem se arregalaram, mas, quando ele entendeu a pergunta, respirou aliviado e acenou com a cabeça.

— Sou um jogador razoável, *Herr Lagerführer*.

Fritzsch o instruiu a sentar-se à minha frente. Assim que ele foi acomodado, o guarda que segurava a caixa a colocou diante de nós. Um jogo de xadrez.

Após um aceno de Fritzsch, engoli em seco para acalmar meu coração disparado e olhei para o Padre Kolbe. Então, abri a caixa e removi as peças dos dois compartimentos internos. De acordo com o selo que estava lá dentro, o conjunto era um *Deutsche Bundesform*. Que apropriado sermos forçados a jogar em um conjunto fabricado pelos nazistas!

As peças, robustas, não eram nem de longe tão delicadas e ornamentadas quanto as do meu jogo *Staunton* em casa. Depois de preparar as peças brancas, fiz minha jogada de abertura, movendo o peão da rainha duas casas à frente. Decidi concentrar meu ataque no quadrante mais fraco das peças pretas, defendido apenas por seu rei. O lado preto moveu o peão de sua rainha para encontrar o meu, então posicionei meu bispo da casa clara ao longo da diagonal esquerda, testando meu plano. Se meu oponente falhasse em defender seu rei, eu desenvolveria minha rainha cedo, um movimento arriscado e muitas vezes tolo, mas que eu estava disposta a tentar se meu oponente se mostrasse descuidado.

O homem examinou o centro do tabuleiro e parecia focado em estabelecer o controle ali, não em defender seu rei. Excelente. Ele desenvolveu o rei preto para minha esquerda, o que não atrapalhou minha estratégia nem um pouco. Desenvolvi minha rainha para que ela e o bispo tivessem uma linha direta de ataque à casa fraca do lado preto, um ataque devastador para o rei preto. O jogador do lado preto continuou se concentrando no centro com seu segundo cavalo, perdendo a oportunidade de se defender.

A rainha branca pegou o peão preto na casa fraca, o bispo branco estava posicionado para o ataque e o rei preto não conseguia se mover, receoso de ser capturado. Peão da rainha para D4, bispo da casa clara para C4, rainha para H5, rainha para F7.

Quatro movimentos simples e o descuido de um oponente.

Pus o peão preto capturado sobre a mesa e ergui os olhos do tabuleiro.

— Xeque-mate.

O *häftling* abriu a boca, como se estivesse se preparando para me contestar, mas fechou-a quando os guardas explodiram em gargalhadas e apupos. Ofereci a ele o peão preto que havia capturado e ele estendeu a mão para aceitá-lo.

De repente, com um movimento rápido e repentino, Fritzsch sacou sua pistola e atirou na testa do meu adversário.

As pessoas se engasgaram, algumas gritaram, eu talvez tenha gritado, enquanto o homem caía, mas, quando Fritzsch se virou para mim, todos ficaram em silêncio. Meu único consolo era saber que a morte do prisioneiro havia sido instantânea, então, com certeza a minha também seria.

Em vez de atirar pela segunda vez, Fritzsch devolveu a arma para o coldre e me deu um aceno de aprovação.

— Muito bem.

Meus ouvidos zumbiam por causa do tiro. O homem morto havia caído de sua cadeira e jazia no chão. O buraco em sua testa era pequeno, um tiro preciso; o sangue gotejava do ferimento e cercava sua cabeça. Olhos vazios, rosto estático. Em um momento, vivo; no próximo, morto.

Fritzsch deu alguns passos na direção dos espectadores. Suas palavras flutuaram na brisa gelada. Ele dizia algo sobre se mais alguém gostaria de jogar contra mim, mas eu não conseguia me concentrar, nem em seu desafio, nem em mais nada. Outro som quebrou o silêncio: risadas. Mas não poderia ser. Ninguém riria da morte.

À medida que os risos dos guardas desapareciam, minha própria respiração ofegante preenchia os meus ouvidos. A meu lado, o Padre Kolbe murmurava uma oração pelo repouso da alma do homem morto. Achei que ele tivesse me dito para desviar os olhos, mas fiquei paralisada pelo choque e por uma curiosidade mórbida. Eu nunca tinha testemunhado um assassinato antes.

Quando eu estava aprendendo a jogar xadrez com meu pai, às vezes eu escolhia um movimento, e então percebia que deveria ter escolhido outro. Desanimada e frustrada, perguntava a papai se eu poderia mudar minha jogada, recomeçar o jogo ou desistir de vez. Ele nunca deixou. *Termine o jogo, Maria.* Essa era a sua resposta sempre, a despeito da minha persistência.

Tudo que eu podia fazer era obedecer. Algumas vezes eu saía vitoriosa, apesar dos erros. Em outras, os erros me custavam o jogo. Essas derrotas eram as mais amargas.

— Prisioneira 16671.

Meu nome soou duro e áspero na língua de Fritzsch, e fechei os olhos quando ele se aproximou. *Deus, por favor, mude de ideia e deixe-o atirar em mim; que seja rápido e me leve para longe deste lugar.*

— Remova o corpo.

Certamente, eu não tinha ouvido direito. Quando abri os olhos, Fritzsch apontou com a cabeça para um bloco próximo. O sol nascente pintava os tijolos com uma luz carmim e iluminava uma pilha escura encostada no prédio, um emaranhado de braços, pernas e torsos. Cadáveres.

Deixe-me desistir, papai, por favor, deixe-me desistir.

Antes que eu pudesse fazer mais do que empalidecer, o Padre Kolbe deu um passo à frente, tirou seu chapéu listrado e falou em um alemão claro e preciso:

— *Herr Lagerführer*, o senhor me permitiria ajudar?

O punho enluvado de Fritzsch atingiu a mandíbula do Padre Kolbe e eu dei um grito sufocado. Mas o padre não emitiu nenhum som. Fritzsch virou-se para mim:

— Você precisa da ajuda desse desgraçado patético?

Apesar da pergunta, algo me dizia que eu não tinha escolha em minha resposta, a menos que desejasse incluir mais corpos à contagem de mortes. Eu neguei com a cabeça.

O Padre Kolbe baixou a cabeça em concordância. Quando ele voltou para o seu lugar, jurei que seus lábios se moviam, quase pude ouvir uma oração fraca.

Algo dentro de mim me impeliu a seguir em direção ao homem morto, embora eu desejasse poder trocar de lugar com ele. Nunca imaginei que teria inveja de um cadáver. Levantei-me da cadeira, levantei os tornozelos do homem com as mãos trêmulas e, com um grande esforço desajeitado, me arrastei em direção à pilha de corpos, enquanto todos observavam. Conforme eu cruzava a praça, minha tática de transporte mudou de puxões desajeitados para um arrastar lento e contínuo pela terra e cascalho, mas continuei me movendo. Eu tinha que continuar me movendo.

Quando cheguei aos cadáveres, parei.

Pawiak cheirava a sofrimento, mas Auschwitz cheirava a morte. Um fedor repugnante permeava o ar ao redor dos corpos nus. Deixei o homem ao lado da pilha de cadáveres apodrecidos e infestados de vermes e enterrei o nariz na curva do meu braço para evitar engasgar. Embora eu não tivesse forças para correr, me afastei tropeçando. Quando estava longe o suficiente para respirar novamente, agarrei meu uniforme com as mãos, as mesmas que tocaram um cadáver.

Assim que voltei para o lado do Padre Kolbe, mordi o interior da minha bochecha, rezando para que a dor me distraísse, mas ela não era forte o suficiente para me impedir de notar o tabuleiro de xadrez manchado de sangue ou os olhos de Fritzsch sobre mim.

Eu caí de joelhos, incapaz e sem vontade de lutar contra meu estômago embrulhado nesse momento. O vômito se espalhou pelo cascalho e respingou no meu uniforme e na minha pele. Meu corpo expurgou tudo que antes era vital, até que nada restasse. Eu estava vazia, inútil. Não era nada além de um número.

CAPÍTULO 7

AUSCHWITZ, 20 DE ABRIL DE 1945

APESAR DE TER QUE jogar com as peças pretas, estou satisfeita com meu desempenho até agora. Fritzsch e eu permanecemos empatados, ambos com defesas seguras ao redor de nossos reis, ambos estabelecendo movimentos fortes de ataque.

Enquanto contemplo minha próxima jogada, um barulho repentino interrompe tanto o ruído constante da chuva quanto minha concentração. Eu suspiro e levanto a cabeça. No lado de Fritzsch do tabuleiro, algumas peças estavam caídas.

— Culpa minha — diz ele, arrumando-as.

Respiro fundo para acalmar a vibração em meu peito e então volto minha atenção para o tabuleiro, analisando minhas peças. O silêncio se instala entre nós e eu apanho um peão. O barulho vem de novo, e eu perco a respiração outra vez.

— Droga de chuva. Deixa tudo mais escorregadio, não é mesmo? — Fritzsch arruma as peças mais uma vez. — Por que está tão inquieta? Algumas poucas peças de xadrez caindo não deveriam...

— Preciso me concentrar!

A fala grosseira saiu antes que eu pudesse impedi-la, e eu não entendia por que tinha feito aquilo, por que manifestara uma insolência tão flagrante com Fritzsch, entre todos os guardas.

— Perdoe-me, *Herr Lagerführer*.

Engulo as palavras, mas é tarde demais. Minha língua tinha me traído. Ele não é meu superior, eu sei que não é, mas minha mente entra em conflito comigo e afirma que Fritzsch detém o poder. Não é verdade, não mais...

Fechar os olhos para ordenar o caos não adianta muito. As linhas divisórias entre lembrança e realidade são borradas e indistinguíveis.

Quando ouço Fritzsch se mexendo na cadeira, abro os olhos e o encontro me estudando. Ele aponta para o tabuleiro, indicando que devo prosseguir, então apanho meu peão e capturo um dos seus no centro do tabuleiro. Desta vez, quando ouço sua risada, certifico-me de que minha fúria esteja contida antes de olhar para ele. O controle é essencial se quero jogar o meu melhor.

— Você joga com tanta intensidade — ele diz. — Você trata o xadrez como se cada movimento fosse uma questão de vida ou morte.

Não adianta fingir que não senti o golpe, mas não vou ceder. Em vez disso, eu me ajeito na cadeira e apanho os dois peões que capturei até agora para segurar em minhas mãos, esperando com isso evitar os tremores.

CAPÍTULO 8

AUSCHWITZ, 17 DE JUNHO DE 1941

A LUZ DOS HOLOFOTES NO alto das torres de guarda atravessava o céu escuro e sinistro para iluminar a praça da chamada, cercada pelos Blocos 16 e 17 e a cozinha do campo. Ainda não era hora da chamada, mas Fritzsch mandou me chamar mesmo assim. Quando cheguei, ele já havia montado o tabuleiro de xadrez a poucos metros do abrigo de madeira e vários guardas estavam reunidos para assistir.

— Xeque. Sua vez, 16671.

O som da voz de Fritzsch quebrou minha concentração e lutei contra uma pontada de frustração. Eu sabia que era minha vez de jogar, mas forcei a resposta que ele esperava ouvir.

— Sim, *Herr Lagerführer*.

Uma fina névoa de fumaça de cigarro pairava no ar, pungente e opressiva. Os guardas formavam um círculo ao nosso redor, alguns observando em um silêncio tenso, outros conversando e prevendo nossos próximos movimentos. Eu, sua atração circense; eles, os mestres de cerimônia.

Do meu lado do tabuleiro, meu rei branco estava protegido por uma defesa forte, mas eu precisava sair do xeque. Quando movi meu rei uma casa para a esquerda, as luzes dos holofotes revelaram um hematoma desbotado em meu pulso. Meus hematomas do interrogatório da Gestapo estavam quase desaparecendo, e eu os observei passar por vários tons de amarelo, roxo, azul e preto. Uma parte triste e confusa de mim desejava que eles nunca se fossem. Eles eram uma lembrança física dos meus últimos dias com a minha família. Agora, até isso estava sendo tirado de mim. Só restavam as queimaduras de cigarro.

Enquanto Fritzsch posicionava uma torre preta ao lado de seu rei no canto direito, enfiei os dedos embaixo da manga para sentir a pele irregular. Elas evoluíram de bolhas para feridas e agora para feias cicatrizes, de um vermelho profundo e perverso. Fiquei estranhamente grata por elas. Eram cicatrizes que nunca sarariam.

Ao contrário dos meus hematomas, eu não esperava que a dor da morte da minha família desaparecesse. A raiva e a dor eram intensas e debilitantes, distorcendo tudo radicalmente. A prisão que prendia meu corpo era trivial em comparação a isso. Minha verdadeira prisão era aquela que prendia minha alma.

Um ruído ressoou na manhã tranquila. Imediatamente, recuei. Fritzsch tinha algumas peças capturadas em suas mãos e deixara cair uma delas.

— Sua vez.

— Sim, *Herr Lagerführer* — sussurrei, tentando evitar outra reação quando ele deixou uma segunda peça atingir a mesa.

Fritzsch e eu tínhamos a maioria das peças em jogo, mas eu já podia antever a minha vitória. Só precisei de uma isca, um peão que ele capturou imediatamente. Minha armadilha funcionara. Movi a minha rainha e capturei o peão que protegia o seu rei.

— Xeque-mate.

Nossa plateia demorou um pouco para perceber por que eu tinha vencido; quando o fez, explodiu em apupos e resmungos, e então os soldados acertaram as apostas que haviam feito em nosso jogo.

Minha vitória não me trouxe a satisfação de sempre. Não era jogar na frente de uma multidão que me incomodava — afinal, eu já sonhara em participar de campeonatos —, mas saber que, quer eu jogasse contra Fritzsch, quer contra outro guarda ou contra um prisioneiro qualquer, sozinhos ou em exibições para todo o campo, o xadrez havia se transformado em algo que eu era forçada a fazer. Nada mais. Eu era o jogo da vida de Fritzsch, que ele continuaria jogando até que se entediasse ou ganhasse. O que viesse primeiro.

Quando Fritzsch apanhou um novo cigarro, um jovem guarda riscou um fósforo e ofereceu a ele.

— Perdoe-me por apostar contra o senhor, *Herr Lagerführer*, mas havia vencido há alguns dias, suspeitei de que ela tivesse aprendido a lição.

Fritzsch não retribuiu o sorriso perverso do soldado; como sempre, ele olhou para mim, buscando minha reação.

A bile ácida subiu para a minha garganta, como ocorrera em nosso último jogo; concentrei-me no tabuleiro de xadrez até que ele se transformasse em uma mancha preta e branca. Após a sua vitória naquela manhã, Fritzsch de repente agarrara meu pulso, forçando para baixo a mão com a qual eu jogava e pressionando sua pistola contra ela.

O cano a mantinha no lugar, meus dedos espalhados pelo tabuleiro, que logo se misturariam a carne destroçada e rastros de sangue. Eu tinha jogado terrivelmente; Fritzsch tornara a concentração impossível, me analisando, falando comigo, derrubando as peças no tabuleiro. As jogadas ruins tornaram o jogo tedioso, e o preço a pagar seria a minha mão de jogar xadrez.

Fritzsch me contara certa vez que, quando ele era menino, sua família se mudava muito para que ele pudesse receber uma educação consistente, mas ele aprendera a jogar xadrez. Talvez ele quisesse dizer com isso que a minha criação não me tornava melhor do que ele nesse jogo, tampouco neste lugar onde eu não tinha poder algum e ele detinha o poder total.

O ar da manhã se tornara nocivo e o silêncio se agudizou, penetrando-me e causando pequenos tremores em minha respiração. Ao aplicar mais pressão sobre a arma, ele me avaliou da mesma forma que fizera na minha chegada, como se confirmasse sua impressão inicial. *Inapta.*

Então, ele removeu a pistola.

Às vezes, havia tais consequências: horas incessantes de jogo até que eu ganhasse vezes suficientes para satisfazê-lo, e então uma bala na cabeça do meu adversário. Em outras ocasiões, nada acontecia. Fritzsch escrevia as regras da maneira que queria, mas a regra mais importante permanecia inalterada: cedo ou tarde, um jogo seria o meu derradeiro.

Cerrei os punhos para enterrar a lembrança. Depois que Fritzsch indicou que eu deveria me levantar, os guardas limparam o tabuleiro de xadrez e retiraram a mesa e as cadeiras antes de se dispersarem para a chamada. Enquanto ele fumava, contive um bocejo. O dia de trabalho ainda não havia começado, mas eu já desejava que tivesse acabado.

— Você sabia que o *Kommandant* Höss joga xadrez? Eu sugeri que ele a desafiasse para uma partida — Fritzsch sacudia as cinzas do cigarro enquanto caminhava para um lado e para o outro. — Ele não fez isso ainda, não é? Talvez esteja descontente por eu tê-la deixado viver.

A manhã estava silenciosa, exceto pelo ruído distante das botas dos guardas que se preparavam para acordar os prisioneiros. Uma leve brisa carregava um fluxo constante da fumaça do cigarro de Fritzsch para a minha direção, e prendi a respiração para não inspirá-la.

Ele parou diante de mim, mas eu sabia que não deveria olhar para ele.

— Assegurei ao comandante que a minha decisão era a melhor para o Reich. Você é benéfica tanto para os guardas quanto para os prisioneiros. Os guardas gostam de ver como você se sai contra os homens, e todos gostam dos seus jogos de xadrez. O entretenimento público é útil para elevar o moral, até que os espectadores se cansem. Então, torna-se inútil.

Quando ele ficou em silêncio, eu não sabia se deveria responder ou se ele simplesmente queria que eu soubesse que meu único propósito era proporcionar diversão. Eu sabia que não devia falar fora de hora, então esperei e torci para que tivesse feito a escolha certa.

— Já se passaram três semanas desde que você chegou, Prisioneira 16671. Veremos por quanto tempo você consegue nos entreter.

Se a menção à minha morte iminente fora feita com a intenção de me assustar, Fritzsch falhara. Morrer não me assustava tanto quanto a ideia de passar mais um momento em Auschwitz.

Gritos distantes chegaram aos meus ouvidos, seguidos pelo som dos prisioneiros que saíam de seus blocos e corriam para a praça para se reunir para a *appell*. Fritzsch me dispensou e foi inspecionar a multidão desordenada, em busca de sinais de postura inadequada ou lábios em movimento. Assim que localizei os membros do meu bloco, tomei meu lugar habitual ao lado do Padre Kolbe, que não pareceu surpreso ao me encontrar do lado de fora. Não era a primeira vez que Fritzsch me convocava antes da chamada para começar o dia com um jogo de xadrez. Quando entramos em formação, meus olhos encontraram os do Padre Kolbe e ele me dirigiu um pequeno sorriso. Mesmo nesse inferno, de algum modo ele se mantinha positivo.

Quando todos assumiram suas posições, o silêncio repentino trouxe um calafrio à minha espinha, embora a manhã estivesse quente em comparação com as outras. Milhares de pessoas estavam reunidas na praça, mas o único som era o de oficiais da SS berrando números.

Enquanto os oficiais continuavam a contagem, concentrei-me na alta guarita de madeira a distância. Lá dentro, distingui o contorno tênue de um guarda empunhando uma metralhadora enorme. Uma bala, só isso. Uma bala poderia ter me libertado de uma sentença de prisão perpétua e me condenado a outra, do inferno em vida para a condenação eterna. Certamente, o sofrimento seria mais suportável no próximo inferno.

Apertei os dedos dos pés e cerrei os dentes, irritadiça e impaciente, até que o suave murmúrio de um hino mariano quebrou o silêncio. Toda vez que ele sussurrava suas orações e hinos, eu ficava chocada com o quão silencioso o Padre Kolbe conseguia ser. Só pude ouvi-lo porque treinara meu ouvido para detectar seu murmúrio reconfortante.

Depois da *appell*, refugiei-me no meio da multidão, evitando os golpes dos kapos e ignorando os gritos dos guardas, e me juntei à minha tarefa de trabalho. Uma vez na fila, alguém que não pertencia ao meu *kommando* forçou caminho pela multidão. A outra mulher, Prisioneira 15177.

— Onde está a garota?

Não havia necessidade de ser mais específica.

Eu não pretendia falar com ela, mas outro prisioneiro me empurrou em sua direção. Eu me virei para ele com um olhar feroz.

— Não me toque.

— *Oy vey*, eu perguntei onde ela estava. Não disse para jogá-la em cima de mim — disse a judia, franzindo a testa ao se juntar a nós.

O homem sorriu, como se achasse divertido a minha fúria e o desagrado dela. Ele abriu caminho até o centro da multidão, buscando proteção dos golpes que seriam dados em nós quando marchássemos.

A mulher olhou por cima do ombro, certificando-se de que os guardas estavam distraídos e baixou a voz.

— Bem, estou feliz por finalmente descobrir a qual *kommando* você pertence. Precisamos conversar.

Se achava que eu gostaria de falar com ela, não devia se lembrar do que tinha feito.

— Você mentiu para mim. Você me disse que eu veria minha família em breve, mas sabia que todos estavam mortos.

Antes que eu pudesse exigir uma admissão de culpa, ela deu de ombros.

— Não vi mal nenhum em deixar que acreditasse que os veria novamente. Em um lugar como este, até mesmo a falsa esperança é melhor que nenhuma.

Ao ouvir essas palavras, não consegui achar a minha voz para responder. Qualquer raio de esperança se extinguira no momento que encontrei minha família na Parede Negra. A esperança talvez me alentasse, mas a realidade me esmagou. De repente, vi-me desejando ter sido capaz de me agarrar àquela esperança por mais um momento, mas agora era tarde demais, pois já havia me tornado um nada. Um peão estúpido, inútil, impotente, facilmente capturado. A existência não fazia sentido para algo identificado por um número.

No dia em que minha família morreu, tudo dentro de mim pereceu junto com ela. A morte já havia reivindicado meu coração, minha mente e minha alma; meu corpo seria o próximo. Tudo que eu precisava fazer era esperar. E ficava mais impaciente a cada dia.

— Por que eles deixaram que vivesse?

Respirei fundo para aliviar a pressão repentina no meu peito.

— Tive azar. E você?

— Eu falo cinco línguas: iídiche, polonês, alemão, checo e francês. Convenci-os de que seria melhor eles me deixarem trabalhar como tradutora para que um homem com as mesmas habilidades pudesse ser usado para o trabalho físico. Se você quiser sobreviver aqui, deve aprender algumas coisas — ela olhou fixamente para os tamancos de madeira em meus pés inchados e coberto de bolhas. — Sapatos podem ser a diferença entre viver e morrer. Você precisa arranjar um novo par.

— Arranjar?

— Roubar, surrupiar, chame como quiser. Os homens da SS mantêm depósitos nos quais guardam os itens confiscados nos transportes. Posso conseguir alguma coisa para você, mas no mercado paralelo a maioria das pessoas exigirá algo em troca.

Então, este lugar tinha um mercado paralelo que oferecia recursos adicionais, assim como em Varsóvia. Ela fez uma pausa longa para assegurar-se de que os guardas ainda não a tivessem notado antes de continuar.

— Presos, kapos e até mesmo alguns dos guardas dispõem-se a negociar bens ou serviços se você fizer a oferta certa. Comida. Dinheiro. Habilidades. Você mesma.

Baixei meu olhar, suprimindo um tremor. Ela usava botas de couro gastas, que pareciam ter sido boas no passado. Roubadas de uma pessoa inocente que já estava morta. As regras que regiam esse lugar, ou a falta delas, me surpreenderam. Seus sapatos me lembraram de que havia pessoas aqui que queriam sobreviver, pessoas que ainda tinham algo pelo que viver. Em vista da sua oferta, ela deve ter ficado com a impressão de que eu era uma dessas pessoas.

— Não quero sapatos novos e não preciso da sua ajuda.

— A segunda coisa de que você precisa é conseguir trabalho em um lugar fechado. Dê-me alguns dias...

— Eu disse que não preciso da sua ajuda.

— Sim, você precisa. Ou você conhece outra pessoa que sabe o que é ser mulher em um campo masculino?

Ela fez uma pausa para que suas palavras fizessem efeito e cruzou os braços, mas eu não cederia. Eu não queria ajuda, não queria amigos, não queria nada além de sair deste lugar. Sua bondade seria mais bem utilizada com outra pessoa.

Após mais um momento, ela suspirou.

— Se você não quer aceitar a minha ajuda, tudo bem. Caso mude de ideia, dê um jeito de me encontrar. Meu nome é Hania. Hania Ofenchajm. E o seu?

Apontei para o número de prisioneira em meu peito.

— Veja você mesma.

Hania ficou em silêncio. Então, lançou um olhar cauteloso aos arredores e se aproximou de mim.

— Os prisioneiros que querem sobreviver não se deterão por nada para eliminar os elos mais fracos e melhorar suas próprias chances de não morrer. Você e eu somos mulheres. Como você acha que eles nos veem? Somos um desperdício de espaço, um desperdício de roupas, um desperdício de rações. Quando você se esquece disso, você morre.

Ela esperou que eu respondesse, mas não o fiz. Embora admirasse a sua tenacidade, suspeitei que ela ficaria desapontada ao saber que eu não a tinha.

Antes que qualquer uma de nós pudesse dizer mais alguma coisa, os homens da SS ordenaram que meu *kommando* marchasse. Hania murmurou algo em iídiche e saiu correndo.

Deixei suas palavras de lado quando meu *kommando* passou pelo portão principal, onde a orquestra do campo tocava uma animada marcha alemã para nos acompanhar no árduo dia que viria. A música animada tornava a ida ao trabalho mais difícil. Era pior quando ficávamos para trás, cambaleando ao carregar aqueles que não sobreviveram ao dia e tentando manter o ritmo a fim de evitar que nossos próprios corpos fossem adicionados ao número de mortes.

Alguns prisioneiros invejavam aqueles que saíam do campo para trabalhar, mas eu achava que sair era pior do que ficar. Ao sair, eu vislumbrava o mundo exterior. Depois de apenas algumas semanas, eu já tinha esquecido que havia pessoas que levavam uma existência totalmente diferente da minha. Pessoas que tinham vidas normais. Eu não fazia mais parte do mundo que havia do outro lado das cercas de arame farpado e nunca mais faria.

Enquanto caminhávamos pelo caminho principal, o som de rodas se movendo sobre terra e cascalho alcançou meus ouvidos, e avistei o menino que costumava andar de bicicleta ao longo da rota que seguíamos. Uma bolsa surrada cheia de jornais vinha pendurada em suas costas e, como sempre, ele nos observou quando passou pedalando. Sua curiosidade tendia a ser dirigida a mim, a garota entre os homens, a pessoa que se destacava apesar da uniformidade que nos reduzia a uma existência singular e insípida de cabeças raspadas e uniformes listrados.

Tentei não olhar para ele, mas não pude deixar de notá-lo quando o idiota largou a bicicleta ao lado da estrada e veio caminhar comigo.

— Você trabalhou para a resistência? — ele perguntou, antes que eu pudesse processar a estupidez de suas ações. Pelo menos ele era inteligente o suficiente para manter a voz baixa. — Foi por isso que você se tornou prisioneira? Não conheço ninguém que trabalhe para a resistência, a menos que esteja trabalhando em segredo. E, bem, trabalhar em segredo é justamente o ponto, eu acho, então deixa pra lá, isso foi estúpido.

O comentário do menino não foi a única coisa estúpida. Ele correu os dedos longos pelos cabelos castanho-escuros e enfiou uma das mãos no bolso. Suas calças pretas surradas eram curtas demais.

— Você não precisa me dizer — disse ele, encolhendo os ombros. — Eu moro na cidade, mas gosto de pedalar por aqui para observar os prisioneiros e... — ele hesitou, e as palavras seguintes saíram mais rapidamente. — Desculpe, não quis dizer isso da maneira como saiu. É que nunca vi tantas pessoas em um só lugar e não posso ver vocês a menos que vocês saiam, porque ninguém pode ficar perto do campo. E, pelo que eu sei, nunca houve uma garota antes de você, então, na primeira vez que te vi... Não sei, acho que queria dizer olá, só isso. Para que você saiba que... se houver algo que eu possa fazer para ajudar...

Tons de vermelho e dourado se espalhavam pelo céu violeta. Concentrei-me no nascer do sol e na massa de corpos marchando à minha frente. Mais uma pessoa oferecendo uma ajuda que não quero e de que não preciso. E se ele, um civil, pensou que falar comigo, uma prisioneira, ajudava, estava terrivelmente enganado.

— Aliás, meu nome é Mateusz. Qual é o seu?

Os guardas estavam à nossa frente, mas era apenas uma questão de tempo antes que alguém o notasse. Eu mantive meu olhar voltado para a frente e falei em voz baixa:

— Deixe-me em paz.

Antes que Mateusz pudesse responder, ouvi passos se aproximando de mim. Não tive tempo de me preparar antes de cair no chão com os olhos latejando e lacrimejando.

— Mantenha a boca fechada, 16671.

— Ela não fez nada de errado — disse o garoto estúpido.

Não faça isso, eu quis dizer a ele enquanto ficava de joelhos, mas ele já havia estendido a mão para me ajudar a levantar. Embora eu não fosse estúpida o suficiente para tomá-la, o cano frio da pistola do guarda pressionou a minha têmpora.

Eu só conseguia pensar nesse metal duro e implacável contra a minha pele. Qualquer pequeno movimento se interpunha entre a minha vida e a minha morte. Teria sido essa a última coisa que minha família sentiu? A arma chegou a tocá-los?

Afastei esses pensamentos horríveis quando Mateusz recolheu sua mão e recuou, com o rosto pálido. Ele parecia querer protestar, mas manteve a boca fechada. Ele lançou um último olhar culpado para mim, seus brilhantes olhos azuis passando pelos meus joelhos machucados no chão áspero, o inchaço se formando ao redor do meu olho, a arma contra a minha cabeça. Então, ele se afastou. Quando ficou a cerca de dez metros de distância, virou as costas.

Assim que Mateusz se virou, o guarda apontou a pistola para o céu, atirou e me lançou ao chão com um chute. Ao ouvir o estampido, Mateusz imediatamente virou-se, a tempo de me ver cair, e ficou olhando, boquiaberto, mais pálido do que nunca. Rindo de sua própria brincadeira cruel, o guarda permitiu que eu me levantasse e depois me empurrou. Alcançamos o grupo. Embora não ousasse olhar para trás, eu sabia que o olhar de Mateusz nunca me deixara.

Por fim, os guardas ordenaram que parássemos. Chegamos à casa do *Kommandant* Höss, um belo casarão no qual ele morava com sua esposa e quatro filhos pequenos. Certa vez, quando trabalhava no seu jardim, pude ver um pouco mais do comandante. Ele tinha convidado Fritzsch para o jantar e, ao chegarem, reparei quando ele beijou sua esposa e pegou os filhos encantados nos braços. Por sua vez, Fritzsch trouxera uma garrafa de vinho para os adultos e doces para as crianças. Tinha sido o dia mais desconcertante desde que chegara ao campo. Eu não conseguia entender como um homem que conduzia uma operação tão perversa poderia assumir o papel de pai e marido, enquanto seu subordinado cruel bancava o convidado educado para o jantar. Mas lá estavam eles, bem diante de mim.

Os demais prisioneiros e eu ficamos horas sob o sol quente. Revolvemos a terra, plantamos canteiros de flores, regamos as plantas e arrancamos ervas daninhas, certificando-nos de que o jardim do comandante estava em perfeitas condições. Antes de Auschwitz, eu não sabia muito sobre plantas ou jardinagem, embora minha mãe adorasse flores, mas estava aprendendo o mais rápido que podia. O trabalho continuou sem parar até o dia estar quase no fim, quando arranquei um caule de açafrão em vez de uma erva daninha. O porrete do kapo rapidamente apontou o meu erro.

Depois de marchar de volta para o campo, cansada, suja e dolorida, recebi minha refeição noturna, que me fez desejar a carne de origem duvidosa embrulhada em papel de açougueiro que mamãe costumava trazer para casa depois de pegar as rações. Levei minha comida de volta para o Bloco 18, onde o Padre Kolbe me cumprimentou com seu sorriso habitual, conduzindo-me em meio aos homens até os nossos estrados.

A essa altura, a maioria dos homens do bloco mal olhava para mim, a menos que fosse para me direcionar um olhar de frustração ou aborrecimento, como se minha presença os incomodasse de alguma forma. Ainda assim, eu me mantive perto do Padre Kolbe enquanto passávamos. Embora eu permanecesse alerta e nunca me sentisse completamente segura, o Padre Kolbe me transmitia mais segurança.

Antes de consumir sua escassa porção de pão duro e escuro e sopa cinzenta e aguada, o Padre Kolbe fez o sinal da cruz, baixou a cabeça e juntou as mãos calejadas e cheias de bolhas — cortesia dos dias inteiros no canteiro de obras. Ele não reclamava, embora elas devessem doer terrivelmente se estivessem tão infeccionadas quanto pareciam.

Cutuquei seu braço:

— Pare, o senhor será punido.

Era provavelmente um pecado interromper alguém durante a oração, especialmente se esse alguém fosse um padre. O Padre Kolbe abriu um olho e levou um dedo a seus lábios:

— Shhh, eu ainda não terminei — ele sorriu e fechou os olhos novamente.

Quando ergueu a cabeça, eu já tinha devorado a minha sopa. Ele deu metade do seu pão para mim. Com um esforço considerável, evitei enfiar a porção adicional na boca. Em vez disso, eu o cutuquei e tentei devolvê-la, mas ele fingiu que não percebera. Eu o cutuquei de novo, mais forte desta vez.

— É melhor você comer, Maria, porque não vou aceitar de volta — disse ele, com um brilho travesso nos olhos.

Eu não pude resistir a um pequeno sorriso.

— Tudo bem, mas você precisa comer também, Padre Kolbe.

— Vou tomar a minha sopa.

— Certo, é claro. Cuidado para não abusar.

Com uma risada, o Padre Kolbe pegou sua comida e se juntou a um jovem desamparado a poucos metros de distância. Ele diria algumas palavras encorajadoras ao prisioneiro e provavelmente lhe daria o resto de seu pão. É o que normalmente fazia. Eu poderia tentar dissuadi-lo, mas ele nunca deixaria de agir daquele modo.

Quando levei o pão aos lábios, uma sombra pairou sobre mim. Um jovem prisioneiro, grande e forte, estava parado de pé na minha frente, e seu olhar ganancioso fixara-se no restante da minha comida. Uma porção e meia de pão.

— Você não vai durar muito tempo aqui. Passe para cá.

Somos um desperdício de espaço, um desperdício de roupas, um desperdício de rações.

Agarrei o pão com força e abri a boca para comê-lo de uma vez, mas, antes que pudesse fazê-lo, o homem me segurou pelo pulso. Enquanto ele lutava para tirar o pão da minha mão, eu só pensava na fome que me arranhava por dentro. Sem pão, eu não tinha mais nada para me sustentar até de manhã. Eu me lancei em sua direção, mas, quando ele ergueu a mão, recuei e protegi minha cabeça e meu rosto. Um olho já estava roxo e eu não precisava de outro. O golpe não veio. Levantei a cabeça enquanto o preso caminhava em direção à sua próxima vítima: o Padre Kolbe.

Como eu suspeitava, o Padre Kolbe havia dado o resto do seu pão para o homem ao lado dele e estava se preparando para tomar a sua sopa. Antes que a primeira colherada lhe chegasse à boca, o ladrão o alcançou.

— As rações não devem ser desperdiçadas com pessoas como você, seu velho.

Ele esticou a mão em direção à tigela, mas o Padre Kolbe já a estava oferecendo para ele.

— Você é jovem e forte e precisa desse alimento muito mais do que eu, meu irmão.

A voz do Padre Kolbe não transparecia o menor ressentimento. Tampouco havia medo, apenas gentileza.

O jovem não precisava de mais incentivo. Ele transferiu a sopa do Padre Kolbe para a sua própria tigela e foi embora, satisfeito com as suas conquistas. O Padre Kolbe voltou para o meu lado e me ofereceu um pequeno sorriso. Ele não disse nada, sem saber que eu tinha testemunhado a troca, sem saber que eu tinha sido alvo do mesmo prisioneiro. Olhei para a minha tigela vazia enquanto a raiva surgia em minhas veias e se misturava à estupefação.

Em um lugar onde as pessoas brigavam por restos como cães raivosos, esse homem mantinha sua humanidade. E eu não podia entender como ou por quê.

Após a refeição da noite, tínhamos algum tempo livre, a única parte ligeiramente suportável do dia. Corri para o lavatório. Pias feiosas de cerâmica adornavam toda a sua extensão, lembrando-me de cochos, e me dirigi até uma delas nos fundos. Lancei um olhar discreto por cima do ombro antes de encher minha tigela e levá-la à boca. Talvez matar a sede aliviasse o vazio no meu estômago.

Enquanto lavava meu uniforme com um pedaço minúsculo de sabão, imaginei mamãe ao meu lado com as roupas submersas em água quente. Em casa, de vez em quando, eu a encontrava equipada com uma barra de sabão de soda cáustica e uma tábua de lavar, removendo a sujeira de esgoto de sua saia, blusa, meias e sapatos. Um sinal de que havia transportado crianças do gueto às escondidas na noite anterior.

Mamãe insistia que podia desinfetar tudo sozinha, mas eu não ia embora sem ajudar. Juntas, trocávamos a água várias vezes, eliminávamos cada gotícula de sujeira de suas roupas e então limpávamos a nós mesmas e o banheiro de cima a baixo. Depois de terminarmos, eu pegava as roupas de papai e as minhas para que pudéssemos lavá-las e pendurá-las para secar ao lado das de mamãe. Em pouco tempo, Zofia e Karol apareciam com suas próprias roupas sujas, reclamando porque mamãe se recusava a usar a lavanderia na rua.

Um guarda ordenou que nos apressássemos, então vesti meu uniforme úmido e parti, repreendendo-me por pensar em minha família. Eu era mais esperta do que isso.

A cada dia que se passava, eu tinha mais certeza da minha decisão de deixar Auschwitz. Como isso aconteceria, eu não sabia. Ao vislumbrar a cerca de arame farpado, considerei a possibilidade de eletrocussão, mas passar pelas torres de guarda seria difícil, e se os guardas percebessem que eu estava perto demais da cerca, atirariam. Se meu fim tivesse que vir por intermédio de uma bala, havia maneiras mais fáceis de conseguir que não incluíam o risco de eletrocussão caso os guardas não tentassem me impedir. Talvez eu parasse de comer, mas, se o fizesse, o Padre Kolbe notaria e insistiria para que eu mantivesse minhas forças. Com ele compartilhando comigo porções de sua ração, a desnutrição não era tão provável. Continuei andando e puxei a pele solta nas palmas cortadas das minhas mãos. Talvez as feridas infeccionassem ou talvez eu sucumbisse à exaustão ou a alguma doença.

E sempre havia Fritzsch. Assim que perdesse o interesse pelos nossos jogos, ele se livraria de mim.

Tudo que eu sabia era que estava cansada e sentia falta da minha família. Eu deixaria Auschwitz e só havia uma saída: as chaminés do crematório.

Termine o jogo, Maria.

Eu planejaria meu ataque e persuadiria meu oponente a entrar no jogo derradeiro, mas a minha paciência estava tão desgastada e frágil quanto o uniforme que eu vestia.

Quando voltei ao Bloco 18, sentei-me em um estrado, aproveitando o breve descanso. A maioria dos presos saía do bloco durante o tempo livre, então aproveitei o espaço interno adicional enquanto pude.

Em silêncio, contei as picadas de insetos que me cobriam e descobri sete que não estavam comigo ontem.

Logo em seguida, o Padre Kolbe entrou no bloco e ofereceu seus sorrisos, bênçãos e encorajamentos habituais aos presos. Por fim, posicionou seu estrado em frente ao meu e colocou algo ao seu lado, fora do meu campo de visão. Ele desenhou um grande quadrado no chão empoeirado e depois lhe acrescentou uma série de linhas, formando quadrados menores dentro do grande quadrado. Quando terminou, ele tinha oito linhas de oito pequenos quadrados. Em seguida, apanhou aquilo que tinha colocado no chão: era um punhado de cascalho. Ele colocou a pedra maior na linha do fundo, no quadrado do meio. A segunda maior foi colocada ao lado dela. Duas outras foram colocadas em cada lado das duas primeiras, e ele continuou assim até que as duas pedras menores foram colocadas nos cantos externos. À frente da fileira ele alinhou oito pedregulhos.

Em seguida, apanhou alguns galhos e os alinhou na extremidade oposta da grade, organizando-os por tamanho, como havia feito com o cascalho. Assim que terminou, marcou cada linha horizontal com letras de A a H e as linhas verticais com números de 1 a 8. Por fim, examinou a sua obra.

— Não é o melhor, mas serve. Os galhos são as peças pretas, as pedras são as brancas. Sei que tem jogado bastante xadrez atualmente, Maria, mas se algum dia quiser jogar apenas por diversão, será um prazer jogar com você — Padre Kolbe ensaiou um sorriso maroto. — Já me disseram que sou muito bom.

Sorrindo, posicionei-me em frente a ele, mas então recolhi as minhas mãos, tentando impedir a mim mesma de agarrar a primeira peça. Não importava o quanto meu antigo eu ansiasse por um simples prazer de sua antiga vida, eu não podia sucumbir. Não era justo. Não depois do que aconteceu.

Maria Florkowska era imprudente quando dançava pelo tabuleiro de xadrez, um movimento de cada vez, criando estratégias e reagindo com base nos contra-ataques de seu oponente, nunca duvidando de que sairia vitoriosa. A Prisioneira 16671 sabia que um movimento errado bastava para lhe custar o jogo inteiro.

— Você joga com as brancas e eu com as pretas — disse o Padre Kolbe com os olhos brilhando. — Devo avisá-la de que jogo para ganhar.

Minhas hesitações me atormentavam e preenchiam a minha mente com gritos nervosos, mas uma vozinha persistente argumentava de volta. O Padre Kolbe se dera a todo aquele trabalho para fazer algo de bom para mim, para trazer a diversão de volta ao jogo que tinha se tornado nada mais que minha tábua de salvação. Ele era meu amigo, meu único amigo, e seria cruel magoá-lo. Ambas as vozes se revezaram para me convencer do certo a fazer antes de eu silenciá-las com a minha decisão.

Abri uma exceção para o Padre Kolbe em relação ao meu nome, então, eu poderia abrir uma exceção aqui também. Só desta vez.

Uma estratégia surgiu em minha mente, clara e distinta: eu abriria com o Gambito da Rainha e, se o Padre Kolbe contra-atacasse com o Gambito da Rainha recusado, eu usaria o Ataque Rubinstein. Assim, peguei o peão da minha rainha e movi-o para D4.

Era assim que o xadrez deveria ser jogado. Com dois oponentes se reunindo por vontade própria para se engalfinharem em uma batalha de inteligência. Esse era o xadrez que fizera parte de mim por tantos anos. Fritzsch podia usar o jogo para controlar o tempo que eu teria aqui, mas quando se tratava de mim e do tabuleiro, eu jogaria como se nada tivesse mudado, como se não estivesse desesperada para deixar este lugar. Enquanto eu vivesse, jogaria xadrez — e jogaria bem.

E eu estava jogando bem. Porém, quanto mais avançávamos no jogo, mais agonizantes os momentos passados se tornavam. O Padre Kolbe já tinha me ajudado tanto no mês passado, e agora tinha feito isso com o intuito único de me proporcionar alguma alegria. E tudo que eu fazia em troca era guardar segredos dele.

Assim que me dei conta disso, fiquei estarrecida. Tanto que, quando o segundo gongo soou, forçando-nos ao silêncio noturno, murmurei um rápido agradecimento pelo jogo, juntei as peças e corri para o meu estrado. Quando nos acomodamos, implorei para dormir imediatamente e o pensamento persistente me deixar em paz, mas não funcionou. Havia apenas uma maneira de escapar do peso que eu carregava nos ombros.

O Padre Kolbe me tratava com compaixão. Em troca, eu poderia pelo menos lhe oferecer a minha honestidade.

Depois de esperar alguns minutos para que as pessoas adormecessem, levantei-me. Se eu esperasse mais, perderia a coragem. Fui até o Padre Kolbe e lhe dei um tapinha no ombro, tentando não perturbar as pessoas adormecidas.

Fomos para o canto mais distante do bloco e nos sentamos enquanto eu reunia coragem para falar. Mesmo sem conseguir enxergar o meu semblante na escuridão, imaginei que o Padre Kolbe soubesse que eu tinha algo importante a dizer. Ele esperou que eu falasse. Se eu contasse a verdade, não haveria mais volta, mas eu não suportava mais a dissimulação.

Então, contei a ele o que nunca tinha contado a ninguém: a história de como minha família e eu fomos enviados para Auschwitz, a começar pela nossa captura.

CAPÍTULO 9

Varsóvia, 25 de maio de 1941

— Vamos jogar Banco Imobiliário, Maria — disse Zofia, enrolando seu dedo em um cacho solto.

Ela lançou uma bola para Karol, que não conseguiu defender, então ela rolou até a poltrona de papai. Papai tomava um *ersatz* de café e usou sua bengala para jogar a bola de volta para os meus irmãos.

— Desculpe, Zofia, não posso.

Evitei mencionar o motivo, mas ela não precisava de explicações. Quando eu me recusava a fazer suas vontades aos domingos, a razão era sempre a mesma.

— Você vai para o convento? Posso ir, mamãe?

— Não — respondeu mamãe, rápido demais. Ela pegou o pano de prato mais próximo e juntou as migalhas da mesa com um cuidado meticuloso.

Ignorando as reclamações de Zofia, fui para o meu quarto e vesti um fino suéter cor-de-rosa sobre a minha camisa branca. Observei meu reflexo no espelho enquanto meus dedos executavam os movimentos familiares que prenderiam meus cabelos em uma trança. Quando terminei, alguns fios tinham se recusado a ser domados, mas, no geral, estava adequado. Ajustei minha saia xadrez verde e certifiquei-me de que meu *Kennkarte* estava na minha bolsa. Então, peguei a cesta na cozinha, verifiquei o fundo falso para me assegurar de que os documentos estivessem lá e pus algumas batatas por cima. Quando voltei para a sala, Zofia ainda estava tagarelando.

— Por favor, mamãe! Levamos comida para Madre Matylda todos os domingos. Às vezes você vai, às vezes Maria vai, mas eu nunca posso ir.

Ela adicionara uma dose extra de reclamação às palavras e jogou um olhar invejoso em minha direção.

— Eu quero ir com a Maria e a Zofia — suplicou Karol, puxando a saia da mamãe como se uma ida ao convento fosse a maior diversão da sua vida.

Ele também, não.

Lancei um olhar acusatório para a minha irmã e apontei para Karol:

— Olhe o que você fez.

Ela hesitou e não conseguiu pensar uma réplica adequada. Boquiaberta, exigiu justiça de mamãe. Sentei-me no tapete ao lado da mesa de centro e peguei uma torre branca do meu tabuleiro de xadrez. Brilhante e robusta, uma minúscula torre que tinha tanto poder. *Mais poder que um peão*, uma voz na minha cabeça zombou, antes de um pequeno sussurro enxotá-la. Ter poder não era o suficiente para se vencer um jogo de xadrez. A estratégia era muito mais importante.

— Planejando sua famosa jogada final com a torre, não é, Akiba Rubinstein?

Diante da pergunta de papai, sorri e coloquei a torre de volta no lugar. Com um dos meus mestres enxadristas favoritos, aprendi a antecipar a jogada final desde a jogada de abertura. Era uma estratégia interessante, intensa e agressiva, que geralmente funcionava bem para mim. Rubinstein era um mestre das jogadas finais com a torre, mas minhas variações de sua estratégia favoreciam os peões.

Enquanto papai levava sua xícara vazia de volta à cozinha, fiz uma jogada de abertura com um cavalo branco. O xadrez demandava toda a minha atenção e afiava as arestas da minha mente como uma pedra de amolar afiava o fio de uma espada. Rainhas, reis e bispos, cavalos, torres e peões. Todos se misturando até que o tabuleiro se tornasse uma intrincada teia em preto e branco desenhada por mim mesma. Dois oponentes, preto contra branco, que se uniam em uma batalha pelo triunfo, mas que, fora disso, eram irreconciliáveis. Um vencia superando o outro. No caso de um impasse, do qual nenhum dos jogadores saísse vitorioso, apenas um jogo adicional poderia determinar o vencedor. Dois inimigos, um vencedor — e uma maneira definitiva de determinar quem ele seria: o xeque-mate.

Mas não haveria xeque-mate para mim e minha irmã. Permanecemos em um impasse, cujo desenlace não seria determinado nem pela torre de Rubinstein nem pelo meu peão.

— Você não tem tempo para jogar Banco Imobiliário, mas tem para o xadrez?

Eu não tinha notado Zofia se aproximando, mas a pergunta em tom de desdém foi feita bem do meu lado e arruinou minha concentração.

— Estou só jogando por alguns minutos antes de sair. Fique quieta para que eu possa terminar.

— Você vai com a Irena, não vai?

Ela disse isso como se fosse o crime mais hediondo que eu pudesse cometer. Examinei o tabuleiro e selecionei uma torre.

— Não. Porém, mesmo que eu fosse, isso não é da sua conta. Pare de me incomodar.

Era a coisa errada a dizer e eu soube assim que ouvi as palavras saindo da minha boca. Abri-a novamente para fazer uma tentativa desesperada de salvar a conversa, mas Zofia explodiu. Um súbito movimento, então algumas peças de xadrez bateram contra a mesa e caíram no chão. Ofegante, saltei atrás delas, mas mal consegui apanhá-las antes de ela derrubar mais algumas, encorajada pelos meus protestos. Um grito de raiva, provavelmente de mamãe, ecoou em meus ouvidos no meio do terceiro ataque de Zofia, e eu a empurrei para trás com a mão que não estava agarrada às peças de xadrez. Implacável, ela avançou novamente. Gritei para ela parar, bloqueei-a com o meu braço e a empurrei para longe, porque se a pirralha quebrasse minhas peças de xadrez...

— Meninas!

Ambas sabíamos que não devíamos desobedecer quando ela usava aquele tom calmo e assertivo. Congelamos. Apertei as peças de xadrez contra o peito, recusando-me a soltá-las ou a baixar o braço que segurava minha irmã. Zofia continuou curvada sobre mim, com uma mão a centímetros do tabuleiro. Tentei não recuar ao ver o olhar implacável de papai.

— Chega.

Normalmente, quando sua voz transmitia aquela entonação específica de advertência, nem mesmo Zofia insistia. Desta vez, porém, nada poderia apagar as chamas do temperamento dela, nem mesmo as reprimendas de papai ou a mamãe ordenando que eu fosse ao convento *agora mesmo* e que Zofia lavasse a louça *imediatamente*. Bufando furiosamente, ela me empurrou, foi pisando duro até o nosso quarto e bateu a porta. O silêncio que se seguiu foi sufocante.

Ao longo dos meus últimos meses de trabalho na resistência, mergulhei fundo nas mentiras, no perigo e na rebelião, um mundo muito distante daquele habitado por minha irmã. A guerra nos distanciara, mas, até que o perigo passasse, eu não via uma maneira de remediar isso. Enquanto eu lutava contra as lágrimas que embaçavam minha visão, certifiquei-me de que nenhuma das peças de xadrez tivesse sido danificada pelo ataque de raiva de Zofia. Mamãe ficou de joelhos ao meu lado e eu passei meus dedos sobre a rainha preta. Minhas peças de xadrez estavam intactas, mas por algum motivo senti como se não estivessem.

Quando mamãe retirou alguns fios de cabelo da minha testa, falei em um sussurro:

— Não posso contar para ela?

Ela suspirou e cobriu minhas mãos com as dela.

— Tudo que podemos fazer é rezar para que essa guerra termine logo.

Um impasse até que as coisas mudassem. Se é que mudariam.

Mamãe me beijou na bochecha antes de ir para o nosso quarto falar com a Zofia, então, comecei a arrumar as minhas coisas. Papai se levantou, vestiu sua jaqueta de *tweed* marrom sobre o colete da mesma cor e pegou seu chapéu de feltro favorito, cinza com uma fita de Petersham azul. Na segurança de minha mente, implorei a ele que não me seguisse, mas ele apanhou a bengala e frustrou minhas esperanças. Se ele queria falar comigo a sós depois de uma briga, era sinal de que haveria punição. O silêncio permaneceu até que saímos ao corredor, então aproveitei a oportunidade para defender o meu lado.

— Desculpe, papai, mas a Zofia não me deixava em paz e quase quebrou meus...

Ele pigarreou, então fiquei em silêncio. Valia a pena tentar. A espera era angustiante, mas olhei para além dele e me concentrei na porta do apartamento com a placa *Florkowski*, o nome da nossa família. Por fim, ele suspirou.

— Bem — disse ele lentamente —, devo dizer que você tem reflexos impressionantes.

As palavras me causaram um sorriso repentino e papai também riu, enquanto eu me aninhava em seus braços reconfortantes. Ele me abraçou. Uma mão embalou minha cabeça como se eu fosse pequena, e quase desejei poder voltar àqueles tempos. Quando eu era pequena, não havia guerra. Eu não precisava guardar tantos segredos da minha irmã.

— Você entende por que tem estado tão ocupada nos últimos meses, mas a Zofia, não — murmurou papai. — Ela não tem como entender. Tudo que peço é que você tente ser mais sensível com os sentimentos dela.

Suspirei.

— Isso seria fácil se eu pudesse contar a verdade para ela. Mas farei o meu melhor.

— Você quer que eu vá ao convento no seu lugar hoje?

— O ladrão que roubou a bolsa da mamãe e encontrou seus *Kennkarten* lá dentro já os devolveu?

Ele riu.

— Não, mas considerando que nenhuma das informações contidas neles era correta, eu teria me impressionado se ele os tivesse devolvido. Nossos novos documentos devem estar prontos em alguns dias, aí poderemos trabalhar novamente — ele beijou a minha testa. — Tenha cuidado, minha brava menina.

Em vez de largá-lo, agarrei-me a ele por mais um momento. Seu cheiro familiar se misturava a uma leve fragrância de cera e pinho, evidência do polimento que dera em sua bengala naquela manhã. A combinação era estranhamente agradável. Por fim, ergui a cabeça e papai passou um polegar pela minha bochecha, reproduzindo o formato de uma mancha de lágrima.

Assim que ele desapareceu no apartamento, esqueci-me da briga e desci as escadas. Uma visita ao convento era exatamente do que eu precisava para me animar. Lá fora, a luz do sol beijou meu rosto. Ela emprestava um tom dourado ao estuque bege do nosso prédio de quatro andares, mas o lindo dia foi arruinado por uma visão nojenta.

Um grande caminhão e dois carros passaram pelo cruzamento. A visão me fez parar assustada, e eu esperei na porta enquanto eles estacionavam. Oficiais da SS e homens vestidos como civis encheram a rua como formigas sobre carniça. Enquanto um dos homens saía do carro, enfiou algo no bolso interno do casaco. A luz do sol refletiu em uma corrente e um disco prateado.

Um distintivo da polícia.

Eu nunca tinha visto um, mas Irena e meus pais os haviam descrito para mim inúmeras vezes. Era a única maneira de identificar as pessoas que mais temíamos. Alguém tinha traído minha família, eu tinha certeza, senão a Gestapo não teria vindo.

Quando os agentes da Gestapo não invadiram meu prédio, soltei a mão da maçaneta. Eles permaneceram ao lado de seus veículos, enquanto um deles consultava um pedaço de papel e dizia algo sobre a necessidade de descer mais um quarteirão. Um dos oficiais da SS examinava a rua Bałuckiego até que seus olhos se fixaram em um novo alvo: eu.

— Venha cá.

Os membros da resistência e os agentes da Gestapo jogavam um jogo semelhante. Escondíamos nossas identidades e completávamos nossas missões em segredo, enquanto ninguém ao nosso redor sabia de verdade quem éramos. Eu provavelmente já tinha passado por incontáveis agentes da Gestapo na rua sem saber, talvez até mesmo tivesse sido parada por homens da SS que também eram agentes secretos, mas, desta vez, eu estava totalmente ciente de quem tinha me chamado.

Engolindo em seco, obedeci e segui em pequenos passos para ter tempo de pensar. A rua estava vazia e silenciosa, magnificando a minha respiração trêmula da mesma forma que os alto-falantes na praça glorificavam todas as vitórias alemãs. Eles não poderiam ter suspeitado de mim se tudo que tinha feito fora sair do prédio...

Agarrei minha cesta com mais força para me concentrar. *Fique calma. Analise-os.*

Eram seis ao todo. A julgar pela insígnia que determinava sua patente e pelo número de medalhas em seu uniforme, o homem que falava era o encarregado. Enquanto eu me aproximava, seu olhar inflexível permaneceu sobre mim.

— Identificação — disse ele.

Essa ordem em particular nunca era fácil de ouvir. Procurei meu *Kennkarte*, demorando-me o máximo que pude. Esse oficial não era um menino que se orgulhava de seus coturnos brilhantes, suas armas enormes e sua patente. Era um oficial cuja missão era esmagar a resistência. Eu precisava me certificar de que ele não me consideraria uma ameaça. Depois de entregar meu *Kennkarte*, parei por um momento para me recompor e, em seguida, disse com um tom de leveza em minha voz:

— Perdoe-me, *Herr Sturmbannführer*, mas estou a caminho de... — tanto minha voz como minha coragem sumiram quando ele olhou para mim. Eu nunca tive tanta dificuldade de me acalmar na frente de um oficial. — Encontrar uma amiga.

— A cesta.

Tudo em mim gritava em recusa.

— Claro, mas meu...

O *Sturmbannführer* acenou para outro homem, que agarrou a cesta. Meu plano não estava funcionando. Eu precisava descobrir o que estava fazendo de errado, precisava pegar minhas coisas de volta, mas eu estava perdida. Só conseguia pensar no distintivo.

O homem revirou a cesta.

— Não tem nada, *Sturmbannführer* Ebner.

Mantive meus olhos baixos para que ninguém detectasse meu alívio, mas estava ciente de que o homem estendia a cesta em minha direção. Antes que pudesse devolvê-la, Ebner arrancou-a de suas mãos e eu segurei um grito de protesto.

— Nome — disse Ebner ao iniciar uma busca meticulosamente completa.

— He... Helena... — fiz uma pausa, esperando que isso eliminasse o tremor da minha voz. Ninguém jamais havia me interrogado quanto às informações contidas nos meus documentos falsos. Eu as memorizara, é claro, mas seria difícil lembrar de qualquer coisa com meu coração agitado batendo no meu peito daquele jeito. — Helena Pilarczyk.

Desta vez, quando Ebner olhou para mim, forcei-me a olhar de volta e vi o que temia ver.

Suspeita.

Não, isso era só coisa da minha mente, apenas da minha mente. Ele não estava desconfiado; sua meticulosidade e o distintivo tinham me alarmado, só isso. Irena e eu tínhamos lidado com soldados inúmeras vezes, e eu também já tinha feito isso sozinha. Se pude fazer isso antes, poderia fazer agora.

— Data de nascimento.

Quanto mais tempo eu ficasse lá, mais perguntas ele faria e mais ele mexeria nos meus pertences. Eu tinha que responder rapidamente. Eu tinha que pensar em uma maneira de fazê-los partir ou convencê-los a me deixar ir.

Não entre em pânico, pense. Estude-o. Ignore as armas apontadas para você. Pense.

— Data de nascimento.

O grito impaciente me fez perceber que eu não tinha dito uma palavra sequer, então, murmurei a data falsificada e tentei pensar em uma maneira de escapar, mas os pensamentos não vieram. Nada veio, nada além de uma urgência avassaladora que atormentava as minhas entranhas, mas que não me levava a qualquer ação, nem quando Ebner largou a cesta e pisou sobre ela, nem quando a trama se rompeu e pedaços de batata se espalharam ao redor de sua bota, nem quando ele chutou a cesta alquebrada e as certidões de batismo se espalharam pelos paralelepípedos.

Corra.

Era uma tolice, era uma atitude desesperada, era tudo que eu podia fazer. Aumentei a velocidade, mas não consegui dar nem três passos antes que um homem da SS erguesse a coronha do rifle. Uma dor forte e cegante tirou o ar dos meus pulmões e me lançou ao chão. Tossi e engasguei, até que um aperto forte como o aço me puxou para cima. Ebner gritava, mas eu estava muito distraída com o meu estômago embrulhado para ouvir. Então, ele agarrou o meu rosto e o virou em direção ao punhado de documentos em branco.

— Responda, garota estúpida. Onde você os apanhou e para onde os está levando?

Eu poderia ter cuspido em seu rosto ou implorado por clemência, mas nada disso teria feito qualquer diferença. Eu não estava em condições de desafiá-lo, mas escolhi o desafio mesmo assim. Era tudo que eu tinha.

— Eu não sei, *Herr Sturmbannführer*. Sou apenas uma garota estúpida.

O tapa quase valeu a pena. Quase.

O golpe abriu o meu lábio e eu estava ocupada demais cuspindo sangue para ouvir o que ele disse em seguida, então, o agente da Gestapo me virou para que eu encarasse alguém.

Era a sra. Kruczek, nossa vizinha. Ela não poderia ter escolhido hora pior para sair do apartamento, mas era tarde demais. Ela estava parada na porta, petrificada, e apertava seu bebê, Jan, contra o peito. Eu a encarei, implorando em silêncio.

Algumas das armas apontadas para mim se viraram para a sra. Kruczek. Ela engasgou e segurou Jan com mais força, como se seus braços pudessem de alguma forma desviar as balas.

— Identifique essa menina e onde ela mora ou vocês três morrem.

Outro homem repetiu a ordem de Ebner em polonês. Ela não teve escolha. Eu sabia que ela não tinha escolha. Mas continuei rezando mesmo assim.

Por favor. Por favor, não. Minha família.

O olhar vidrado da sra. Kruczek encontrou o meu, como que para se desculpar silenciosamente, e então ela baixou os olhos. Sua voz tremia tanto que mal conseguiu falar:

— Maria Florkowska. Segundo andar.

Pense, pense, pelo amor de Deus, pense.

Eles me arrastaram, diante de uma sra. Kruczek que chorava, para dentro e para cima. Graças a Deus as identificações falsas de mamãe e papai haviam sido roubadas. Meus pais não seriam responsabilizados e Zofia e Karol eram apenas crianças. Certamente, a Gestapo não se importava com crianças, então eles só contariam à minha família sobre a minha prisão, nada além disso.

Um punho cerrado bateu na porta com o nome da minha família, mas ninguém teve a chance de atender antes que um pé calçado com uma bota lhe desferisse um chute rápido e forte. A porta cedeu com um estalo. Eles me jogaram para dentro e eu tropecei até os braços do meu pai.

Quando ergui a cabeça, percebi que meu sangue tinha manchado a sua camisa. Eu só tive um momento para encontrar o olhar horrorizado de papai antes que os homens invadissem e me arrancassem da segurança de suas mãos. Os seus gritos se misturaram aos gritos de mamãe.

Os agentes da Gestapo reviraram móveis, esvaziaram armários e gavetas, quebraram pratos, levantaram tapetes e destruíram tudo em seu caminho. Agradeci a Deus pelo fato de o jornal da resistência de papai já ter desaparecido de seu esconderijo usual, sob a almofada da sua poltrona. Era a única prova que eles poderiam ter encontrado. Um dos agentes da Gestapo virou a mesa de centro e meu tabuleiro de xadrez se espatifou no chão. As belas peças se espalharam.

O som do meu nome irrompeu em meio aos furiosos gritos alemães e encontrei mamãe com as costas pressionadas contra a parede. Ela se agarrava aos meus irmãos e implorava para que eu fosse até ela. A voz de papai se elevou acima daquela balbúrdia. Ele alegava que tinha imprimido as certidões de batismo e as distribuiria ele mesmo, mas sua filha havia pegado a cesta errada por engano. Eu permanecia no meio da cena caótica, paralisada.

Um soldado da SS se virou para meu pai com um sorriso de escárnio condescendente.

— Você quer que acreditemos que você distribui os documentos? — para enfatizar seu argumento, ele golpeou a perna ferida de meu pai.

Papai desabou e sua bengala bateu no chão, enquanto um gemido escapava por entre os dentes cerrados. Eu gritei e corri em sua direção, mas outro golpe no estômago me fez cair no chão e eu me encolhi, desejando que a agonia diminuísse enquanto o mundo ao meu redor ficava nebuloso. O grito de mamãe pareceu distante. Uma voz desconhecida se juntou à dela, seguida de um tapa forte e traiçoeiro.

Mãos me agarraram e, enquanto a dor em meu estômago se dissipava, um agente da Gestapo me puxou escada abaixo. Eu lutei, mas ele era muito forte. Era como lutar contra um pilar de pedra. Ele me jogou no caminhão e meu quadril recebeu toda a força do impacto; a dor intensa desceu pela minha perna. Enquanto eu me esparramava no chão vazio, ouvi o som de algo caindo ao meu lado, seguido de um suspiro familiar. Mamãe. Mais sons se seguiram, indicando que o resto da minha família também seria detida, e a porta se fechou.

O caminhão começou a se mover. Eu me levantei e pus um braço sobre meu abdômen dolorido. Papai se sentou, contraindo-se quando o movimento incomodou a sua perna, e ajudou mamãe a se erguer. Ela segurava Zofia e Karol, como se nunca os deixasse ir, e o choro de todos se tornou um só. Mamãe se aninhou em papai e cuidadosamente tocou a marca vermelha em sua bochecha.

— Meu Deus — ela sussurrou. Uma breve oração desesperada.

Que idiota eu fui. E pensar que eu quase me convencera de que minha família seria poupada.

— Eles estacionaram na nossa rua e eu vi um deles com um distintivo. Eu não sabia o que fazer, e depois que eles pegaram a cesta e encontraram as certidões, eles forçaram a sra. Kruczek a me identificar, me perdoem, eu sinto muito.

A minha voz tremia. Papai me trouxe para mais perto e limpou o sangue do meu lábio cortado.

— Não há vergonha no medo. Você não fez nada de errado, Maria.

Suas palavras não soaram verdadeiras, mas eu não disse nada. Se eu tivesse pensado mais rápido, não teria comprometido a liberdade da minha família inteira.

— Nós infringimos a lei? — murmurou Zofia.

Papai colocou uma mão carinhosa sobre a dela.

— Nessa guerra, uma crueldade incrível é infligida sobre o povo judeu. Por isso, sua irmã, sua mãe e eu os ajudamos. Ajudar inocentes a fugir da perseguição não é errado.

Zofia me encarou como se eu fosse uma estranha. Ninguém falou mais nada, então me afastei da minha família e fui para o outro lado, atordoada pela magnitude do que tinha feito.

Quando o caminhão parou, as portas se abriram e fomos recebidos pelo cano de um rifle. O soldado que o empunhava ordenou que descêssemos. Mamãe saiu com uma velocidade incrível e correu até outro soldado que estava atrás do primeiro.

— Por favor, eles são crianças, pelo amor de Deus.

Ele agarrou o seu braço antes que ela pudesse dizer mais alguma coisa, então, ela se enrijeceu e ficou em silêncio. Papai saiu em seguida e estendeu a mão para Karol, que estava mais perto da porta, mas um soldado o empurrou para trás e outro puxou Karol para fora do veículo.

Eu nunca tinha ouvido meu irmão ou meus pais gritarem assim, e o choro de mamãe se elevou acima do resto.

— Deixe-me segurá-lo, por favor, deixe-me segurá-lo!

Suas súplicas ficaram mais altas e sua luta, mais desesperada, até que o homem que a segurava pareceu irritar-se de tal modo que a soltou. Ela arrancou Karol dos braços do outro homem, segurou-o contra o peito e falou com ele em voz baixa enquanto ele se aninhava nela. Quando ela olhou para papai, uma lágrima brilhava em sua bochecha.

Quando mais dois soldados avançaram para nos buscar, a mão de Zofia encontrou a minha. Os soldados permitiram que seguíssemos sozinhos até a porta, provavelmente para evitar outra explosão de mamãe. Dei um pequeno aperto na mão de Zofia para confortá-la, embora não me sentisse capaz de oferecer conforto algum. Eu sabia exatamente a visão que nos receberia quando saíssemos.

Um muro de pedra cinza cercava o enorme complexo. Mesmo antes da invasão, sempre achei Pawiak hostil e feia, uma deformidade em uma cidade de beleza estonteante. Agora não era mais apenas um prédio horroroso. Era a manifestação de todos os meus medos.

Há um lugar especial no inferno para membros da resistência que são pegos.

AUSCHWITZ, 17 DE JUNHO DE 1941

— MEUS PAIS E MEUS irmãos foram executados logo que chegamos a Auschwitz. Eu fui selecionada para a execução também, mas me perdi e Fritzsch me pôs em um grupo de trabalhadores. Minha família foi eliminada e eu sobrevivi simplesmente porque Fritzsch gosta de xadrez.

Quando terminei de contar a minha história, o Padre Kolbe não disse nada logo de cara, e eu agradeci por estar tudo escuro. Eu não queria ver o choque e o nojo em seu rosto. Mas, quando ele finalmente falou, sua voz não combinava com o semblante que eu imaginara.

— O que aconteceu com a sua família foi horrível. Não tenho palavras para expressar o quanto meu coração dói por você, Maria.

— Eu não queria deixá-los... — minha voz falhava, mas eu estava desesperada para confessar, desesperada para transferir o peso dos meus pecados para esse pobre padre gentil que havia sido tolo o suficiente para fazer amizade comigo. — Quando eu me perdi, pensei que reencontraria a minha família após o registro. Eu não sabia que um grupo estava condenado à morte e outro, não. Todo esse tempo eu o usei, Padre Kolbe, permitindo que acreditasse que sou alguém que não sou. Eu sinto muito.

— Minhas crenças a seu respeito não são falsas, Maria, eu garanto. E se a nossa amizade permitiu que eu desempenhasse um pequeno papel no alívio do seu sofrimento, então agradeço a Deus por nos conceder essa graça.

Ainda bem que o Padre Kolbe não podia ver as lágrimas prestes a se derramar pelo meu rosto.

— Eu não mereço a graça de Deus.

— Nenhum de nós merece, mas ela nos é oferecida mesmo assim.

— Você realmente consegue acreditar nisso em um lugar como este?

— São lugares como este que me fazem acreditar ainda mais. De que outra forma poderíamos encontrar significado em meio a tanto sofrimento?

Quando ficamos em silêncio, o barulho suave da chuva chegou aos meus ouvidos. O som me reconfortou por algum motivo, e eu não tinha certeza de qual, porque agora poucas coisas me confortavam. O conforto tinha ficado no meu passado, era inatingível neste novo mundo, um mundo de tudo, menos conforto. A presença do Padre Kolbe era a única coisa que me transportava de volta àquele estado. A chuva causar o mesmo efeito era incomum, mas era como se eu estivesse sentada perto da janela do apartamento da minha família em Varsóvia, vendo as gotas de chuva rolarem pelo vidro. Mas nem o Padre Kolbe nem a chuva acolhedora foram suficientes para me fazer mudar de ideia.

O Padre Kolbe não aprovaria a minha decisão, mas eu estava cansada de mentir para ele. Ele precisava ouvir a verdade, toda a verdade.

— Estou pronta para partir...

Eu queria dizer mais, mas as palavras me faltaram. Minha decisão fora tomada já há muito tempo, mas não esperava que fosse tão difícil compartilhá-la.

O silêncio recaiu sobre nós mais uma vez, um silêncio que perfurou meu coração até que eu mal pude resistir. Desta vez, no lugar de choque e nojo, imaginei a fúria no rosto do Padre Kolbe, mas mesmo em minha mente tal imagem era absurda.

— Essa não é a resposta, minha amiga.

— Sinto desapontá-lo, Padre Kolbe, e não espero que o senhor ou Deus ou qualquer pessoa tenha misericórdia de mim, mas não posso viver com o que causei a eles — eu disse, as palavras quase inaudíveis. — Além do mais, fui enviada para cá para morrer mesmo.

— Mas não assim.

Eu não sabia o que dizer. Eu queria que ele gritasse comigo, me amaldiçoasse, me dissesse que eu estava condenada por toda a eternidade. Por alguma razão, se ele fizesse isso, teria sido mais fácil para mim permanecer firme em minha decisão. Em vez disso, tudo o que senti foi sua compaixão silenciosa. Era óbvio que ele não tentaria me dissuadir por meio de um acesso de raiva virtuosa. Esse não era o estilo do Padre Kolbe. Mas, por algum motivo, era ainda mais difícil de resistir à sua bondade.

— A sua vida é uma dádiva, mesmo em meio ao mais terrível sofrimento. Tem sido uma dádiva para mim. Sua família não gostaria que você desistisse.

Foi estranho ouvi-lo falar da minha família depois de todo o tempo em que busquei apagar as lembranças que eu tinha dela. Mantê-las escondidas deveria me proteger da dor, mas me deixara com nada além de um vazio. Agora, eu me permiti pensar na minha família para preencher esse vazio. Durante meu tempo em Auschwitz, eu me desconectara dessas lembranças, como se as observasse de fora. Lembrando, mas não lembrando. Desta vez, eu estava do lado de dentro. *Mamãe. Papai. Zofia. Karol.*

O Padre Kolbe colocou algo em minha mão. Eu não conseguia ver na escuridão, mas reconheci as contas redondas e lisas. Um terço.

— Quando eu cheguei, perguntei a um soldado se poderia manter meu terço. Agora, eu quero que você fique com ele. Você tem o mesmo nome da Mãe Abençoada, e o terço glorifica a vida do Filho dela, incluindo Seu sofrimento e morte. Na vida de Cristo você encontrará forças para buscar a paz dentro de si e sobreviver a este lugar.

No silêncio, meus dedos foram se movendo pelas contas e encontraram o crucifixo. Fechei a mão em torno dele e esse simples gesto desfez todas as barreiras dentro de mim. Tudo que eu tinha guardado atrás daquelas barreiras desmoronou, e eu chorei tão intensamente quanto no dia em que a minha família morreu. Eu apertava o terço do Padre Kolbe em minhas mãos enquanto as memórias preenchiam a minha cabeça, como a lembrança das noites em que fazíamos esta mesma prece conhecida em família. Por algum motivo, a dor aguda tornou-se mais suportável; por algum motivo, eu me sentia menos desprezível do que nas últimas semanas.

Quando minhas lágrimas diminuíram, a mão emaciada do Padre Kolbe se fechou sobre a minha. Não soltei o terço e seu murmúrio gentil preencheu todos os cantos da sala.

— Viva, Maria. Viva por sua família. Lute por sua família. E sobreviva por eles.

Eu não tinha ilusões de que era garantido que a morte me libertaria. Ninguém estava a salvo dela. As peças de xadrez foram colocadas no tabuleiro e eu enfrentava um oponente mais implacável e imprevisível do que qualquer outro que já havia enfrentado. Tínhamos feito os nossos primeiros movimentos e o jogo estava em andamento.

Depois da minha conversa com o Padre Kolbe, fiquei acordada a maior parte da noite costurando, na parte dentro da saia do meu uniforme, um pequeno bolso com uma aba de botão. Na tarde do dia seguinte, enquanto eu marchava de volta para o campo depois da jornada de trabalho, o terço estava guardado dentro dele.

Quando passei pelo portão, Fritzsch estava ao lado do Bloco 24, onde normalmente esperava por mim se quisesse terminar o dia com um jogo de xadrez. Após um aceno de Fritzsch, os guardas me liberaram, então fui até ele.

— O velho jogo de xadrez está ficando cansativo.

Eu não sabia o que ele esperava que eu dissesse depois dessa declaração repentina. Talvez estivesse me testando. Uma vez que entretê-lo com o xadrez era a minha única serventia, talvez ele quisesse saber se eu agradeceria a insinuação de minha morte ou se imploraria por minha vida. Eu não tinha certeza se uma coisa ou outra mudaria sua decisão quando chegasse a hora. Enquanto Fritzsch estivesse no controle, o tempo que eu passaria neste lugar permaneceria em suas mãos.

Contanto que Fritzsch estivesse no controle. Se eu sobrevivesse, talvez me sentisse como se tivesse concedido à minha família uma pequena forma de justiça. E se eu queria sobreviver, tinha que sobreviver a Fritzsch.

— Talvez possamos organizar um torneio.

Sua expressão não mudou com a minha sugestão. O silêncio pairou entre nós por um momento, então, ele se virou e saiu.

Enquanto eu o observava indo embora, algo cresceu dentro de mim, um sentimento que reconheci dos meus dias de trabalho na resistência. Minha estratégia tinha mudado. Talvez eu pudesse vencer esse jogo, afinal.

CAPÍTULO 10

AUSCHWITZ, 26 DE JULHO DE 1941

QUANDO OUVI O ZUMBIDO distante de vozes do lado de fora, recolhi os galhos e pedras do chão do Bloco 14, para o qual o Padre Kolbe e eu, entre outros, tínhamos nos mudado recentemente.

— Vamos jogar de novo esta noite — sussurrei, enquanto ele passava a mão sobre o chão poeirento para apagar nosso tabuleiro de xadrez. — Da próxima vez, você pode jogar com as brancas e eu vou jogar com as pretas. Você precisa da vantagem do primeiro movimento.

Enquanto eu segurava uma risadinha, o Padre Kolbe ergueu a sobrancelha em tom de provocação.

— Você se lembra de que eu ganhei o jogo que acabamos de terminar, não é?

— E eu ganhei o anterior. Você é um bom oponente, Padre Kolbe, mas espero que não fique muito desapontado quando eu retomar minha condição de vencedora.

— Isso é um desafio?

— Certamente.

— Aceito — ele disse, exibindo um sorriso competitivo enquanto me ajudava a levantar. — Mas se você vencer, exijo uma nova revanche.

Subi no meu beliche, uma melhoria bem-vinda depois dos estrados do último bloco.

— Esperava que dissesse isso.

O Padre Kolbe riu e foi para o seu beliche, enquanto eu me acomodava sob o meu cobertor fino. Assim que fechei os olhos para fingir que estava dormindo, a porta se abriu, e ouvi a voz de um guarda chamando meu número.

Esfregando os olhos como se tivesse acabado de acordar, desci do beliche e rapidamente me dirigi aos dois guardas que esperavam na porta. Eles não disseram nada, mas eu sabia por que tinham vindo. Eu os segui na manhã escura até a praça da chamada, onde a multidão já estava reunida.

— Hoje é o último dia do nosso torneio de xadrez — disse Fritzsch quando chegamos. — Você conhece as regras, Prisioneira 16671. Depois da chamada, em vez de se juntar à sua equipe de trabalho, você me encontrará aqui na cabine. A primeira rodada consistirá em cinco jogos entre os guardas. Esses cinco vencedores jogarão contra você.

Enquanto Fritzsch tagarelava sobre quem jogaria hoje e outras questões triviais, segurei um suspiro. Embora o torneio tivesse sido ideia minha, eu preferia meus jogos contra o Padre Kolbe a essas rodadas incessantes com os guardas, sendo obrigada a passar o dia todo na praça da chamada acompanhada apenas de Fritzsch e dos homens da SS. Eu perdia a conta de quantas partidas jogava por dia, mas os guardas gostavam tanto que Fritzsch já havia prometido organizar outro torneio em breve. Pelo menos meu plano evitava que eu fosse designada para o trabalho manual. E, acima de tudo, me mantinha viva.

Os dois guardas permaneceram a meu lado. Enquanto Fritzsch continuava falando, um se virou para o outro e disse em voz baixa.

— Em quem você vai apostar?

— Eu não vou acompanhar o torneio hoje — resmungou o outro, enquanto acendia um cigarro. — Não agora que o *Kommandant* Höss voltou de Berlim. Se ele me pegar enrolando depois do que aconteceu ontem, vai querer a minha cabeça.

— É verdade, você me falou a respeito — disse o primeiro, girando o seu porrete. — Por que diabos o comandante ficou tão zangado com uma simples pergunta?

O outro guarda encolheu os ombros.

— Eu lhe dei as boas-vindas e perguntei como tinha sido a viagem, então ele me proibiu de me intrometer em assuntos secretos do Reich e ameaçou me transferir. Minha família nunca me perdoaria se isso acontecesse, então, de agora em diante, só vou obedecer às ordens e manter a minha boca fechada — ele puxou um relógio de bolso e verificou a hora. — Imagino que o *Kommandant* Höss estará aqui logo. Ontem à noite, ele disse algo sobre passar o dia de hoje no campo principal.

— Depois da chamada, é melhor falarmos com o Fritzsch e recomendar a ele que reagende o torneio. Deus me livre se alguém desobedecer às ordens do comandante — disse o outro homem com um riso irônico.

Enquanto eu ouvia a conversa, minha mão alcançou o pequeno bolso na parte de dentro do meu uniforme. Apertei meus dedos contra o tecido para sentir as contas e o crucifixo de prata do terço azul-claro que estava dentro dele.

Viva. Lute. Sobreviva.

Eu queria viver. Cada parte de mim queria viver. Auschwitz havia tirado tanta coisa de mim, mas eu não deixaria que me levasse também. Não se eu pudesse evitar. Esse era um jogo que eu havia jurado vencer. E a conversa entre os guardas foi a inspiração para a próxima etapa da minha estratégia.

Quando os demais prisioneiros se juntaram a nós para a chamada, posicionei-me ao lado do Padre Kolbe. Embora eu tenha ganhado tempo com os torneios de xadrez, eles não eram suficientes para tirar Fritzsch do controle, mas com essa próxima etapa que eu tinha acabado de conceber, talvez encontrasse a solução. Eu só precisava colocá-la em prática antes que ele decidisse que eu não era mais útil.

À minha esquerda, o Padre Kolbe cantarolava uma peça composta por Schubert, que acompanhava uma conhecida oração mariana: a *Ave Maria*.

A melodia me transportou de volta para casa e fechei os olhos. Mamãe estava lá, sentada na penteadeira e munida dos seus grampos de cabelo. Enquanto seus dedos torciam e moldavam suas madeixas loiras, ela observava seu reflexo e cantava suavemente, como sempre fazia quando estava concentrada. Seu tom era gracioso, reverente, e seus lábios enunciavam cada palavra em latim enquanto seus dedos meticulosos inseriam grampos de cabelo na elegante criação na parte de cima de sua cabeça. Papai parou do lado de fora da porta e ficou ouvindo, sem querer perturbá-la. Ela sorriu quando viu o olhar dele no espelho, mas não parou.

A canção do Padre Kolbe acabou, levando consigo a voz de mamãe e me trazendo de volta à praça da chamada. Esperei até que os passos pesados de Fritzsch alcançassem meus ouvidos quando ele passasse pela nossa fila. Era hora de testar o meu plano.

Respirei fundo para reunir coragem e baixei a minha voz para um sussurro.

— Minha mãe costumava cantar essa canção o tempo todo.

Fritzsch se aproximou. Suspeitei que ele tivesse me ouvido. Embora eu não tenha olhado para ele, pude senti-lo me examinando. Isso tinha que acontecer se eu quisesse que meu plano funcionasse, mas a situação não me ajudava a manter uma respiração firme enquanto a ameaça de sua ira pairava sobre mim.

Fritzsch fitou-me demoradamente.

— Prisioneira 16671, você estava falando?

— Sim, *Herr Lagerführer*.

Responda da forma mais simples possível. Nunca forneça detalhes, a menos que peçam.

— Com qual desses pobres coitados você estava conversando?

Tentei falar, engoli em seco e tentei novamente.

— Com nenhum deles, eu... eu estava falando comigo mesma.

Era a mentira mais patética que eu já tinha dito, mas não importava. Meu plano não incluía incriminar o Padre Kolbe. Eu só precisava de um motivo para dizer algo. Pelo canto do olho, vi o Padre Kolbe abrindo a boca, mas ele não teve tempo de intervir antes que o porrete de Fritzsch atingisse meu estômago e me mandasse para o chão. Cerrei os dentes diante da dor intensa e familiar, tentando não dar a ele a satisfação de ouvir um grito agonizante. É claro que não consegui.

— Por sua desobediência — disse Fritzsch. — E por sua mentira.

O chute nas costelas veio forte e doloroso, e tudo que pude fazer foi começar a chorar. Respirar fazia com que meus olhos se enchessem de lágrimas, mas Fritzsch gritou para que eu me levantasse e eu tive que obedecer. Assim que fiquei de pé, ele agarrou meu rosto com a mão, coberta por uma luva de couro, e me forçou a encarar seu olhar perverso.

— Ouça com atenção, 16671. Você vai me dizer com qual desses vermes você estava conversando ou vou espancá-la.

— Perdoe-me, *Herr Lagerführer*. A culpa foi inteiramente minha — disse o Padre Kolbe. — Não precisa punir a garota.

Eu não fazia a menor ideia de como o Padre Kolbe sempre conseguia ficar tão calmo, mas eu gostaria que ele não tivesse falado. Não fazia parte do meu plano. Fritzsch deveria ter pego a minha desobediência, só a minha. Eu deveria imaginar que, independentemente de eu ter falado ou não com o Padre Kolbe, é claro que ele tentaria me ajudar. Eu não poderia ter escolhido uma oportunidade pior de testar essa estratégia.

Depois de me empurrar, Fritzsch dirigiu-se ao seu novo alvo. O Padre Kolbe não emitiu qualquer som quando Fritzsch bateu em seu rosto, mas tive que fazer um esforço extraordinário para conter o meu protesto.

— Vocês dois permanecerão depois da chamada — disse Fritzsch.

Ele saiu marchando para longe, batendo nos prisioneiros pelo caminho.

Eu não me atrevi a me virar para olhar para o Padre Kolbe, mas me desculpei com ele no silêncio de minha mente. Ainda assim, uma faísca de esperança surgiu em meu peito. Eu não tinha certeza se segurar os prisioneiros depois da chamada ia contra a vontade do comandante, mas imaginei que sim.

Quando a chamada terminou, ficamos em nossas posições, enquanto os demais prisioneiros se espalhavam ao nosso redor e saíam com as suas instruções de trabalho. Quando todos se foram, ficamos sozinhos com Fritzsch. O *Kommandant* Höss não estava à vista.

Era tarde demais para voltar atrás em minhas ações, mas tinha me arrependido delas. Talvez os guardas estivessem errados sobre a vinda do comandante ao campo. Eu tinha provocado Fritzsch para me punir à toa, e causara a mesma punição ao Padre Kolbe também.

Fritzsch olhou para nós.

— Vocês dois são amigos?

Eu imediatamente neguei com a cabeça, embora não conseguisse entender por quê. Mentir não ia adiantar nada. Fritzsch assentiu, então ergueu seu porrete e se aproximou do Padre Kolbe.

— Espere, não... Quero dizer, sim. Sim, *Herr Lagerführer* — soltei um suspiro quando Fritzsch parou, momentos antes de atacar. — Nós somos amigos.

— Nesse caso, você facilitou o meu trabalho — Fritzsch baixou o porrete e se virou para mim. — Escolha o castigo dele. E ele vai escolher o seu.

Gotas de suor escorriam pelo meu pescoço e minha testa, e não porque o dia estava ficando mais quente a cada momento que passava. Antes que eu pudesse encontrar palavras, o Padre Kolbe deu um passo à frente.

— *Herr Lagerführer*, assumo total responsabilidade e aceitarei as consequências para nós dois.

— Mantenha a porra da boca fechada ou vou mandar vocês dois para a forca — Fritzsch empurrou o Padre Kolbe para trás. Ele se posicionou e permaneceu em silêncio.

Fritzsch me esperou falar, mas eu não conseguia. Que plano estúpido e irresponsável! Olhei para o Padre Kolbe, que acenou discretamente para mim, como se me assegurasse de que não guardaria mágoa por causa da minha escolha.

— Quanto mais tempo você demorar, pior será o castigo que eu vou exigir — Fritzsch se aproximou, os olhos acesos como se estivéssemos no meio de uma partida de xadrez e ele tivesse acabado de me colocar em xeque.

Como eu poderia escolher? Duas semanas com meia ração? Nossas rações já eram exíguas. Uma semana em pé em uma cela do Bloco 11? Meus pés latejavam ao final de cada dia de trabalho, por isso, não ter a chance de descansá-los seria um sofrimento absoluto. Vinte e cinco chicotadas? Eu não tinha ideia do quão doloroso era uma chicotada, mas nunca quis descobrir. E mesmo se eu fosse capaz de determinar qual era a opção mais misericordiosa, não poderia impor nenhuma delas ao Padre Kolbe.

— Por que esses prisioneiros não receberam as suas atribuições de trabalho?

Por um momento, pensei que o calor estonteante e a minha garganta seca tinham feito com que eu imaginasse a nova voz, mas não. Ele veio.

— Os prisioneiros falaram durante a chamada, *Herr Kommandant* — disse Fritzsch. — Estamos determinando a punição.

— Impedi-los de realizar as suas obrigações de trabalho não vai melhorar o seu comportamento — disse o *Kommandant* Höss, franzindo a testa ao se juntar a nós. — Seu trabalho é puni-los no momento adequado, não impedi-los de trabalhar. Tudo o que você fez foi afetar a eficiência da minha operação.

Höss se virou para mim e para o Padre Kolbe:

— Considerem-se avisados. Vocês não receberão clemência se desobedecerem novamente.

— Sim, *Herr Kommandant* — respondemos em uníssono.

Depois de ordenar a Fritzsch que fosse ao seu escritório para que pudessem discutir a sua viagem a Berlim, o *Kommandant* Höss olhou para nós uma última vez. A ruga em sua testa se aprofundou quando ele se concentrou em mim. Ele apertou os lábios e marchou para longe, gritando com alguns guardas para se reportarem a Fritzsch. Quando os guardas obedeceram, Fritzsch olhou para o Padre Kolbe.

— Prisioneiro 16670, qual é a sua atribuição?

— Construção, *Herr Lagerführer*.

Fritzsch pareceu satisfeito com a notícia. Ele ordenou aos guardas que nos escoltassem até o canteiro de obras, embora aquele não fosse o meu *kommando*, e os seguimos para fora do campo. Ir para o trabalho de construção deveria ter me apavorado, mas eu não estava preocupada com isso. Minha estratégia fora bem-sucedida. Tinha que perseverar e manter o objetivo principal: incitar Fritzsch a violar o protocolo quando o comandante estivesse por perto para pegá-lo em flagrante. Para sobreviver por minha família, tinha que fazer com que Fritzsch fosse transferido.

CAPÍTULO 11

AUSCHWITZ, 20 DE ABRIL DE 1945

— Os Aliados estão caçando pessoas como você.

Eu não sei por que falei aquilo. Talvez esperasse pegar Fritzsch desprevenido, deixá-lo nervoso. A aliança de nações prestes a derrotar a Alemanha e os demais países do Eixo certamente os faria responder pelos seus atos. É provável que queiram responsabilizar homens como Fritzsch. Talvez ele tema o destino que o aguarda, por isso, a minha observação deveria despertar o seu interesse. Ele ergueu o olhar, virando um dos cavalos pretos capturados em sua mão.

— É mesmo?

O tom da sua voz permaneceu inalterado, despreocupado, intocado pelo temor que eu esperara provocar. Ou talvez ele simplesmente se recusasse a revelá-lo para mim. De todo modo, eu confirmo com a cabeça, embora não tenha nenhuma segurança da veracidade da minha afirmação. Mas Fritzsch não precisa saber disso.

— Sim. Além disso, eu duvido que seja a única ex-prisioneira à sua procura. Alguém mais vai encontrá-lo, assim como eu fiz.

As palavras saem mais confiantes do que me sinto. Mesmo que tenha acreditado em mim, é claro que Fritzsch jamais admitiria, mas eu poderia jurar que, por um momento, algo mudou em seu rosto. Não durou o suficiente para que eu conseguisse decifrar o que era, mas me deu uma nova injeção de ânimo.

Fritzsch desdenha.

— Os Aliados estão caçando homens que serviram aos seus países? Homens que procuraram livrar o mundo de seus vermes para torná-lo um lugar melhor? E esses mesmos vermes acham que têm algum poder sobre aqueles de nós leais ao Reich?

Agora, é minha vez de desdenhar, enquanto movo um bispo.

— Se esses ditos vermes não exercem poder sobre você, por que se deu ao trabalho de encontrar um deles aqui?

Embora Fritzsch não tenha respondido, seus dedos se fecharam em torno do cavalo. O sucesso é bom e relaxante, e afasta a turbulência que retumba dentro de mim como um trovão a distância. Eu estou no controle. Não Fritzsch.

Enquanto se prepara para jogar, ele suspira e tira a água da chuva do rosto.

— Eu esperava que a chuva parasse, mas não parou, então devemos entrar. O que você acha? Bloco 11, talvez?

Um trovão distante sacode os céus enquanto as memórias surgem novamente, tentando arrancar o controle das minhas garras. Eu sabia que não devia provocá-lo, mas o fiz. E o fiz porque sou estúpida e imprudente.

— Você consegue se lembrar da posição das suas peças, não é? — ele pergunta, apontando para o tabuleiro. — Vamos, pegue as suas e eu pego as minhas. Ficaremos mais confortáveis lá dentro.

Esfrego as mãos em minha nuca e nas minhas costas, sentindo a pele grossa e saliente que revela a teia de cicatrizes. De repente, elas latejam como se fossem novas.

— Eu não vou sair daqui.

— Não seja difícil. Eu prefiro o Bloco 11, você não? — Fritzsch reúne algumas peças e depois sorri. — Podemos jogar na Cela 18.

É claro que ele faria tal sugestão. Eu sabia disso, mas, mesmo assim, quando ouvi as palavras, algo dentro de mim pareceu chegar à beira de um colapso. Enfiei as unhas na palma da minha mão, desesperada para contê-la.

— Você não vai chegar perto da Cela 18.

— Você não vai pegar suas peças?

— Não, não vou sair daqui. Eu já disse que não vou...

— Não precisa ficar agitada — disse Fritzsch, silenciando a histeria que aumentava em minha voz. — Pensei que você gostaria da ideia de se abrigar da chuva, mas foi apenas uma sugestão. Um simples "não, obrigada, *Herr Lagerführer*" bastaria — ele posiciona as peças de volta, move um peão e acena para mim. — Sua vez.

Minha vez. As cicatrizes nas minhas costas latejam tanto, não sei se vou aguentar.

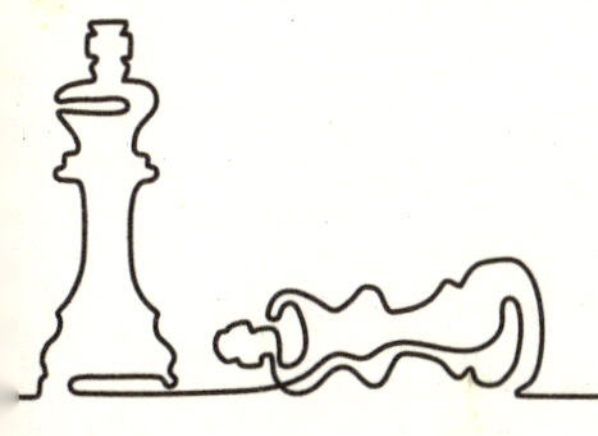

CAPÍTULO 12

AUSCHWITZ, 29 DE JULHO DE 1941

O SOL DA MANHÃ SURGIA acima dos blocos naquele que prometia ser um dia muito quente. Mas não era o calor sufocante que dificultava a minha respiração, mas os gritos de pânico dos guardas e as recontagens.

Um preso escapara. Um prisioneiro do meu bloco. Aqueles que falhavam em suas tentativas de fugir eram punidos, muitas vezes mortos; aqueles que conseguiam escapar deixavam para o resto de nós o fardo de aguentar as consequências de sua fuga.

Fiz o meu melhor para passar despercebida, não obstante o praguejar constante de Fritzsch. Assim que os guardas terminaram a chamada, ele anunciou a punição.

— Dez prisioneiros do Bloco 14 serão condenados ao emparedamento.

Confinamento e fome. Que forma horrível de morrer. Fritzsch andou de um lado para o outro por entre as fileiras, avaliando cada prisioneiro petrificado e selecionando suas vítimas uma por uma. À medida que ele chamava os números, os guardas retiravam os pobres e inocentes prisioneiros da fila e os reuniam para que fossem escoltados até o seu destino. Tive pena deles, mas minha mente estava muito ocupada com um único apelo.

Por favor, não chame meu número nem o do Padre Kolbe.

A súplica se sobrepusera a todos os meus pensamentos e eu a repeti várias vezes em minha mente, como se meu desespero pudesse, de alguma forma, influenciar a decisão de Fritzsch. Ele certamente não me escolheria. Ele tinha planos para outros torneios de xadrez. A menos que tivesse mudado de ideia e decidido que estava cansado de mim, afinal. Nenhuma estratégia tinha me preparado para isso. Eu estava presa ao seu campo, às suas regras, ao seu tempo; não importava o quanto eu estivesse determinada a fazer com que ele fosse transferido e a honrar a minha família com a minha sobrevivência, o seu próximo movimento poderia destruir tudo.

Quando Fritzsch chegou à minha fileira, ainda havia uma pessoa para escolher. A cada passo que ele dava em minha direção, meu apelo silencioso aumentava de volume até se tornar um grito desesperado.

Por favor, não chame meu número nem o do Padre Kolbe. Por favor, não...

Fritzsch parou quando me alcançou e os gritos em minha mente silenciaram.

Olhar em seus olhos teria sido uma atitude desafiadora, e desafiá-lo era o pior movimento que eu poderia fazer. Só podia ficar olhando para os seus coturnos, orando, desejando que ele se afastasse, amaldiçoando meu apelo por não servir para nada, mesmo que eu soubesse de antemão que não serviria. Fritzsch parou diante de mim, impassível, e senti seus olhos percorrerem meu número enquanto ele respirava.

Com uma risada, ele passou pelo Padre Kolbe, que estava ao meu lado. Eu mal havia me dado conta de nossa sorte quando ele anunciou o décimo e derradeiro prisioneiro.

— Prisioneiro 5659.

A última vítima era um homem que estava perto de mim. Ao ouvir o seu número, ele empalideceu e caiu, emitindo um lamento agudo.

— Minha esposa, meus filhos... Eu nunca mais os verei.

Quando as palavras saíram dos lábios do homem devastado, o Padre Kolbe deu um passo à frente, sem hesitar. Ele disse algo que ninguém conseguiu ouvir por causa dos apelos por clemência do preso, mas Fritzsch notou que o Padre Kolbe tinha saído da fila. Ele levantou a mão e o guarda parou antes de apanhar o Prisioneiro 5659. Fritzsch mandou o homem choroso se calar e olhou para o Padre Kolbe com um sorriso de desprezo.

— Que diabos você quer? — ele perguntou.

Então, o Padre Kolbe disse, com jeito calmo e gentil de sempre.

— Eu sou um padre católico. Quero tomar o lugar deste homem, porque ele tem esposa e filhos.

Todos caíram em um silêncio estupefaciente. Os prisioneiros, os guardas e especialmente o rapaz. Até mesmo Fritzsch ficou sem palavras. Ele levou um momento para se recompor, então olhou para o Padre Kolbe com renovado interesse.

— Você é um padre católico?

— Sim, *Herr Lagerführer*.

Fritzsch trocou um olhar satisfeito com os outros guardas, chutou o jovem estupefato e ordenou que ele voltasse à fila.

— Substituam o 5659 pelo 16670. Levem os prisioneiros para o Bloco 11.

A troca aconteceu tão rapidamente que eu só consegui processá-la quando os guardas levaram o Padre Kolbe embora. Ele olhou para mim. Meu querido e bondoso amigo. Quase pude ouvir a sua voz, calmamente se despedindo de mim, implorando para que eu entendesse. E eu entendia. Porém, quando ele desapareceu de vista, a voz alta na minha cabeça gritou para ele voltar atrás em sua escolha, e continuou gritando até que uma vozinha mais baixa finalmente a dominou.

Eu lutaria por cada momento restante que eu pudesse ter com ele.

Meu plano funcionaria, eu tinha certeza. Eu conhecia Fritzsch e sabia exatamente como ele reagiria diante do que eu estava prestes a fazer.

Com um grito agudo, ajoelhei-me diante dele.

— Por favor, *Herr Lagerführer*, não mate o Padre Kolbe, por favor!

Enquanto eu gritava e implorava, Fritzsch me chutou para longe com um resmungo enojado, mas nada me deteria. Mais histérica do que nunca, eu rastejei de volta, implorando em alemão e polonês, e me agarrei a seus tornozelos até ele conseguir se desvencilhar das minhas mãos.

— Cale a boca, polaca imunda — Fritzsch me pegou pelos ombros e me sacudiu, os olhos iluminados por um prazer cruel. — Você será transferida para o Bloco 11. Você poderá ver o 16670 morrer.

Ele me jogou no chão, onde me encolhi chorando.

Eu sabia que funcionaria, seu desgraçado estúpido e cruel.

Fritzsch ordenou aos prisioneiros que abrissem espaço ao meu redor e observassem enquanto ele me recompensava ainda mais por minha explosão. Tive a sensação de que ele estava muito impaciente para esperar pela exibição pública de castigos que sempre acompanhava a chamada noturna. Ergui a cabeça para examinar a plateia de prisioneiros indiferentes e oficiais da SS entretidos. Um oficial se destacou, um homem mais velho que parecia desconfortável; ele parecia familiar, mas eu não tive tempo de determinar por quê.

Eu sabia o que estava por vir, a punição em que apostara para ver se meu plano funcionava ou não. Era a única maneira de conseguir o que eu queria. Apesar do terror da expectativa pairando sobre mim, eu lutaria contra ele.

Eu estava encolhida no chão, esperando ser liberada clinicamente para resistir à punição, quando as botas de Fritzsch se aproximaram. Ele agarrou a parte de trás da gola do meu uniforme, segurando o tecido fino com as duas mãos. Eu me encolhi, esperando que ele me suspendesse; em vez disso, ele puxou. O rasgo soou como um grito de morte. Por que ele rasgou meu uniforme?

Seu chicote assobiou no ar.

Uma agonia pura e penetrante rasgou minhas costas e arrancou um som da minha garganta, um grito diferente de todos os que eu já havia dado antes. Fritzsch não estava seguindo o protocolo. Ele estava ansioso para me ver sangrar.

Meu interrogatório na Gestapo fora uma brincadeira de criança em comparação a isso. A dor foi ainda pior do que eu temia. Mas eu sabia o que era esperado de mim.

— *Eins. Zwei. Drei.*

Com palavras que soavam mais como soluços, eu contava as chicotadas em voz alta, mas na quarta minha mente apagou. *Quatro em alemão, como é quatro em alemão? Depressa, eu falei essa língua por toda a minha vida...*

Um assobio cortante, a mordida nas minhas costas. A quinta chicotada. Era tarde demais. Eu perdi a conta. E eu sabia o que acontecia quando o prisioneiro perdia a conta.

— Comece de novo! — gritou Fritzsch.

A satisfação em sua voz era inconfundível. Lágrimas saltavam dos meus olhos enquanto o couro marcava minha carne. Era difícil dizer as palavras com os dentes cerrados.

— *Eins.*

Continuamos, golpe após golpe, enquanto meus soluços e meu choro marcavam cada chibatada nova. A dor era insuportável, mais forte do que qualquer outra que eu conhecia, e eu não podia cometer outro erro, pois não aguentaria muito mais.

Enquanto eu contava as chicotadas, minha mente viajou para quando o *Sturmbannführer* Ebner encontrou as certidões de batismo em minha cesta e ameaçou torturar a minha família para me fazer confessar. Ele sabia que tinha me vencido; agora, ao infligir minha punição com total desrespeito ao protocolo, Fritzsch pensava que tinha vencido também. Mais uma vez eu estava diante de um homem que acreditava ter vencido. A diferença era que Ebner *tinha* me enganado, mas Fritzsch estava jogando exatamente como eu queria.

Fritzsch fez uma pausa após a décima quinta chicotada.

— Você gostaria de falar fora de hora novamente, 16671?

Ao confrontar o *Sturmbannführer* Ebner após ele ter me chamado de garota estúpida, eu havia incorrido em um pequeno, mas satisfatório, ato de rebeldia. Novamente, eu não estava em condições de provocar o meu algoz. Não tinha sido uma decisão inteligente naquele momento e não seria agora. Mas meus planos eram sempre ousados.

Fiz um esforço considerável para erguer a cabeça e olhar para Fritzsch. A cada passo que ele dava para longe de mim, o sangue pingava do chicote que ele empunhava. Meu sangue. Eu me mexi e um dos guardas da SS avisou Fritzsch, que parou e me encarou. Quando eu falei, minha voz estava rouca, mas não vacilante.

— Meu nome é Maria Florkowska.

Eu estava pronta para o que viria a seguir. A rebeldia me revigorava.

Ele veio com tudo para cima de mim, desferindo chicotadas tão rápidas que eu não poderia tê-las contado mesmo se quisesse. Enquanto eu gritava sob os golpes agonizantes, uma energia renovada emergia de mim. Eu estava viva e estava lutando.

— Fritzsch, que diabos você está fazendo?

Quando a reprimenda alcançou os meus ouvidos, Fritzsch já havia recuado. Achei que a voz pertencesse ao *Kommandant* Höss, mas não tive certeza. A dor tornava impossível que eu me concentrasse.

— A vadia polaca fala demais, *Herr Kommandant* — sua voz não continha nenhum remorso, e eu não esperava nada diferente.

— Então, siga o protocolo para disciplina-la. Não estou vendo o bloco de açoite. Ela foi examinada clinicamente antes de a punição ser administrada?

— Não, *Herr Kommandant.*

— Pelo amor de Deus, não quero oficiais incompetentes no meu campo. Da próxima vez que decidir punir um prisioneiro, siga o protocolo, entendeu?

O mundo flutuava ao meu redor em um mar de angústia cortante. Quando ele começou a falar com outra pessoa, a voz do comandante foi sumindo, então presumi que ele estava indo embora. Os guardas ordenaram que os prisioneiros cumprissem suas obrigações de trabalho. Seus passos foram ficando mais fracos conforme eles se afastavam, mas um conjunto diferente de passos ficava mais alto.

Um aperto firme se fechou em torno dos meus ombros magros e dilacerados, erguendo-me e acendendo o fogo novamente. Eu gritei.

— O Bloco 11 te aguarda, 16671.

Enquanto o seu desprezo envolvia os meus ouvidos, um calafrio se misturou ao calor abrasador que consumia minhas costas. Ele me jogou no chão e tudo continuou a girar.

Um calor úmido se espalhou pelas minhas costas laceradas, enquanto resquícios de suor e lágrimas escorriam pelo meu rosto. A dor era excruciante. Mas eu tinha de ir para a minha nova atribuição.

Eu nem consegui me apoiar em minhas mãos e joelhos antes de cair novamente. Eu tinha que me levantar, eu tinha que alcançar o Padre Kolbe, eu tinha que viver e lutar. Mas eu estava tão cansada e sentia tanta dor, apesar de não me arrepender do que tinha feito. Meu plano fora bem-sucedido e desafiar Fritzsch me preencheu com um vigor renovado. Esse mesmo vigor dizia para eu me levantar, e eu me levantaria, eu tinha que me levantar, mas o sol me golpeava com tanta vontade quanto Fritzsch, roubando a pouca energia que me restava. Minha boca, lábios e garganta estavam tão ressecados quanto o chão quente e empoeirado sob a minha face. Talvez eu devesse descansar um pouco...

Uma sombra passou por mim, trazendo-me de volta ao presente e me lembrando de ir ao encontro do Padre Kolbe. Arrastei-me alguns centímetros pelo chão, com o cascalho áspero e encharcado de sangue arranhando meu peito e as palmas das minhas mãos. O esforço doloroso me dava ânsia de vômito. Ao mesmo tempo, fiquei tensa, esperando por golpes que me obrigassem a levantar, mas eles nunca vieram. Em vez disso, as mãos que me tocaram eram gentis. Deviam ser do Padre Kolbe... Não, isso era impossível, ele estava no Bloco 11. Talvez da minha mãe...

— Shhh, eu não vou te machucar. Não feche os olhos, entendeu? Fique comigo.

Uma voz feminina. Não a da mamãe. Era mais grossa e tinha sotaque. Familiar.

De alguma maneira, fui erguida do chão. Talvez eu estivesse andando, talvez alguém estivesse me carregando, mas, seja como for, eu estava indo de um local para outro. Entre os murmúrios reconfortantes da mulher, uma frase se destacou. *Não se preocupe.* Uma frase tão peculiar. Segundo a minha experiência, essa frase significava que, na verdade, você deveria mesmo se preocupar. Mas eu estava muito cansada para me preocupar. Em vez disso, fechei os olhos, embora a mulher tenha me dito para não fazer isso.

CAPÍTULO 13

AUSCHWITZ, 30 DE JULHO DE 1941

QUANDO RECUPEREI OS SENTIDOS, um forte latejamento percorreu minhas costas e ombros. Algo encobria a sensação pulsante, algo apertado. Bandagens. Abri os olhos e pisquei enquanto o mundo entrava em foco. Eu estava de bruços, deitada no que devia ser um colchão fino, em um grande espaço lotado de outras pessoas. Algumas usavam bandagens, outras pareciam frágeis e doentes. E havia aquelas que iam de beliche em beliche para examinar os convalescentes. Quando é que eu tinha sido internada em um dos blocos hospitalares?

O Padre Kolbe.

O pensamento surgiu em minha mente e tentei me levantar, mas parei com um grito de agonia quando a dor fez meu estômago revirar.

— Não se mexa. Você foi açoitada ontem, não se lembra?

Lentamente, virei a minha cabeça para encontrar a dona da voz. Ao lado da minha cama estava Hania Ofenchajm, a jovem judia.

— Estou aqui há quase quatro meses e nunca tinha visto um prisioneiro provocar os guardas a lhe aplicarem chicotadas adicionais — disse ela. — Isso exigiu muito *chutzpah*.

Eu não tinha ideia do que significava *chutzpah*, mas tive a sensação de que ela não estava me elogiando. Minhas suspeitas foram confirmadas por seu semblante de desaprovação.

— Entre todos os homens da SS que poderia ter provocado, você foi escolher o Fritzsch? O campo inteiro ouviu você falando e falando sobre aquele padre. E, como se as chicotadas não fossem suficientes, decidiu ser insolente também? Você esperava conseguir alguma coisa com aquilo além de uma punição mais severa?

Hania esperou que eu pensasse nas perguntas, então respirou fundo e suavizou o tom.

— Você não pode correr esses riscos. Não se quiser sobreviver.

Ela estava certa, é claro. Por mais intencionais que as minhas ações tenham sido, eu sabia que elas eram estúpidas. Mas eu não me arrependia delas.

— O que você está fazendo aqui? — o som áspero e cru que saiu da minha boca me surpreendeu. Limpei a garganta, embora não tenha adiantado muito.

— Traduzir é um bom trabalho em comparação aos demais. Ele me garante privilégios adicionais, como permissão para me mover livremente pelo campo se eu tiver responsabilidades por aqui, em vez de nos escritórios administrativos da SS. Hoje eles precisam de mim no campo, então, dei um pulo aqui no hospital para ver como você estava.

Devia ser bom ter a liberdade de poder andar por aí. Mas não fiquei pensando nisso.

— Meu nome é Maria.

— Foi o que ouvi na praça da chamada. De onde você é?

— Varsóvia.

Ela ergueu uma sobrancelha e exibiu um sorriso contente.

— Eu também. Você trabalhava para a resistência? Que tipo de trabalho você fazia?

— Várias coisas, mas principalmente ajudava um grupo de freiras que tiravam crianças judias do gueto às escondidas.

— Por quanto tempo esteve envolvida antes de ser pega?

— Alguns meses. De março a maio — calei-me, me contraindo enquanto mudava de posição. — Foi você quem me trouxe ao hospital, não foi? Por quê?

— Eu não deixaria que sangrasse até a morte na praça da chamada.

Olhei para Hania, analisando suas feições. Maçãs do rosto proeminentes projetando-se acima das bochechas magras. Provavelmente em seus vinte e poucos anos, embora parecesse mais velha. Magra, mas não tão magra quanto eu, o que fazia sentido, porque as atribuições de trabalho interno significavam condições menos árduas. Olhos grandes e profundos, tão escuros e vivazes quanto a mancha na bengala de madeira do meu pai. O cabelo raspado, visível por baixo do lenço, era da mesma tonalidade. Apesar de sua forma magra e do envelhecimento precoce, ela era linda. O olhar cauteloso em seus olhos não era incomum, então não me surpreendeu nem me preocupou. Nós nos protegíamos como podíamos.

— Eu falei para você não se mexer — ralhou Hania quando eu tentei mudar de posição novamente.

— Algo está me cutucando através do colchão.

— Você esperava o quê? Não estamos no Hotel Bristol.

Preferia que ela não tivesse mencionado o hotel porque, de repente, eu só conseguia pensar nele. Ele se erguia no coração de Varsóvia e tinha uma fachada requintada de estuque branco, um projeto neorrenascentista, se me recordava do que meus pais tinham contado. O majestoso mirante na esquina arredondada era a minha parte favorita do prédio. Imaginei-me no café do hotel durante o desjejum, me esbaldando com ovos, salsichas, *chutney* de maçã e ameixa, suco de laranja fresco e pães variados com geleia, mel e manteiga. Agarrei-me à fantasia até que uma outra voz irrompeu em meio ao desejo persistente em minhas papilas gustativas.

— Como ela está?

— Acordada — respondeu Hania. — Maria, esta é a dra. Janina Ostrowska.

— Enfermeira, Hania, enfermeira. Meu diploma de medicina não muda o fato de que sou uma polonesa incompetente, lembra? — Janina não escondia a amargura em sua voz.

— Uma polonesa incompetente ou uma judia incompetente? — perguntou Hania com uma risada seca.

— Ambas, eu acho. Tome isto, Maria.

Janina me deu analgésicos, que eu engoli diligentemente enquanto ela desenrolava as bandagens.

Hania espiou por trás de Janina para ver minhas costas.

— *Merde* — ela murmurou no que eu supus ser francês.

— Tenho certeza de que Maria agradece a palavra de conforto — disse Janina. — Continue assim e eu te mando embora.

Hania riu e falou algo em iídiche. Janina respondeu no mesmo idioma enquanto verificava meus ferimentos. Seu cenho franziu em concentração, enrugando-se sobre os olhos castanhos-claros e com pontinhos dourados. A penugem em sua cabeça tinha uma tonalidade vermelha, que me lembrou do pó de chicória que mamãe e papai adicionavam ao café quando a bebida escasseava. Embora fosse difícil manter meus olhos voltados para ela, uma vez que eu estava deitada de bruços, eu fiquei observando enquanto ela tratava as minhas lacerações com máximo cuidado.

— Sabe, ficar encarando o médico é uma estratégia de cura excelente. É o que sempre digo aos meus pacientes.

O comentário seco me tirou do estupor e o calor subiu por minhas bochechas.

— Desculpe-me. Estou chocada de ver outra mulher, só isso.

— Você e todo mundo. Hania me viu quando eu cheguei na semana passada, fez um acordo com um homem da SS para poupar a minha vida e garantiu uma posição para mim aqui.

— Janina e eu éramos vizinhas antes do gueto — disse Hania. — Minha família se mudou, mas, com a ajuda de documentos falsos, ela se passava por gentia, permaneceu em um distrito ariano e trabalhou para a resistência.

— Até que alguém me denunciou e agora aqui estamos, vizinhas de novo — disse Janina ao terminar de fazer os novos curativos. — Você está tão bem quanto seria de se esperar, mas monitoraremos o seu progresso ao longo dos próximos dias. Descanse um pouco.

— Obrigada, dra. Ostrowska.

Ela esboçou um sorriso fraco.

— Não deixe os guardas ouvirem isso. Me chame de Janina.

Ela ia de leito em leito, uma sucessão de recomendações e curativos e remédios. Quando ela se foi, apoiei-me na cama e tentei me levantar.

— Para onde você pensa que vai? — Hania perguntou, olhando para mim.

— Bloco 11, para a minha escala de trabalho. Me ajude a levantar, por favor.

— Você ouviu a Janina, você não...

— O Padre Kolbe é tudo que eu tenho — eu sussurrei. — Esse é todo o tempo que me resta com ele.

Ela permaneceu em silêncio. Por fim, soltou uma reclamação ininteligível em iídiche antes de suspirar.

— A Janina vai nos esganar por causa disso.

Eu me endireitei, mas, mesmo com a ajuda de Hania, meu progresso foi dolorosamente lento. Quando eu consegui me sentar, já estava exausta e tonta. Hania me ofereceu um copo d'água e um pedaço de pão. Enquanto eu os consumia, ela olhou para as costas do meu uniforme. Ainda estava aberto e expunha a minha lombar, graças ao Fritzsch, e mal se sustentava em meu corpo emaciado.

— Costurei a gola enquanto você estava inconsciente, mas não tinha linha suficiente para o resto do rasgo — disse ela.

— Tudo bem. Eu costuro depois.

Procurei o pequeno bolso escondido até encontrar as contas dentro dele. Segurei um suspiro de alívio.

Depois de me instruir a encontrá-la no bloco hospitalar durante o tempo livre para que Janina pudesse avaliar meus ferimentos, Hania me ajudou a chegar até a porta. O progresso era ainda mais lento do que meus esforços para sentar, mas a determinação me impulsionava. Uma vez do lado de fora, parei para recuperar o fôlego.

— Hania, na última vez que nos falamos, eu...

Ela ergueu a mão, interrompendo meu pedido de desculpas.

— Tudo bem. Agora, você tem certeza de que consegue trabalhar?

Eu assenti e continuamos. Apoiei-me nela até nos aproximarmos do Bloco 11, e então ela permitiu que eu continuasse sozinha. Ela me observou enquanto eu me afastava, provavelmente para se assegurar de que eu poderia me virar sozinha, e então eu a ouvi indo embora.

— Hania! — eu chamei, e ela se virou. — Você sabe jogar xadrez?

— Não — respondeu ela, com um pequeno sorriso. — Mas gostaria de aprender.

Quando cheguei ao Bloco 11, cambaleando pela porta, insisti que estava pronta para trabalhar e o kapo não fez objeções. Ele me mandou esvaziar e limpar os tambores de dejetos, então passei o dia no porão.

Por mais difícil que fosse o trabalho ao ar livre, o Bloco 11 era pior. Lá, amontoados nas celas, ficavam os prisioneiros que tinham sido condenados às mais terríveis punições, que envolviam morte lenta e agonizante. Gemidos, prantos e lamentações ecoavam pelos corredores sombrios quando eu entrava em cada cela. Meu progresso era lento, pois, mesmo com os remédios para dor, cada movimento doía. Alguns homens olhavam para mim como se ressentidos de minha relativa liberdade; outros imploravam por ajuda, comida ou água; muitos estavam tão fracos que sequer notavam a minha presença. Examinava os rostos infelizes, procurando o Padre Kolbe, e então olhava para o chão enquanto concluía as minhas tarefas. Seus olhares atormentados e sem esperança refletiam minha total incapacidade de aliviar seu sofrimento.

Já era o final do dia quando o encontrei. Cela 18.

Sua voz gentil conduzia as orações e era acompanhada pelos murmúrios dos outros prisioneiros. Parei do lado de fora da porta. Eles estavam recitando a dezena final do terço. Fechei meus olhos, alcancei o pequeno bolso do uniforme e agarrei as contas do meu terço, ouvindo seu murmúrio familiar se elevar acima dos demais e me preencher com a paz habitual. Quando a oração terminou, um silêncio reverente apoderou-se da cela.

Respirando fundo para me equilibrar, assegurei-me de que o kapo não estava por perto e abri a porta pesada. O esforço reabriu uma ferida, fazendo-me arquejar enquanto chamas de agonia subiam pelas minhas costas. Os homens se voltaram para a direção do som. O Padre Kolbe estava ajoelhado no meio deles e olhou para mim com os olhos arregalados. Ele se levantou e abriu a boca para falar, mas eu falei primeiro.

— O que você fez por aquele prisioneiro, oferecendo-se para tomar o lugar dele... — minha voz falhou e levei um momento para encontrá-la novamente. — Você é um homem notável.

Ele balançou a cabeça.

— Aquele rapaz tem uma família. Se Deus quiser, ele voltará para ela — o Padre Kolbe deixou que as preces continuassem entre nós e então pegou minha mão e a cobriu com a dele. — Quanto a você, minha amiga... — as palavras faltaram e ele engoliu em seco.

Ofereci a ele um sorriso triste e olhos marejados.

— Como continuarei sem você, Padre Kolbe? — a resposta era óbvia, mas eu queria ouvi-la de sua boca.

— Você viverá e lutará, Maria — ele apertou suavemente a minha mão, aproximou-se e se concentrou em meus ferimentos. — Criança, o que fizeram com você?

Eu olhei para o meu ombro lacerado, que vinha sangrando através das bandagens há horas.

— Um pequeno preço a pagar para conseguir a transferência que eu desejava.

Quando as minhas palavras foram compreendidas, observei o choque se apoderar do rosto do Padre Kolbe. Baixei minha cabeça em um aceno, confirmando o questionamento implícito, e seus olhos se encheram de lágrimas de agradecimento.

— Minha querida garota inteligente, que sacrifício você fez por mim — ele sussurrou.

Ele fez um pequeno sinal da cruz sobre as minhas feridas. Quando terminou, agarrei o seu pulso, virei sua mão para cima e depositei um item na palma aberta. Uma pedra que apanhara na praça da chamada, igual às que ele recolhera para o nosso jogo de xadrez.

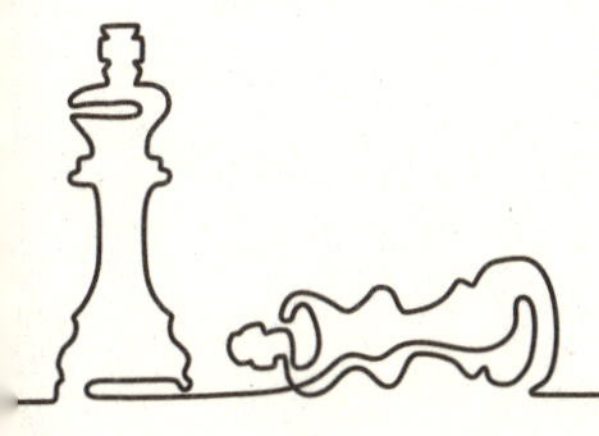

CAPÍTULO 14

AUSCHWITZ, 6 DE AGOSTO DE 1941

— HANIA, VOCÊ NÃO VAI ter problemas por causa disso?

Hania e Janina insistiam que eu deveria ficar no hospital até me recuperar das chicotadas, mas eu estava irredutível sobre visitar o Padre Kolbe. Então, entramos em um acordo: eu iria ao hospital para descansar e deixar que Janina me examinasse, mas trabalharia no Bloco 11 sempre que pudesse para passar algum tempo com o Padre Kolbe. Hania me arrastava para o Bloco 19 todos os dias, pois simplesmente não confiava que eu fosse cumprir a minha parte do trato. Quanto a Janina, desde que eu aparecesse, ela se daria por satisfeita.

Janina tinha passado antisséptico nos meus ferimentos, um processo quase tão doloroso quanto os próprios machucados, e agora os cobria com bandagens novas e limpas. Então vocalizei a minha pergunta para Hania, enquanto ela me passava o meu uniforme. Em resposta, ela olhou ao redor da sala antes de baixar a voz.

— Eu tive que traduzir alguns relatórios referentes a este bloco mesmo. Ficarei bem, e se não ficar, eu resolvo.

As implicações por trás de suas palavras eram claras. A fluência em cinco idiomas lhe garantia uma posição excelente. Ela tinha explicado que fazia acordos tanto com os prisioneiros quanto com os guardas, traduzindo para eles e recebendo bens diversos em troca. Então, por sua vez, ela guardava os bens e os usava para as próprias trocas. Ainda assim, só de pensar em negociar com nossos captores me fazia torcer o nariz.

— É por causa das minhas conexões que você está recebendo tratamento especial — disse Hania, erguendo as sobrancelhas para mim. — Todos os remédios para dor que a Janina lhe dá, por exemplo. A maioria dos prisioneiros, com muita sorte, receberia meio comprimido. Graças às minhas conexões, a Janina está viva, trabalhando aqui, agindo como meu contato no hospital e acessando recursos adicionais junto a fornecedores que amealhei dentro e fora do campo, o que significa que ela pode lhe oferecer as doses adequadas.

— Certo, desculpe. Agradeço por tudo que vem fazendo — respondi com um sorriso tímido enquanto vestia o uniforme sobre meus novos curativos. — Mas você é judia. Você deveria odiar os nazistas ainda mais do que eu.

— Se alguém ouvisse você falando assim, todo o trabalho duro que tive para garantir a sua recuperação não terá servido para nada — ela lançou outro olhar cauteloso pelo local. — Você tem o direito de discordar o quanto quiser, Maria, mas estabelecer contatos com os prisioneiros e com os guardas tem suas vantagens. Por que você acha que a minha vida foi poupada? Eu tenho meu irmão mais novo para cuidar também, então, qualquer ajuda é bem-vinda.

— Seu irmão está aqui?

Ela assentiu com a cabeça antes de se sentar aos pés da cama.

— Izaak trabalha como chaveiro. Tenho um contato na SS que arranjou sua transferência. Quando chegamos aqui, ele fazia parte da equipe da estrada.

Era uma das ocupações mais desumanas. Os prisioneiros tinham de puxar pesados cilindros de concreto para nivelar o terreno.

— Você consegue transferências de trabalho? — perguntei, genuinamente impressionada.

— Desde que eu faça uma oferta apropriada. Em um lugar como este, você tem que dar alguma coisa para receber outra em troca. Não é sempre agradável, mas eu faria qualquer coisa para voltar para meus *kinderlach* — um sorriso triste e afetuoso se formou nos lábios de Hania, então ela traduziu para mim: — Meus filhos.

— Quantos filhos você tem?

— Dois, dois meninos. Jakub e Adam — um olhar distante atravessou sua face, então esperei que ela continuasse. — Um tinha três anos e o outro, quatro meses quando meu marido e eu os entregamos para a resistência. Eliasz, meu marido, disse que era para o bem deles, mas eu não tinha tanta certeza. Não até que fomos presos.

— Você salvou a vida deles — murmurei. — Como vocês foram presos?

Hania olhou para um pequeno furo em seu uniforme antes de explicar.

— No gueto, minha irmã mais velha, Judyta, perdeu seu marido e seu recém-nascido para a disenteria. Sua filha de quatro anos, Ruta, era tudo que lhe restava, e ela se recusou a entregá-la. Uma tarde, minha família e eu estávamos caminhando pela rua e quatro homens da SS vieram em nossa direção, então continuamos pela sarjeta. Minha sobrinha estava perseguindo um pombo e, quando ele voou para a calçada, ela foi atrás. Judyta chamou Ruta e tentou pará-la, todos nós tentamos, mas Ruta não estava prestando atenção. Quando minha irmã a alcançou na calçada, ela se desculpou com os homens da SS por violar a lei e assegurou que não tinha sido a intenção. Não adiantou. Os oficiais não disseram nenhuma palavra antes de jogá-las de volta na rua e começarem a espancá-las.

— Por estarem na calçada? — perguntei, e ela assentiu com a cabeça.

— Izaak, Eliasz e meus pais tentaram proteger a minha irmã e a minha sobrinha, mas foram atacados também. Aqueles homens batiam na minha família enquanto eu assistia. Eu gritava para eles pararem, mas não conseguia me mexer. Estava paralisada. Só pensava que a mesma coisa estaria acontecendo com os meus filhos se eu não os tivesse entregado. Quando os homens da SS pararam, minha sobrinha já estava morta. Foi largada ali mesmo, na sarjeta. Eles tinham esmagado o crânio dela. Judyta não parava de gritar sobre o pequeno corpo de Ruta, então, os oficiais atiraram nela e nos prenderam. Meus pais morreram em Pawiak devido aos ferimentos; Eliasz, Izaak e eu fomos mandados para cá.

— Eu sinto muito — minhas palavras soaram insignificantes e inúteis. Nenhuma desculpa poderia mudar tamanha injustiça. — Que trabalho o seu marido faz?

Hania olhou para o outro lado da sala, o rosto branco e as unhas cravadas nas palmas das mãos.

— Eliasz morreu devido a um acidente na construção dois meses atrás. Eu estava prestes a fechar um acordo para que ele fosse transferido, mas não consegui fazê-lo a tempo. Meus filhos são tudo que eu e Izaak deixamos. Prometemos um ao outro que sobreviveríamos para poder reencontrá-los.

Ela acariciou o dedo onde sua aliança de casamento deveria estar. Enquanto eu observava aquele simples gesto, uma dor aguda surgiu no meu peito.

— Hania, há um guarda procurando por você — disse Janina, que passou correndo para ver o próximo paciente.

Eu sabia que ela teria problemas.

O jovem da SS apareceu e a visão de Hania fez surgir um sorriso malicioso em seus lábios. Minha garganta ficou seca. Era Protz, o guarda que havia me agredido no dia da minha chegada. Antes de perceber, cruzei os braços sobre o peito.

Se Protz não fosse tão repulsivo, seus traços afilados e bem definidos poderiam até ser bonitos. Ele passou a mão pelo cabelo loiro escuro, cortado ao estilo típico da SS, e olhou para Hania com seus olhos azuis-claros. O perfeito espécime ariano de Hitler. Seu corpo alto e musculoso caminhava a passos largos enquanto uma arrogância pura irradiava dele, tão sufocante quanto nauseante.

— Você me deve por aqueles cigarros, 15177 — disse ele.

— Vamos falar sobre isso lá fora, por favor, *Herr Scharführer* — respondeu Hania, com uma tensão estranha em sua voz.

Quando ela passou por ele, Protz agarrou o seu braço e a fez parar repentinamente. Ela não olhou para ele, mas fechou os olhos por um instante e cerrou a mandíbula. Ao abri-los, sua expressão era tão controlada e sem emoção quanto as palavras que se seguiram.

— Quando devo retribuir, *Herr Scharführer*?

Nem Hania nem Protz pareciam se lembrar da minha presença, tampouco que estavam no meio do bloco hospitalar. Procurei em minha mente alvoroçada uma maneira de intervir se fosse necessário, mas, por enquanto, só observei e prendi a respiração.

— Esta noite — ele se aproximou e a agarrou com mais força, fazendo Hania endurecer. — *Scheisse-Jude.*

Apesar de ela não ter reagido, ele esperou que ela absorvesse o insulto e só então a empurrou para longe.

Depois que Protz foi embora, um lampejo de repulsa atravessou o rosto de Hania, antes que ela o substituísse por uma indiferença pétrea. Pigarreando, ela tirou cigarros e fósforos de um bolso escondido, colocou um cigarro na boca e deu algumas tragadas após acendê-lo.

No silêncio, analisei a troca em minha mente, não ousando acreditar que tinha entendido corretamente. Mas nunca tinha me esquecido do dia em que Hania falou comigo sobre como sobreviver por aqui, usando um recurso específico que poderia ser trocado por bens ou serviços: você mesma.

— Você disse que traduz para eles.

— Eu não disse que isso era tudo que eu fazia. Quando fui separada de Eliasz e Izaak e enviada para o Bloco 11, suspeitei de que minha execução seria o próximo passo. Protz me puxou de lado e teria conseguido o que queria de qualquer maneira, mas sugeri um acordo. Eu mesma em troca da minha vida e de todos os bens que eu solicitasse — ela deu uma tragada lenta e uma risada melancólica. — Você ficaria surpresa se soubesse quantas vezes eles infringem as suas leis de *impureza racial*.

Estremeci de nojo, então ela me ofereceu o cigarro. Balancei a cabeça, recusando.

— Você me alertou sobre correr riscos, mas está dormindo com um guarda? Você será severamente punida se for pega, e ele também. Você não sabe disso?

— Claro que sei, mas a família de Protz tem muita influência no partido nazista. Seus tios, irmãos e primos estão combatendo e seu pai é um oficial de alto escalão da *Waffen-SS* que desempenhou um papel fundamental em algumas vitórias alemãs. Ele fica aqui, longe do perigo real, roubando o que quer dos transportes e usando o nome de sua família para evitar problemas. Temos cuidado, é claro, mas se formos pegos ele vai me proteger.

— Certo, confie no homem que nos considera *untermenschen* — usei o pejorativo termo alemão.

— Se continuar viva por meu irmão e meus filhos exige que eu vá para a cama com um *schmuck*, que assim seja. Além disso, ele gosta de ter uma sub-humana para chamar de sua. Não vai deixar que ninguém tire isso dele.

Embora eu não pudesse compreender essa lógica bizarra, a piedade opressiva que senti ao saber sobre sua família voltou duas vezes mais forte.

Cada momento voltou com força total. O aperto firme de Protz em meus pulsos, meu próprio desamparo, seu olhar lascivo e gratuito. Um golpe de pura sorte foi a única coisa que o impedira de seguir adiante com as suas intenções. Minha experiência já tinha sido repugnante o suficiente, mas a ideia de ceder às suas exigências estava além da minha compreensão, principalmente porque o acordo poderia ser prejudicial.

Hania era uma mulher judia, portanto, ocupava uma posição ainda mais baixa do que a minha na hierarquia dos *untermenschen*. Não importava a sua inteligência ou as suas habilidades, nada disso mudaria a sua religião ou o sangue que corria em suas veias. Apelar para a carnalidade do homem era tudo que ela podia fazer para obter alguma forma pervertida de vantagem, e mesmo isso poderia ser insuficiente. Embora ela tivesse encontrado um homem lascivo o suficiente para ignorar os perigos da troca proibida, o arranjo pendia por um fio que poderia ser cortado no momento que ele desse a ordem.

Ela estava em xeque. Um movimento errado e seria xeque-mate.

Hania jogou a bituca do cigarro no chão e olhou deliberadamente para os meus braços sobre o peito. Tirei-os. Algo brilhou em seus olhos, algo semelhante a preocupação, ou talvez compaixão, ou talvez eu só tenha imaginado. A única coisa que eu via agora era um brilho macabro que denunciava que ela sabia.

— Ele te deu uma recepção calorosa durante o registro, não foi?

Tive dificuldade de relaxar a minha mandíbula para responder.

— Isso não é engraçado.

— Ele fez isso?

— Não.

— Não minta para os mais velhos, jovem.

— Não me acuse de mentir, senhora. Xeque-mate.

Não pude resistir a um sorriso triunfante enquanto ela me repreendia em francês. Além disso, não era mentira. As boas-vindas de Protz não chegaram a ir tão longe quanto ela pensava.

— *Oy vey*, você é insuportável — disse Hania, balançando a cabeça enquanto dava um sorriso. Depois de um momento, ele desapareceu. — Você não é *yente*, não é, Maria?

— Como posso ser *yente* se nem sei o que é isso?

Ela deu uma risadinha.

— Certo, você é uma gentia, quase esqueci. Você não é fofoqueira, é? Porque é possível que o Protz me proteja se formos pegos, mas eu prefiro não ter que descobrir.

— Eu não vou dizer nada. Porém, agora que eu sei o que *yente* significa, estou tentada a me transformar em uma para que possa reivindicar o título.

— É isso que eu ganho por abrir a minha boca grande.

Hania me acompanhou de volta ao meu bloco. No caminho, uma brisa passou por nós, carregando o perfume leve e inconfundível do jasmim. Embora a fonte devesse estar próxima, eu não consegui localizá-la. Talvez estivesse além das cercas de arame farpado. A fragrância me tirou da dor persistente dos meus ferimentos, mas reacendeu uma dor de outro tipo, que tendia a queimar inesperadamente antes que eu conseguisse dominá-la. Era uma dor que desejava estar onde quer que estivesse o jasmim, em algum lugar do lado de fora do portão.

Como tínhamos tempo antes do primeiro gongo, montei um jogo de xadrez com gravetos e cascalho e começamos a jogar. Hania não era nenhuma Vera Menchik, mas estava aprendendo. Até mesmo os campeões foram iniciantes um dia.

Mal havíamos começado quando acenei com a mão, indicando que ela deveria parar. Enquanto eu reposicionava seus peões, Hania bufou.

— Só movi duas peças — disse ela.

— As duas que enfraqueciam o seu rei, portanto, você tornou muito fácil a minha vitória. Mantenha o rei protegido.

— Você orienta o Fritzsch desse jeito também? — ela perguntou, balançando a cabeça enquanto eu fazia a minha primeira jogada. — Como você se transformou em sua grande mestra enxadrista pessoal?

Eu mudei de posição, tentando não prejudicar meus ferimentos.

— Você se lembra de quando me perguntou por que eu tinha sido poupada? Enquanto Fritzsch estiver se divertindo com o meu xadrez, ele me deixará ficar.

Hania assentiu com a cabeça e deu uma risada seca.

— Suponho que nós duas fomos mantidas para dar prazer a eles.

Quando não respondi, ela suspirou e pegou seu cavalo.

— Foi uma piada...

Coloquei minha mão sobre a dela para impedir um movimento e ela recuou com uma admiração repentina. Ela me encarou, como se não tivesse certeza do que fazer com o gesto. Algo sucedera, algo que pareceu quebrar suas defesas e expô-la à plenitude de realidades que eram muito difíceis de enfrentar, antes que ela piscasse e se isolasse novamente atrás de seu refúgio. Ela riu, embora parecesse um pouco forçado.

— Não me diga que você está preocupada comigo.

— Tudo que eu tenho de fazer é jogar um jogo... — murmurei.

— Aquele do qual sua vida depende, se eu entendi corretamente. No meu caso, Protz é um *schmuck* arrogante, mas inofensivo, desde que eu o mantenha feliz. Fritzsch, por outro lado...

Ela deixou sua voz sumir e ergueu uma sobrancelha inquisitiva enquanto movia seu cavalo.

Eu duvidava de que Protz fosse tão inofensivo quanto Hania gostaria que eu acreditasse, mas segurei minha língua a esse respeito. Em vez disso, inclinei-me para mais perto dela.

— Eu posso confiar em você, né?

— Depende. Você confiaria em alguém que salvou a sua vida?

— Você também me levou para Janina, e às vezes eu acho que prefiro outro açoite ao tratamento dela — sorri e ela também deu um sorriso malicioso, então eu baixei a minha voz. — Você quer me ajudar a fazer com que Fritzsch seja transferido?

Ela não respondeu, como se aguardando que eu retirasse o que tinha dito. Quando não o fiz, seus olhos se arregalaram.

— *Oy gevalt*, Maria, o Fritzsch chicoteou as suas costas ou a sua cabeça?

— Estou falando sério. Minha vida depende do xadrez, como você disse, mas se eu conseguir me livrar dele primeiro, posso ter uma chance de sobreviver. Além disso, não sou a única prisioneira que deseja que ele vá embora.

— É claro que todos querem que ele vá embora, mas a menos que o *Kommandant* Höss decida... — Hania fez uma pausa com o queixo caído. — Não me diga que você o incitou a cometer aquele açoite apenas para chamar a atenção do comandante.

— Não exatamente — eu respondi, enquanto examinava o tabuleiro antes de pegar a minha rainha. — Aquilo foi sorte.

— Você e eu temos definições muito diferentes para essa palavra — ela ficou em silêncio por tempo suficiente para mover uma torre, que eu capturei. — E se o Fritzsch descobrir o que você está tentando fazer?

— Ele quer me matar de qualquer maneira, então, pelo menos eu terei feito tudo que estava ao meu alcance. Por favor, Hania — agarrei sua mão novamente e ela não a recolheu desta vez. — Você tem acesso aos escritórios administrativos, então, tudo que precisa fazer é me informar se ficar sabendo que o *Kommandant* Höss estará no campo principal. Nada que vá comprometê-la. Você pode pensar sobre isso?

Hania fez outra jogada e ficou quieta quando eu anunciei meu xeque-mate, mas parecia pensativa.

— Você tem certeza de que Fritzsch planeja matá-la quando o xadrez não for mais interessante para ele? — ela perguntou. Quando assenti com a cabeça, ela se levantou. — Bem, não podemos deixar isso acontecer, não é?

Eu sorri.

— Xadrez amanhã, mas só se você aprender a defender o seu rei.

Depois de responder em checo, Hania caminhou até a porta e desapareceu. Eu recolhi as peças de xadrez e saboreei o abraço reconfortante da gratidão. Com a ajuda dela, as chances que eu tinha de fazer com que Fritzsch fosse transferido melhorariam consideravelmente.

Eu estava me ajeitando no beliche quando alguém chamou meu número de prisioneira. O *häftling* me entregou um pequeno pedaço de papel e saiu antes que eu pudesse pedir uma explicação.

Para a garota que me pediu para deixá-la em paz,

Eu sei que estou desrespeitando o seu desejo, mas eu não a vejo há algum tempo, então queria ter certeza de que você está bem. Se você escrever de volta para me contar, eu prometo que vou respeitar os seus desejos a partir deste dia. Minha família é dona da padaria na cidade, então, entregue seu bilhete a algum prisioneiro que trabalha lá e ele o entregará a mim. Eu não sei se essa mensagem chegará até você, mas, se chegar e você não responder, será uma falta de educação e você deveria sentir vergonha.

Atenciosamente,

Mateusz Kolczyk

P. S. Sinto muito pelo seu olho roxo.

Bem, o garoto estúpido não era tão estúpido. Eu poderia lhe dar uma chance. Era improvável que eu o visse novamente, mas contrabandear cartas para um civil era bem menos arriscado do que falar com ele, e a ideia de fazer outra amizade era bem atraente. Vasculhei algumas das mercadorias negociadas que consegui com Hania até encontrar um pedaço de papel e um lápis para elaborar a minha resposta.

Querido Mateusz,

Estou bem, mas a minha atribuição de trabalho mudou, por isso, você não tem me visto. Eu estou empregada dentro do campo já faz algum tempo, então, sinto que nossos caminhos não se cruzarão no futuro. Em relação ao meu olho roxo, já está curado faz tempo. Tudo está perdoado.

Até a próxima,

Maria Florkowska

P. S. É falta de educação desrespeitar os desejos de uma garota, e você deveria ter vergonha.

CAPÍTULO 15

AUSCHWITZ, 14 DE AGOSTO DE 1941

— VOCÊ PODE FAZER MELHOR do que isso, Maria. Ofenchajm.

— Ofenchajm — o riso atrapalhou minha tentativa de adicionar um pouco mais de fleuma à minha pronúncia, a única coisa em que consegui pensar para fazer o nome soar corretamente.

— Ofenchajm — disse Hania, desta vez com mais força. Ainda rindo, eu a imitei e ela suspirou. — Você soa cada vez mais como uma gentia. Eu quero ouvir o *Shema*.

— Se eu não consigo nem pronunciar o seu sobrenome corretamente, você acha que consigo recitar uma oração inteira em hebraico? — perguntei sorrindo, enquanto movia meu cavalo ao longo do tabuleiro de xadrez que desenhamos no chão imundo. — Sua vez. De quanto você lembra?

Hania refletiu por um momento.

— *Pater noster, qui es in cælis, sanctificétur nomen tuum. Fiat volúntas tua, advéniat regnum tuum* — ela fingiu ter se ofendido quando não consegui esconder a minha risada, e então percebeu que havia trocado a ordem das últimas duas frases. Ela acenou com a mão de forma desdenhosa e moveu sua torre. — Foi quase.

À medida que nosso jogo de xadrez continuava, fizemos um lanche com um pequeno copo de leite de égua e algumas cascas de batata, pagamento que Hania havia recebido de um trabalhador do estábulo e de um trabalhador da cozinha em troca de favores. Ela insistiu em compartilhar, embora eu tenha tentado recusar, já que havia sido ela quem conseguira.

Quando o leite acabou, mastiguei duas cascas de batata lentamente, fazendo-as durar o máximo que pude, e fechei os olhos. Não eram mais cascas de batata, eram *pierogis* recheados com carne e repolho, batatas e cebolas, cogumelos e, o melhor de tudo, morangos e mirtilos.

Assim que o jogo acabou, juntamos as peças em uma bolsa de joias que guardei no canto do meu beliche. Hania se limpou.

— Vou praticar o pai-nosso e você vai estudar a lição de matemática que discutimos hoje, depois praticar o seu iídiche e o meu sobrenome. Você precisa de toda a ajuda que puder conseguir — disse ela com um sorriso provocador. — Vamos deixar o hebraico para depois que o seu iídiche melhorar.

— Meu iídiche está indo bem, se é que posso dizer. Eu o ouvia o tempo todo antes da guerra.

— Sua pronúncia diz o contrário — desta vez, fui eu que fingi estar ofendida, e ela riu. — Durma um pouco esta noite e mantenha suas feridas o mais limpas possível. Elas estão cicatrizando bem, mas você precisa descansar e...

— E me certificar de que elas não infeccionem — era o que ela me dizia toda vez. — Sabe, Hania, eu acho que você se preocupa demais comigo, tanto quanto a mamãe.

— É responsabilidade da mãe se preocupar, seja ela gentia ou judia.

Anos atrás, por causa das visitas frequentes à *delicatessen* judaica local, eu tinha aprendido a palavra em iídiche para *avó*, então lancei um olhar malicioso para ela enquanto apertava meu lenço na cabeça.

— Obrigada por cuidar de mim, *Bubbe*.

Os olhos de Hania brilharam de orgulho, mas ela protestou rapidamente.

— Eu tenho vinte e três anos!

Quando ela saiu, tirei a última carta de Mateusz do bolso e a deixei no meu beliche. Nela, ele falava sobre um confronto recente que tivera com um velho rabugento em sua entrega de jornais e mencionou que a padaria estava indo bem, mas seus pais odiavam que ela tivesse sido invadida por oficiais da SS. Em minha resposta, escrevi sobre as habilidades de Hania no xadrez e suas reclamações a respeito do meu iídiche. As partes alegres do meu dia haviam se tornado ainda mais importantes para mim agora, pois eram as únicas coisas sobre as quais eu escrevia para ele.

Era estranho ser amiga de um garoto que eu não tinha certeza se veria novamente, um garoto que poderia ter sido meu amigo em Varsóvia. Se as coisas tivessem sido diferentes, estaríamos encontrando os nossos amigos no cinema, andando de bicicleta pela cidade, falando sobre nossas famílias e compartilhando nossos sonhos para o futuro. Em vez disso, Mateusz tinha liberdade para fazer essas coisas, nos limites da liberdade permitida pelos invasores, enquanto eu não tinha certeza se sobreviveria mais um dia.

— Maria.

A voz desconhecida chegou aos meus ouvidos no momento que saí do meu bloco. Além do Padre Kolbe e da Hania, ninguém me chamava de nenhuma outra maneira que não fosse meu número de prisioneira. O homem que tinha falado acenou, pedindo que eu o seguisse até o beco entre os Blocos 15 e 16. Obedeci, mas com os punhos cerrados. Nunca era uma boa ideia entrar em um beco com um homem estranho.

Mesmo entre prisioneiros, era difícil saber em quem se podia confiar. Quando ele parou e me encarou, examinei sua aparência. Triângulo vermelho, *P* maiúsculo, prisioneiro 4859. Magro, mas forte. Queixo quadrado com uma pequena covinha. Um nariz fino e olhos claros e azuis como um céu sem nuvens, mas afiados como gelo, que me observam sob sobrancelhas grossas e loiras. Uma postura impecável, um olhar examinador, muito parecido com o do meu pai. Talvez ele fosse um militar também.

Depois da inspeção eu me senti melhor, mas mantive distância, ainda com os punhos cerrados.

— Como você sabe o meu nome?

— Eu ouvi você dizê-lo ao Fritzsch durante o açoitamento — ele respondeu. — Quando o padre se voluntariou para morrer no lugar do outro homem, você fez um escândalo e tanto.

— O Padre Kolbe é meu amigo.

— Você certamente sabia que implorar pela vida dele resultaria em uma punição para você.

— Naquela hora eu não estava pensando.

Ele sorriu. Talvez ele tenha percebido que era mentira.

— Eu a vi jogando xadrez e fiquei te observando fora daquelas exibições públicas também. Você parece ser uma garota inteligente. Muito prudente. Uma garota que não reagiria sem pensar.

— É difícil ser prudente quando seu amigo acaba de ser sentenciado à morte.

O homem assentiu com a cabeça.

— Realmente. É ainda mais difícil conseguir manipular o Fritzsch com sucesso.

Embora eu não tenha reagido, ele ficou quieto, e suspeitei de que estava esperando o silêncio me levar a uma confissão, uma admissão que exporia a precisão de sua avaliação. Eu não falaria nada. Se ele achasse que estava certo, poderia dizer ao Fritzsch, e se Fritzsch descobrisse que minhas ações foram intencionais, ele jamais cairia em uma provocação minha novamente.

Quando eu não disse nada, o homem riu.

— Não se preocupe, seu segredo está seguro comigo. Na verdade, você é exatamente o tipo de pessoa de que preciso. Somos iguais, você e eu — antes de continuar, ele se aproximou um pouco mais e eu não me afastei. — Você é uma garota que consegue sobreviver em um campo de homens, você sabia como manipular o Fritzsch para transferi-la e você aceitou a punição que isso lhe causaria. Eu saí de casa no meio de uma patrulha de rua em Varsóvia para que fosse preso e enviado a Auschwitz de propósito.

Claro que ele não podia estar dizendo o que pensei ter ouvido.

— Você veio para cá por querer?

Ele assentiu com a cabeça.

— Os nazistas fizeram um excelente trabalho de acobertamento sobre o que acontece nesses campos, então, eu queria revelar a verdade e enviar relatórios para a divisão militar da resistência. O Exército Nacional precisa ter ciência do que realmente está acontecendo. Venho coletando informações desde que cheguei, quase um ano atrás, mas não posso fazer isso sozinho. É por isso que preciso de pessoas como você.

Esse homem estranho era fascinante, mas eu não pude resistir a fazer uma pergunta perigosa.

— Como vou saber que você não está trabalhando para os nazistas?

— Porque algo lhe diz que eu não estou, assim como algo me diz que você não vai me trair. Agora você sabe exatamente por que eu estou aqui e uma palavra sua ao guarda mais próximo seria a minha sentença de morte. Mas você não vai me trair. Nós compreendemos um ao outro.

Por mais estranho que fosse, ele estava certo, mas me lembrei de não me precipitar. Depois do que aconteceu na última vez que trabalhei para a resistência, não tinha certeza se queria fazer isso de novo.

— Assim que eles tiverem informações suficientes, o Exército Nacional nos ajudará. Tenho certeza disso. E estaremos prontos quando isso acontecer. Teremos armas e homens, lutaremos e não pararemos de lutar até que estejamos livres — o homem ficou em silêncio, observando enquanto eu digeria aquelas palavras. *Livres.* — Alguém como você seria muito importante na minha organização, Maria. Leve todo o tempo de que precisar para pensar a respeito e, quando estiver pronta, venha me encontrar. Meu nome é Tomasz Serafiński.

Quando ele disse o nome, houve uma pequena hesitação em seu tom de voz, tão leve que eu não teria percebido se meus sentidos não estivessem tão aguçados. Sorri.

— Esse não é o seu nome.

— É claro que é — quando ele se aproximou, identifiquei um brilho de cumplicidade em seus olhos. — Se você procurar por um homem chamado Witold Pilecki, vou lhe falar que não há ninguém com esse nome — ele piscou e então saiu do beco, desaparecendo no Bloco 15.

Intrigada, fiquei olhando para ele, mas deixei para pensar naquele encontro só mais tarde. Então, corri para o Bloco 11. Nas últimas duas semanas, eu tinha visitado a cela do Padre Kolbe todos os dias para esvaziar o tambor de dejetos, mesmo que permanecesse seco há dias. A sede levava os homens ao desespero. Em todas aquelas vezes, eu encontrei o Padre Kolbe de pé ou ajoelhado, sua voz mais alta nas orações e hinos. A tranquilidade que preenchia sua cela jamais deixou de me impressionar, mas nem mesmo a sua bondade poderia evitar que a morte levasse os prisioneiros condenados.

Como o Padre Kolbe podia ter sobrevivido ao emparedamento por duas semanas inteiras estava além da minha compreensão.

Assim que entrei no Bloco 11 e fechei a porta, uma voz conhecida ecoou pelo corredor vazio.

— Prisioneira 16671.

Ele estava de pé perto da escada que dava para o porão e eu não consegui me afastar da porta. Acima da sua cabeça, a lâmpada amarela piscava, emprestando um brilho estranho ao sorriso cruel que dominava as suas feições. Aquele sorriso significava que ele tinha algo terrível planejado para mim.

As botas de Fritzsch batiam no chão de concreto enquanto ele diminuía a distância entre nós. Fiquei parada, esperando que ele acreditasse que eu não estava intimidada, mas, na realidade, era o medo, não a coragem, que me mantinha imóvel. Eu estava sozinha. Sozinha no bloco da morte com o homem mais perverso de Auschwitz.

— Esperava encontrá-la aqui — disse ele quando me alcançou. — Você me poupou do trabalho de ir buscá-la.

Algo duro me atingiu e lançou minhas costas contra a porta. O impacto inflamou a agonia dos meus ferimentos e eu berrei e olhei pra baixo, descobrindo a pistola de Fritzsch pressionada contra meu peito.

— Aquele padre é um desgraçado teimoso, não é? Duas semanas sem comida e água e ele ainda está vivo — Fritzsch agarrou a parte de trás da minha gola e eu me encolhi, mas ele me puxou para mais perto. — Bem, tenho algo especial planejado para você e para o prisioneiro 16670.

Mesmo que eu pudesse encontrar palavras, não teria tempo. Fritzsch enfiou a arma entre as minhas escápulas machucadas e me arrastou escada abaixo em direção à cela escura e úmida. Mordi o lábio por causa da dor, mas sempre que tropeçava Fritzsch cravava o cano nas minhas costas, obrigando-me a andar mais rápido para aliviar o tormento.

Vozes vieram da porta aberta da Cela 18, indicando que alguns guardas estavam lá. O oficial mais velho da SS que eu vislumbrara durante meu açoitamento estava do lado de fora da cela, sozinho, olhando para o chão. Fritzsch me forçou a entrar, oferecendo-me uma visão desobstruída do interior. O Padre Kolbe estava sentado com as costas contra a parede. Apesar da fragilidade do seu corpo atormentado, seu rosto permanecia sereno, os olhos brilhantes e gentis como sempre. Eu olhei para ele e então para os guardas, e não entendi o que estava acontecendo. Por que os guardas estavam ali, por que Fritzsch me queria ali?

Até que notei o guarda preparando a injeção.

— Padre Kolbe...

Quando comecei a andar na direção dele, Fritzsch me puxou para trás e a gola do uniforme cortou a minha garganta, silenciando meu choro ofegante. Essa reação era exatamente o que ele esperava de mim. Eu sabia disso, e não deveria ter dado a ele essa satisfação, mas não me importei. A única coisa que importava era dizer adeus ao meu amigo. Tudo que eu queria era um momento, apenas um derradeiro momento.

Com os olhos marejados de lágrimas, virei-me para Fritzsch, minha voz quase um sussurro.

— Por favor, *Herr Lagerführer*...

Quando o apelo escapou dos meus lábios trêmulos, seus olhos brilharam de maldade. Em vez de me dar atenção, Fritzsch acenou com a cabeça para o guarda com a injeção, dando-lhe permissão para prosseguir.

Eu deveria ter dito algo ao Padre Kolbe, especialmente porque Fritzsch não havia permitido que eu fosse até ele, mas não consegui encontrar as palavras. Quando eu encontrei o seu olhar, de repente senti como se a minha presença fosse o suficiente. De alguma forma, o padre que estava sofrendo e morrendo ainda era capaz de me confortar.

Fritzsch tinha me levado até lá para saborear o prazer da sua vingança, e embora o desespero me envolvesse em seu domínio implacável, uma pequena parte de mim estava agradecida. Todos os dias, temia vir a este bloco e encontrar o Padre Kolbe morto, e depois que seus companheiros de cela pereceram, tive medo de que ele morresse sozinho. Agora, ele não estava sozinho.

O Padre Kolbe ofereceu o seu braço ao carrasco. O guarda hesitou, claramente surpreso com o gesto; por um breve e tolo momento, tive certeza de que ele não cumpriria a sentença. Então, olhou para Fritzsch, engoliu em seco e continuou.

As lágrimas escorriam pelo meu rosto e eu caí de joelhos. O guarda administrou a injeção e a voz gentil do Padre Kolbe se elevou em uma derradeira oração.

— *Ave Maria.*

Quando Fritzsch me expulsou do Bloco 11, foi como se alguém tivesse me tirado de um torpor. Um torpor de luto, cru e penetrante que sugava toda a minha energia, mas do qual emergi com uma determinação mais intensa do que jamais sentira.

Eu tinha prometido ao Padre Kolbe que lutaria para sobreviver; até agora, eu não tinha percebido a extensão do propósito a que essa promessa serviria. Fritzsch estava usando o xadrez contra mim, mas usar meus amigos era fazer uma jogada tão ousada e agressiva que não me deixou escolha a não ser redobrar meus esforços e recuperar o controle do tabuleiro. O jogo entre nós havia se tornado muito mais implacável e era hora de ajustar a minha estratégia.

Enxugando as últimas lágrimas das minhas pálpebras inchadas, desci a rua ladeada de choupos-brancos antes de chegar ao Bloco 15 e não diminuí a velocidade até irromper na porta e gritar aquele nome de guerra.

— Tomasz Serafiński!

Pilecki virou-se para mim; eu dei meia-volta e ele me seguiu pelo caminho que levava ao beco entre os blocos.

— Eu quero me juntar ao movimento de resistência — eu disse, tão logo ele me alcançou.

Pilecki não parecia surpreso nem satisfeito, apenas pensativo. Por fim, os cantos de sua boca transformaram-se no mais tênue dos sorrisos.

— Bem-vinda à *Związek Organizacji Wojskowej*, Maria. Ou zow, para ficar mais fácil.

Aquilo era tudo de que eu precisava. Fechei os olhos e saboreei as palavras enquanto a energia dentro de mim chegava ao máximo.

As violações de protocolo tinham sido úteis para o meu objetivo, mas se todo o campo se rebelasse, Höss não teria escolha a não ser punir Fritzsch com todo o seu poder. Transferência e rebaixamento, com certeza. Talvez algo ainda pior.

CAPÍTULO 16

AUSCHWITZ, 20 DE ABRIL DE 1945

A CADA MOVIMENTO DURANTE o jogo de xadrez minha garganta fica mais apertada. Passei anos esperando por essa conversa com Fritzsch, mas agora que a hora tinha chegado, de repente sinto medo de não ser capaz de pôr para fora tudo que tenho a dizer. À medida que avançamos no jogo, a rainha de Fritzsch captura meu bispo e ele segura a peça capturada entre os dedos.

— Você está falando muito pouco, 16671. Tenho certeza de que não veio até aqui para me aborrecer.

As palavras me fazem endireitar na cadeira. Eu planejara ficar quieta até que o jogo progredisse um pouco mais, até que eu me sentisse pronta; agora, ele está cansado de esperar. Fritzsch coloca o bispo ao lado das outras peças que tinha capturado e eu permaneço calada, ganhando mais alguns segundos preciosos. Quando ele passa o dedão pela arma pendurada em sua cintura, eu não tenho escolha além de mudar a estratégia.

— Foi você quem fez aquilo, não foi?

Fritzsch chacoalha a água de chuva de suas mãos.

— Com uma pergunta tão vaga, sinto que não tenho como responder.

Eu cerro a minha mandíbula para conter a fúria que ele sempre consegue despertar em mim. Para esse jogo acabar como eu quero, eu preciso manter o controle.

— A parede de execução, 1941. Eles eram prisioneiros políticos. Foi você quem os matou, não foi?

— É esse o motivo deste encontro? Atormentar-me com perguntas sem sentido? — Fritzsch espera pela minha resposta, mas minha língua não consegue formular a pergunta que eu quero tanto fazer e ele aperta os olhos sob a chuva. — É bom que as próximas palavras a saírem da sua boca valham a pena.

A pergunta começa a fugir da minha garganta, então, expiro lentamente e me concentro em cada palavra para evitar que elas saiam todas de uma vez.

— Você matou a minha família?

Quanto tempo esperei para fazer essa pergunta, para obter a confirmação que busquei durante todos esses anos, para fazer justiça por todos eles. Porém, a minha voz falha, e Fritzsch aproveita a oportunidade com a mesma facilidade com que capturou a minha peça de xadrez no tabuleiro. A tensão em sua mandíbula diminui e ele ri.

— Você espera que eu me lembre de prisioneiros em particular? — ele suspira e balança a cabeça. — Além disso, eu era o subcomandante de Auschwitz, não o carrasco, não lembra?

Ele está fazendo o seu jogo, trazendo o controle para o centro do tabuleiro, posicionando-me exatamente onde ele me quer. O calor que corre em minhas veias não será reprimido e eu engulo em seco.

— Diga-me se você os matou.

— Você precisa ser mais específica. Você foi enviada para cá com os seus pais? Irmãos? Avós? Nenhum deles foi registrado? — ele cruza os braços e se encosta na cadeira. — Fascinante. É uma pena que eu não consiga me lembrar.

— Mentiroso!

A acusação sai antes que eu possa impedi-la, e já estou com metade do corpo fora da cadeira e agarrando as bordas da mesa. É um sentimento que reconheço muito bem, aquele que sempre vem quando eu chego ao limite, e se eu não recuar não há como recuperar o controle. Com um esforço considerável, relaxo minhas mãos na mesa.

Fritzsch reage à minha explosão com nada mais do que um suspiro forte.

— Você vai continuar vomitando bobagens ou vamos continuar?

Enquanto ele gesticula para que eu mova a minha próxima peça, um pequeno sorriso aparece em seus lábios. Ele sabe a verdade, tenho certeza disso, e vai admitir. Afundo na cadeira e movo o bispo que me resta sem tirar os olhos dele.

— Uma testemunha me contou tudo. Lembre-se disso quando for responder da próxima vez — deixo que ele pense nas minhas palavras por um momento antes de perguntar novamente: — Você matou a minha família?

— Parece que você já se decidiu sobre isso, então, não importa o que eu diga — Fritzsch se inclina em minha direção. — Talvez você possa me ajudar a refrescar a memória. Por que não me conta o que você acha que sabe?

CAPÍTULO 17

AUSCHWITZ, 11 DE JANEIRO DE 1942

O INVERNO EM AUSCHWITZ ERA uma fera cruel. Eu nunca tinha passado tanto frio como naqueles últimos meses. Quando se tornava insuportável, eu pensava nas noites que passara tomando chá quente em nosso apartamento confortável na rua Bałuckiego, jogando xadrez com a mamãe e o papai ou Banco Imobiliário e damas com Zofia e Karol. As memórias me aqueciam como nenhum fogareiro poderia.

Certa noite, durante o tempo livre, Hania e eu fomos dar uma volta pelo campo enquanto a neve caía ao nosso redor. Fui transportada aos passeios de inverno em família no parque Dreszera. O letreiro *ARBEIT MACHT FREI* acima do portão principal imediatamente me lembrou de que eu não estava em Varsóvia. À sua direita, quatro corpos haviam sido pendurados, e estavam enrijecidos pela morte e pelo frio e cobertos por uma camada de neve. Pendurados após tentativas de fuga e deixados lá como uma exibição horrível para dissuadir alguém corajoso ou tolo o suficiente para seguir o exemplo.

Eu agitei os braços ao lado do meu corpo e meus dedos esbarraram no terço do Padre Kolbe. Deixei minha mão lá por um momento. Hania notou meus dedos passando pelo bolso escondido e deu um pequeno sorriso. Ela não sabia que eu tinha testemunhado a execução do Padre Kolbe, mas sabia que eu sempre mantinha seu terço por perto.

— Maria, foi ideia sua sair para uma caminhada? — quando me virei para o irmão mais novo de Hania, Izaak, ele deu uma última tragada no cigarro, jogou a bituca na neve e puxou a gola do uniforme para cima para se proteger do vento gelado. — Você seria a única pessoa louca o suficiente para sugerir uma saída com esse tempo.

Em resposta, peguei um punhado de neve e o acertei diretamente no peito. Izaak retaliou, mas eu corri para atrás de Hania, então a bola de neve a atingiu. Ela praguejou em iídiche enquanto ele e eu ríamos. Por fim, lançou-nos um olhar de desaprovação antes de limpar a neve dos ombros.

Izaak apontou um dedo acusador para mim.

— Ela que começou.

— Foi você que atingiu a Hania — respondi. — Xeque-mate.

Antes que eu pudesse lançar meu próximo míssil, Hania derrubou a neve das minhas mãos.

— Chega, *kinderlach*.

— Uma trégua, Maria? — perguntou Izaak. — Minha irmã é uma sem graça.

Rindo, eu assenti com a cabeça, e Hania e Izaak continuaram a conversar em iídiche e checo. Ouvi-los me lembrava de mexer nos cachos de Zofia ou de pegar Karol em meus braços e beijar sua bochecha antes que ele pudesse escapar.

Pensar na minha família me fez lembrar de quando eu os encontrara do lado de fora do Bloco 11 e do jogo de xadrez que tinha acontecido pouco depois de eu ter me juntado à resistência. Uma memória tão poderosa que me arrancou deste dia gelado e me transportou para a praça da chamada naquela noite quente de verão.

O sol estava baixo e banhava o tabuleiro de xadrez, manchando-o de laranja-sangue. Fritzsch não havia convidado ninguém para assistir à partida, então estávamos sozinhos. Tentei me concentrar no jogo e não nele, e quando movi um bispo, um som baixinho saiu da sua garganta. Se estava impressionado ou simplesmente zombando de mim, eu não tinha certeza.

— Você joga bem para uma criança — disse ele. — Quem foi seu instrutor?

A pergunta suscitou lembranças de casa. Inúmeras noites jogando xadrez com o meu pai. Sua paciência me guiando para explicar desde a estratégia mais básica até a mais avançada. Seus dedos movendo peças pelo tabuleiro, os olhos brilhando cada vez que eu implorava por mais um jogo.

Seu corpo, pálido e brilhando com as gotas de chuva, soterrado em meio a dezenas de outros na traseira de um caminhão.

Então, o ruído conhecido de uma peça de xadrez atingindo o tabuleiro. Nunca deixava de chamar a minha atenção. Fritzsch já preparava outra. Antes que ele a deixasse cair, eu rapidamente respondi à sua pergunta.

— Meu pai — minha voz saiu estridente. Respirei fundo e fiz uma segunda tentativa. — Foi ele quem me ensinou a jogar.

Fritzsch assentiu com a cabeça e selecionou um cavalo.

— Quando nos encontramos na plataforma de desembarque, você procurava por sua família. Seu pai estava com ela?

Ele não tinha deixado cair mais nenhuma peça de xadrez, mas recuei como se tivesse.

Eu me mexi na cadeira, tentando disfarçar a minha reação, e fiz uma jogada com o meu peão mais próximo. Um que ele facilmente capturou.

— Espero que você tenha conseguido encontrá-los.

Suas palavras sufocaram a minha garganta, impedindo que eu respondesse. Fritzsch segurou o peão capturado entre os dedos, avaliando-me com um olhar intrigado, o mesmo de quando me mandara para o registro. Um olhar que indicava algo mais, uma intenção e um propósito mais profundos.

Cerrei os punhos, embora não tivesse mais o peão de papai para agarrar. Por que agora? Por que perguntar sobre a minha família agora? Ele controlava tudo, meu nome, meus castigos, minha vida, cada movimento intencional e calculado. Lutando contra minha respiração ofegante, dissequei cada palavra e cada olhar como se estivesse analisando um grande mestre. Algo sobre minha família o animava. Mas o quê?

E, então, eu percebi. Era o seu jogo. *Este* jogo. Ele gostava de me ver reagindo, de me ver lembrando. Ele sabia de mais coisas do que eu, e essa era a sua maneira de me dizer: *sua vez, Prisioneira 16671.*

Poderia haver algo mais relacionado à morte da minha família? Talvez eu não tivesse considerado essa possibilidade porque era fácil concluir que o seu destino tinha sido o mesmo de tantos outros. Agora a possibilidade estava diante de mim. Eu olhei para ele, a certeza enchendo os meus pulmões. Suas palavras eram como peças de xadrez muito fáceis de capturar, e elas me atraíam, me chamavam para o meu próximo movimento. A única maneira de descobrir a verdade, de revelar o que ele sabia, era encontrar alguém naquele campo que tivesse testemunhado a execução da minha família.

Esquecendo-me da minha estratégia de jogo, fiz outra jogada precipitada. Desta vez, ele me colocou em xeque-mate.

Quase não senti a derrota. Eu tinha uma nova missão: pedir aos meus colegas, membros da resistência, que me ajudassem a localizar alguém que tinha visto a minha família após a nossa separação. Alguém que tivesse estado no Bloco 11 naquele dia de maio de 1941.

— Maria, se você soubesse o que a Hania estava dizendo para o seu próprio irmão...

Eu escapei do escrutínio de Fritzsch e voltei ao presente, onde Izaak balançava a cabeça sem poder acreditar.

— E você é tão inocente quanto um cordeiro sacrificial, não é, Izaak Rubinstein? — ela respondeu.

— Você é parente de um homem chamado Akiba Rubinstein? — perguntei, identificando o sobrenome familiar. — O grande mestre enxadrista?

— Sua amiga, Irena, ela é parente do autor Henryk Sienkiewicz? — Izaak retrucou.

— Quando perguntei, acredito que as palavras exatas dela foram "não, sua idiota".

— Entendo. Agora, você poderia repetir a sua pergunta?

— Você é parente de Akiba Rubinstein, o grande mestre enxadrista?

— Não, sua idiota.

Corri para longe do alcance de Hania e agachei para apanhar mais neve, mas, antes que pudesse, Izaak xingou em checo. Quando me ergui, vi que estava limpando neve de seu braço, enquanto Hania ajeitava seu uniforme com as mãos molhadas, empertigada e controlada em meio às minhas risadas e ao sorriso irônico de Izaak. Hania não nos dava muita atenção, mantendo seu ar de inocência até escorregar em uma poça congelada e gritar.

Izaak foi ajudá-la.

— Você vai cair e quebrar um osso, *schlemiel*.

Ele saltou para o lado quando ela tentou golpear a sua cabeça de maneira brincalhona.

— *Toi, toi, toi* — ela disse, repetindo o som de admoestação três vezes.

Ele zombou.

— Não se preocupe em afastar o mau-olhado. Ele já nos alcançou.

Ele apontou os arredores para enfatizar o seu argumento e Hania cerrou os olhos, respondendo em francês.

— *Tu me fais chier.*

Izaak acenou com uma mão acusatória em direção a ela e olhou para mim.

— Agora ela está tentando nos irritar porque não podemos entendê-la.

Ela deu um sorriso presunçoso.

— *Je réussis, n'est-ce pas?*

— Como você aprendeu tantos idiomas? — perguntei.

— O lado materno da nossa família imigrou da Checoslováquia para Varsóvia quando nossa mãe ainda era menina. Nosso pai era de Cracóvia. Em casa, meus irmãos e eu falávamos checo, polonês e iídiche; estudamos alemão na escola e Judyta e eu fizemos aulas de francês juntas. Ela e eu sempre fomos melhores em línguas do que Izaak.

Ele riu.

— Verdade, mas nenhum de nós era tão bom quanto Judyta. Ela falava inglês também.

Hania assentiu em concordância. Fez-se um silêncio melancólico, até que Izaak reclamou do frio e saiu correndo em busca de calor. Ele estava certo, estava muito frio, mas eu não me importava. Era bom poder caminhar sem um destino específico em mente, em vez de correr para a praça da chamada ou para as exigências do trabalho. Meus pés esmagavam a neve quando Hania e eu viramos à direita na próxima interseção, continuando nossa caminhada vagarosa pelos Blocos 6 e 7.

— Você nunca vai adivinhar o que eu ganhei hoje — disse Hania.

— Sete caixas de chocolates alemães e três garrafas do melhor champanhe francês depois de negociar uma pechincha com o próprio *Kommandant* Höss — eu respondi.

— Ah, claro. O *Kommandant* Höss sempre infringe as suas regras sagradas, então ele seria o primeiro a negociar com um prisioneiro, não é? Ainda mais com uma judia.

Quando eu ri, ela sorriu maliciosamente antes de continuar.

— Já que não tenho chocolates nem champanhe, meus artefatos parecerão muito menos impressionantes, então, obrigada por isso. Eu consegui um pente, três escovas de dente, cigarros, fósforos e aspirinas.

— Isso é quase tão bom quanto champanhe e chocolate.

O sabor de chocolate permaneceu na minha boca, derretendo ao calor da minha língua. O desejo tentador era insuportável. E eu mesma era culpada de tê-lo provocado.

— Na semana passada, traduzi para o alemão as cartas de alguns homens em troca de pão, sabão de soda cáustica e uma salsicha — ela disse, enquanto virávamos à direita, passando entre os Blocos 18 e 19. — E o Mateusz mandou pão da padaria pra gente.

Pensar nas minhas conversas discretas com Mateusz sempre me fazia desejar que eu pudesse escrever para Irena. O campo permitia que cartas oficiais fossem enviadas, mas isso não era um ato de gentileza, mas simplesmente um estratagema nazista usado para tranquilizar familiares e amigos. Muitos recebiam correspondência de entes queridos que haviam sido deportados ou, às vezes, que já estavam mortos, embora os destinatários não soubessem. Para manter o esquema, cada carta passava por um censor, então, se eu escrevesse, não poderia dizer a verdade sobre a minha situação ou compartilhar memórias carinhosas de nosso trabalho de resistência. Além disso, teria sido uma estupidez mencionar o nome dela só para ser visto pelas autoridades responsáveis pela censura. E se eles investigassem todo mundo e descobrissem seu envolvimento com a resistência? O risco de expô-la era alto demais.

— Hora de se esquentar, *shikse* — disse Hania ao virar novamente à direita em direção ao Bloco 14.

— Isso significa "uma garota ou mulher gentia". Mas é um insulto, não é? Considere-me ofendida.

— Não precisa me ensinar a minha própria língua — Hania me deu um leve empurrão enquanto eu ria com os dentes à mostra. — Ficamos aqui fora por tempo suficiente e eu tenho que encontrar...

Ela parou, mas eu agarrei o seu braço para fazê-la olhar para mim.

— Protz?

Eu nem deveria ter me incomodado de perguntar. Eu sabia a resposta.

— Não me dirija esse olhar, Maria. Não vou tolerar pessoas que *kvetsh* sobre retribuir favores, eu incluída. E, aproveitando que estamos falando sobre favores, você precisa de mais remédios?

Balancei a cabeça. Tivera um pouco de febre nos últimos dias, mas me recusei a visitar Janina no hospital do campo ou a perder trabalho. Ir ao hospital era dar um passo a mais na direção do crematório. Hania tinha conseguido medicamentos e porções adicionais de sopa, então, minha febre sumira naquela mesma manhã.

— Você tem o direito de *kvetsh* sobre deixar aquele *paskudnik* tocar em você — eu murmurei.

— Quando foi que você virou um dicionário de iídiche? — perguntou Hania com uma risada. — Um acordo com um *paskudnik* ainda é um acordo.

— Não é um acordo justo para você.

As palavras devem ter soado mais agressivas do que eu queria, porque o seu bom humor de repente deu lugar a uma mirada séria.

— Eu mandaria o *Kommandant* Höss pastar se fosse isso que o Protz quisesse, desde que ele me desse o que eu peço em troca. Temos um acordo, que é mais do que você pode dizer sobre seu *paskudnik*, ou o Fritzsch passou a enchê-la de presentes a cada vez que você ganha uma partida de xadrez?

A alusão a Fritzsch foi suficiente para me deixar sem palavras. Hania deve ter se arrependido de mencioná-lo, pois sua mirada séria desaparecera, mas cruzei os braços contra uma rajada de vento e dei alguns passos pela rua deserta. A neve tinha parado de cair, substituída pelo silêncio, tão enevoado quanto o céu cinza acima de nós.

Em um lugar onde a morte era quase insuperável, nós a combatíamos da maneira que podíamos. A sobrevivência era a estratégia final, mas cada prisioneiro jogava de maneira diferente e a justiça era irrelevante. A morte não tinha consideração pela justiça.

Hania suspirou e entrelaçou seu braço com o meu.

— *Je suis désolé, shikse* — ela murmurou, o que também não foi justo. Ela sabia que o francês era a minha favorita entre as línguas que ela falava. — Mas não precisa se preocupar comigo. Diante de tudo, o preço que eu pago é insignificante. Além disso, o Protz não toca em mim a menos que eu esteja limpa o suficiente para os seus padrões, então, todo encontro inclui um banho decente e um uniforme lavado cuidadosamente.

Embora a limpeza fosse quase tão tentadora quanto a comida, nem mesmo por isso valia a pena. Peguei a mão dela e fiz uma última tentativa.

— Por favor, Hania, não vá. Vamos continuar a nossa caminhada.

Ela zombou:

— Como você acha que isso seria recebido? "Perdoe-me, *Herr Scharführer*, eu não vim cumprir a minha parte porque estava em uma caminhada" — ela, então, imitou o sorriso maldoso de Protz e deixou a voz mais grave para ficar mais parecida com a dele. — "Não precisa retribuir, 15177, o prazer é meu. Aqui está uma dúzia de *challah* que eu assei com as minhas próprias mãos, cinco barras de sabonete de lavanda e o casaco de lã mais quente que o dinheiro pode comprar. Apenas o melhor para a minha *untermensch*".

Tentei não recompensá-la com uma gargalhada, mas a imitação era muito precisa, então, não consegui. O bom humor desapareceu de seus olhos e o habitual olhar cauteloso tomou o seu lugar.

— A propósito, na noite passada eu perambulei pela praça da chamada para que Fritzsch pudesse me ver e me desafiar para um jogo de xadrez. O *Kommandant* Höss apareceu, como você disse que ele faria, e nos flagrou bem no momento em que Fritzsch estava comemorando a sua vitória — contei, enquanto ela me puxava para perto mais uma vez, fornecendo-me uma pequena proteção contra o vento gelado.

— É a terceira vez que ele pega vocês dois com aquele jogo de xadrez, não é? — ela perguntou. — Não é bem uma violação do protocolo, considerando que Fritzsch insiste que os jogos de xadrez aumentam o moral da tropa e Höss deu permissão para que ocorressem, mas todos sabem que ele sente que Fritzsch está abusando. O que mais será necessário para que ele seja transferido? Talvez devêssemos intensificar os nossos esforços.

— Se ele for pego violando as regras toda vez que o Höss visitar o campo, Fritzsch suspeitará. É melhor manter um intervalo entre as ações, como já estamos fazendo.

— E se você ficar sem mais ideias antes que o Höss tome uma atitude? Existe um limite para o número de maneiras novas que você pode conceber para fazê-lo jogar xadrez.

— Na próxima vez que o Fritzsch me disser que está ficando entediado, vou dizer a ele que jogarei vendada.

Enfiei os dedos dormentes nas minhas mangas. Enquanto o xadrez mantivesse o interesse dele por mim, poderíamos persuadi-lo a violar o protocolo. Höss faria algo em breve.

— É um jogo arriscado esse que você está jogando — disse Hania, apertando os seus braços quando uma rajada de vento passou por nós. — Agora você vai entrar, entendeu? Não podemos deixar que você pegue uma pneumonia. O *toi* que eu esperava não veio. Talvez ela concordasse com o Izaak mais do que ela gostaria que acreditássemos.

— Sempre cuidando de mim, *Bubbe* Ofenchajm.

— Se a verdadeira *Bubbe* Ofenchajm ouvisse a sua pronúncia, ela diria que estava tudo *fercockt*.

— Acho que isso não é uma coisa boa, então? — perguntei com um sorriso tímido.

Hania deu um tapinha na minha bochecha enquanto me conduzia pela rua coberta de neve.

— É qualquer coisa que você queira, pequena *shikse*. Se você quer que seja uma coisa boa, é uma coisa boa.

Por algum motivo, eu não acreditei nela, mas agradeci o sentimento.

No dia seguinte, quando o turno de trabalho terminou, corri do Bloco 11 para o Bloco 14. Hania estava ansiosa para compartilhar comigo os tesouros mais recentes que obtivera com a troca de favores, por isso, tínhamos planejado um encontro no meu bloco.

Quando eu passei pelo Bloco 16, Hania descia a rua principal, como eu esperava, já que ela passava a maior parte do tempo nos escritórios administrativos no lado de fora do portão principal. Corri para alcançá-la, mas dois prisioneiros apareceram, empurrando-a na rua até os três ficarem em frente ao Bloco 15.

Disparei pelo beco entre os Blocos 15 e 16 e me aproximei, procurando em minha mente agitada um plano para interromper o que quer que eles estivessem prestes a fazer. Quando a conversa deles chegou até mim, fiz uma pausa. Encolhida na parede de tijolos gelados, pus as minhas mãos em volta da boca e assoprei meus dedos para aquecê-los, respirando fundo para que não se formasse aquela fumacinha que denunciaria a minha presença.

— Você está exigindo pagamento dele? — perguntou um dos homens, um judeu alemão.

— Isso é problema meu, não seu, *yente* — respondeu Hania.

Ao ouvi-la usar o termo feminino, o homem se enfureceu.

— No mês passado, quando você me deu seu sabonete, disse que me pediria para retribuir o favor quando precisasse de algo, então concordei. Quando você veio pedir a retribuição, exigiu três rações de pão e não me deixou escolha a não ser atendê-la. Três rações de pão por um minúsculo pedaço de sabonete? Você me enganou, mas não vou deixar que faça o mesmo com o meu amigo.

A acusação fez com que eu me encolhesse ainda mais contra a parede. Ele estava enganado, eu tinha certeza disso. Esperei, antecipando o esclarecimento que Hania certamente ofereceria. Em vez disso, ela deu um sorriso presunçoso.

— Você chama isso de fraude, eu chamo de um acordo justo.

— Quando você se ofereceu para traduzir a minha carta, pensei que estivesse me ajudando por bondade — o segundo homem alegou, em um alemão com forte sotaque checo. — Como eu poderia saber que exigiria algo em troca?

— Você foi estúpido o suficiente para achar que eu faria algo sem exigir nada em troca? — perguntou Hania, com uma risada tão dura que me fez arrepiar. — Quando você aceita algo de alguém, contrai uma dívida com aquela pessoa. Se você não sabia disso, agora você sabe, e pode me agradecer por ensiná-lo uma lição valiosa.

O judeu a pressionou contra o prédio. Quando eu respirei fundo para gritar e distraí-lo, vislumbrei a expressão no rosto de Hania. O sinal de um sorriso dançou em seus lábios, como se ela o desafiasse a ir além. Aquele olhar roubou o ar dos meus pulmões e me manteve presa ao meu esconderijo enquanto o homem apertava os ombros dela com mais força.

— Você se acha muito esperta, não é? — ele disse. — Bem, eu tenho te observado e sei como mantém seus homens da SS por perto.

Ele aguardou, talvez esperando que ela empalidecesse durante a pausa dramática, mas, em vez disso, ela ergueu as sobrancelhas.

— Está com ciúmes?

— Eu não seria pego nem morto com gente como você e, de agora em diante, ninguém mais será. Você não é nada além de uma *nafka* desonesta.

Pela maneira como ele vociferou a palavra em iídiche, que eu ainda não tinha aprendido, pude adivinhar do que ele a tinha chamado.

— Os oficiais do comando ficarão felizes ao ouvir que uma judia está contaminando seus guardas — ele continuou. — O que acha desse tipo de retribuição?

Os dois homens pareciam orgulhosos, mas a sua confiança murchou sob o olhar implacável de Hania.

— Eu tenho muito mais poder do que vocês pensam, assim como olhos e ouvidos por todo esse campo — ela disse. — Se vocês não calarem essas suas bocas, meus contatos na SS vão atrás de vocês para garantir o seu silêncio. E não será difícil convencê-los, porque sei exatamente como persuadi-los.

Ela abriu um sorriso perigoso e sugestivo antes de continuar em checo e iídiche, talvez fazendo novas ameaças. Encerrou a conversa em iídiche e, seja lá o que tenha dito, deve ter sido uma ameaça particularmente perversa ou um insulto pesado, porque o judeu ergueu um braço, mas o checo o segurou antes que ele a golpeasse.

Hania não recuou. Apenas apontou para o seu punho cerrado.

— Vá em frente, se é que gostaria de ser transferido para a equipe da estrada.

O judeu não se mexeu, mas pareceu reconsiderar. Hania inclinou-se para a frente o máximo que o aperto permitiu e lançou um olhar assassino sobre ele.

— Tire as suas mãos de mim.

Ele obedeceu, embora parecesse querer fechar os seus punhos em volta da garganta dela.

Os dois homens a deixaram e partiram, passando pelo meu esconderijo. Assim que chegaram a uma distância segura, pararam, e o judeu lançou um olhar fulminante por cima do ombro.

— *A khalerye, nafka.*

— *A khalerye, yente.*

Enquanto Hania observava os homens indo embora, eu a encarei, congelada em meu esconderijo. Mas não eram as temperaturas congelantes que me impediam de me mover. Por fim, corri pelo beco. Virei à esquerda atrás do bloco e subi outro beco entre os Blocos 13 e 14, escorregando no gelo e na neve imunda enquanto andava. Então, parei por tempo suficiente para espiar ao virar da esquina. Hania não tinha se movido e segurava um cigarro aceso. Quando entrei no Bloco 14, corri para o meu beliche e me joguei sobre ele. Controlei a minha respiração e fingi que estava analisando os vários arranhões e hematomas em meus braços. Poucos minutos depois, ela chegou e sorriu para mim.

— Desculpe o atraso. Tive que cuidar de algumas coisas. Nada importante.

Ela acenou com a mão, deixando o assunto de lado como se a cena que eu acabara de testemunhar tivesse sido um inconveniente trivial.

— Deixa eu te mostrar o que eu trouxe, a começar pelos cigarros. Eu sei que você os odeia, mas são cobiçados pela maioria das pessoas, então, fique com alguns para negociar.

Enquanto Hania mostrava as suas coisas e preparávamos o jogo de xadrez, fiz o possível para parecer envolvida, mas não conseguia me livrar da lembrança daquele sorrisinho arrogante que ela direcionara aos homens. Era como se eu tivesse chegado ao fim do jogo e ignorado o conselho do meu pai: *quando restam poucas peças no tabuleiro, a ativação do rei é necessária*. Eu confiava nela porque tinha sido gentil; era uma mulher, uma amiga. Por isso, continuei a proteger o meu rei. Um erro de principiante, que eu deveria saber que não podia cometer. Em Auschwitz, confiar demais pode ser a diferença entre a vida e a morte.

Depois de passar os meus dedos dormentes pelo chão sujo para reforçar as linhas do tabuleiro, movi um dos meus cavalos e fechei as mãos para lutar contra o tremor repentino que as atingia. Talvez eu pudesse pôr a culpa no frio.

— Tem certeza de que a sua febre passou, *shikse*? Você não deveria ter feito isso.

Hania deu um sorriso provocador, já que a minha jogada me deixara vulnerável ao xeque.

— O que você quer?

Quando a pergunta saiu dos meus lábios, ela parou antes de alcançar o cavalo. Sua mão pairou sobre o tabuleiro por um momento, então ela pegou a pedra, colocou-a no chão ao lado dela e me colocou em xeque.

— Agora? Ganhar este jogo de xadrez.

Apesar da brincadeira, detectei uma certa tensão em sua voz e uma leve ruga se formou em sua testa quando ela olhou para mim.

— Eu vi, Hania. Você com aqueles homens — deixei as palavras serem absorvidas antes de me sentar direito. — Diga o que você quer de mim.

Sua expressão permaneceu a mesma. O silêncio recaiu sobre nós, mas a voz alta na minha cabeça exigia saber por que eu a provocara. Meu coração bateu forte contra os meus ouvidos quando ela acendeu um cigarro, exalou um fluxo constante de fumaça e limpou a garganta.

— Quando o meu marido e eu entregamos os nossos dois filhos para a resistência, sabíamos que eles seriam disfarçados de católicos. Eu não sei quais são os seus nomes falsos, para onde foram mandados, nada. Depois da guerra, eu teria que achar alguém que tivesse trabalhado para a resistência em Varsóvia, para que essa pessoa me pusesse em contato com a mulher que ficou com as minhas crianças — ela observou algumas cinzas caírem no chão frio e, então, ergueu seus olhos escuros para fitar os meus. — Você vai me ajudar a achar os meus filhos quando voltarmos para casa.

— Há quanto tempo você vem planejando isso?

Eu tinha a sensação de que sabia a resposta, mas queria ouvir dela. Queria que ela fosse sincera comigo ao menos uma vez.

— Desde que descobri que você tinha sido membro da resistência em Varsóvia.

— Logo depois que eu fui açoitada. Você teve isso em mente durante todo o tempo de nossa amizade. E se eu não cooperasse, você me chantagearia, como fez com aqueles homens.

Era inútil fingir que não, então ela não o fez. Hania deu uma tragada lenta no cigarro e reassumiu a fachada de pétrea indiferença que eu já tinha visto antes. Mas agora percebia que, na verdade, nunca tinha visto. Não pelo que era: desapego. De mim, de si mesma, de tudo.

— Por causa dos meus contatos na SS, é fácil fazer com que as pessoas cooperem — disse Hania com uma risada. — Achei que seria fácil fechar um acordo com você, dada a sua posição, mas você nunca me deu muitas oportunidades. Até o dia do açoitamento.

Eu pus a mão na parte de trás do meu ombro, sentindo as cicatrizes irregulares de pele que de repente latejavam como se estivessem abertas outra vez.

— Você me ajudou porque eu não estava em posição de recusar.

Uma nova nuvem de fumaça nos cercou, espessa e pungente, impossibilitando-me de falar mais, mesmo que eu pudesse encontrar as palavras. Hania observou a fumaça subir da ponta do cigarro e olhou para mim

— Eu pretendia receber uma compensação considerável por salvar sua vida, mas, depois que conversamos, percebi que esse negócio seria diferente dos outros. Eu precisava ajudá-la a permanecer viva e mantê-la por perto até o momento certo.

As palavras arderam mais do que a fumaça que entrava em meus olhos.

— É por isso que você está me ajudando a me livrar do Fritzsch?

— Claro — ela terminou o cigarro e usou a sola do sapato para apagar as brasas remanescentes. — Se ele se cansar de você e decidir te matar, vai atrapalhar os meus planos.

— Então, você mantém a sua *shikse* viva porque ela é útil — vociferei a palavra que ela tinha me ensinado e passei por ela em direção à porta. — Suponho que já deva estar acostumada com isso.

Quando a deixei com o jogo de xadrez pela metade e saí para a noite fria, senti a ferida de sua traição tão agudamente quanto o vento que açoitava o meu uniforme fino. Eu não era nada mais do que sua negociata mais valiosa. Eu não conseguia compreender por que a confrontara, mas foi precipitado e tolo. Tarde demais para arrependimentos, todavia.

Além disso, eu não me arrependia. Se Hania tentasse me prejudicar de alguma forma, eu a enfrentaria com tudo que eu tinha. Mesmo sem conexões na SS.

Enquanto eu caminhava pela rua gelada, nossa conversa pairava no ar ao meu redor, ecoando a cada rajada até que novos gritos atravessaram o vento que chicoteava meus ouvidos.

— Você acha que pode simplesmente sair andando? É tarde demais para isso, Maria.

Hania agarrou o meu antebraço e eu tentei me livrar, mas ela segurou firme e me forçou a encará-la.

— Você não vai me machucar se precisa que eu esteja viva — embora eu tenha dito isso, não tinha certeza se era verdade.

— Eu também preciso que você coopere, e se eu tiver que forçá-la a isso, que seja. Protz vai fazer o que eu mandar e não será compassivo, então, a menos que você queira lutar com ele...

— Pare, Hania! — desta vez, consegui me livrar das suas mãos. — Se você pensa que teria que me obrigar a ajudá-la a encontrar os seus filhos, você certamente não me conhece muito bem.

Com essas palavras, Hania ficou muda, então cerrou os olhos, como se estivesse decidindo se deveria acreditar em mim. Respirei fundo para aliviar o calor correndo em minhas veias. Ameaças não mascaravam o apelo silencioso por trás dos seus olhos escuros, olhos que expressavam uma dor diferente de todas que eu conhecera, olhos que denunciavam o conflito que havia dentro dela. Eu era alguém que ela tinha escolhido para usar a seu favor, custasse o que custasse. Mas eu também era alguém com quem ela tinha feito amizade, apesar de suas intenções iniciais, e eu era uma garota que tinha perdido os pais, assim como seus filhos perderam os deles.

Ela não era a mulher calculista que eu tinha visto alguns momentos atrás. Ela era uma jovem viúva desesperada para se reunir com os seus filhos. Meus pais sentiram esse mesmo desespero, com certeza, quando perceberam que eu tinha ficado para trás. Quando perceberam que meus irmãos sofreriam por minhas ações. Quando perceberam que todas as esperanças de reunir nossa família seriam roubadas deles.

Cruzei meus braços contra uma rajada de ar gelado, virei-me e falei em um tom ameno:

— Quando trabalhávamos para a resistência, às vezes mamãe e eu imaginávamos a vida depois da guerra. Nós duas estávamos ansiosas para devolver aos seus verdadeiros pais as crianças que tínhamos ajudado. Seria uma honra assumir essa tarefa, ainda mais para uma das minhas amigas mais próximas... — caí em um choro sentido. — Você só precisava pedir.

Quando me virei para ela, Hania olhava para longe, para algum lugar muito distante daqui. Suas lágrimas brilharam na escuridão antes que ela piscasse, como se saísse de um torpor. Então, ela enxugou a lágrima perdida e falou em um sussurro:

— Maria, eu...

Balancei a cabeça para fazê-la parar. Éramos prisioneiras de guerra e, às vezes, nos transformávamos em imitações irreconhecíveis de nossos antigos eus. Eu não precisava que ela se desculpasse por algo que a guerra havia causado. Eu só precisava que ela voltasse a ser a mulher que eu conhecia.

Quando lhe ofereci a minha mão, ela a agarrou e me aproximei o suficiente para enxugar outra lágrima em sua bochecha.

— Nós os encontraremos, *Bubbe*. Eu prometo.

Ela apertou levemente a minha mão.

— Em um lugar como Auschwitz, é fácil esquecer que pessoas decentes ainda existem.

De volta ao bloco, nos aninhamos no meu beliche. Sentadas juntas e com meu fino cobertor sobre o colo, a vida gradualmente voltou aos meus dedos das mãos e dos pés, ressuscitados pelo pouco do calor que vinha do fogão a lenha. Era insuficiente para aquecer o espaço, mas melhor que aquecimento nenhum. Outros prisioneiros não tinham tanta sorte.

— Quando a guerra acabar, entrarei em contato com a Irena e a mãe dela, e elas poderão nos ajudar — eu disse quando meus dentes pararam de bater. — Você me conta mais sobre os seus filhos? Quanto tempo se passou desde que eles foram levados escondidos do gueto?

— Dez meses. Jakub faz aniversário em março, então ele está para completar quatro anos. Adam tem catorze meses — uma compreensão repentina pareceu atingi-la, algo em que ela provavelmente pensara tantas vezes antes, com uma nova dor a cada vez. — Meu filho está virando garotinho e perdi as primeiras palavras de meu bebê, seu primeiro aniversário... — após um momento, ela respirou fundo para se acalmar. — Eu nunca vou me esquecer de quando eles foram levados. Era já tarde da noite de um sábado, 12 de abril. Tivemos um último *Sabbath* em família. O restante de nós foi preso uma semana depois.

A data ficou na minha cabeça. Alguma coisa importante tinha acontecido no dia 12 de abril. Era uma data que eu não queria esquecer, porque marcava o dia em que concluí uma tarefa da resistência por conta própria pela primeira vez. Eu tinha entregado documentos. A mamãe deveria ter me acompanhado, mas eu fui sozinha porque ela acabou indo para o gueto.

Eu me ajeitei no beliche, lembrando de respirar. Era uma coincidência, só isso.

— E a pessoa que levou os seus filhos?

— Eles foram com uma mulher que encontrei algumas vezes e eu tinha amigos que entregaram seus filhos para ela. Ela me persuadiu a permitir que meus garotos partissem. Ela era gentil e amável, mas não tenho muitas informações pessoais além do seu nome. Duvido que fosse o seu nome verdadeiro também, mas ela atendia por Stanisława.

Uma mulher da resistência chamada Stanisława que resgatou crianças em 12 de abril. O mesmo nome que mamãe usava, na mesma noite em que ela tinha ido para o gueto.

— Como era essa Stanisława? — mantive um tom de voz tranquilo. Talvez as minhas suspeitas estivessem erradas, então não queria que Hania ficasse muito esperançosa. Afinal, eu sabia que muitas mulheres da resistência usavam esse mesmo nome e foram ao gueto naquela mesma noite.

— Ela era uma gentia mais ou menos 10 anos mais velha do que eu. Altura mediana, cabelo loiro, linda. Ela usava uma aliança de casamento, então suponho que era casada — Hania ficou quieta por um momento. — Ela disse que tinha um filho um pouco mais velho que o Jakub, meu garoto de três anos.

Naquela época, Karol tinha quatro anos.

— A Stanisława disse mais alguma coisa sobre a sua vida pessoal?

— Não, mas ela falava alemão como uma nativa. Ela levou meus filhos durante o toque de recolher. Adam estava sedado para não chorar e Jakub, tão confuso... Ele me perguntou por que, por que eu não ia com eles, por que eu os estava mandando embora, e eu... — Hania parou quando sua voz sumiu. — Como eu poderia explicar? Antes que eu pudesse dizer qualquer coisa, Stanisława se ajoelhou, segurou a mão dele e disse: "Jakub, escute. Sua mãe e seu pai amam muito, muito você e o Adam. Você promete que será um garotinho corajoso por eles?". Isso o acalmou. Ele assentiu com a cabeça e ela não soltou mais a mão dele. Foi a última vez que os vi.

Enquanto Hania se recompunha, pensei em tudo que ela dissera. Não podia ser, mas tinha que ser. Havia semelhanças demais para que minhas suspeitas estivessem incorretas. Fechei meus olhos e pude imaginar mamãe ajoelhada diante de Jakub, segurando suas mãos para que ele soubesse que ela estava lá, murmurando algo tranquilizador enquanto ele se concentrava nela, apenas nela, não em tristeza, angústia ou dor. Foi exatamente o que ela fez tantas vezes por mim e meus irmãos.

Agora, imaginei mamãe ajoelhada na minha frente; encontrei seus olhos azuis brilhantes e senti o calor de suas mãos sobre as minhas. Ela me tirou do frio, da fome e do medo que constantemente me cercavam neste lugar. Eu me agarrei a ela, buscando o esclarecimento que ela já havia me dado. Um leve sorriso apareceu em seus lábios enquanto ela se levantava e colocava a mão gentilmente em minha bochecha.

Por favor, mamãe, não vá.

Mantive meus olhos fechados por mais algum tempo, agarrando-me no calor e na paz, e então os abri. Ao meu lado, Hania estava em silêncio, perdida em seu próprio mundo.

— Stanisława Pilarczyk. — sussurrei. — Foi ela quem resgatou os seus filhos, Hania.

— *Oy gevalt*, você a conhece? Você tem certeza de que é a mesma mulher?

Assenti com a cabeça e passei meus dedos pelas minhas cicatrizes de queimaduras de cigarro.

— O nome verdadeiro dela era Natalia Florkowska. Era minha mãe — com a respiração ofegante, encontrei o olhar incrédulo de Hania. — E isso significa que sabemos como encontrar os seus filhos.

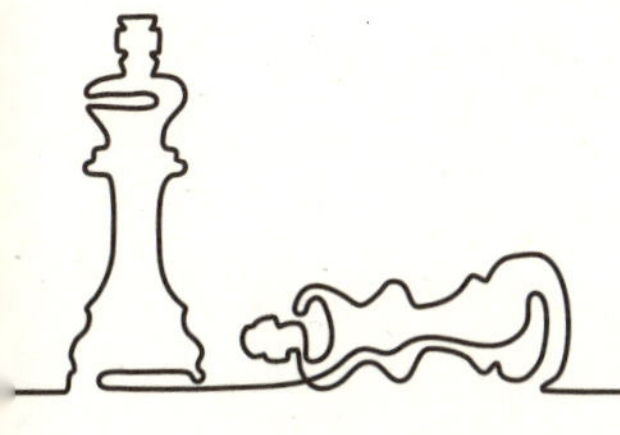

CAPÍTULO 18

AUSCHWITZ, 15 DE JANEIRO DE 1942

APESAR DE EU DETESTAR trabalhar no Bloco 11, onde tantos inocentes eram submetidos a punições e execuções cruéis, ele tinha suas vantagens em alguns dias. Pelo menos eu estava do lado de dentro na maior parte do tempo.

Durante a *appell* de uma terrível manhã de janeiro, permaneci tão imóvel quanto possível, batendo os dentes e os joelhos um no outro, enquanto o vento uivava no céu escuro e a neve e a chuva gelada atingiam meu corpo emaciado. Quando o *häftling* ao meu lado desmaiou, mantive meu olhar voltado para a frente e ouvi enquanto sua respiração enfraquecia até cessar.

Os homens da SS estavam seguros dentro de suas torres de guarda, protegendo-se do clima violento. Quando a chamada terminou, eu teria corrido para o Bloco 11 se não fosse obrigada a marchar com as escoltas da SS. Enquanto eu aguardava na fila, esperando pela ordem, Pilecki apareceu ao meu lado.

— Você se lembra do dia em que foi registrada, quando falou com um homem que removia os corpos da Parede Negra?

Baixei minha cabeça em um aceno discreto.

— Aquele prisioneiro é um dos nossos agora e eu verifiquei se ele sabia de alguma coisa sobre a sua família. Ele se lembra de ter falado com você naquele dia e de um oficial da SS que não trabalhava no Bloco 11 com frequência, mas que estava lá quando você se aproximou do carrinho. Ele sugeriu que você fale com ele. O nome do oficial é *Untersturmführer* Oskar Bähr. De meia-idade, cabelo grisalho. Ele está no Bloco 11 hoje.

Lembrei-me de ter visto um oficial de meia-idade quando encontrei minha família. Abri minha boca para agradecer, mas Pilecki já tinha sumido na multidão. Quando os homens da SS nos mandaram para o Bloco 11, os membros do meu *kommando* empurraram, pressionaram e tropeçaram uns nos outros para entrar.

Durante meu alívio do frio horrível, executei tarefas diversas e procurei o oficial da SS de cabelos grisalhos; por fim, encontrei-o. Fora do pequeno corredor que levava ao pátio, ele estava parado na saída, calmo e alerta, observando os condenados passarem por ele. Seu uniforme indicava que ele era um *Untersturmführer*, como Pilecki havia dito, mas para ter certeza de que ele era o homem que eu procurava, pensei em outros lugares em que o tinha visto. A cela do Padre Kolbe para sua execução. A praça da chamada durante o meu açoitamento. E o pátio entre os Blocos 10 e 11 quando encontrei minha família.

Não tenha muita esperança. Você não pode se dar ao luxo de ter muita esperança.

Lutar contra as minhas esperanças era mais difícil do que eu antecipara, e eu retornei ao trabalho. O oficial permaneceu perto do banheiro o dia todo. Quando o trabalho acabou, os guardas ordenaram ao meu *kommando* que formasse uma fila do lado de fora. Ignorando a ordem, corri de volta ao banheiro quando o oficial saía.

— *Herr Untersturmführer*, posso falar com o senhor?

Ele parou, provavelmente surpreso com a minha audácia, mas, antes de baixar meu olhar, notei que o dele não tinha nenhuma raiva ao me avaliar.

— Sobre o quê? — ele perguntou.

— Minha família. Ela foi enviada para a parede em maio de 1941. Eu vi o senhor naquele dia, então tenho motivos para acreditar que...

— Eu vi milhares de pessoas marcharem para aquela parede — disse ele com uma risada amarga. — Mesmo se eu tivesse visto sua família, eu não me lembraria.

Quando ele se virou para ir embora, segurei o seu braço.

— É só um momento.

Meu Deus, por que eu toquei em um oficial?

Com um sobressalto, soltei-o, prevendo as consequências do meu atrevimento. Em vez de uma surra, notei que o oficial estendeu a mão para mim antes de hesitar e puxá-la de volta. Eu já tinha sido atrevida demais, mas não podia voltar atrás agora. Olhei nos olhos dele e encontrei algo que não via há muito tempo: pena. Minha voz estremeceu.

— Por favor, faço qualquer coisa. Por favor, me ajude.

Ele mordeu o lábio e lutou com sua decisão. Por fim, fez um gesto para que eu o acompanhasse. O oficial disse a seus companheiros que precisava de mim para finalizar algumas coisas, então me acompanharia ao meu bloco mais tarde. Eles pareceram satisfeitos com a desculpa. Quando o bloco ficou vazio, ele me levou a uma sala de interrogatório. Lançou um olhar furtivo para o corredor, me levou para dentro e fechou a porta.

— Qual o seu nome? — ele perguntou, sentando-se à minha frente.

Que pergunta estranha, considerando que meu número de prisioneira estava em meu uniforme, fácil de ver. Esperei que ele se corrigisse, mas ele não o fez. Ele estava genuinamente perguntando o meu nome, meu nome verdadeiro, e a percepção disso era tão desconcertante que eu não sabia se ria ou chorava. Pronunciei cada sílaba, escutando meu nome saindo da minha boca, tão familiar, mas tão raro e precioso para mim agora.

— Bem, se vou chamá-la de Maria, você pode me chamar de Oskar — ele disse. — Fale sobre a sua família.

— Meu pai era alto, tinha cabelo castanho-claro e uma perna ferida; minha mãe e meus irmãos eram loiros. Eles falavam alemão perfeitamente. Zofia tinha nove anos, era a única com cabelo cacheado, e Karol tinha quatro anos. Meus pais eram Aleksander e Natalia, e o sobrenome era Florkowski. Como eu disse, era maio de 1941 e eu vi o senhor perto do pátio onde os encontrei, então, esperava que tivesse visto algo.

Ele permaneceu em silêncio, sua expressão indecifrável, até que assentiu com a cabeça.

— Houve uma família naquela época que corresponde à sua descrição. Eles se destacaram para mim porque estavam juntos no banheiro dos homens e eu nunca tinha visto mulheres lá. Alguém disse que a mulher tinha perguntado se podiam ficar juntos. O marido dela não conseguia andar por conta própria.

Eu pisquei para limpar a minha vista desfocada. É claro que meus pais tinham encontrado uma maneira de garantir que ficassem juntos.

— O Fritzsch veio ao banheiro, mas não pareceu surpreso ao ver a mulher e as crianças. Talvez tenha sido ele quem permitiu que ficassem juntos, não tenho certeza. Quando eles se despiram, ele ficou olhando para a mulher... — Oskar parou, com as bochechas vermelhas, e pigarreou. — Por acaso eu estava perto da família e intrigado com ela. A mulher, Natalia, era isso? Ela viu Fritzsch olhando para ela...

— O senhor tem certeza de que era o Fritzsch? E tem certeza de que ele viu a minha família?

Oskar assentiu com a cabeça.

— Ele falou com eles...

Ele abriu a boca novamente, mas logo a fechou.

— Tem certeza de que quer ouvir?

Eu assenti.

— Por favor, continue.

— Diga se quiser que eu pare — ele respondeu. — Depois que o Fritzsch voltou para o corredor, Natalia falou algo para o marido e então foi atrás dele. Como eu disse, eu estava intrigado, então segui-os de longe. Eu não escutei toda a conversa, mas ouvi a última coisa que Fritzsch disse antes...

— O que ele disse?

O rosto de Oskar assumiu um semblante triste. Sua cadeira chiou em protesto quando ele mudou de posição. Ele coçou a nuca.

— Prefiro não repetir.

— O que o Fritzsch disse para ela? — repeti com toda a força que consegui reunir. — Repita para mim as palavras exatas.

Oskar respirou fundo e passou o polegar em uma rachadura na mesa.

— Ele sorriu e disse: "Eu não vou fazer porra nenhuma por suas crianças, sua puta polaca imunda".

As palavras pesaram entre nós e eu mordi meu lábio inferior até sentir o gosto de sangue. Eu tinha certeza de que meus pais perceberam o destino que os esperava e começaram a pensar em maneiras de poupar os filhos. Eles concordaram que mamãe deveria falar com Fritzsch, embora papai tenha odiado colocá-la nessa situação. Eles tinham que morrer sabendo que fizeram tudo que podiam. Mamãe teria oferecido qualquer coisa a Fritzsch, qualquer coisa, para poupar a vida de seus filhos. Não a dela, nem mesmo a de papai. Apenas a de seus filhos.

E Fritzsch se divertiu com o desespero dela antes de recusar.

Meus pais fizeram todos os esforços possíveis, mas eles não foram suficientes.

— Fritzsch enviou-a para a cela de espera, onde estava o resto da família, e quando o momento de ir à parede chegou, foram todos juntos. Fritzsch foi também e eu fiquei no outro lado do pátio. Eu não acho que o menininho entendia o que estava acontecendo. Seu pai tentava distraí-lo, mas a garota, suponho que sua irmã, parecia em pânico, até que sua mãe se ajoelhou ao lado dela e lhe disse algo. Então, ela se acalmou. Os quatro começaram a falar em polonês e eu não consegui escutar ou entender muito bem, mas não parecia um hino. O que quer que fosse, soava... — ele parecia buscar a palavra certa. — Reconfortante. Como uma reza até.

Minha mão se dirigiu ao bolso secreto no meu uniforme. Eles estavam rezando o terço.

— Eles se deram as mãos e se viraram para a parede, então Fritzsch...

Oskar deixou que sua voz sumisse.

— Fritzsch não deixou o carrasco matá-los — eu completei a frase para ele. — Ele o fez pessoalmente.

Oskar não olhou para mim, mas assentiu com a cabeça.

— Seus irmãos primeiro, um depois do outro. Foi rápido, eles não sofreram.

As palavras saíam com um tom pesaroso, como se ele quisesse me confortar um pouco. Ele pigarreou e tirou o quepe da SS da cabeça, mas eu já suspeitava do que viria a seguir.

— Fritzsch esperou um pouco antes de matar os meus pais, não é?

A cabeça de Oskar baixou em um pequeno aceno.

É claro que ele esperou. Ele não teria perdido a chance de atormentar dois pais com os corpos sem vida de seus filhos.

— Sua mãe caiu de joelhos ao lado das crianças — Oskar continuou, concentrado de repente no emblema da *Totenkopf* em seu quepe. — Eu achei que ela fosse desmaiar, mas ela ficou lá, em silêncio, olhando para os seus rostos. Seu pai a pegou pela mão e a trouxe para seus braços por um momento. E, então, eles se viraram para encarar Fritzsch.

Mamãe e papai tentaram confortar Zofia e Karol, e conseguiram, de alguma maneira, mantê-los calmos até o fim. E, quando chegou o momento de enfrentarem o mesmo destino, eles o fizeram com coragem e estoicismo. Era tudo que podiam fazer.

— Seu pai foi o próximo — disse Oskar. — Quando ele caiu, sua mãe se encolheu, mas não fraquejou. Ela se ajoelhou e deu um beijo em seu rosto, então beijou cada uma das crianças antes de levá-las ao colo, segurando a mão de seu pai e encarando Fritzsch. Ela encarou aquele desgraçado até o fim.

No silêncio que se seguiu às palavras de Oskar, ouvi o vento uivando lá fora e, através de uma pequena janela, vi neve caindo sem parar. Um frio úmido preencheu a sala e eu estremeci, mas não tinha certeza se era de frio, de raiva, de angústia ou de tudo isso junto. Meus pais viram seus filhos morrerem. Minha mãe viu meu pai morrer. Tudo por causa de Fritzsch.

Espero que você tenha conseguido encontrá-los.

Sua voz ecoou em minha cabeça, sua menção à minha família durante o nosso jogo de xadrez. Não poderia ser o que ele estava insinuando. Ele não tinha como saber que a família que tinha executado era a minha. Talvez ele imaginasse que tinham sido assassinados, então suas palavras eram apenas para me lembrar desse fato. Ele não sabia que era ele o assassino.

Porém, seu olhar revelava algo mais profundo.

E se ele soubesse? E se ele soubesse de tudo?

Passei meu dedo em minhas cicatrizes de queimadura de cigarro.

Mamãe. Papai. Zofia. Karol.

Quando consegui encontrar a minha voz, ela era quase inaudível.

— O senhor me viu naquele dia, não viu? Quanto tempo fazia que eles tinham morrido?

Novamente, Oskar não olhou em meus olhos.

— Minutos.

— Minutos. Perdi a minha família por uma questão de minutos. Seus momentos finais, minha chance de salvá-los, de me juntar a eles, de dizer adeus. O que quer que pudesse ter acontecido se eu tivesse chegado a tempo, eu perdi por uma questão de minutos.

— Eu pedi para ser liberado do serviço, então, sairei daqui no próximo final da semana — disse Oskar, olhando para o seu quepe. — Sei que não muda nada, mas eu odeio o que acontece aqui.

Ele estava certo. Não mudava nada.

— Se eu pudesse ter impedido aquilo, as execuções, os açoitamentos ou qualquer uma dessas coisas, eu o teria feito. Mas eu sou apenas um, e se eu... — Oskar esfregou os olhos e pigarreou, então falou novamente em um tom mais suave: — Se é de alguma ajuda, seus irmãos pareciam tranquilos. E mesmo depois do que testemunharam, seus pais também.

Ele hesitou antes de colocar seu quepe de volta na cabeça.

Levantei-me e agarrei as costas da cadeira com as duas mãos para me apoiar. Ele esperou, como se prevendo que eu falaria mais alguma coisa e, quando o fiz, não me importei em tentar evitar o tremor em minha voz.

— Se o senhor realmente está dizendo a verdade sobre odiar o que acontece aqui, eu preciso que me prometa algo.

Ele não reagiu de imediato, mas por fim baixou sua cabeça em um aceno.

— Amanhã, quero que o senhor se reporte ao comandante e diga a ele tudo que sabe sobre o Fritzsch.

Após minha conversa com o Oskar, corri para o meu bloco. Hania e eu tínhamos planos para jogar xadrez, mas essa era a última coisa em minha mente. Quando cheguei lá, Hania estava esperando do lado de fora e correu para me encontrar, mas eu passei por ela sem diminuir o ritmo.

— Eu vou encontrar o Fritzsch.

Ela agarrou o meu braço.

— Espere Maria, você não pode.

— Sim, eu posso — exclamei, me soltando dela. — Ele pode me açoitar o quanto quiser, mas vou encontrá-lo. Eu tenho que...

— Escute, *shikse* — murmurou Hania, me segurando pelos ombros. — Você não pode encontrá-lo porque ele não está aqui.

— Tá bom, vou esperar até que ele volte, e quando ele voltar...

— Ele não vai voltar — ela segurou as minhas mãos e as apertou suavemente, com um sorriso. — Esta manhã, os homens da SS no escritório administrativo disseram que o *Kommandant* Höss chamou o Fritzsch para uma longa reunião e ele foi embora assim que ela terminou. Höss tinha ordenado uma transferência imediata e o mandou para um campo de concentração em Flossenbürg. Ele se foi.

Impossível. Fritzsch não podia ter ido embora. Ainda não. Com o depoimento do Oskar e as inúmeras transgressões de Fritzsch, eu tinha quase certeza de que o *Kommandant* Höss o transferiria, mas eu precisava só de um pouco mais de tempo para confrontá-lo.

— É verdade, *shikse*, pode acreditar — a voz de Hania me fez piscar e ela se aproximou de mim com um pequeno sorriso. — Você conseguiu. Ele foi embora.

Fritzsch tinha ido embora.

Eu passei meses trabalhando para obter a sua transferência, mas meu próprio plano tinha estragado tudo. Se eu soubesse que ele tinha matado a minha família, poderia ter exigido saber se era verdade, se ele tinha ciência de que tinha poupado um membro daquela família mesmo tendo condenado os demais. A minha sobrevivência deveria significar que a justiça fora feita, uma forma de honrar a minha família, vencer esse lugar que tinha levado tantas vidas, desafiar Fritzsch e seu planos para mim. Mais uma vez eu enfrentava uma jogada que não tinha previsto, e que mudou tudo. Tirar o Fritzsch de sua posição e lutar por minha sobrevivência não era suficiente. A justiça era ouvir a verdade do assassino da minha família. Encontrar uma forma de fazê-lo pagar. Mas era tarde demais. Ele foi embora.

Eu perdi a minha chance.

Não, a disputa não tinha chegado ao fim; este peão ainda estava em jogo.

Apesar da neve, na qual eu afundava quase até os joelhos, e do vento implacável que me fazia lacrimejar, eu não estava com frio. O calor da fúria me consumia e alimentava as chamas da minha resolução, um fogo lento e firme que não se apagaria.

Eu vou sair de Auschwitz um dia. E, quando isso acontecer, eu vou atrás do Fritzsch.

CAPÍTULO 19

AUSCHWITZ, 20 DE ABRIL DE 1945

AGORA QUE O MOMENTO de confrontar Fritzsch com tudo aquilo que eu tinha ouvido de Oskar chegara, as palavras transbordavam da minha boca, embora eu precisasse fazer um esforço considerável para manter a minha voz firme. Quando terminei, fiquei em silêncio e respirei fundo. A verdade estava exposta à nossa frente, tão clara e definida como as casas do tabuleiro de xadrez. Fritzsch não tinha escolha. Teria de fazer sua jogada.

Ele estava quieto, observando-me, e então tomou a minha rainha. Depois, meu rei tomou a dele.

— Alguém contou a você que eu executei a sua família e foi por isso que você tentou arruinar minha carreira. É isso?

Embora eu suspeitasse de que, a essa altura, ele já tivesse se dado conta do meu esquema, ouvi-lo falar a respeito gerou um turbilhão de horror dentro de mim, tão forte como se ele tivesse descoberto na época. Para me acalmar, recordo-me de que não tenho nada a temer. O derradeiro final se desdobrará como eu planejei.

— Responda, polaca. Você tentou arruinar a minha carreira?

Seus gritos me fazem retomar o foco com um susto. Eu não sabia há quanto tempo estava em silêncio. Fritzsch olha furiosamente para mim, sem piscar, então examino o tabuleiro, mas se me demorar mais do que alguns segundos, ele agirá.

— Meus esforços começaram bem antes de saber o que você tinha feito, mas sua carreira foi arruinada por culpa sua. Eu criei oportunidades para você quebrar o protocolo, apenas isso. Não te forcei a aproveitá-las.

— Então, você foi a culpada pela minha transferência — diz ele, com uma voz tão baixa que eu tenho de me concentrar para compreender as palavras. — E planejou as suas ações dependendo de onde o comandante estava, não é?

Quando assenti, ele balançou a cabeça em desaprovação.

— Eu te dei a chance de ser útil e você se virou contra mim.

— Não aja como se tivesse tratado alguém com clemência — respondi, com uma voz tensa. — Nem a mim nem à minha família.

— Meu trabalho era manter os prisioneiros sob controle e foi o que fiz — disse Fritzsch, novamente calmo e movendo um peão. — Aparentemente, deveria ter me concentrado em controlar os guardas também.

Quando ia pegar o meu próprio peão, puxei a mão de volta.

— O que quer dizer?

Fritzsch tirou o quepe para enxugar a água da chuva do emblema da *Totenkopf* e o colocou novamente na cabeça.

— Aquele que lhe falou sobre a sua família. Você não considerou a possibilidade de ele ter mentido para você?

Um fio de água da chuva escorre pelas minhas costas e eu luto contra os tremores. Analiso o rosto de Fritzsch, buscando qualquer sinal de malícia, mas ele apenas espera ansioso pela minha resposta. Limpo a garganta antes de tentar.

— Depois de falar comigo, Oskar contou a mesma história ao comandante.

— Se ele mentiu para você, por que ele não teria mentido para o comandante também? Eu me lembro desse homem. Ele não tinha sido feito para aquele tipo de trabalho, mas a questão é que ele não gostava de mim. Não estou surpreso que tenha aproveitado a oportunidade de me sabotar. Ele ia dar baixa mesmo, então não tinha nada a perder. Ao falar com você, ele me pintou da maneira que quis, e então repetiu o mesmo relato para o Höss, provavelmente bajulando o *Kommandant* para que me transferisse e buscando recuperar o seu próprio prestígio, que ele tinha perdido por ser muito fraco para cumprir as suas obrigações no campo. Tudo isso sem que eu estivesse presente para me defender das acusações.

Mudo de posição em meu assento, mas fico ainda mais desconfortável.

— Ele não tinha motivo para mentir.

— Ah, isso não é verdade, não é? Você estava vulnerável, desesperada para achar respostas e foi atrás desse homem implorando por elas. Ele disse a você que a chance de se lembrar da sua família era pequena, mas, já que você insistia, ele aproveitou a oportunidade para me sabotar, criou uma história para satisfazê-la e esperou que você demonstrasse a sua gratidão — Fritzsch se aproximou ainda mais, encarando-me. — Você fez o tempo dele valer a pena?

A insinuação desperta a minha fúria.

— Não, eu nunca...

— Você não disse a ele que faria qualquer coisa? Não é correto fazer promessas que não se pretende cumprir.

— Ele não me pediu nada em troca.

— Algumas recompensas perdem todo o seu valor se você tem que pedir por elas — disse ele com um sorriso maldoso. — Além do mais, a outra prisioneira praticava contaminação racial...

— Deixe-a de fora disso.

— Não aja como se ficasse chocada. Eu sabia de tudo que acontecia no campo.

— Você não sabia que eu estava tramando a sua transferência.

Uma onda de raiva atravessou a face de Fritzsch.

— Eu suspeitei quando o comandante mencionou as violações de protocolo que motivaram a transferência, pois a maioria a envolvia. Foi uma pena eu ter sido transferido de imediato, sem que houvesse tempo de tratar disso com você antes de sair.

O desprezo em sua voz era uma pequena satisfação, mas a minha vitória ainda era marginal. Oskar não poderia ter mentido para mim. A insinuação traz lembranças e eu sinto a dor se manifestar, aquela dor leve que precede os ataques latejantes, implacáveis e incontroláveis na minha cabeça. Eu cerro meus dentes para lutar contra ela, mas ela persiste.

— Você disse que desejava que eu localizasse a minha família — consigo dizer finalmente. — Você queria que eu...

Quando a dor de cabeça se intensifica e rouba a minha voz, ele ergue uma sobrancelha condescendente.

— Você sempre tira essas conclusões tão drásticas de afirmações tão simples?

Fecho os olhos enquanto luto contra a falta de ar. Meu autocontrole tem me provocado durante todo esse tempo, mantendo-se ao meu alcance e permitindo que eu me aproxime, e depois fugindo novamente. Quanto mais eu luto, mais ele me subjuga.

— Se tivesse ficado mais concentrada em sua família do que em forçar a minha transferência, eu nunca teria ido para Flossenbürg. Em vez disso, você esperou demais para investigar as mortes de seus familiares e confiou em um homem cuja história não podia ser contestada. Eu sou o único que pode desmentir ou confirmar as suas alegações. É por isso que você estava determinada a me encontrar novamente, não é? — ele acena para o tabuleiro para indicar que é minha vez e se recosta na cadeira. — Se eu não executei sua família, você passou todos esses anos perseguindo o homem errado.

CAPÍTULO 20

Auschwitz, 8 de junho de 1942

A vida em Auschwitz era diferente sem Fritzsch. Quando o calor escaldante substituiu o inverno gélido, não havia ninguém me obrigando a jogar xadrez contra a minha vontade e eu não passava mais os meus dias conspirando contra ele ou esperando que não se cansasse de mim. Embora o alívio fosse bem-vindo, eu sentia um vazio que não seria preenchido até que eu estivesse livre para seguir os planos que fizera para localizá-lo.

Em uma manhã quente de verão, saí correndo do Bloco 8 e segui para a chamada. O Bloco 8 era a minha residência desde março, isto é, desde quando os transportes de mulheres começaram a chegar. Na ocasião, os guardas nos transferiram para o nosso próprio conjunto de blocos, que ficava separado dos blocos masculinos por um muro de concreto. Enquanto eu caminhava, verifiquei minha manga para ter certeza de que o pequeno corte em meu braço não estava sangrando no uniforme. Hania providenciara vacinas contra o tifo para mim, para ela e para Izaak, o que nos ajudaria a passar ilesos pela epidemia da doença que se agravava a cada dia no campo. Ela tinha garantido que conseguiu as vacinas honestamente, mas eu suspeitara de que ameaças vazias estavam envolvidas, embora ela não admitisse que eram vazias ou que os homens da SS não sabiam que ela usava seus nomes para se proteger. Ela tinha estabelecido uma rede complexa, que não desmoronaria enquanto ela não quisesse.

Após a chamada, andei com meu *kommando* para o Bloco 11 e resisti à vontade de coçar a parte superior das costas. Era provavelmente uma picada de pulga. As pulgas gostavam dos blocos femininos. Quando a coceira ficou insuportável, sucumbi e cocei rapidamente, e meus dedos passaram por uma parte dura da pele. Uma das cicatrizes das chicotadas. Levei a minha mão ao bolso secreto com o meu terço enquanto dava um sorriso melancólico. *Padre Kolbe.*

O sorriso desapareceu quando entrei no Bloco 11. O primeiro grupo de condenados do dia logo seria executado, prisioneiros que foram pegos participando da resistência no campo ou membros da resistência clandestina que foram enviados para cá simplesmente para morrer. Enquanto caminhava pelo corredor em direção ao banheiro feminino, passei por algumas salas transformadas em celas militares. Nelas, civis detidos aguardavam julgamento. Eu não sabia por que os homens da SS se importavam em levar essas pessoas a julgamento. Quase todas eram sentenciadas à morte, afinal.

Mais adiante, avistei cabelos curtos e escuros sob uma echarpe e estiquei o pescoço para ver melhor enquanto sua dona andava pelo corredor. Quando a prisioneira se aproximou, minhas esperanças desvaneceram-se. Não era Hania. Por causa dela, fiquei feliz por ela não estar traduzindo julgamentos ou interrogatórios hoje. Dadas as torturas que era forçada a testemunhar, ela odiava trabalhar no Bloco 11. Por minha causa, porém, desejei que fosse ela.

Quando cheguei ao pequeno banheiro, parei no corredor. *Foco*, disse a mim mesma, repetindo o mantra que recitava antes de cada dia de trabalho. *Foco em viver. Lutar. Sobreviver.*

Mas foco algum poderia ter evitado o meu choque quando Irena Sienkiewicz entrou no Bloco 11.

Era ela, sem dúvida era ela. Sua aparência continuava a mesma de antes, embora parecesse mais esgotada, pois provavelmente tinha acabado de chegar de Pawiak — e eu sabia bem como era isso. Ela ainda estava vestida com roupas civis e ergueu a cabeça com a sua rebeldia costumeira, mas seu olhar vagava, rápido e incerto. Os guardas direcionaram alguns prisioneiros políticos para o tribunal ou para uma sala de espera, e enviaram outros à minha direção, incluindo Irena. Ela não me notou enquanto seguia a multidão, então, corri para encontrá-la.

— Irena Sienkiewicz? Ou deveria dizer Marta Naganowska para que não ralhe comigo por usar seu nome verdadeiro na frente dos homens da SS?

Ela deu um passo para trás e me encarou. Seu olhar desconfiado ia e voltava do meu rosto e do meu número de prisioneira, mas minhas palavras devem ter trazido algum reconhecimento. Ela arregalou os olhos, sorriu e balançou a cabeça.

— Porra, Maria. Você está viva!

Eu nunca pensei que sentiria conforto ao ouvir Irena xingando na minha frente, mas quase chorei. Por mais que odiasse que ela tivesse sido pega, não pude evitar a emoção que sentia por vê-la. *Depois de todo esse tempo...*

O pensamento foi interrompido. Irena tinha sido enviada ao banheiro feminino, o último ponto de parada antes do pátio. E ninguém que era enviado ao pátio voltava vivo.

Sim, ela era uma mulher, mas ainda jovem e saudável, e normalmente as mulheres jovens e saudáveis eram mantidas, pois podiam trabalhar. Por que eles não a tinham mantido para trabalhar? Quando notei a sua barriga inchada, a resposta ficou clara.

— Irena, você está grávida.

— Estou? Não tinha ideia...

Seguimos as outras mulheres ao banheiro e um homem da SS que passava ordenou que elas se despissem. Enquanto Irena o fazia, eu automaticamente apanhava as várias peças de roupa que as outras mulheres me entregavam. Após se despirem, as mulheres saíam ou aproveitavam para usar as latrinas.

— O pai do bebê? — perguntei finalmente.

Irena apertou os lábios até formarem uma linha fina.

— Um soldado que me pegou durante o toque de recolher. O filho da puta disse que não me prenderia sob uma condição, mas não tive a chance de escolher se aceitava os seus termos ou não. Eu teria escolhido ser presa — ela tirou a blusa e continuou com uma voz indiferente. — Simplesmente não dá para ganhar algumas batalhas, mesmo que você lute como nunca. Como você pode ver, isso ocorreu há quase nove meses, e então eu fui pega levando uma garota judia para viver com uma família católica nos arredores de Varsóvia — ela fez uma pausa e dobrou a blusa meticulosamente. — Alguém nos dedurou. Quando eu entreguei a menina, a Gestapo me prendeu do lado de fora da casa, trancou todo mundo lá dentro e ateou fogo. Depois de se certificarem de que ninguém havia sobrevivido, levaram-me para Pawiak. O interrogatório quase me fez entrar em trabalho de parto, mas meu pequenino é um lutador como eu, então, cá estamos.

Eu não sabia qual explicação para a sua gravidez e sua prisão eu esperava ouvir, mas certamente não era essa — e era muito assustadora para processar. Nada do que eu dissesse poderia apagar o que ela sofreu, então fiz a próxima pergunta que veio à minha mente.

— E sua mãe?

Ela estava tirando a saia e uma sombra cruzou o seu rosto. Quase sucumbiu antes de engolir em seco.

— Mamãe estava bem algumas semanas atrás, mas agora já deve saber que fui pega, então, não posso imaginar como ela está lidando com isso. Sua família?

Minha expressão deve ter sido autoexplicativa. Ela abriu a boca, depois fechou.

Irena tirou as roupas de baixo e entregou as suas vestimentas para mim. Adicionei os seus pertences à pilha crescente que havia criado no chão. Os ferimentos que cobriam seu corpo me fizeram lembrar da minha própria passagem por Pawiak. Meu peito ficou apertado de tristeza e raiva. A Gestapo havia torturado uma mulher grávida.

Ela lavou o rosto e as mãos na pia e se preparava para sair da sala, mas parou na porta. Deitou as duas mãos sobre a barriga, que agora estava exposta.

— Eles vão me matar, não vão?

Ela sabia a resposta, eu podia ver em seus olhos, mas ela tinha que ouvi-la de mim. Eu não podia contar a verdade, como eu seria capaz de lhe contar a verdade... Mas ela merecia uma resposta e eu não mentiria para ela. Eu não confiava em minha voz, então, apenas assenti com a cabeça.

Irena não pareceu surpresa, mas sua mão mexeu no crucifixo em seu pescoço. Só então ela pareceu se dar conta de que tinha que removê-lo. Assim que alcançou o fecho, ela hesitou.

— Este foi o último presente que o meu pai me deu — ela murmurou, mais para si mesma do que para mim.

Ela retirou o crucifixo rapidamente e o entregou para mim. Eu deveria guardá-lo com as demais joias confiscadas, mas quando o crucifixo e a corrente foram colocados na minha mão, eu a fechei. Eu não poderia perdê-lo. Ainda não.

Um oficial da SS marchou pelo corredor, gritando ordens, e se concentrou em mim e em Irena.

— Mande-a se mexer, 16671.

Aquela ordem tornava o destino de Irena muito real e eu tinha que fazer alguma coisa. Eu não podia deixá-la morrer. Não tive tempo para conceber um plano, apenas para implorar.

— Espere! — eu gritei, agarrando o braço dele. — Ela vai dar à luz a qualquer momento, então, ela ainda pode trabalhar. Pelo amor de Deus, deixe-a trabalhar...

Parei quando o policial se desvencilhou de mim e ergueu uma mão para me bater. Porém, antes que ele pudesse fazê-lo, Irena agarrou os meus ombros e me sacudiu.

— Escute, sua vadia louca, eu não sei quem diabos você pensa que eu sou, mas eu já disse que não nos conhecemos e que não quero trabalhar com você. Me deixe em paz — ela me empurrou e se virou exasperada para o oficial. — Por favor, me diga para onde tenho que ir para me livrar dela.

Ele deu um sorriso jocoso.

— Vire à esquerda no próximo corredor e continue até o pátio — ele acenou na direção certa antes de se afastar de nós.

Quando ele desapareceu, Irena virou-se para mim.

— Talvez eu tenha aprendido uma coisa ou outra com a Helena Pilarczyk — ela deu um pequeno sorriso provocador ao usar meu nome de guerra.

Não restava nada a fazer a não ser segui-la em direção ao pátio, que foi o que fiz. Eu ficaria com ela o máximo de tempo que pudesse. Ela ficou em pé, ombros para trás, queixo e peito erguidos, uma mão protetora sobre a sua barriga redonda.

— Por que você me impediu? — perguntei enquanto caminhávamos.

Irena respirou fundo antes de responder.

— Porque mesmo se eles me deixassem trabalhar após o parto, eles levariam o meu bebê. E eu não poderia permitir que eles levassem o meu bebê.

Sua voz falhou quando uma única lágrima lhe escapou. Ela a enxugou apressadamente e engoliu em seco; quando ela falou de novo, seu tom tinha a firmeza de sempre.

— Eu não posso salvar o meu filho, mas podemos encarar a morte juntos.

Paramos do lado de fora do banheiro masculino, a poucos metros do portão de ferro que levava ao pátio. A parede ficava depois dele, do lado direito, fora do nosso campo de visão. Era o mais longe que eu poderia ir sem ser pega. Quando paramos, Irena pegou a minha mão emaciada e a pôs sobre a sua barriga. Senti uma ondulação leve, mas poderosa, quando o bebê se mexeu.

— Se fosse uma menina, eu a chamaria de Helena — ela disse, sorrindo para o seu abdome redondo. — Se fosse um menino, Patryk.

Os dois nomes traziam tantas lembranças do nosso tempo juntas na resistência, e eu tinha sentido aquela vida dentro dela, que estava a ponto de ser eliminada também, e era demais para mim, demais, mas não tinha notado as minhas lágrimas até ouvir uma bronca irritada conhecida.

— Meu Deus, pare com isso. Você vai se meter em encrencas.

Mas eu não conseguia impedir as lágrimas que corriam pelas minhas bochechas e enfiei meu rosto nas mãos. Toda vez que eu pensava que esse lugar já tinha lançado toda a crueldade possível sobre mim e meus entes queridos, ele me mostrava que eu estava errada. Minha amiga e seu filho ainda não nascido estavam prestes a morrer. E aqui estava eu, acompanhando-os até a morte, impotente para salvar qualquer um deles.

Senti seus dedos em volta dos meus pulsos e ela guiou minhas mãos para longe. Em meio às lágrimas, olhei em seu rosto e tentei falar com clareza para que ela me entendesse.

— Irena, se eu pudesse...

Ela me puxou para um abraço apertado e beijou minha bochecha, calando-me. Então, ela me soltou antes que alguém nos pegasse e colocou as mãos gentis sobre meus ombros. Ela olhou para mim com aqueles seus olhos cheios de força, sempre com força, e com mais carinho do que nunca. Eu poderia até ter chamado aquilo de amor.

— Faça da vida desses desgraçados um inferno, Maria Florkowska.

Sem me deixar tempo para responder, ela caminhou em direção ao portão. Quando o alcançou, Irena tocou com a sua mão direita o centro da sua testa, o peito e cada ombro, fazendo o sinal da cruz. Então, colocou a mão sobre a barriga. As dobradiças rangeram quando ela saiu e fechou o portão com firmeza. Com a cabeça erguida, ela seguiu para o pátio e virou à direita em direção à parede, desaparecendo da minha vista. Eu virei minhas costas para o portão e não escutei os guardas furiosos da SS, nem olhei para as mulheres passando por mim para o pátio, mas fiquei onde estava. Eu não a deixaria.

Alguns momentos depois, o estampido conhecido de tiros me fez cair de joelhos.

Chorei por alguns segundos preciosos antes de secar as minhas lágrimas e me forçar a levantar do chão. Eu não tinha certeza de como fiz isso. Talvez porque em algum lugar, no fundo do meu subconsciente, eu soubesse que a minha sobrevivência dependia disso. Eu pendurei o crucifixo de Irena em volta do meu pescoço e o enfiei debaixo do meu uniforme, deixando-o fora de vista. Eu tinha um pouco da minha família nas cicatrizes das queimaduras de cigarro, um pouco do Padre Kolbe em seu terço e, agora, um pedaço de Irena. Então, voltei ao trabalho.

O resto do dia passou como um borrão. Assim que tudo acabou, corri em direção ao portão principal para esperar por Hania. Eu estava tão distraída que quase passei pelo crânio preto com os ossos cruzados ordenando aos prisioneiros que *HALT!* e *STÓJ!* O aviso fora pintado em tábuas de madeira crua pregadas a um poste de cimento, e eu queria ignorá-lo, disparar pelo portão e invadir os prédios administrativos da SS para encontrar Hania, mas não o fiz. Ir além do sinal era um erro que eu sabia que não devia cometer.

Os prisioneiros passavam por mim enquanto eu alternava o meu peso de um pé para o outro, mas não tive que esperar muito. Quando Hania chegou, fiz um gesto para que ela me seguisse. Saí em busca de um lugar privado e parei no beco entre os Blocos 17 e 18. Estava fora do caminho, mas não muito longe do portão, e eu não consegui me controlar por muito mais tempo.

— O que foi? — perguntou Hania quando chegamos lá. — Você está machucada? Izaak está machucado?

— Irena...

Seu nome foi tudo que eu consegui dizer antes de deixar escapar o meu choro, o choro que tinha segurado o dia todo e que me impedia de falar. Encostei na parede de tijolos duros, afundei no chão e cobri a minha cabeça com os meus braços até que senti Hania se agachando ao meu lado.

— Shhh, acalme-se, *shikse* — quando levantei a cabeça, ela limpou uma lágrima da minha bochecha. — Diga-me o que aconteceu.

— Ela estava aqui — sussurrei. — Irena estava aqui.

— Sua amiga?

Eu assenti com a cabeça.

— Bloco 11. Ela estava grávida.

Não consegui falar mais nada, mas Hania simplesmente balançou a cabeça, me assegurando de que não era necessário.

— Você me disse que consegue transferências para os prisioneiros — eu falei. — Você realmente pode fazer isso? Por favor, Hania, não importa onde eu trabalhe, mas, por favor, me tire do Bloco 11. Eu não consigo fazer isso mais.

— Não se preocupe, vou cuidar disso — disse ela, colocando uma mão reconfortante sobre a minha e fazendo meus apelos ansiosos pararem. — Vou tirá-la de lá o mais rápido que puder.

— Mas só se tudo que tiver que fazer for traduzir ou trocar mercadorias. Nada mais — sussurrei, pensando em Protz. Apesar do meu desespero, eu não queria que ela se machucasse.

— Será uma troca justa, inofensiva para todos os envolvidos — respondeu Hania, mostrando um pequeno sorriso agradecido. — Eu prometo.

Ela pegou um sedativo e o ofereceu para mim, mas recusei-o. Eu queria chorar e viver plenamente aquele momento, sem disfarçar toda aquela dor, pois ela significava que meus bloqueios haviam sucumbido de uma forma que eu não permitia há muito tempo. A dor do amor e da perda me perfurou no fundo da alma. E me lembrou de que eu ainda era humana.

Todas as pessoas que eu amava tinham sido tiradas de mim. Irena era o meu último pedaço de casa, a derradeira parte da vida que eu tinha deixado para trás, e foi executada da mesma maneira fácil e cruel usada com os meus pais e irmãos. Ela não me deixou tentar ajudá-la e aceitara o seu destino, mas, ainda assim, uma escuridão esmagadora me atingiu, a mesma de quando eu encontrei a minha família. Impotência. Desespero. Tudo que eu não tinha poder de mudar me atingindo direta e dolorosamente, como o chicote em minha carne. O Padre Kolbe tinha me aconselhado a viver e lutar, mas quanto mais eu fazia isso, mais eu perdia. E me perguntava se ainda tinha motivo para viver ou lutar.

Não, eu não poderia me deixar pensar dessa maneira. Algumas coisas ainda restavam. Eu tinha as recordações de meus entes queridos e uma vida toda para viver em homenagem a eles. Eu tinha Hania e a promessa de reuni-la com os seus filhos. Tinha a minha própria promessa de encontrar Fritzsch e ouvir de sua boca que ele havia negado o último pedido de minha mãe, recusando-se a poupar os meus irmãos, e executara pessoalmente a minha família. Eu tinha a resistência.

Quando consegui recuperar o fôlego, levantei a cabeça e olhei para Hania.

— Eu tenho trabalhado com a resistência por quase um ano, e você...

— Não comece com isso de novo — ela disse, erguendo a mão.

Ela se levantou e eu também. Eu já tinha tentado iniciar essa conversa muitas vezes, mas agora eu não deixaria que ela a evitasse.

— O que seria necessário para que você se juntasse a ela?

— Chega. Você teve um dia difícil, está triste e eu não vou discutir isso — disse Hania decididamente. — Eu tenho filhos, Maria.

— Filhos que não veem a mãe há mais de um ano.

Ela já estava saindo do beco, mas foi o suficiente para ela se voltar para mim, furiosa.

— Luto pelos meus filhos todos os dias, e se eu arriscar tudo, se Protz descobrir...

— Nada disso importa se não pararmos com isto. No fim, eles vão nos matar, e vão continuar matando até que não haja mais ninguém — eu a peguei pelos ombros, mas minha voz diminuiu quando minhas lágrimas voltaram. — Quando isso vai acabar?

Hania soltou um suspiro, suavizou o olhar carrancudo e me puxou para perto. Passei meus braços em torno dela, lutando contra a respiração ofegante. Claro que eu entendia a sua hesitação, mas a maneira mais rápida de voltar para os seus filhos era a libertação. Não adiantava lutar pela sobrevivência se o fim era inevitável. Era por isso que tínhamos de mudar o final.

— Se eu vou fazer isso — ela murmurou, por fim —, será que eu poderia pegar emprestado um pouco de seu *chutzpah*?

Ergui os olhos para confirmar o que tinha ouvido.

— Você vai se juntar a nós?

Apesar da preocupação em seus olhos, Hania deu um pequeno sorriso.

— Não se atreva a dizer "xeque-mate" ou eu desisto agora mesmo.

CAPÍTULO 21

BIRKENAU, 11 DE OUTUBRO DE 1942

Em um dia sombrio de outubro, andei penosamente pelo meu caminho até as latrinas, com lama até os tornozelos e inclinando a cabeça contra o vento forte e a chuva. A essa altura, eu já deveria ter me acostumado à falta de ralos e vias pavimentadas em Birkenau, já que as prisioneiras tinham sido transferidas para essa nova parte de Auschwitz em agosto. Mas a cada dia eu sentia mais falta deles.

Ao me aproximar do meu destino, enxuguei a água dos olhos e vi o guarda da SS parado do lado de fora. Ele se abrigava rente ao prédio e fez uma careta ao enxugar a água da chuva do rosto, mas, quando me viu, iluminou-se. Ele esperava minha visita. Sem dizer uma palavra, coloquei um maço de cigarros em sua mão gananciosa e ele me permitiu entrar.

Janina, a médica judia ruiva que trabalhava como enfermeira, fez um gesto para que eu me sentasse ao lado dela em um dos longos bancos de concreto. Obedeci, evitando os buracos que serviam como privadas.

— De acordo com as minhas fontes, Pilecki se recuperou de sua recente crise de tifo e foi liberado da quarentena na semana passada — murmurou Janina. — Ele foi transferido para o *kommando* do curtume e começou a esconder objetos valiosos nas peças de couro.

Como se para provar o que dissera, Janina me entregou quatro pequenos diamantes. Após direcionar um agradecimento silencioso e solene a quem os deixara para trás, enfiei os diamantes no bolso. Eles seriam úteis em futuras trocas.

— A próxima notícia não é boa — ela continuou. — Perdemos uma mulher chamada Luiza. Ela queria evitar a transferência para outro campo, então dei a ela um falso diagnóstico de tifo.

— Injeção ou câmara de gás?

— Injeção.

— Você trabalha no hospital, Janina, deveria saber que estava superlotado.

— Claro que eu sabia, mas eu nunca sei quando os guardas vão esvaziá-lo.

Com os punhos cerrados, levantei e me afastei. Era por isso que eu odiava quando membros entravam no hospital com diagnósticos falsos. Era muito arriscado. Agora, a Luiza estava morta por nada. Se continuássemos a perder mulheres desse jeito, não teríamos ninguém sobrando quando a rebelião acontecesse.

Quando Janina e eu nos despedimos, voltei pelo mesmo caminho pela estrada de terra, tropeçando em pedaços pontudos de tijolos, pedras e entulho. Deparei-me com uma poça grande e profunda, depois cheguei mais perto de uma pilha de cadáveres em decomposição para desviar-me. Fixei meu olhar na lama fria e escorregadia, prestando atenção para não tropeçar em braços e pernas escondidos, e chutei um pouco de lama na direção de um rato. Meu míssil caiu com um respingo, mas errou o rato, que se juntou a seus companheiros para roer a massa de formas esqueléticas cinza-azuladas.

Ao chegar ao meu alojamento, parei na soleira e lancei um olhar de inveja por cima do ombro, imaginando que pudesse ver três quilômetros a oeste todo o caminho até o campo principal. Embora o Bloco 8 fosse infestado de pulgas, tinha piso nivelado, latrinas e abastecimento de água. Aqui não havia nada disso.

Sacudi do uniforme o máximo de lama que consegui, usando a chuva a meu favor, depois usei as gotas de chuva para matar a minha sede sempre presente. Então, entrei. Tremendo e limpando os respingos de lama que restavam, desviei do rato que estava parado perto da porta e atravessei o chão irregular em direção às fileiras de ripas de madeira. Quando cheguei à minha fileira, subi para o beliche de cima. Os beliches não eram muito grandes e deixavam pouco espaço para algo mais do que deitar-se. No meu, todavia, alguns centímetros ficavam sobrando, mesmo quando eu esticava as pernas. Certamente, não tinha herdado a altura do papai.

Selecionei um pão na pilha de mercadorias que havia negociado e tirei um pedaço. Apesar da chuva que pingava das goteiras no teto, era meu dia favorito da semana: domingo. Aos domingos não tínhamos que trabalhar.

Peguei meu formulário de correspondência para escrever uma carta à sra. Sienkiewicz. Embora receasse escrever para contatos da resistência, o destino de Irena não me deixava escolha. Antes de redigir a minha resposta, li a carta dela novamente.

Querida Maria,

Obrigada por me contar sobre as mortes de minha filha e de meu neto. Embora a notícia seja devastadora, agradeço que ela tenha vindo da amiga amável e confiável de minha filha. Significa tanto para mim saber que ela se encontrou com você uma última vez. Fico contente em saber que você está bem, minha querida. Por favor, escreva logo novamente.

Atenciosamente,
Wiktoria Sienkiewicz

Uma missiva simples e inocente. Como membro da resistência, a sra. Sienkiewicz sabia como escrever cartas que passariam batidas pela censura nazista. Tive a sensação de que ela também sabia que Irena não havia perecido durante um parto complicado e que o bebê não havia nascido morto, como eu tinha dito na carta que enviei a ela após a morte da filha. Algum dia, eu contaria a história real.

Matei um piolho que estava no meu braço e comecei a escrever. Desta vez, talvez eu conseguisse evitar que minhas lágrimas manchassem as páginas e borrassem a tinta.

Querida sra. Sienkiewicz,

Obrigada por responder à minha carta. Por favor, conte sobre a senhora e todos em casa. Estou bem.

Na pressa de compartilhar a notícia de sua filha, esqueci de lhe falar sobre a minha própria família. Infelizmente, pegamos uma doença terrível e eu fui a única que se recuperou. Eu sinto falta de todos eles, mas tenho sorte de me manter ocupada com o trabalho. Eu trabalho em uma oficina de costura e passo meu tempo livre traduzindo para os poloneses que não falam alemão.

Hoje temos um lindo dia por aqui e espero que o sol esteja brilhando sobre Varsóvia também. Espero ter notícias suas logo.

Eu me odiava pelas mentiras, pela falsa positividade e, acima de tudo, pela reafirmação de sempre sobre o meu bem-estar. Era uma linha que eu tinha que incluir para garantir que minha carta passasse pelo crivo da censura. Se não fosse pelos censores, a carta incluiria todos os detalhes do meu trabalho com a zow e nossas esperanças de que o Exército Nacional concordasse que um ataque era necessário para liberar Auschwitz.

Os formulários de correspondência não deixavam muito espaço para o texto, mas eu podia escrever uma linha mais antes de encerrar. Conforme lia minhas palavras novamente, desesperada por honestidade, pensei em meu tempo trabalhando para a resistência em Varsóvia e soube o que dizer. E, o melhor de tudo, a sra. Sienkiewicz saberia o significado daquilo.

Por favor, envie meu amor às minhas amigas, Marta e Helena.

Abraços,
Maria Florkowska

Depois de escrever minha carta para a sra. Sienkiewicz e um bilhete secreto para Mateusz, notei que duas de minhas companheiras de beliche continuavam ausentes, mas Hania voltara ao nosso bloco. A sorte nos favorecera e fomos deslocadas para as mesmas acomodações, então, naturalmente, ela era o quarto membro do meu beliche. Resmungando em checo, ela tentava secar seu uniforme enlameado e encharcado com a água da chuva. Devido às exigências de Protz, Hania e suas roupas passavam por uma limpeza completa por ocasião dos encontros, então, ela normalmente voltava extremamente limpa. No entanto, depois de caminhar pelo campo ensopado, estava tão imunda quanto eu.

— Como foi?

Hania ergueu as sobrancelhas, rindo enquanto se acomodava ao meu lado.

— Sei que você não terá dezesseis anos até fevereiro, Maria, mas já deveria saber como é isso. Se eu tiver que explicar a você...

— Eu sei muito bem o que aconteceu entre você e o Protz. Ele te ofereceu um delicioso jantar de pato assado com molho de sorva e te levou a uma ópera no *Teatr Wielki* em Varsóvia, e depois... — pausei, como se buscasse pistas em seu rosto, e então gaguejei. — Ele te beijou?

Hania colocou uma mão sobre o peito.

— Uma dama nunca conta. Mas que pena que você perdeu a ópera. Era *O Barbeiro de Sevilha* e foi maravilhosa.

Eu ri, mas não deixei de notar o triste desapego por trás de seu semblante jocoso.

— Eu estava me referindo ao que você queria falar com ele. Você falou? Ele permitiu que você visse o Izaak?

— Sim, eu pedi e ele concordou. Antes de me acompanhar de volta a Birkenau, Protz me levou para falar com ele. Tivemos apenas alguns minutos e Izaak odeia o fato de estar no campo principal e nós aqui, mas, tirando isso, ele está bem.

— Graças a Deus. Da próxima vez, diga a Izaak que eu estou com saudades dele.

Ela deu um pequeno sorriso.

— Pode deixar, *shikse*.

Embora tenha sido obrigada a fazê-lo por intermédio do Protz, ver o irmão pareceu dar a Hania um impulso mais do que necessário de confiança. Uma luz de esperança reacendera em seus olhos, extinguindo um pouco da preocupação que estivera mais presente recentemente. Apesar disso, detectei em seu semblante uma nova incerteza, por isso esperei que ela falasse.

— Maria, se eu continuar pedindo ao Protz que me deixe ver o Izaak, esse será o único acordo que ele fará. Ele não vai me dar os itens de sempre na mesma troca.

É claro que Protz havia incluído uma ressalva no acordo. Aquele *schmuck*. Hania tinha desistido de explorar os outros prisioneiros em troca de mercadorias, então Protz era o seu fornecedor principal. Perdê-lo seria um golpe pesado, e eu não sabia se poderíamos nos dar a esse luxo. Ainda assim, enquanto Hania mantinha um silêncio esperançoso, eu sabia qual seria a minha resposta à sua solicitação implícita.

— O Protz é a sua conexão com o Izaak. Você não precisa da minha permissão para escolher o seu irmão.

— Eu não queria decepcioná-la nem à resistência — disse ela, sem esconder o seu alívio. — Eu sei o quanto isso afetará os nossos recursos.

— Você e Izaak precisam um do outro, *Bubbe*. Além disso, você é a melhor tradutora em todo o campo, então, encontraremos muitas oportunidades para que você possa compensar a perda do Protz — respondi com um sorriso provocador, embora isso não eliminasse o nó em meu estômago.

Eu sabia que não poderia sugerir que ela encontrasse outra conexão com o Izaak e rompesse o acordo com Protz. Sim, ela insistiria que essa decisão não era dela e diria que tudo bem. Mas, em algumas noites, eu a encontrava deitada em nosso beliche com uma pequena garrafa vazia de vodca, geralmente roubada do quartel da SS. A noite era um refúgio seguro para segredos que espreitavam nas profundezas. Eles despertavam sem medo até que a exposição à luz da manhã forçasse uma retirada. Uma vez enterrados novamente, Hania acordava sem nenhuma lembrança de tê-los expressado, então eu os escondia em minhas próprias profundezas. As imprecações enfáticas, os sussurros frágeis, ao fim condensados em uma verdade simples: *Eu tinha que me manter viva pelos meus meninos. Mas nunca imaginei que fosse demorar tanto.*

— Quer jogar xadrez?

Sua pergunta aliviou o nó na minha garganta. Quando nos mudamos para Birkenau, levei comigo minhas peças de xadrez provisórias. Ela mal tinha terminado a pergunta e eu já estava pulando do nosso beliche. Peguei a bolsa de joias debaixo de um tijolo solto no chão, onde eu a mantinha enterrada, e comecei a montar o jogo. Eu nunca dizia não para uma partida de xadrez.

Algumas semanas depois, fui com meu *kommando* até a oficina de cestaria, para onde tinha sido transferida após a mudança para Birkenau. A brisa fresca da manhã soprou ao meu redor quando eu botei o último bilhete de Mateusz no bolso. Nossas trocas de cartas secretas se tornaram mais difíceis após a mudança, mas encontramos maneiras de manter contato. Eu não o via desde nosso primeiro encontro, mas depois da minha correspondência mais recente, esperava que isso mudasse. Eu trabalhava entre civis agora, e se pudesse convencê-lo a se juntar a mim, poderia pôr em prática a próxima fase do meu plano.

Como era de se esperar, entrei na oficina e lá estava ele.

O menino desengonçado de que me lembrava não era mais tão desengonçado, mas ainda era o mesmo, ali em pé entre os trabalhadores civis. Seus olhos azuis brilhantes examinavam os prisioneiros que chegavam. Quando recebemos ordens de tomarmos nossos lugares, corri para me sentar ao lado dele.

— Você recebeu a minha carta, Maciek — eu disse com um sorriso, e ele riu.

— Maciek? Sabe, ninguém me chama por esse apelido.

— Combina com você, e eu não tenho nem como dizer o quanto meus dias de trabalho serão melhores agora que você está aqui — falei, observando seus dedos longos e ágeis tecendo. — Seus pais não se importam que você tenha deixado os negócios da família?

— Vou ajudar quando puder, mas eles sabem que quero ir para uma universidade em vez de ser dono da padaria. Supondo que os Aliados vençam e as universidades sejam reabertas aos poloneses, posso aplicar o dinheiro que ganho aqui na minha educação.

— E ouvi dizer que fazer cestas é uma qualificação necessária para ser aceito na universidade.

Mateusz riu, depois parou de tecer por tempo suficiente para olhar para mim.

— É bom te ver, Maria.

Escondi meu sorriso e fingi concentrar-me no formato da minha cesta, embora eu mal tivesse começado a tecê-la para que isso já importasse.

— Isso não significa que você vai parar de escrever, não é?

— Nunca.

Um homem da SS passou por nós, então ficamos em silêncio. Enquanto esperávamos o guarda se afastar para que não pudesse nos ouvir, joguei um olhar de lado para Mateusz, que estava debruçado sobre o trabalho. Seus movimentos eram rápidos e hábeis, e ele não diminuiu o ritmo enquanto observava pelo canto do olho o homem da SS passar. Quando o guarda se afastou para uma distância segura, Mateusz olhou para mim. Desviei meu olhar, embora não tivesse a intenção de encará-lo, mas a vibração no meu estômago não vinha só do medo de ser pega.

Ele tinha vindo, como eu esperava que viesse, e agora era a minha chance de pedir a sua ajuda em minha missão pessoal mais importante. Eu tinha ensaiado o que dizer, mas enquanto repassava tudo de novo, ajustei a trama da minha cesta. Não importava o quanto eu tentasse, nunca a fazia do jeito certo. Depois de pronta, inclinei-me para mais perto de Mateusz. Senti uma fragrância discreta de pão fresco misturada ao cheiro de grama da sua caminhada e do sal em sua pele.

— Muitos de nós aderiram a um movimento de resistência dentro do campo, mas precisamos de informações e recursos de pessoas de fora — eu disse em voz baixa. — Você estaria disposto a ajudar?

— Claro — ele respondeu sem hesitar. — Trarei o que você precisar. Além disso, tenho amigos que trabalham para a resistência por toda a Polônia ocupada e alguns na Alemanha. Verei o que posso conseguir com eles.

Ele disse as palavras que eu rezei para que dissesse, e eu nem tinha feito a minha segunda pergunta ainda. Conexões na resistência da Alemanha. O plano seria ainda melhor do que eu esperava. Respirei lentamente para não parecer muito ansiosa.

— Algum de seus contatos está próximo de Flossenbürg?

— Na verdade, sim. Por quê?

Em vez de responder de imediato, estendi o meu braço na sua direção. Quando ele abriu a mão, depositei nela um pequeno diamante. Mateusz ficou boquiaberto, como se não estivesse certo de que era verdadeiro.

— Maria, eu não quero...

— Se não ficar com ele, os guardas vão confiscá-lo. Você fará um uso muito melhor, Maciek. Considere-o um pequeno sinal do meu agradecimento — esperei que ele pusesse o diamante no bolso e baixei a voz novamente. — Entre em contato com a resistência em Flossenbürg. Preciso de qualquer informação que você possa conseguir sobre um homem chamado Karl Fritzsch.

CAPÍTULO 22

AUSCHWITZ, 20 DE ABRIL DE 1945

SE EU NÃO EXECUTEI a sua família, você passou todos esses anos perseguindo o homem errado.

Continuamos o jogo e a afirmação de Fritzsch enche a minha mente. Apoio meus cotovelos na mesa e pressiono minhas mãos em cada lado da minha cabeça, desesperada para me concentrar no tabuleiro, mas incapaz de conseguir. Seleciono um peão, mas não presto atenção para decidir se é ou não o melhor movimento.

— Você é um mentiroso.

As palavras não são muito mais do que um sussurro, e não tenho certeza se ele pode ouvi-las por causa da chuva. Ergo minha cabeça e levanto minha voz.

— Você é um mentiroso. Tudo o que Oskar me contou sobre você é verdade.

Fritzsch tamborila os dedos na mesa enquanto examina o tabuleiro.

— Eu nunca disse que as afirmações dele eram verdadeiras. Ou que eram falsas. Eu só disse que é possível que ele tenha mentido para você.

— Mas ele não mentiu, não é?

A pergunta paira entre nós enquanto olho para ele. Minhas convicções não estão erradas, elas não podem estar erradas. Depois de um momento, Fritzsch move sua torre.

— A maioria das mulheres chorava e implorava por suas vidas e pelas vidas de seus filhos, mas não a sua mãe. Ela era calma e assertiva, só se preocupava com os filhos. Não com si mesma, não com o marido inválido, não com você. Na verdade, ela nem mencionou um terceiro filho. Apenas os pequenos. Era estranho ver uma mulher tão serena enquanto se preparava para a morte. Eu sabia que a sua calma não duraria. No final, são todas iguais.

Aí está, a confissão que busquei por todos esses anos, feita de uma maneira tão simples e pragmática que me deixou sem palavras. Fritzsch examina a rainha preta capturada e a sacode na minha direção, como se me apressasse a fazer meu movimento, mas eu não consigo pensar em xadrez. Posso imaginar a cena muito bem, Fritzsch brincando com a minha mãe tão banalmente quanto brinca com essas peças de xadrez. Ele deixou que ela tentasse argumentar, esperando que ela se dissolvesse no desespero e no medo dos quais ele se alimenta. E, quando ela fez isso, ele a renegou.

— Por quê?

É tudo que eu consigo dizer.

— Por que eu pouparia duas crianças inúteis? Eu também não sabia. Foi por isso que não as poupei.

Ele aguarda, talvez me dando um tempo para digerir as palavras, talvez esperando uma resposta, não sei. Não consigo fazer nada além de encará-lo.

— Ou você está perguntando por que eu os executei pessoalmente? Porque quando eu a encontrei na plataforma de chegada, você tinha aquela pequena peça de xadrez nas mãos, então, decidi que iria usá-la, mas você estava tão receosa sobre para onde a sua família tinha ido. Eu pensei que poderia ajudá-la a encontrá-los.

Enquanto me dou conta das implicações por trás de suas palavras, fixo o olhar sobre o meu colo, onde não vejo a saia que estou usando, mas sim aquele uniforme com listras azuis e cinza. No tabuleiro de xadrez, não vejo gotas de chuva. Vejo raios brilhantes de luz do sol poente, sinto a brisa úmida levando suas palavras aos meus ouvidos.

Espero que você tenha conseguido encontrá-los.

As imagens desaparecem, mas nada parece diferente. Continuo na praça da chamada, jogando xadrez contra Fritzsch, só nós dois, seus olhos confirmando cada suspeita.

— Você sabia quem eles eram o tempo todo.

Eu não estou mais tentando adivinhar, porque ele já eliminou qualquer dúvida. Mas eu precisava ouvi-lo dizer.

Fritzsch pega um peão e o pressiona entre seu polegar e o indicador. Gira-o lentamente antes de soltá-lo, deixando-o bater contra a mesa.

— Eu já não disse que sabia de tudo que acontecia neste campo?

A agonia em minha mente é mais intensa do que nunca. Ele sabia. Ele sabia desde o momento em que eu os encontrara na parede, ele sabia quando me obrigou a jogar xadrez em minha primeira chamada, ele sabia o tempo todo.

— Quando fui ao Bloco 11 para tentar localizá-los, havia uma família que falava alemão. Tinham pedido para ficar juntos e olhavam em volta como se algo estivesse faltando. Tive a sensação de que eram as pessoas que você estava procurando, e sua mãe confirmou as minhas suspeitas quando me abordou e começou a falar sobre os pequenos. Vocês pareciam tanto uma com a outra em seu desespero. E agora, graças a você, não tenho dúvidas de que eu estava certo.

Mesmo que ele espere que eu responda, eu não posso. Eu gostaria de nunca ter encontrado Fritzsch na plataforma de chegada naquele dia. Eu gostaria de ter ficado com a minha família...

Fritzsch se levanta e gesticula para que eu me junte a ele.

— Vamos dar um passeio até o pátio. Eu vou te mostrar exatamente como aconteceu. Nus na chuva, um único tiro em cada um desta mesma pistola que tenho aqui. Primeiro o garotinho, depois a garotinha, mas eu não estava olhando para eles. Eu estava observando os seus pais, ouvindo o som que sua mãe fazia após os filhos caírem...

Ele é interrompido por um grito, um grito sobrenatural que emula uma palavra e emerge da minha própria garganta.

— Pare!

— Isso, o som da sua mãe era praticamente como esse — Fritzsch diz com uma risada. — Não disse que vocês são todas iguais? Os pirralhos morreram rapidamente, e então apenas os seus pais sobraram, pisando no sangue deles.

O grito surge novamente e pressiono o crânio com as duas mãos para atenuar as batidas agudas dentro da minha cabeça.

— Pare, por favor, pare...

— Foi por isso que você veio, não foi? Para ouvir de mim como eu matei aqueles polacos. Ou você prefere ir ao Bloco 11 e visitar a Cela 18, onde viu o seu amigo padre morrer? — sua voz se transforma no bramido enlouquecido que conheço tão bem. Ele bate as duas mãos na mesa, sacudindo as peças no tabuleiro antes de se inclinar para mim. Eu me encolho enquanto as suas palavras me repreendem, e tudo dentro de mim gira em um frenesi caótico. — Devo continuar ou vamos dar um passeio? O que será, 16671? Vamos, me diga o que você quer.

Não tenho palavras, apesar de tudo que eu quero dizer, apesar de lutar para formular algo, qualquer coisa, mas tudo que vejo são os corpos da minha família no caminhão e a agulha perfurando o braço do Padre Kolbe. As imagens permanecem, então, eu fecho os dedos ao redor do metal duro e frio no meu bolso, ponho-me de pé e aponto a pistola para o peito de Fritzsch.

CAPÍTULO 23

BIRKENAU, 9 DE FEVEREIRO DE 1943

ACORDEI COM O SOM de vozes conhecidas, roucas e ásperas devido aos gritos constantes. As *SS-Helferin*, as guardas femininas. Quando levantei a minha cabeça — não muito alto, para não batê-la no teto —, pisquei para clarear a visão, mas a escuridão permaneceu. Estava ainda mais escuro do que o normal, muito cedo para a chamada.

— *Oy*, o que foi agora, uma seleção? — a voz de Hania ainda estava pesada de sono, nossas duas companheiras de beliche já tinham corrido para baixo. — Já não tivemos uma alguns dias atrás?

Dei de ombros e passei para ela o batom rosa-claro que eu tinha arranjado uns meses antes para trazer mais vida às nossas faces pálidas — nossa arma secreta contra as seleções. Passamos um pouco em nossos lábios e bochechas, só o suficiente para não ficar óbvio demais para as guardas (e para não desperdiçarmos recurso tão precioso), e depois espalhamos. O tom era leve e natural. Tirei o crucifixo de Irena do meu pescoço e o enfiei no bolso junto com o terço do Padre Kolbe, assegurando-me de que o botão estava fechado para que nada caísse. Assim que fiquei satisfeita, segui Hania e as outras prisioneiras para o lado de fora.

O vento cortante penetrava o meu uniforme fino e eu receava ter de tirá-lo em poucos minutos. Já era suficientemente difícil ser considerada apta para o trabalho quando o tempo estava bom, mas ficava pior em dias como este, pois tínhamos de ficar nuas na neve fresca enquanto os homens da SS nos examinavam. A menor hesitação poderia fazer com que uma *häftling* fosse enviada para a câmara de gás, onde os presos eram assassinados em massa antes de seus corpos serem cremados. A última seleção tinha decidido em favor de Hania e de mim, mas hoje era um novo dia. Nada era garantido.

— Cuidado com a Besta — sussurrou Hania enquanto caminhávamos pela neve e formávamos a fila.

A chefe do campo feminino de Birkenau, *Lagerführerin* Maria Mandel, estava com nossas guardas. Como uma piada macabra, Hania e eu a chamávamos de *A Besta* porque a vadia era cruel demais para ser humana. De alguma forma, o nome pegou. Estava por todo o campo, disseminando-se de prisioneira para prisioneira com a mesma facilidade com que as cinzas do crematório se espalhavam com a brisa. Conforme entrávamos em formação, Mandel xingava e espancava qualquer mulher ao seu alcance. Seu usual penteado apertado prendia seu cabelo longe de sua testa larga, e olhos selvagens e vermelhos jaziam sob sobrancelhas grossas. Mandel era o Fritzsch do acampamento feminino, e ela era quase tão ruim quanto ele.

Eu tomei meu lugar e examinei os rostos ao meu redor. Quando cheguei a Auschwitz, a maioria dos prisioneiros eram poloneses não judeus. Agora, as mulheres apáticas que me cercavam eram principalmente judias de toda a Europa, enviadas para cá como parte de um plano demente de se erradicar toda uma raça. Enquanto as estudava, perguntei-me para qual campo eu teria sido enviada algumas semanas antes, caso Hania não tivesse encontrado o meu número na lista de transferência. Ela subornou os prisioneiros responsáveis para removê-lo. Graças à sua posição nos escritórios da SS, ela ficava atenta às listas e garantia que nossos números e o de Izaak não fossem incluídos nas transferências.

Quando as mulheres ficaram em posição, a Besta se conteve depois de um grito final.

— *Scheisse-Juden*!

O comando chegou aos meus ouvidos mais severo e cruel do que o vento que esfolava a minha pele. Era uma seleção de judias. Ao meu lado, Hania não reagiu, mas estendi o braço para ela, de maneira lenta e cautelosa, até que nos demos as mãos. Ela acariciou as costas da minha mão com o polegar e começou a se afastar, mas eu não a soltei. Eu não podia.

Hania soltou-se e me prendeu no lugar com um olhar penetrante, e quase pude ouvi-la dizendo que eu deveria saber como funciona. Claro que eu sabia. Mas isso não tornou mais fácil vê-la seguir as mulheres judias que obedeceram em um silêncio petrificado enquanto se organizavam em uma formação separada.

Tirar a roupa, ajoelhar-se, levantar-se, deitar-se, não se mexer, de novo e de novo. Mesmo à distância, Hania parecia mais frágil do que eu me lembrava ao fazer os exercícios, embora só três dias tivessem se passado desde a chamada que, de alguma forma, se transformara em seleção. Quando o céu começou a clarear, contei as vértebras ao longo da sua coluna quando ela se deitou de bruços na neve, imóvel, e examinei os ossos salientes do quadril e das omoplatas quando ela se levantou. A maioria das prisioneiras era tão esquelética e emaciada quanto ela, debaixo daquele céu tão cinza como sua pele, mas algumas, transferências recentes, mantinham um ligeiro arredondamento, talvez até um leve rubor de saúde. O tempo ainda não tivera a chance de roubá-los.

Um sussurro insuportável invadiu meus pensamentos; quando eu o afastei, ele resistiu, exigindo ser ouvido. De repente, eu estava imune ao frio, imune a tudo, exceto ao terror absoluto que se abateu sobre mim. O sussurro perguntava se o batom seria suficiente para Hania desta vez.

Enquanto os homens da SS conduziam a seleção com Mandel, algumas das guardas femininas observavam o meu grupo. Eu estava na frente da minha fileira, então analisei as guardas perto de mim, considerando minhas opções, escolhendo meu jogo. A mais próxima de mim era jovem, talvez da idade de Hania, olhos brilhantes e atraente. Brincos de diamante brilhavam nos lóbulos de suas orelhas, pele grossa forrava suas botas, e imaginei que as unhas sob suas luvas de couro eram perfeitas e bem cuidadas.

Outra guarda patrulhava à frente, olhos estreitos e ombros rígidos, enquanto andava de um lado para o outro, batendo o seu chicote contra a coxa, como se estivesse ansiosa para usá-lo. Sua oportunidade surgiu quando uma prisioneira estremeceu. A jovem guarda era a escolha mais promissora. Tirei um item do bolso e esperei que a guarda empertigada marchasse para a frente, para longe de mim.

— *Frau Aufseherin*.

Meu sussurro a alarmou, mas, antes que ela pudesse me silenciar, notou a pulseira dourada em minha mão. Fechei-a. Uma olhada rápida bastava. Ela deu uns poucos passos graduais em minha direção e falei sem virar a cabeça.

— A prisioneira 15177 está na seleção. Ela está na fila agora, dez prisioneiras à frente. Assegure-se de que ela não seja escolhida.

A guarda fez um pequeno aceno e agarrou a pulseira da minha mão estendida. Enfiou-a no bolso e seguiu em direção aos homens que faziam a seleção. Ela foi sem pressa, como se não tivesse nenhum propósito em mente. Ela trocou olhares com vários guardas e abordou um homem da SS que cuidava de um punhado de documentos. Conforme conversavam, ela sussurrou no ouvido dele. Sua mão permaneceu no braço dele por mais tempo que o necessário e ela o deixou com um sorriso tímido antes de retornar à sua posição ao meu lado.

Quando chegou a vez de Hania, ela ficou de pé na frente do mesmo homem. Ela esticou os braços para o lado e ele moveu o polegar para a direita, poupando-a. Quando se juntou ao grupo, Hania me encontrou naquele espaço coberto de neve, provavelmente suspeitando do que eu tinha feito, e seus lábios azuis se contorceram em um leve sorriso agradecido.

— Tenho outra pulseira idêntica à primeira, *Frau Aufseherin* — sussurrei. — Se você me trouxer um pão, é sua.

— Esta noite — ela murmurou.

Ela se afastou antes que alguém nos pegasse falando.

Esbaldei-me no meu sucesso e pisquei para tirar os flocos de neve que obscureciam minha visão. Barganhar com integrantes da guarda era um risco, mas eu estava disposta a corrê-lo.

Quando a seleção foi concluída, os guardas empurraram as condenadas para um caminhão, que as arrastou para longe, para nunca mais trazê-las de volta, enquanto o restante de nós marchava para os nossos destacamentos de trabalho. Rodeada por cães ferozes, pelos guardas da SS a cavalo ou a pé e pelas outras prisioneiras, segui meu *kommando* pelo terreno congelado e coberto de neve até chegar à oficina de cestaria.

Cada dia na oficina era tão monótono quanto o anterior, embora fosse bem melhor do que o Bloco 11. Não era o pior trabalho, mas meus dedos foram feitos para o xadrez, não para trançar de maneira meticulosa. Algumas vezes, enquanto eu trabalhava, eu ficava imaginando que trançava o cabelo de Zofia nos padrões da cesta em vez de nossas tranças habituais, e as imagens mentais eram bem mais divertidas do que o trabalho.

A oficina era úmida, o ar era espesso e cheirava a humanos que não tomavam um banho de verdade sabe-se lá há quanto tempo. No outro lado da sala, Pilecki estava debruçado sobre a sua própria cesta. Ele tinha sido transferido para o *kommando* alguns dias atrás, o que tornou tudo muito mais agradável para mim. Próximo do fim do dia, posicionei-me ao lado dele. Mantivemos nossos olhares voltados para as nossas tarefas individuais enquanto eu contava sobre a seleção da manhã e a guarda disposta a negociar comigo. Ele ficou especialmente animado em ouvir que eu tinha conseguido um pão inteiro, que eu dividiria com o máximo de mulheres que pudesse. Eu reservaria uma porção maior para Hania, mas não contaria a ela que fizera um pequeno ajuste nas proporções.

— Alguma notícia do campo principal? — perguntei, quando terminei de contar.

— Nenhuma novidade sobre a guerra, mas um amigo meu escapou recentemente pelo esgoto, então, mandei um relatório com ele. Estou planejando ser transferido para o escritório de expedição em breve. Os homens da SS confiscam os pacotes enviados a prisioneiros mortos, por isso temos que interceptar essas mercadorias antes deles.

Pilecki tinha uma habilidade extraordinária de garantir para si as atribuições de trabalho mais vantajosas. Mesmo se não contasse com as suas numerosas conexões, sua inteligência e sua confiança seriam suficientes para convencer qualquer um. Ele só estava no *kommando* de cestaria porque eu trabalhava aqui e ele queria passar um tempo discutindo a resistência feminina comigo antes de ser transferido. Às vezes, eu achava que Pilecki poderia ter convencido o próprio *Kommandant* Höss a renunciar.

— Você sente falta de Varsóvia, Tomasz? — perguntei ao terminar a minha cesta.

Eu fiquei orgulhosa de mim mesma por me lembrar de usar o seu pseudônimo, embora soubesse seu nome verdadeiro. Por algum motivo, chamá-lo de Tomasz era muito mais fácil do que chamar Irena de Marta.

— Eu sinto falta da cidade e da minha família, mas não voltarei até que meu trabalho aqui esteja concluído — Pilecki inspecionou a sua cesta. — E você, Maria? Você pretende retornar a Varsóvia quando estivermos livres?

— Varsóvia é minha casa. Eu gostaria de voltar, mas, sem a minha família, não sei o que farei quando chegar lá.

— Você recomeçará a sua vida, e Auschwitz não será parte dela — ele respondeu, colocando sua cesta de lado. Então, nos separamos para evitar suspeitas.

Uma vida sem Auschwitz era o que eu tinha desejado nos últimos dois anos. Era um pensamento encorajador, mas, ao me imaginar de volta a Varsóvia, não conseguia apagar a minha família da imagem. Estávamos juntos como antes. Era um sonho maravilhoso, mas apenas isso. Era mais fácil lutar pela sobrevivência quando se fazia isso com o único objetivo de viver mais um dia, mas quando se tratava de uma nova vida em um lugar antes familiar e reconfortante, mas agora desprovido de entes queridos, de segurança, de vivacidade, do meu *lar*, parecia impossível.

O espaço que Pilecki desocupou foi rapidamente ocupado por Mateusz. Quando ele se sentou ao meu lado, fingimos não notar um ao outro, mas, enquanto ele tecia, alcançou a minha mão. Cerrei o punho em torno dos comprimidos que ele tinha me passado e os enfiei no bolso. Em troca, entreguei a ele uma safira, de um azul tão intenso quanto o dos seus olhos. Pedras preciosas valiam uma fortuna para ele; medicamentos valiam uma fortuna para mim.

— Tenho novidades — ele disse baixinho, afastando uma mecha de cabelo escuro do rosto. — Ouvi sobre aquele homem em Flossenbürg, Karl Fritzsch, junto às minhas conexões. Essa notícia ainda não é pública, mas a SS está investigando casos de corrupção interna na organização e ele é um dos principais suspeitos.

Corrupção. Que adequado.

— Você quer dizer que a SS se preocupa com esse tipo de coisa?

Fazia sentido, já que homens como Höss eram obcecados pela ordem, mas havia outros, como Fritzsch, que não tinham nenhum respeito por regras de qualquer natureza. Ainda assim, enquanto eu me concentrava na minha próxima cesta, a ideia da SS disciplinando seu próprio pessoal aqueceu um pouco minhas veias.

— Ele vai ser preso?

— Ainda não. A investigação mal começou, então ainda levará um tempo antes de tomarem alguma ação. Meus contatos vão me avisar se algo mais acontecer.

— Obrigada, Maciek. Você não sabe o quanto isso é útil.

— É útil o suficiente para você me dizer por que está tão interessada nele?

Eu deveria saber que a curiosidade de Mateusz logo seria despertada. Visualizei a crueldade de Fritzsch ao disparar a sua pistola contra a minha família, ao se preparar para outro golpe após o chicote estalar nas minhas costas, ao tensionar com os punhos cerrados a gola do meu uniforme enquanto o guarda aplicava a injeção no braço do Padre Kolbe.

— Ele foi o subcomandante de nosso campo durante um tempo — eu disse, por fim.

— Se está enfrentando uma possível acusação por corrupção, não consigo imaginar que fosse a pessoa mais apta para o trabalho. Como ele era?

Como eu poderia responder? Ele era o homem que me usou para se distrair. Ele era o homem que matou a minha família. Ele era o homem que eu tinha que encontrar.

— Ele me dava medo.

Não era uma mentira.

Mateusz parou de trabalhar e eu corrigi a minha última trama, fingindo não notar, mas ele esperou. Ergui meus olhos para ele, sempre me surpreendendo com o olhar que eu encontrava. Poucas pessoas me consideravam mais do que um número.

— O que ele fez com você, Maria?

Se você soubesse, Maciek.

— Nada — a mentira não me fez sentir culpada, embora eu soubesse que deveria. — Mas ele machucou pessoas. Tenho receio de que ele seja mandado de volta para cá, apenas isso.

Mateusz pôs a sua mão sobre a minha por um instante antes de voltar ao trabalho. Por um momento, eu fiquei muito surpresa para ouvir o que ele estava dizendo.

— Se Fritzsch for enviado de volta, vou me certificar de que você seja avisada. Tente não se preocupar.

Ele sabia tão pouco do mundo em que vivíamos. A preocupação era uma companhia constante. Na oficina, ele podia ter uma ideia de como os prisioneiros eram tratados, mas aquilo era nada frente ao que vivenciávamos diariamente. E eu não dava detalhes.

Se ele soubesse da minha história com Fritzsch ou dos meus planos para quando eu o encontrasse novamente, Mateusz não teria me ajudado. Ele teria me dito que confrontar Fritzsch era perigoso — algo que Hania diria também. Era por isso que eu não podia contar a eles. Qualquer um que soubesse da verdade tentaria interferir, e isso eu não podia permitir. Além do mais, quanto menos Mateusz soubesse, mais seguro ele ficaria.

Pilecki não retornaria a Varsóvia até que seu trabalho estivesse concluído, eu tampouco. Com a ajuda de Mateusz, eu me manteria informada a respeito de Fritzsch e, quando estivesse livre, teria minha justiça. Às vezes, meu senso de dever era a única coisa que me fazia suportar o dia. Eu voltaria a Varsóvia e viveria a vida que tinha prometido às minhas pessoas queridas que viveria.

Mas primeiro eu confrontaria Fritzsch.

CAPÍTULO 24

BIRKENAU, 26 DE ABRIL DE 1943

QUANDO A *LAGERFÜHRERIN* MANDEL anunciou que naquele dia não haveria trabalho, eu deveria ter ficado aliviada. Mas a Besta nunca trazia boas notícias. Por isso, eu provavelmente teria preferido passar por mais um dia de trabalho exaustivo a o que quer que Mandel tivesse planejado. Ao ordenar que esta *häftling* calasse a boca e que aquela *häftling* colocasse a fila no lugar, ela ia lhes desferindo dez vezes mais golpes.

Por fim, ela parou ao lado do portão e ordenou que a sua amada orquestra feminina tocasse. Aquelas prisioneiras, mulheres forçadas a lançar mão de suas habilidades para sobreviver, assim como eu fizera com o xadrez, começaram a tocar *Horst-Wessel-Lied*, e saímos em marcha ao ritmo do hino nacional nazista, enquanto as guardas o cantavam em uníssono. Graças a Deus não recebemos ordens de cantarmos também. Quando a música terminou, as guardas se voltaram para nós com xingamentos e golpes, enquanto seus pastores-alemães rosnavam e avançavam, conduzindo-nos como gado e prontos para afundar suas presas em nossa carne se assim suas condutoras ordenassem.

Uma mulher à minha frente virou-se para olhar para Mandel. Imediatamente, uma guarda arrancou-a da fila. Ela não voltaria mais. Aquelas que olhavam para a Besta nunca voltavam.

Enquanto eu marchava, inspirei a fria brisa matinal. Depois de um longo e frígido inverno, a terra começava a despertar. Em vez de enfrentar apenas neve e gelo a caminho da oficina, eu agora passava por flores silvestres na estrada e pomares e campos florescendo. A primavera me lembrava de Varsóvia, onde vendedores de rua simpáticos vendiam rosas, gerânios, crocos e papoulas, e mamãe enchia cada vaso e jarra até que nosso apartamento ficasse tão colorido e perfumado quanto um jardim.

Como botões brotando da terra na primavera, os residentes de Oświęcim ressurgiam de suas casas. Às vezes, eu ficava olhando para eles, em busca de pequenos momentos de normalidade, como se os soldados da SS nunca tivessem ocupado essa área e a vida fosse como era antes da guerra. Casais de cabelos grisalhos faziam passeios tranquilos, jovens voltavam seus rostos para o sol quente e as crianças riam enquanto corriam pelos campos abertos.

O que mais me impressionava eram as garotas da minha idade, com seus cabelos longos e vestidos esvoaçantes. Um pouco magras por causa da comida escassa, talvez com algumas rugas de preocupação em suas testas, mas podendo desfrutar de todas as alegrias que pudessem encontrar nesses tempos de guerra. Garotas que colhiam flores silvestres com amigos ou corriam para trás das árvores para roubar beijos de rapazes bonitos. Uma existência tão diferente da minha. Às vezes, eu sentia como se essas meninas não existissem. Elas eram apenas produtos da minha imaginação, um conto de fadas idílico demais para ser verdade. Elas não eram a realidade. Fome, trabalho, sofrimento e morte eram a realidade.

Então, elas desviaram os olhos quando passamos, e eu me lembrei de que suas vidas eram reais. Assim como a minha.

Era minha segunda primavera em Auschwitz. Enquanto o mundo ao meu redor fervilhava de nova vida, a minha se deteriorava. Na primavera, a ânsia por liberdade se tornava mais forte.

Por fim, chegamos ao campo principal, e elas nos conduziram para o Bloco 26, o mesmo bloco onde eu tinha sido registrada. Do lado de dentro, a câmara gigantesca já estava repleta de prisioneiros. Não via Hania, então supus que a perdera no meio da multidão. Entrei na fila, mas estava muito longe para entender o que estava acontecendo.

Depois de permanecer na fila por alguns minutos, uma voz conhecida veio de alguém atrás de mim.

— Você percebeu que os que foram transportados para cá recentemente receberam tatuagens com seus números de prisioneiro?

A dona da tatuagem esticou seu braço para mostrar a tinta gravada em sua pele.

— É isso que vão fazer conosco? — sussurrei, olhando para as bolhas de sangue misturadas com a tinta. — Doeu muito?

— Não tanto quanto isto.

Eu me virei para olhar para Hania, que estremeceu ao ver o corte recente na testa da mulher.

— Cortesia da Besta — ela disse, enquanto tirava o excesso de sangue seco da ferida. — Bem, eu devo voltar para o meu *kommando*, mas, antes de ir, o que vamos fazer no nosso dia livre do trabalho, *shikse*?

— Você vai escutar o meu iídiche? Tenho praticado.

— *Oy vey*, se eu devo, mas minha cabeça já dói o suficiente.

Apertei os olhos fingindo dar uma bronca, mas uma outra voz fez o sorriso de Hania sumir.

— Prisioneira 15177.

Por cima do ombro dela, avistei Protz parado entre as filas de prisioneiras. Hania murmurou alguma imprecação em iídiche, tão baixo que provavelmente fui a única que ouviu. Abri a boca, embora nada do que eu dissesse fosse convencê-lo a deixá-la em paz, mas um leve aceno de cabeça de Hania me fez fechá-la.

— Vamos praticar iídiche outra hora — ela sussurrou.

Ela fechou os olhos e respirou fundo, depois endireitou os ombros e seguiu com Protz para fora do bloco. Depois que Hania foi embora, engoli o nó na garganta e encarei a fila.

As horas se passaram até que finalmente chegou a minha vez. O tatuador colocou meu antebraço esquerdo em cima da mesa. Quando a agulha picou minha pele, eu automaticamente quis me afastar, mas ele me segurou firme, com um breve olhar de desculpas. Os guardas ficavam por perto e eu não tinha escolha além de obedecer, por isso juntei meus dentes e tentei ficar parada enquanto o prisioneiro trabalhava. A ponta afiada da agulha injetava uma tinta preta-azulada na minha pele e eu observava em silêncio. Pior do que a dor era saber que aquilo ficaria para sempre.

Quando o processo foi finalizado, o número 16671 estava marcado na minha pele, em perfeito alinhamento com as cinco cicatrizes das queimaduras de cigarro. Para sempre.

Seguindo ordens, saí do Bloco 26 para esperar pelas outras mulheres antes de voltarmos a Birkenau. Enquanto eu me preocupava se Protz já havia liberado Hania ou não, o movimento perto do Bloco 20, um dos blocos hospitalares, chamou minha atenção. Pilecki acenou das sombras do prédio. Depois de me certificar de que nenhum guarda estava olhando, corri para encontrá-lo.

— É hora de terminar meu relatório e falar com o Exército Nacional sobre o ataque — disse ele quando o alcancei. — Eu estou saindo hoje à noite.

— Você vai fugir?

— Pela padaria da cidade durante o meu turno noturno. Internei-me no hospital alguns dias atrás e recebi alta informalmente hoje. As pessoas no meu bloco acham que ainda estou doente, mas mudei para o *kommando* da padaria e me reportei ao Bloco 15 em vez do meu — ele abriu um sorriso astuto.

— Se você tiver algum problema na padaria, o filho do dono é meu amigo, Mateusz. Eles estão do nosso lado — o grito distante de um guarda chegou aos meus ouvidos, então fui mais para dentro das sombras para evitar ser detectada antes de continuar. — E diga ao Exército Nacional que, quando a hora de lutar chegar, estaremos prontos.

Se Pilecki conseguisse falar com o Exército Nacional, a batalha que estávamos prevendo por tanto tempo se tornaria uma possibilidade real. A ideia mexeu com algo dentro de mim, algo poderoso e incontrolável, e eu permiti que se expandisse até me preencher por completo.

Logo eu estaria livre. E, quando estivesse livre, seguiria para Flossenbürg.

Na oficina, na manhã seguinte, meus pensamentos a respeito da liberdade de Pilecki trouxeram esperanças de que logo eu teria a minha, mas não me apegaria muito a isso agora. Minha realidade atual era muito diferente e distorcer minha percepção dela poderia ser perigoso. Um lampejo de esperança, por outro lado, às vezes significava a diferença entre a vida e a morte. Encontrar o equilíbrio certo era delicado.

Quando Mateusz se sentou ao meu lado, inclinei-me para o mais perto dele que ousei.

— Ele saiu? — perguntei, antes que ele pudesse falar.

— Você quer dizer os três homens que escaparam da padaria na noite passada?

— Eles conseguiram?

Ele acenou com a cabeça enquanto seus dedos voavam sobre sua cesta, tramando com muito mais habilidade do que eu jamais poderia. Ao contrário de mim, ele fazia o trabalho meticuloso com uma habilidade excepcional.

— A propósito, a investigação contra Fritzsch está avançando e meus contatos acham que ele será preso nos próximos meses. Caso ele seja condenado, você não terá mais que se preocupar com ele voltando para Auschwitz, Maria.

Boas notícias, mas também ruins. Fritzsch merecia coisa muito pior, mas se ele fosse preso seria difícil para mim confrontá-lo. Não havia sentido em me preocupar com isso ainda. Pelo bem de Mateusz, abri um sorriso aliviado. Que ele não devolveu quando fez uma pausa no trabalho.

— Meus pais têm amigos em Pszczyna e há no hospital uma posição disponível — ele pausou para pigarrear, depois passou a mão no queixo. — Já que eu tenho considerado a área médica se for para a universidade, sinto que deveria...

— É uma oportunidade maravilhosa.

Forçar as palavras era difícil; forçar um sorriso, mais ainda. Ele tinha se tornado uma constante para mim, uma ligação com a vida que eu poderia ter tido, com a garota que eu poderia ter sido. Eu não podia suportar ouvir mais, então, interrompê-lo com uma alegria fingida era minha única opção.

— É claro que você deve ir. Estou muito feliz por você, Maciek.

— Não é longe, prometo que manterei contato. Especialmente se eu ficar sabendo de mais alguma coisa.

Ele olhou como se quisesse dizer mais, mas se concentrou novamente em seu trabalho. Eu fiz o mesmo, distraindo-me das ondas de decepção e pânico. Eu não queria que ele fosse. Tinha desenvolvido um carinho pelo garoto estúpido que me fizera ganhar um olho roxo, e eu perderia muito mais do que a sua companhia. Eu estava perdendo um amigo, uma fonte de mercadorias e a única ajuda em minha missão contra o Fritzsch.

CAPÍTULO 25

AUSCHWITZ, 20 DE ABRIL DE 1945

QUANDO A ONDA DE raiva me força a ficar de pé, minha cadeira bate no chão. Mas Fritzsch não se abala quando pego a minha pistola. Ele se acalma imediatamente, levantando uma sobrancelha, e sua mão se move em direção à sua própria arma.

— Não faça isso.

Ele coloca a mão na arma, mas não saca. Ele espera, como se me desafiasse a puxar o gatilho, depois senta-se, entrelaça os dedos e apoia os cotovelos na mesa.

— Isso significa que você desiste?

Sua petulância reacende a minha raiva, embora ela nunca tenha se apagado. Todo esse tempo, a dor e a raiva iam e vinham; agora, elas percorrem o meu corpo, manifestando-se em cada palavra e ação, em cada pontada na minha cabeça e em cada vibração da minha voz.

— Pare de falar.

— Você é quem estava fazendo um escândalo sobre a sua família. E agora isto — ele aponta para a arma antes de tirar água da chuva de sua manga. — Sente-se e cale a boca. Se você se distrair, você fica desatenta, e seria uma pena se você não jogasse o seu melhor.

— Eu disse para parar de falar — seguro a pistola com as duas mãos, esperando, assim, firmar a mira. — Coloque a sua arma no chão.

Fritzsch dá um suspiro e esfrega sua têmpora.

— Podemos terminar o jogo? É a sua vez.

Mantendo meu olhar sobre ele, tiro uma mão da pistola e apanho uma torre. Eu me lembro de cada jogada que fizemos e de cada posição no tabuleiro, não preciso olhar para ele para saber qual será o meu próximo movimento.

Xeque.

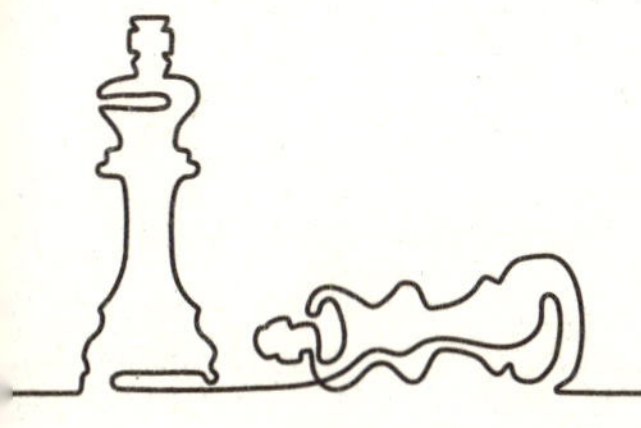

CAPÍTULO 26

Birkenau, 20 de setembro de 1944

Na maioria dos dias, eu me sentia como se tivesse vivido mil vidas no campo. Em outros, era como se a minha vida estivesse de alguma forma congelada no tempo, e se eu pudesse emergir além das cercas de arame farpado, talvez voltasse a ser aquela garota de catorze anos com uma família amorosa em Varsóvia e que sonhava em vencer campeonatos de xadrez.

No outono de 1944, meu aniversário de dezoito anos se aproximava; uma percepção incomum e estranha, já que cada ano que passava não parecia diferente do anterior. Se não fosse pela guerra, eu estaria me preparando para frequentar uma universidade, e talvez estudasse contabilidade, como o meu pai, ou serviço social, como a minha mãe. Meus irmãos seriam adolescentes desajeitados a essa altura e nós já teríamos começado a provocar os meus pais por causa das mechas grisalhas aparecendo em seus cabelos. Teria feito amigos em cafés e participado de noites românticas no balé com um belo rapaz ao meu lado. Eu teria sido uma mulher jovem, em todos os sentidos. Em vez disso, minha história era diferente.

Ao deixar meu bloco em uma manhã de setembro e ajustar o lenço na cabeça, avistei uma judia parada do lado de fora do prédio. Depois de me certificar de que os guardas não estavam olhando, corri para encontrá-la.

— Sabe, Maria, se algum dia você quiser se transferir de volta para a Fábrica de Munições da União, podemos providenciar isso — disse ela como forma de saudação.

— São vocês que estão contrabandeando a pólvora, não eu — respondi com um sorriso. — Tudo o que fiz foi trabalhar lá por um tempo para dar o meu apoio.

— E agradecemos, porque precisamos daqueles que a escondem no campo tanto quanto precisamos de contrabandistas. Mas, agora, em vez de trazer uma cápsula para você, eu trouxe isto.

Ela colocou um pedacinho de papel na minha mão, em seguida nos separamos.

Enquanto eu seguia o *kommando* da cozinha até a minha turma de trabalho, agarrei-me ao bilhete, certa de que sabia quem o tinha enviado. Quando os guardas se distraíram, dei uma olhada no papel, que continha três palavras mal rabiscadas.

Linhas de frente.

Olhei a data, Mateusz tinha escrito a nota alguns meses antes. Isso significava que tinha sido difícil fazê-la chegar a mim. Pszczyna não era longe, mas ele só enviava ou recebia cartas quando visitava a padaria de seus pais, então, nossa troca de correspondência não era frequente. Embora ele não fornecesse muitas informações quando trabalhávamos juntos, sua presença era um conforto, e eu sabia que ele repassaria as mensagens assim que as recebesse.

Fechei a mão em torno do papel e o enfiei no bolso. Qualquer outra pessoa teria ficado animada ao saber que Fritzsch tinha sido enviado para a linha de frente. Eu não. Se ele tivesse sido preso, entrar em contato com ele seria difícil, mas não impossível. Ele estaria sempre em um mesmo lugar. Agora, sua localização passaria por mudanças constantes, e meu plano de ir a Flossenbürg depois da libertação estava arruinado.

Fritzsch não poderia morrer em batalha. Não antes que eu falasse com ele.

Quando chegamos à cozinha, me posicionei na pia para me preparar para a lavagem de pratos, minha tarefa habitual de todas as manhãs. Mergulhei meus braços na água quente com sabão, lavando as conchas e grandes caldeirões que serviam a nossa sopa minguada. Se eu bloqueasse os xingamentos dos supervisores e suas ordens para trabalharmos mais rápido, eu poderia quase imaginar que estava lavando louça em casa.

Eu esfregava vigorosamente um caldeirão quando uma mão firme agarrou a gola do meu uniforme e me puxou para trás. Às vezes, nem mesmo os meus melhores esforços eram suficientes para me livrar da ira de uma guarda. Senti-me tensa e ofegante, e uma voz desdenhosa encontrou os meus ouvidos.

— Você não está trabalhando duro.

Quando ela me soltou, eu não me virei, mas algo em sua voz atiçou a minha curiosidade. Soava familiar. Talvez já tivesse gritado comigo antes. Os insultos, xingamentos e ofensas vinham de tantas pessoas que eles começavam a se misturar.

Um empurrão em meu ombro indicava que a guarda não tinha terminado comigo.

— Vadia estúpida, olhe para mim enquanto eu falo com você.

Secando minhas mãos em um pano de prato sujo, obedeci, e a visão que surgiu à minha frente me fez agarrar o balcão para me apoiar.

Era uma guarda da SS que eu ainda não conhecia e que se parecia incrivelmente com Irena Sienkiewicz. Se Irena tivesse vivido até o seu vigésimo aniversário, teria ficado parecida com essa mulher: quase vinte anos, a estrutura alta e magra de Irena, feições angulosas e olhos brilhantes, mas com arianos cabelos loiros sob o quepe. Se eu não soubesse...

Pare, é impossível, disse a mim mesma. *Irena está morta. Alvejada por um tiro e morta há dois anos junto com seu filho ainda não nascido.*

A voz da mulher soava familiar porque também se parecia com voz a de Irena. Uma guarda nova que se parecia com a minha amiga na aparência e na fala. Que ironia cruel. Um lembrete diário da minha dor.

— Você tem alguma coisa a dizer em sua porra de defesa?

A guarda tinha o linguajar de Irena também.

Olhei em seus olhos e encontrei algo por trás da crueldade, algo que eu não conseguia identificar, mas deixei para lá. Era tudo coisa da minha cabeça. Essa mulher era minha inimiga, não minha amiga morta.

— Perdoe-me, *Frau Aufseherin* — murmurei, voltando-me para o caldeirão, que continuei a lavar.

Ela agarrou o meu ombro e me virou novamente. Parecia que eu estava fazendo tudo errado para essa guarda.

— Eu disse que tinha terminado com você? — ela perguntou.

— Não, *Frau*...

— Cale a porra da boca! Porra, 16671.

E foi então que eu percebi.

Era Irena.

Não era, não podia ser, mas quanto mais eu dizia a mim mesma que estava errada, mais cada juízo, senso e fibra de meu ser me diziam que eu estava certa. Irena tinha sobrevivido. Eu não sabia como, mas eu não me importava, porque ela estava viva e disfarçada de guarda do campo. Olhei em seus olhos novamente e identifiquei o que não tinha sido capaz de identificar antes: sua irritação por eu não tê-la reconhecido, que agora dava lugar à satisfação.

Ambas sabíamos exatamente o que precisava ser feito.

— Você não está liberada até que eu diga, está claro? — perguntou Irena.

— Está claro, *Frau Aufseherin*, e agradeço se puder gentilmente me liberar, porque tenho trabalho a fazer — respondi, certificando-me de que falei alto o suficiente para que minha kapo ouvisse.

Imediatamente, Irena agarrou o meu braço, praguejando alguma coisa sobre me dar uma lição e sobre a minha audácia, e saímos com ela me empurrando e passando por minha kapo, que correu para fora do caminho. Eu caminhava aos tropeços do lado dela, atordoada demais para compreender para onde ela estava me levando, porém, quando passamos por um portão e um pátio conhecidos, deduzi o nosso destino. Bloco 25. Mais cedo, tinha entreouvido uma guarda dizendo que o Bloco 25 havia sido esvaziado, então, Irena devia saber da mesma coisa.

Lá dentro, os beliches estavam desocupados, mas Irena continuou me segurando com firmeza enquanto olhava ao redor. Quando ficou satisfeita, soltou-me, e eu não podia acreditar.

— Levou bastante tempo para você me reconhecer — disse ela, parecendo indiferente à minha incredulidade.

— Como? — sussurrei. — Eu ouvi os tiros.

— Devem ter sido para outra pessoa. Depois que me despedi de você, fui para o pátio, onde um guarda disse que tinha recebido ordens para me levar a outro lugar para a execução. Ele me levou para um depósito, me deu roupas civis, me colocou em um carro e me levou para fora do campo. A resistência polonesa informara aos seus contatos dentro do campo que eu estava vindo, então eles o subornaram para me salvar.

Quando Irena mencionou a resistência do campo, meu coração se encheu de gratidão. Pilecki. A sua organização tinha salvado a vida dela.

Irena ajustou suas luvas pretas de couro e ergueu seu olhar para encontrar o meu.

— Depois que descobrimos que a sua família tinha sido pega, mamãe e eu passamos semanas tentando descobrir como subornar um guarda de Pawiak para libertar todos vocês. Quando encontramos alguém disposto a ajudar, ele disse que vocês haviam sido transferidos. Pensamos que vocês tinham sido levados a algum lugar e assassinados, senão teríamos continuado a procurar — ela fez uma pausa e inspirou. — Quando o guarda me tirou da parede de execução e disse que eu seria liberada, eu implorei a ele para voltar por você, mas ele disse que não era parte do plano e que, se eu não saísse imediatamente, ele atiraria em mim, e eu...

Ela deixou sua voz sumir, mas envolveu sua barriga com um braço. Eu podia imaginá-la tão redonda quanto em nosso último encontro.

— Seu bebê? — murmurei.

Essas palavras trouxeram um sorriso amável aos lábios de Irena.

— Helena é uma menina feliz e saudável de dois anos de idade. Depois que ela nasceu, falamos com os nossos contatos na resistência alemã e eles me ensinaram o que tinha de fazer para me disfarçar de guarda. Eu aprendi todas as merdas nazistas de que precisava saber, consegui os documentos certos, aperfeiçoei meu alemão, pintei meu cabelo e vesti esse maldito uniforme. Como você contou sobre a minha morte para a mamãe e manteve contato com ela, eu sabia que você ainda estava viva, mas achei que seria mais seguro se você não soubesse que eu tinha sobrevivido. Quando fui em uma organização nazista feminina para me voluntariar para trabalhar no campo, nossos contatos e alguns subornos benfeitos garantiram que eu fosse mandada para cá. Agora, aqui estou: Frieda Lichtenberg, filha de trabalhadores de uma fazenda leiteira em Wrechen, com alguns anos de educação primária, membro incondicional da *Bund Deutscher Mädel*, *Aufseherin* de Auschwitz-Birkenau.

Meses de estudo e preparação para se infiltrar nas *SS-Helferin* como uma mulher criada no Terceiro Reich, e de alguma maneira ela conseguiu. Meu cérebro parecia se arrastar por um lamaçal.

— Se você sobreviveu e escapou, por que voltou?

— Por que diabos você acha? Porque vou tirá-la daqui, sua idiota.

É claro, era por isso que ela tinha voltado, mas eu mal conseguia acreditar no que tinha ouvido. Ela voltou para salvar a minha vida. Para me dar uma chance de ser libertada. *Liberdade.* Um anseio repentino e feroz me encheu até as profundezas do meu ser, mas eu balancei minha cabeça em recusa.

— Não, você tem que sair antes que eles descubram, voltar para sua mãe e para sua filha. Eu não vou deixar que você arrisque a sua vida...

— Você não tem escolha, porque eu já estou aqui e não há nada que você possa fazer para eu mudar de ideia. Ainda mais depois de toda aquela merda por que passei para entrar aqui. Mas, falando na minha família, preciso que você me prometa algo.

Abri minha boca para perguntar o que era, mas o olhar no rosto de Irena fez com que a pergunta parasse em minha garganta. Um terror intenso se formou no fundo do meu estômago e eu queria implorar a ela que ficasse em silêncio. Falar sobre o assunto o tornava real.

— Mamãe e Helena estão hospedadas no orfanato da Madre Matylda, em Ostrówek — disse Irena. — Nossos contatos do Exército Nacional queriam que mamãe ficasse em Varsóvia para ajudar com o levante que estava sendo planejado, mas concordamos que sair era necessário para proteger Helena. Elas saíram uma semana antes do início do levante, graças a Deus. Depois do que aqueles desgraçados nazistas fizeram no distrito de Mokotów, eu não tenho dúvidas do que teria acontecido com uma mulher de meia-idade e uma criança. Agora você sabe onde encontrá-las se for necessário, o que me leva à promessa que mencionei — nesse instante, sua voz falhou, então, ela parou por um momento. — Se eu for descoberta, você contará à minha mãe. Você cuidará dela. E adotará a minha filha.

Eu reconhecia as implicações por trás daquelas palavras, mas dizer sim era admitir uma possibilidade muito devastadora e balancei a cabeça.

— Eu não posso...

— Porra, Maria, não discuta comigo sobre isso.

Irena caiu em um silêncio expectante. Claro que eu faria o que ela tinha pedido, mas não confiava em mim mesma para dizê-lo, então só baixei a cabeça para assentir. De repente, meu peito doeu como no dia do vagão-restaurante com meu pai, ele balançando a cabeça enquanto me tranquilizava após eu pedir desculpas pelo que havia causado, embora nenhum de nós soubesse a extensão do dano ainda. Apesar de obter consolo constante do Padre Kolbe, e depois do seu terço, e de decidir lutar por minha vida, nada poderia apagar a verdade: meu fracasso tinha levado à morte da minha família. Agora, uma das minhas amigas mais queridas estava aqui por mim. Outra vida que possivelmente seria perdida por minha causa.

Eu estava vagamente ciente de que ela estava dizendo algo sobre me trazer comida mais tarde e me levar escondida de volta para o meu bloco, até que ela foi para a porta. Quando se virou, agarrei seu braço.

— Escute. Você não pode fazer isso, Irena. Já perdi todos que amo e não vou perder você também. Não pela segunda vez.

Havia uma quantidade incomum de emoção no seu olhar resiliente, mas, quando ela falou, sua voz permanecia serena e inabalável.

— Então, é melhor garantirmos que vamos sair nós duas vivas daqui.

Eu sonhava com a liberdade há tanto tempo. Prometi a mim mesma que a conseguiria; eu vivi e lutei por isso, por mim, minha família e pelo Padre Kolbe, mas agora ousava acreditar que poderia acontecer. Uma coisa desceu pela minha bochecha e eu a toquei. Uma única lágrima. Fixei meu olhar na umidade na ponta do meu dedo sujo. Minha unha estava rachada e quebrada, a pele cortada e com calos, cada ruga e cada fissura coberta de sujeira, e ainda assim lá estava, a primeira gota em anos, parada sobre a imundície, transparente e limpa.

— Meu Senhor.

Eu não tinha me dado conta da saudade que estava de ouvir a reclamação preferida de Irena e ri, tentando segurar as lágrimas.

— Desculpe, mas não sei o que dizer.

— Você deveria temer pelo seu azar, isso sim, porque Frieda Lichtenberg acaba de fazer da Prisioneira 16671 o seu alvo principal. E Frieda é uma megera de verdade.

Incapaz de falar, eu a puxei para um abraço apertado e ela envolveu minha forma emaciada em seus braços. Levei apenas um momento para me lembrar de que eu estava imunda, coberta de piolhos, pulgas e sabe-se lá Deus mais o quê. Eu a soltei rapidamente e afastei-me.

Irena certamente entendeu por que eu estava hesitante. Mas ela me levou de volta a seus braços.

Era a primeira vez em dois anos que eu abraçava alguém que não fosse Hania. A última vez também tinha sido Irena. Um pouco antes do que seria sua execução.

Meu corpo estava faminto, mas minha alma, ainda mais. Faminta de bondade, compaixão, amor, de tudo que eu costumava subestimar. A fome física nunca deixava de me atormentar, mas a fome por afeição humana era uma dor aguda que perfurava as profundezas do meu ser. Um simples gesto foi o suficiente para aliviar a agonia. E neste momento, neste único momento, a fome dentro da minha alma foi saciada.

Nenhuma prisioneira foi transferida para o Bloco 25 durante o dia todo, então passei o meu tempo sozinha, tentando compreender o que tinha acontecido. Irena estava viva. Ela tinha uma filha. E estava arriscando tudo para me ajudar a escapar.

Ela trouxe um pouco de pão e salsicha na hora do almoço, comida do estoque da SS, uma iguaria rara, mas não se demorou. Vê-la pela segunda vez bastou para me lembrar de que os acontecimentos do dia tinham sido reais.

Quando o dia de trabalho acabou, me sentei em um beliche e olhei pelas barras na janela, observando as mulheres voltarem ao campo. Fiquei lá até a porta ser aberta com força, então me virei de barriga para baixo, rezando para que não me detectassem.

— Maria? Maria, onde está você? Primeiro, Izaak foi transferido para o *Sonderkommando*, agora isso...

Ao escutar o sussurro conhecido e agitado, ergui minha cabeça para que Hania me notasse e um alívio dominou o seu rosto.

— *Oy gevalt*, *shikse*, eu estava tão preocupada. Vim assim que soube.

— Izaak foi transferido para o *Sonderkommando*? — perguntei quando ela se aproximou.

Hania assentiu com a cabeça.

— Eu estava no escritório central e vi o registro de trabalho dos prisioneiros que foram transferidos para o Crematório II, e o número dele estava entre eles. Ah, e estas são para você.

Abri a mão, imaginando o que ela tinha trazido. Ela tirou duas pequenas cápsulas de pólvora da boca, contrabandeadas por outros membros da resistência que as conseguiram das mulheres que trabalhavam na fábrica de munições. Eu as entregaria para a mulher que trabalhava no depósito de roupas, outra pessoa em nossa longa e complexa cadeia. Quando o momento de lutar chegasse, estaríamos prontos.

Eu fiz uma careta quando ela colocou as cápsulas úmidas na palma da minha mão.

— Eu sempre gosto quando você as leva na boca.

— Existem lugares piores — um sorriso provocador acompanhou as suas palavras, mas logo desapareceu. — Aqui estamos nós falando sem parar, mas não temos tempo a perder. Eu vou tirar você daqui, prometo...

A porta se abriu, interrompendo as suas palavras. De sobressalto, ela se virou em direção ao som e Irena cruzou a soleira.

Imediatamente, Hania postou-se à minha frente. Ela ia tentar negociar, como qualquer prisioneiro faria em uma situação desesperada como esta. Sobreviver neste lugar significava depender do que os outros estavam dispostos a oferecer em troca. Um prisioneiro talvez oferecesse cigarros em troca dos remédios de outro. Um kapo podia dar um pedaço de pão a mais para uma mulher em troca de um favorzinho rápido — daqueles que ocorriam atrás dos blocos ou nos dormitórios escuros após o toque de recolher. Quanto às negociações com os guardas, até mesmo um pedido para se poupar uma vida podia ser satisfeito se o preço certo fosse pago.

Eu não tive tempo de dizer a Hania que não seria preciso negociar desta vez. Ela já tinha começado a falar, sua voz carregada de confiança e determinação, o mesmo tom que ela sempre adotava nessas ocasiões.

— *Frau Aufseherin*, em troca da libertação desta prisioneira, eu...

Então, sua voz falhou. Sua determinação parecia ter desaparecido de repente, como se ela tivesse se dado conta de que a oferta em que havia pensado não poderia ser feita. O silêncio dominou o ambiente, entrecortado apenas pelos gritos distantes de um guarda, e ela apenas soltou um sussurro trêmulo:

— Por favor...

Irena parecia muito desconcertada para responder, então, eu engoli o nó repentino que subira à minha garganta e pousei uma mão sobre o antebraço de Haina. Ela olhou para mim, os olhos enegrecidos de medo e desespero, incapazes de lidar com os dois golpes devastadores que ela tinha acabado de receber: a transferência do irmão e o meu suposto encarceramento. Com um sorriso, dei-lhe um apertão de cumplicidade e movi-me adiante para me dirigir a Irena.

— Podemos confiar em Hania.

Hania me virou para encará-la.

— Você conhece uma guarda que trabalha para os dois lados?

— Não exatamente — eu disse, com uma risada. — Essa é a Irena.

Ela me olhou como se eu tivesse enlouquecido completamente.

— Sua amiga morta?

— Pois é, sou uma porra de um fantasma. Podemos ir?

Irena se dirigiu à porta. Quando tentei segui-la, Hania agarrou meu antebraço.

— Passaram-se três anos desde que vocês trabalharam juntas — ela disse, com a voz baixa e o olhar desconfiado para as costas de Irena. — Ela vem para cá como se fosse morrer pela resistência, e então retorna como parte das *SS-Helferin*?

Antes que eu pudesse explicar ou contestar suas preocupações, Irena parou subitamente perto da janela.

— Merda.

Algumas guardas cruzavam o pátio com um grupo de prisioneiras, mulheres que permaneceriam no Bloco 25 até que fossem enviadas às câmaras de gás. Se Hania e eu não tivéssemos uma razão convincente para sair, seríamos colocadas com elas. Apesar do perigo iminente, uma velha e conhecida empolgação pulsava dentro de mim, e me imaginei caminhando pelas ruas de Varsóvia com Irena. Duas garotas da resistência mais espertas do que os nazistas. Estava na hora de sermos aquelas garotas novamente.

Quando Irena se virou para mim, dei um sorriso.

— Está pronta, Frieda?

Hania parecia estar mais confusa que nunca.

— Frieda?

— Explico depois. Por enquanto, você é minha intérprete.

— Você não precisa de uma...

— Você tem alguma desculpa melhor para explicar por que está aqui? Apenas siga as minhas deixas, *Bubbe*.

Mas Hania parecia pensar que a traição que temia havia começado, que Irena nos deixaria com as condenadas e sairia com suas colegas da SS. Ela estava errada, eu sabia que estava; eu precisava que ela confiasse em mim o suficiente para deixar que Irena provasse isso.

A porta se abriu com um rangido e as guardas conduziram as mulheres semimortas para dentro. Algumas estavam tão fracas e doentes que se apoiavam pesadamente umas nas outras enquanto se arrastavam em direção aos beliches; outras imploravam por suas vidas, insistindo que continuavam aptas para o trabalho. Uma guarda olhou para Irena e abriu a boca, mas já estávamos conversando.

— Eu queria descansar um pouco, *Frau Aufseherin* — falei em polonês. — Perdi a noção do tempo, mas pretendia voltar ao trabalho, eu juro.

Virei-me para Hania, que ficou tensa.

— Por favor, diga a ela.

Silêncio. As guardas esperaram, e quando todos os olhos se viraram para nós, os de Hania se esbugalharam com um terror renovado. Eu repeti o que tinha dito em polonês, implorando a ela para traduzir, implorando em silêncio para que ela participasse. Sem ela, nosso plano era inútil.

— E então? — Irena perguntou em alemão. — O que essa polaca tá tagarelando? Rápido, judia estúpida.

Hania engoliu em seco, desta vez olhando para mim com um pouco mais de confiança antes de responder em alemão.

— Ela jura que veio pra cá para descansar e pretendia voltar ao trabalho. Ela não percebeu que já estava tão tarde.

— Eu sabia que ela não estava doente — Irena disse, em tom de zombaria. Ela agarrou a gola do meu uniforme, então choraminguei, como seria de se esperar. — Você se acha tão inteligente, se escondendo em um bloco vazio para evitar suas tarefas de trabalho, não é? Se você tentar isso novamente, farei com que seja transferida ao Bloco 25 pra valer.

Ela não esperou Hania traduzir antes de nos empurrar para a porta. Ela passou dando ombradas nas guardas e prisioneiras, não dando a ninguém a oportunidade de questioná-la, e nos arrastou pelo pátio. Atravessamos rapidamente, passamos pelo portão e continuamos sem sermos perturbadas.

Depois do jantar, Hania e eu fomos até as latrinas para que pudéssemos conversar com privacidade. Quando expliquei tudo a ela, terminei lhe falando da minha decisão: eu não podia deixar Irena tentar me levar às escondidas.

— Eles não aplicam mais castigos coletivos depois que algum prisioneiro foge — disse Hania. — Você não tem nada a perder.

— Exceto as nossas vidas se formos pegas.

— Irena está aqui disfarçada e, quer você fique quer não, também pode ser descoberta.

— É por isso que ela precisa ir embora.

— Ela voltou por você, Maria. Ela deixou a filha e veio arriscar a vida para salvar a sua. Ela não sairá até que você saia. Não a deixe longe da filha por mais tempo do que o necessário — eu não deixei de notar o brilho em seus olhos.

Depois que Irena nos tirou do Bloco 25, eu estava certa de que nossa atuação conjunta provara que suas intenções eram honrosas, mas, assim que chegamos ao nosso bloco, Hania parou na porta e se virou para ela. Minha certeza sumiu, e comecei a me preparar para apaziguá-las se uma discussão ocorresse. Mais guardas estavam passando, e certamente ouviriam nossa conversa caso se aproximassem. Segurei o braço de Hania, mas ela já estava falando muito intensamente para notar. A voz era baixa, mas o tom era de urgência.

— Meus filhos. Em Varsóvia. Há alguns anos, Maria disse que você e sua...

Eu segurei o braço dela com mais força, enquanto meu olhar se voltava para as guardas novamente. Embora Hania não tenha percebido meu aviso, Irena percebeu. Ela agarrou a gola do uniforme de Hania, interrompendo-a e puxando-a para perto.

— Minha mãe tem as informações de cada criança que foi realocada — ela disse, quase em um sussurro. — Eu vou falar com ela quando estivermos em segurança. Eu prometo. Fui clara? — ela completou com a voz mais elevada, como se tivesse concluído uma ameaça.

Quando o grupo de guardas passou, Hania baixou a cabeça em um aceno obediente, embora seus olhos brilhassem. Irena assentiu levemente de volta, e depois nos enfiou no bloco, não sem antes notar meu sorriso tímido.

Eu queria que Irena e Hania estivessem seguras, reunidas com seus filhos. Certamente não demoraria para que desenvolvêssemos um plano, para que pudéssemos minimizar o tempo que Irena teria que ficar em uma posição tão perigosa. Em relação a mim, eu faria tudo que fosse possível. A única forma de obter justiça para minha família era sair deste lugar. A liberdade valia o risco.

Soltei minha respiração devagar.

— Se você está disposta, eu também estou.

— Eu? — perguntou Hania com uma risada. — O que minha disposição tem a ver com qualquer coisa?

A confusão genuína em seu rosto era desconcertante.

— Você virá conosco — respondi. — Você e Izaak.

Ela não reagiu por um momento, como se não tivesse certeza de ter entendido, então deu alguns passos para trás e passou a mão no lenço em sua cabeça. Por fim, ela suspirou e se virou para mim.

— Os trabalhadores do *Sonderkommando* são proibidos de ver quaisquer outras pessoas. Você sabe disso. O Protz conseguiu fazer com que eu burlasse essa regra hoje, mas já que eu não posso fazer com que nenhum trabalhador do *Sonderkommando* seja transferido, ele continua a ser o meu único meio de contato com o Izaak. E temos que falar através da cerca. Seria impossível para ele escapar.

— Não, não seria, porque a Irena pode entrar em contato com ele.

— As chances de quatro pessoas escaparem com sucesso não são boas.

Eu não entendia por que ela estava complicando tanto o plano, mas me rendi com um suspiro irritado.

— Tudo bem, então. Vamos esperar até que o Exército Nacional ataque e aí nos rebelamos. Há relatos de que o Exército Vermelho está avançando, então não levará muito tempo até que...

— Não há tempo a perder. Quando Izaak e eu estivermos livres, nos encontraremos em Varsóvia para que possamos encontrar os meus filhos, mas você e Irena têm que sair assim que o plano estiver pronto.

Desta vez, era eu quem não tinha certeza de tê-la ouvido corretamente. Depois de um momento, balancei a minha cabeça em total recusa.

— Eu não vou se você não vier comigo. Eu não vou deixá-la aqui, Hania.

— Chega, Maria.

A luz fraca do entardecer deslizou pelas ripas de madeira e se espalhou pelo chão e pelos bancos de concreto enquanto nos olhávamos em silêncio. Tínhamos a tendência de fazer com que essas reuniões privadas fossem breves devido ao fedor sufocante das latrinas; desta vez, nem eu nem Hania nos rendemos a ele.

Um choro repentino irrompeu em mim como há muito não acontecia. Diminuí a distância entre nós e passei meus braços ao redor dela. Como se apenas um abraço pudesse impedir que nos separássemos. A libertação me chamava e a tentação era muito forte. Uma vez livre, eu poderia encontrar uma maneira de entrar em contato com Fritzsch nas linhas de frente. Uma vez livre, eu poderia confrontá-lo.

A oportunidade de seguir em frente com os meus planos era a mais tentadora de todas.

Hania me abraçou e beijou minha cabeça, então me calou e segurou meu rosto com as mãos. Enquanto ela buscava meu olhar, um sorriso discreto e afável se formou em seus lábios.

— Vá com a Irena — ela murmurou, limpando uma lágrima da minha bochecha e piscando para que as dela não caíssem também. — Vá para casa, *shikse*.

CAPÍTULO 27

BIRKENAU, 7 DE OUTUBRO DE 1944

NAS DUAS SEMANAS QUE se seguiram à sua chegada, Irena aprendeu tudo que pôde sobre as suas colegas da SS e suas rotinas. Prometi que iria com ela quando surgisse a oportunidade, mas ainda esperava pelo ataque do Exército Nacional ou pela chegada do Exército Vermelho. Pilecki estava livre havia mais de um ano, bastante tempo para já ter planejado a nossa libertação, e os soviéticos se aproximavam a cada dia. A revolta que esperávamos viria, e lutaríamos lá dentro enquanto os nossos aliados lutavam de fora.

Eu estava tão perto, quase em posição de assumir o controle da minha vida novamente, de encontrar o homem cujo nome eu ouvia nos ecos de cada tiro. A ideia de chegar até ele era quase mais atraente do que a liberdade.

Em uma manhã de outubro, enquanto os preparativos do café da manhã estavam em andamento, peguei um caldeirão e o preenchi com a mistura de grãos que fazia as vezes de nosso café. Não pus água no caldeirão e o deixei no fogo para queimar. Se meu plano funcionasse, eu seria expulsa da cozinha e poderia participar do breve encontro que Irena e eu tínhamos marcado para falar sobre as últimas informações relevantes à nossa fuga.

Fatiei nabos e batatas velhos até que um cheiro de queimado tomou as minhas narinas. A kapo jogou um pedaço de batata apodrecida em mim e ordenou que eu me livrasse do café queimado. Desculpando-me profundamente, coloquei água no caldeirão para esfriá-lo, tentei raspar as partes queimadas grudadas em seu interior, levantei o caldeirão pesado e saí para a manhã fria de outono. Um tapete de folhas laranja e carmim pintava o chão e inspirei a brisa gelada, uma alternativa agradável ao ar sufocante da cozinha, que fedia a corpos imundos e suados, comida estragada e, agora, também a café queimado, graças a mim.

Atrás do bloco da cozinha, a visão que tive quase me fez derrubar o caldeirão. Irena estava lá, como eu sabia que estaria, mas não sozinha. Do outro lado do prédio, ao seu lado, próximo, muito próximo, estava Protz. Eles estavam fumando e sorrindo, mas, mesmo da distância em que eu estava, pude sentir o desconforto de Irena.

— Você não deveria estar no campo principal? — Irena perguntou a ele, conforme eu me aproximava.

— Os prisioneiros não vão a lugar nenhum. E, se minha ausência for notada, ninguém dirá nada.

Protz exibia seu sorriso estúpido e arrogante. Tanto quanto eu, Irena provavelmente desejava poder arrancá-lo a tapas.

— O resto de nós não tem esse luxo.

Embora ela não conseguisse evitar o sarcasmo em sua voz, Protz não pareceu notá-lo. Quando ela jogou fora sua bituca de cigarro e se virou para sair, ele a agarrou pela cintura.

— Relaxe, não permitirei que eles a punam. O que vai fazer esta noite, Frieda?

Apesar de exibir um pequeno sorriso para ele, suas palavras eram venenosas.

— Nada que seja da sua conta.

A resposta só o incentivou. Ele jogou seu cigarro fora, ajeitou uma mecha solta de cabelo atrás da orelha dela e a puxou para mais perto.

— Estou fazendo com que seja da minha conta.

Ele não notou quando Irena ficou tensa. Ou, se notou, não se importou. Quando Protz forçou um beijo, puxou o quadril dela para perto do dele, minimizando o espaço entre eles enquanto a mão de Irena o empurrava.

Antes que ela o atacasse, fingi tropeçar, empurrando Protz para o lado e jogando o café estragado em cima de Irena. Eles se separaram, gaguejando e praguejando, enquanto eu corria pelo chão para recuperar o caldeirão vazio, balbuciando desculpas.

— Eu sinto muito, *Herr Scharführer*. Eu tropecei...

Embora eu esperasse o chute que atingiu meu estômago, foi agonizante mesmo assim. Por um momento, tossi e respirei dolorosamente, enquanto Protz amaldiçoava a minha estupidez. Abri minha boca para pedir desculpas novamente, mas, quando olhei para o cano da pistola apontado para a minha cabeça, o pedido ficou preso na garganta.

Meu plano estava saindo pela culatra. Eu sabia que era arriscado porque meus planos eram sempre assim, mas eu não esperava que Protz ficasse tão irritado. Afinal, não era ele quem estava coberto de café. Tudo que eu podia fazer era me encolher, mas então ouvi o estalo inconfundível do cão da arma, um som que indicava que uma bala havia sido alojada em sua câmara.

— Por favor, *Herr Scharführer*...

— Se tocar nela, será a última merda que você fará na sua vida.

Ao ouvir as palavras de Irena, ergui meus olhos cuidadosamente. Sua jaqueta e sua saia estavam encharcadas. Ela sacudiu o líquido de suas mãos e olhou feio para Protz.

Oh, Deus, ela está me defendendo. Ela está agindo como Irena, não como uma guarda, e agora meu plano arruinou tudo, e ele vai nos matar.

— Que diabos, Frieda?

A pergunta de Protz passou por meus pensamentos em pânico, mas ele caiu em um silêncio atordoado quando Irena agarrou seu colarinho e o puxou para perto. Enquanto isso, eu assistia com horror e me preparava para tirar a arma das mãos dele.

— Você me ouviu, seu desgraçado estúpido. Saia da minha frente — ela o empurrou para o lado e se virou para mim, sua voz cheia de raiva. — Essa vadia é minha.

Por fora, fiquei tensa, mas, por dentro, poderia ter chorado de alívio. Claro que ela reagiu como Irena. Aproveitou a oportunidade para desmoralizá-lo, como ela teria dito, e a usou em nosso benefício também. Como pude duvidar dela?

Por um momento, Protz não reagiu, mas logo relaxou e guardou a arma. Ele se afastou para observar a nossa interação, e era hora de fazermos uma boa cena. Irena diminuiu a distância entre nós enquanto eu entrava em pânico.

— Perdoe-me, *Frau Aufseherin*, por favor, eu não...

Irena tirou o caldeirão de minhas mãos com um chute e eu me encolhi.

— Você cometeu um grande erro, não foi, 16671?

Enquanto eu me desculpava, olhei para Protz. Ele parecia convencido até aqui, mas era como se estivesse esperando pelo inevitável. Com ele observando, Irena não poderia evitar. Era o que qualquer guarda teria feito naquela situação e, se ela não o fizesse, seu disfarce estaria arruinado.

Ela teria que bater em mim.

Eu já sabia que esse momento chegaria. Suplicando, ergui meus olhos e encontrei os de Irena, incentivando-a a agir. Então, ela obedeceu.

As costas da sua mão estapearam minha bochecha, fazendo minhas desculpas frenéticas pararem e me jogando ao chão. O já conhecido entorpecimento seguido de dor se espalhou pelo meu rosto, então eu percebi que tinha mordido meu lábio e cuspi o gosto metálico de sangue que estava em minha boca. Quando minha mente clareou, a sombra de Irena pairava sobre mim. Eu me retraí e ergui o braço para proteger a cabeça, como se me preparasse para o próximo golpe.

— Escute com atenção, polaca. Você vai limpar meu uniforme até que cada botão brilhe mais forte do que o maldito sol, entendeu?

Antes de me levantar para cumprir suas ordens, cuspi mais sangue. Fiquei tentada a mirar nas botas brilhantes de Protz, mas descartei o pensamento divertido e me concentrei novamente em meu papel. Uma vez de pé, dei mais uma olhada em Protz, que parecia satisfeito. Eu estava satisfeita também.

Você não terá minhas duas amigas, seu schmuck nojento.

Perto de mim, Irena parecia tensa, mas não me importei com isso e continuei a desempenhar o meu papel de tímida, enquanto ela me levava para fora do campo. Chegamos ao quartel dela e, para meu alívio, todas as mulheres estavam fora em serviço. Eu a segui até uma grande sala com beliches semelhantes aos que eu tinha no campo principal, embora estes fossem muito melhores, claro. O espaço estava arrumado e cheirava a roupa de cama limpa, e Irena fechou a porta antes de me direcionar para um beliche de baixo.

— Desculpe por tê-la encharcado com café estragado para afastar o Protz — eu ri e limpei minha boca com as costas da mão, deixando uma mancha vermelha. — Passe-me seu uniforme. Você aprendeu alguma coisa útil com os guardas?

Eu esperava que ela respondesse à pergunta e me repreendesse pela precipitação do meu plano, mas ela não disse nada. Em vez disso, retirou as suas luvas pretas e verificou os dois grandes bolsos quadrados da sua jaqueta. Depois de puxar um relógio e um lenço branco, ela os colocou em seu beliche e tirou a jaqueta. Irena passou um dedo pela águia sobre a suástica que adornava seu braço esquerdo, então atirou-a com a maior força possível.

— Você pode pegar essa merda de uniforme e fazer com que ele queime no inferno, que é o lugar a que ele pertence!

Quando a jaqueta caiu amassada no chão, ela se sentou em seu beliche com a cabeça entre as mãos. Tudo o que ouvi foi sua respiração pesada.

— Porra, Maria — ela sussurrou finalmente, sua voz abafada.

É verdade que eu também teria ficado chateada se tivesse beijado o Protz, mas não acho que tenha sido isso que causou essa explosão. Quando Irena me entregou o lenço, ela se recusou a levantar a cabeça. Eu ri e me sentei em um banquinho ao pé do seu beliche.

— Você acha que eu já não apanhei com muito mais força do que aquilo? Fizemos o que tínhamos que fazer, Irena.

— Eu não dou a mínima para o que tivemos que fazer. Esses desgraçados tornam a sua vida um inferno, e agora eu sou um deles — ela voltou a se concentrar no uniforme sujo e baixou a voz até chegar a um murmúrio. — Isso foi uma ideia estúpida. Eu deveria ter voltado como prisioneira.

— Não, você fez a escolha certa. Desta forma, você tem acesso a lugares aos quais eu não tenho, pode ficar sabendo de coisas que eu não posso e está segura, desde que eles não descubram a verdade. E, mesmo se algo acontecer comigo, você ainda tem a sua liberdade. Você pode voltar para a Helena.

— Sim, minha filha terá muito orgulho da mãe que espancou a amiga dela para *salvar nossas vidas* — as últimas palavras saíram cheias de desprezo.

— Tivemos que...

— Não me diga que tivemos que fazer aquilo. Não *tivemos* que fazer nada, mas era aquilo ou a morte — a risada dela saiu áspera e amarga. — Você percebe o quão absurdo isso é?

As palavras dela me surpreenderam, mas eu fiquei ainda mais surpresa quando percebi que ela estava certa. Claro que era absurdo. Nada fazia sentido neste lugar. Mas acabei ficando tão acostumada com o absurdo que não o tinha notado até ela dizer.

Um olhar distante preencheu o semblante de Irena. Ela foi parar em um mundo só dela, e escutei seus murmúrios furiosos.

— Os guardas têm uma estância em um lindo lago aqui perto. Eles a chamam de Solahütte. Quando eu fui para lá no domingo, Heinrich me contou sobre seus restaurantes, museus e clubes noturnos favoritos em Salzburgo. A Johanna chorou com uma carta que dizia que seu irmão tinha morrido de complicações cirúrgicas depois de ser ferido em batalha. Eu fiz caminhadas e tomei sol com eles e muitos outros. No dia seguinte, estávamos batendo e atirando em prisioneiros, jogando-os em câmaras de gás, ouvindo suas súplicas enquanto morriam e os cremando em números chocantes. São tantos cadáveres empilhados por todos os lugares... Eles não conseguem nem descartá-los a tempo. É desumano, é absolutamente desumano — suas palavras sumiram e, quando ela olhou pra mim, lágrimas brilhavam em seus olhos. — Mas eles são pessoas, Maria. Os guardas e os prisioneiros. Eles são pessoas. E eu não entendo como pessoas podem tratar outras pessoas assim.

Eu tinha visto a reação dela muitas vezes em outras prisioneiras, até mesmo em mim. A insanidade e a crueldade absurdas deste lugar podiam quebrá-lo se você permitisse. Quase aconteceu comigo. E agora eu estava vendo acontecer com ela também.

— Apesar de ter estado aqui quando seria executada, eu não tinha ideia de que era assim. Eu sabia que a resistência tinha recebido relatórios, mas nunca soube do seu conteúdo. Quando me voluntariei para vir, o único treinamento que recebi foi uma aula rápida. Um regime obcecado com ordem e eficiência que falhou em fazer algo tão simples quanto me preparar para o meu trabalho? Ou estavam sendo vagos de propósito para que eu não o recusasse? Eu fui elogiada por servir ao Reich, orientada a supervisionar, talvez impor algumas punições. Então, quando eu cheguei, ouvi que esse trabalho era importante, *necessário...* — Irena ficou em silêncio novamente, olhando para a parede, e cerrou os punhos tremendo. Quando ela falava, lutava para manter a voz estável. — Eu não quero ser a porra da Frieda Lichtenberg.

Coloquei uma mão gentilmente sobre o seu braço.

— Você não tem que ser. Por favor, vá para casa, Irena. Não se obrigue a passar por isso por minha causa.

Apesar da tentação, ela respirou fundo e balançou a cabeça.

— Eu não vou sair, especialmente agora, depois de ver o que vi. Deus sabe que eu não consigo entender como você está viva.

Passei o lenço no meu lábio, olhei para a mancha vermelha e respirei fundo também. Algumas guerras eram travadas com armas, outras com a mente e a força de vontade. A luta contra Auschwitz era mais profunda e complexa do que qualquer outra na frente de batalha. Auschwitz enfraquecia a mente e a disposição do oponente até que não lhe restassem mais quaisquer defesas. Auschwitz era um mestre, mas cada dia de sobrevivência era um dia em que o derrotávamos. Eu pretendia levar esse jogo até o fim.

— Todo dia eu escolho viver e lutar, e todo dia as pessoas ao meu redor optam por fazer o mesmo. Elas me dão forças para continuar. E, juntas, vamos viver e lutar por isso — peguei a mão de Irena. — E espero que você saiba que tem um dos maiores corações que eu já vi.

Sua histeria tinha diminuído, mas uma lágrima brilhava em sua face antes de ela limpá-la, pigarrear e sorrir.

— Você não sai muito de casa, não é?

— Bem, isso é verdade. E isto... — fiz um gesto apontando para o uniforme amassado no chão. — Eu nunca vou poder retribuir. Eu nunca entenderei por que você voltou.

Irena acompanhou o meu olhar.

— Você sabe como me sinto quanto à autopreservação. Ainda acho que é a coisa mais inteligente a se fazer nesses tempos. Mas que diabos eu sei?

Eu sorri, e ela deu um leve aperto na minha mão antes de atravessar a sala em direção ao guarda-roupas de madeira escura com portas espelhadas. Ela tirou as botas e selecionou outro uniforme cinza, idêntico ao primeiro. Trocou uma saia de lã por outra e alisou a grande prega na parte da frente, e então se certificou de que sua camisa branca não estava suja antes de colocar a jaqueta limpa. Depois de calçar as botas, Irena observou seu reflexo com nojo enquanto colocava o relógio e as luvas em um bolso. Quando lhe ofereci o lenço, ela o dispensou, então enfiei-o em um dos meus bolsos ocultos.

— Você pode me fazer o favor de ser incrivelmente exigente com os padrões de limpeza do seu uniforme? — perguntei, enquanto recolhia as peças de roupa sujas. — Quanto mais tempo eu passo limpando, menos tempo eu tenho que passar na cozinha.

Irena exibiu um sorriso malicioso.

— Frieda não ficará satisfeita até que cada botão brilhe mais que o maldito sol, lembra? Se isso levar a manhã inteira, que leve.

Cumprindo a sua palavra, Irena permitiu que eu passasse uma manhã prazerosa limpando o seu uniforme e depois me acompanhou de volta à cozinha. Enquanto caminhávamos, a tarde parecia agradável — certamente seria uma tarde agradável se estivéssemos em qualquer outro lugar. A brisa à nossa volta era amena e suave, o céu estava claro e azul, exceto pela fumaça.

Sempre havia fumaça e cinzas nos céus de Auschwitz, cortesia dos crematórios, mas, desta vez, junto com a fumaça veio o grito familiar de alarme, um som que deixou os guardas em um frenesi. Alguma coisa tinha acontecido.

Quando Irena e eu nos aproximamos da cozinha, os guardas estavam correndo como loucos, gritando, praguejando e brandindo armas. A maioria estava tão distraída que não notou os prisioneiros perplexos que os observavam ou que correram para se abrigar em outro lugar. A cena era um caos absoluto.

— Espere no seu bloco até que eu vá buscá-la — disse Irena baixinho. — Vou descobrir o que está acontecendo.

Assenti e corri para o bloco, mudando minha rota quando a Besta veio correndo pelo meu caminho, berrando e batendo em qualquer pessoa azarada o suficiente para estar ao seu alcance.

Aquele era um lugar onde cada movimento era estritamente regulamentado, por isso, vê-lo sucumbir ao caos era mais satisfatório do que eu jamais poderia ter imaginado. Os guardas estavam em polvorosa, o trabalho fora esquecido e os prisioneiros vagavam sem supervisão, alguns confusos e com medo, outros despreocupados. Parte de mim queria entrar na briga ou ver que mercadorias eu poderia pegar enquanto os guardas estavam tão maravilhosamente distraídos, mas Irena tinha razão. Eu precisava ficar no meu bloco até que soubéssemos o que estava acontecendo.

Havia apenas uma razão que poderia causar todo aquele pânico nos guardas: o ataque que eu tanto esperava havia começado. Eu tinha certeza disso. Enquanto eu esperava, o Exército Nacional ou o Exército Vermelho, o que tivesse chegado antes, atacaria o complexo inteiro, destruindo cercas elétricas, derrubando os portões e abrindo fogo. Logo, os guardas estariam ocupados com o ataque externo e, enquanto estivessem lutando, não seriam capazes de ver a revolta interna começando. As sirenes ligadas, os guardas praguejando... Todos os sons da liberdade, todos os sons que significariam que Irena, Hania, Izaak e eu poderíamos deixar este lugar.

E isso significava que eu estaria mais próxima de encontrar Fritzsch.

Hania voltou logo depois de mim e observamos a confusão, esperando por Irena. Era fim da tarde quando ela apareceu. Em comparação com as cenas agitadas de antes, tudo estava muito mais quieto, mas os guardas da SS ainda estavam rondando por aí, então, ainda tomávamos cuidado ao sair e corremos para trás do bloco. Irena se juntou a nós.

Eu não conseguia segurar minhas perguntas mais.

— É a resistência, não é? A revolta...

— Não, Maria, o Exército Nacional não vai atacar Auschwitz.

Calei minha boca de uma só vez, perplexa com a notícia e a dureza de seu tom. Isso era impossível. Depois de ouvir o relato de Pilecki, o Exército Nacional nos ajudaria. Eles teriam que nos ajudar.

— Eles disseram que um ataque não é viável — suspirou Irena, com os saltos enfiados na lama. — Ouvi de conexões externas no começo desta semana, mas não sabia como contar. Sobre o que causou o alvoroço de hoje? O *Sonderkommando* colocou explosivos no Crematório IV.

— *Oy gevalt*, Izaak, seu *meshuggener*, o que você fez? — Hania sussurrou.

Sem esperar mais, ela saiu correndo, murmurando algo sobre encontrar Protz.

Minhas esperanças patéticas foram destruídas... Minhas esperanças, meus planos, minhas estratégias, minha revolta, minha liberdade. Desapareceram.

Meu Deus, ninguém vai nos ajudar.

— Continuaremos a lutar por conta própria — eu disse, mantendo a minha voz o mais firme possível. — Temos gente com disposição, armas e pólvora por todo Birkenau, então divulgaremos e...

— É tarde demais, Maria. Já é uma merda de um massacre. A segurança foi reforçada e os guardas não sossegarão até que todos os envolvidos sejam pegos. Não podemos nos rebelar sem sermos mortos — Irena engoliu em seco, os olhos cintilando de pavor. — E certamente não temos como escapar.

Não sei quanto tempo fiquei do lado de fora depois que Irena saiu. Eu não conseguia voltar ao meu bloco. Ninguém nos ajudaria.

Um grito furioso me tirou dos meus pensamentos e um porrete me enviou tropeçando para o lugar ao qual eu pertencia. A guarda me empurrou para dentro do meu bloco e, enquanto eu subia no meu beliche, uma voz arrastada me recebeu.

— Você não manteve a sua promessa, Maria — Hania estava deitada de costas, olhando para o teto. Ela levantou o cobertor para mostrar uma pequena garrafa vazia de vodca e balançou sua cabeça em desaprovação. — Lembra da última vez que eu trouxe vodca? Você disse que não me deixaria fazer isso novamente. Mas tudo bem, *shikse*, eu te perdoo.

Ela se virou de lado e deu um sorriso tranquilizador. Um olho já estava com um hematoma formado, seu lábio estava cortado e sujo de sangue seco.

— O que aconteceu? — murmurei.

O sorriso de Hania sumiu e ela tocou seus ferimentos com um dedo.

— Eu nunca contei a Eliasz — ela disse suavemente — sobre o Protz. Talvez ele soubesse; no começo da guerra, juramos proteger os garotos e tentar sobreviver por eles, não importando o quanto isso custasse. Mas mesmo assim eu não contei a ele. Por que forçá-lo a suportar um fardo cujo peso ele não tinha como aliviar? Quando tínhamos algum tempo juntos aqui, eu queria conversar sobre a nossa família, nossos filhos, sobre Eliasz tocando violino para eles. Não sobre isso. Então, um dia, meu marido se foi e eu contei para o Izaak. Eu não conseguiria guardar o segredo só comigo por mais tempo.

Quando ela ficou em silêncio, esperei. Minhas mãos estavam dormentes e doloridas por causa do frio, mas não tanto quanto a dor de cada batida do meu coração, enquanto eu examinava os olhos vidrados e escuros por trás dos cílios grossos de Hania. Normalmente tão determinada, agora exposta. Esses momentos não eram frequentes, mas sempre um sinal de algum acontecimento significativo. Por fim, ela continuou.

— Izaak não quer mais que eu vá visitá-lo. Ele não quis admitir se participou da conspiração ou não, mas disse que não é seguro para mim ser vista com um membro do *Sonderkommando*. Os guardas vão achar que eu estive envolvida na revolta. Ele não me deu a chance de tentar argumentar antes de se afastar da cerca e, quando pedi a ele para esperar, ele apenas parou por tempo suficiente para dizer a Protz que não me levasse para lá novamente.

— Não se preocupe, ele vai mudar de ideia quando o perigo passar.

Em vez de responder, Hania segurou a garrafa de vodca com as duas mãos, fechou os olhos e falou em iídiche. As palavras emergiam de seus dentes cerrados e soavam nervosas, quase frenéticas, mas, depois de um momento, ela relaxou e abriu os olhos. Sua respiração ficou trêmula e uma única lágrima escapou quando ela piscou lentamente, calma e confusa.

— Depois que o Izaak saiu, não tenho certeza do que deu em mim, mas cortei minha relação com o Protz. Ele não ficou contente — ela deu uma risadinha e apontou para o seu rosto, a imagem de um lembrete cruel mexendo com o meu pequeno alívio. — Agora ele vai me matar, mas não importa. Meus *kinderlach* não precisam de uma *nafka* como mãe.

— Você não é uma *nafka*, Hania.

— Não, o Protz não vai me matar — ela corrigiu, como se não tivesse me escutado, e então riu novamente. — Ele disse que não vai me matar, não vai me entregar por impureza racial nem me forçar a nada, porque o nosso acordo não acabou, não até que ele queira que acabe, e sua *untermensch* voltará rastejando no momento em que ela precisar de algo, implorando por ajuda e perdão. Tudo que ele tem que fazer é esperar. E ele está certo. É só uma questão de tempo, não é?

— Você não precisa dele. Sobrevivemos sem as mercadorias dele por um tempo e, quando Izaak permitir que você vá visitá-lo novamente, a Irena vai ajudar.

Ela suspirou e girou a garrafa vazia em suas mãos.

— Eu queria ter a sua confiança e queria ter mais vodca. Mas estou falando sério desta vez, não me deixe consumir álcool novamente — era o que ela me dizia toda vez. — Você promete?

— Eu prometo, e quero que você me prometa que não vai voltar para o Protz.

Ela riu.

— Eu não posso, mas, mesmo que pudesse, eu não me lembraria, não é?

— Sim, você pode, e pode prometer novamente pela manhã — tirei a garrafa do seu alcance e apertei com força as suas mãos. — Se não por você, faça isso por mim.

Um pouco de calor surgiu com a névoa de embriaguez em seus olhos, e ela deu um tapinha na minha bochecha.

— Tudo bem, minha pequena *shikse*. Se isso significa tanto pra você, eu prometo.

Nós nos acomodamos para a noite, mas eu não conseguia dormir. Deitei-me na escuridão, pensando na revolta fracassada, ouvindo as palavras de Irena reverberarem em minha mente.

Certamente não temos como escapar.

CAPÍTULO 28

BIRKENAU, 5 DE JANEIRO DE 1945

O INVERNO QUE RECAIU SOBRE Auschwitz após a revolta do *Sonderkommando* foi o mais frio desde que eu tinha chegado ao campo. A neve e o gelo eram tão implacáveis quanto a angústia, a culpa e a frustração que me atormentavam desde o dia sete de outubro. A revolta fora aniquilada, o Exército Nacional não viria e o Exército Vermelho não tinha chegado. Tudo que eu desejava não existia mais, fora reduzido a cinzas como tantos outros sonhos neste lugar horroroso.

Em uma manhã de janeiro, acordei muito antes do nascer do sol e fiquei observando o gelo na vidraça. Hania não estava ao meu lado. Desde a revolta, ela vinha ficando cada vez mais preocupada com o Izaak e tinha dificuldades para dormir, por isso, normalmente ia para fora para lidar com seus nervos sozinha. Enrolei-me no cobertor, tremendo com o frio impiedoso, e segurei uma das pequenas pedras que usamos como peão. Fazia tempo que Hania e eu não jogávamos xadrez.

Como eu tinha acreditado que uma rebelião e uma fuga seriam possíveis em um lugar como este? Apesar dos números da resistência, éramos uma força patética contra inúmeros guardas armados e arame farpado eletrificado. Não tínhamos nenhuma chance mesmo se conseguíssemos ajuda de fora do campo. Auschwitz fora construído para a morte, não para a vida. Eu tinha sido uma idiota por pensar que a vida sairia vitoriosa.

A garota de catorze anos, confiante e munida de uma fé cega, ainda estava dentro de mim, e às vezes eu permitia que ela me influenciasse mais do que deveria. Agora, até ela sabia que deveria parar de desejar que houvesse uma rebelião. Poderia ter sido uma possibilidade antes, mas não era mais.

O jogo estava chegando ao fim. Uma batalha longa e difícil, mas meu oponente tinha colocado meu rei em xeque. E eu não tinha certeza de que este era um jogo que eu pudesse vencer.

Ainda era muito cedo para que os outros estivessem acordados quando a porta do nosso bloco se abriu, trazendo uma rajada de vento. As mulheres sonolentas se mexeram, ofegando e resmungando quando o ar gelado passou por seus corpos.

— Prisioneira 16671, venha comigo.

A voz de Irena. Lentamente, desci do meu beliche e saí do bloco atrás dela. Andamos em silêncio pela manhã escura e congelante, e a neve cedia a cada novo passo. Antes suave, limpa e branca, agora estava pisoteada e suja.

Um guarda solitário passou e levou a mão à arma quando me viu, mas, ao notar que eu estava com Irena, continuou em seu caminho. A história da reivindicação da Prisioneira 16671 por Frieda Lichtenberg tinha se espalhado, então, se Irena estava por perto, a maioria dos guardas não me tocava para evitar a sua ira. Ela tinha deixado claro que eu pertencia a ela, e somente a ela.

Alcançamos o portão, onde uma figura conhecida nos esperava: Hania. Sem uma palavra sequer, ela começou a caminhar no mesmo ritmo que eu e jogou uma bituca de cigarro na neve. A tensão emanava de ambas, gelada como o vento que açoitava meu corpo. Algo tinha acontecido. Quando passamos pelo portão e começamos a andar pelos campos de Birkenau em direção ao campo principal, as duas abriram suas bocas para falar. Nenhuma delas conseguiu.

Eu não precisava de explicações. Eu já estava esperando por isso desde a revolta do *Sonderkommando*.

— O Departamento Político quer falar comigo sobre a rebelião — falei.

Quando eu ouvi que os guardas encontraram restos de cápsulas de pólvora no Crematório IV e as rastrearam de volta à Fábrica de Munições da União, também ouvi que quatro de nossas mulheres da resistência tinham sido pegas, interrogadas e torturadas pelo Departamento Político, também conhecido como a Gestapo do campo. Como eu tinha sido empregada com essas mesmas mulheres, tive a sensação de que minha hora havia chegado.

— Os desgraçados me chamaram para uma reunião ontem à noite — murmurou Irena. — Eles querem ver todos os prisioneiros que trabalharam recentemente na Fábrica de Munições da União. Como você é a minha favorita, tenho o prazer de supervisionar o seu interrogatório.

— E a Irena disse a eles que você precisaria de uma intérprete, então estarei com você o tempo todo — disse Hania.

Parei de repente.

— Não, eu não quero nenhuma de vocês lá. Testemunhar será difícil demais.

— Se não formos, como vou explicar essa mudança súbita na decisão de Frieda ou minha mentira sobre a intérprete? Vamos ficar com você — Irena disse de maneira decisiva.

Hania olhou o campo vazio em direção às formas distantes e escuras da floresta, e quase pude ver o plano sendo formulado em sua mente.

— Talvez nenhuma de nós tenha que ir para aquela sala. Vocês duas podem escapar...

— Escapar? — a risada de Irena era mordaz. — Cada parte deste maldito campo está cheia de guardas, incluindo os perímetros próximos à floresta. Eles nos capturariam em um segundo. Se não fosse por sua merda de revolta, poderíamos ter saído semanas atrás.

— *Minha* revolta?

— Foram o seu irmão e os amigos dele, não? Ele não vai dizer, mas foram eles.

— É mesmo, *yente*? Você ouviu isso de seus amigos da SS?

Ao terminar de falar, o olhar de Hania mudou bruscamente. Ela levantou uma mão para interromper a resposta de Irena e nos empurrou.

— Atrase o interrogatório da maneira que puder, Irena. Não vou demorar.

Eu sabia exatamente o que ela estava planejando e agarrei o seu braço.

— Hania, não. Você prometeu e eu não vou deixar que você apele ao Protz por minha causa.

— E eu pedi sua permissão? — ela tentou se soltar, mas segurei firme. Então, ela se virou para me atacar — Me solta, Maria.

— Eu duvido que aquele desgraçado tenha qualquer influência sobre um interrogatório da Gestapo — disse Irena.

Mesmo se ele pudesse ajudar, Protz recusaria só de maldade. Eu tinha certeza daquilo e, em algum lugar perdido de sua reconhecida determinação, Hania devia saber também. Ele exigiria uma reparação por irritá-lo e depois diria que permitiria a ela implorar por perdão como recompensa. Ela passaria por todo esse inferno por nada.

O braço de Hania tremia enquanto eu o segurava e seus olhos brilhavam, apesar de sua dureza, e eu não achava que o frio fosse o responsável por essas coisas. Ela tentou me afastar novamente, mas parou quando eu soltei e me aproximei.

— Por favor, *Bubbe*.

Hania olhou para mim e depois para Irena. Por fim, praguejou em iídiche, suspirou e colocou uma de suas mãos sobre a minha.

— Talvez não possamos livrá-la disso, mas vamos ajudá-la a passar por isso.

Minhas amigas teimosas e queridas. Cada parte de mim queria mandá-las embora e insistir que eu poderia fazer aquilo sozinha, mas a pequena voz em minha mente as queria por perto, precisava delas, por mais egoísta que fosse.

O ar frio queimava meus pulmões, mas lutei contra ele para conseguir falar.

— Prometam que não revelarão quem vocês são. Não importa o que aconteça comigo, eu tenho que saber que vocês estarão seguras, então, por favor, por favor, prometam...

Hania me puxou para perto, seu abraço tão firme e reconfortante como o dos meus pais tinha sido algum dia. Segurei-me com força ao tecido áspero do seu uniforme, deixei que ela acalmasse a minha respiração trêmula, senti as batidas do seu coração através do seu peito magro.

— Prometemos, *shikse*. Não é verdade, Irena?

— Porra, Maria — ela murmurou. Entendi como um sim.

A cada passo, o ar frio ficava ainda mais gelado e fétido, como se carregasse os odores acres de cabelo e carne queimados e cobrisse minha pele com cinzas. Não importava o quanto eu repreendesse minha mente por pregar peças em mim mesma, já que os crematórios não estavam funcionando no momento, o cheiro grudava em mim e a sensação das partículas persistia. Envolvi meu abdome com os braços com mais força. A morte era um algoz constante e conhecido, envenenando o ar enquanto o céu derramava flocos de neve de cinzas, lamentando cada vida roubada.

Na escuridão, localizei o letreiro *ARBEIT MACHT FREI* acima do portão, que trouxe memórias à minha mente; lembranças de seguir minha família para fora do vagão, demorando-me com papai enquanto ele me consolava pela última vez. Quase senti o cheiro de cera e pinho do esmalte que ele usava em sua bengala, quase senti suas mãos gentis aquecendo minhas bochechas congeladas enquanto sua voz reconfortante me aquecia até o âmago.

A verdadeira liberdade vem da bravura, da força e da bondade. A única pessoa que pode tirar isso de você é você mesma.

Cerrei o punho, como se os dedos dele estivessem fechando os meus em volta do minúsculo peão.

Eu não tinha estado no Bloco 11 desde que fora transferida do *kommando* e, quando cheguei, senti como se nunca tivesse saído. Parecia o mesmo, desolado, frio e vazio, e tinha o mesmo cheiro de dejetos, morte e fluidos corporais. Passava também as mesmas sensações. Desesperança, desespero e agonia.

Caminhamos pelos corredores assustadores até chegarmos a uma sala de interrogatório, onde eu passara incontáveis horas limpando sangue, urina e vômito. Quando entrei, o agente da Gestapo que conduzia o interrogatório estava sentado atrás de uma mesinha, fumando um cigarro.

Sturmbannführer Ebner.

Um terror puro e opressivo me fez parar repentinamente. Felizmente, era uma reação apropriada para a minha situação, então Irena me empurrou ainda mais para dentro da sala. Eu não sabia que Ebner tinha se transferido de Pawiak para Auschwitz, mas lá estava ele, e de repente eu tinha catorze anos de novo. Quase nua, apavorada, imobilizada por homens fortes, permanecendo em silêncio o quanto podia enquanto esse homem me xingava e agredia, esse homem que tinha me enganado, me torturado e ameaçado a minha família. Esse homem que nos tinha enviado a Auschwitz.

Irena não sabia da minha história com ele, mas deu um tapa em meu ombro, como se me forçasse a sentar, e um leve apertão. Para me lembrar de que eu não estava sozinha.

Quando fiquei de frente para Ebner, engoli em seco, reprimindo meu terror. *Pense. Estude-o.*

Eu conhecia esse homem, mas, enquanto eu o encarava, ele não parecia me reconhecer. Ele não parecia se lembrar da garota que ele tinha torturado anos atrás, provavelmente porque ele tinha torturado tantas mais desde aquela época. O que significava que eu tinha uma excelente vantagem.

Na última vez que enfrentara Ebner, ele ganhou. Estávamos no mesmo nível de inteligência, lutamos muito e por um longo tempo, e ele emergiu como o vencedor. Mas as peças foram montadas novamente. Não importava quem tinha vencido da última vez, só importava como o jogo seria jogado agora. E, desta vez, eu tinha mais duas peças do meu lado e sabia como jogar o jogo de Ebner.

Deixe-o acreditar que estou caindo em cada truque que ele usa.

Minha estratégia estava montada e era hora de uma revanche.

— A prisioneira 15177 é a intérprete, *Frau Aufseherin*? — Ebner acenou em direção a Hania.

— Correto, *Herr Sturmbannführer*.

Ele se concentrou em Hania.

— Você falará apenas para traduzir. Se disser qualquer outra coisa à Prisioneira 16671, vou achar que você está incentivando a desobediência e tomarei as ações cabíveis com as duas. Você entendeu?

Ela conseguiu dar um pequeno aceno de cabeça.

— Sim, *Herr Sturmbannführer*.

Ebner colocou um novo cigarro entre seus lábios e o acendeu antes de se virar para mim.

— Meu nome é Wolfgang Ebner. Você quer um cigarro?

Quando ele se dirigiu a mim, eu o observei sem expressar qualquer sinal de reconhecimento ou compreensão, esperando que Hania traduzisse. Assim que ela terminou, arregalei os olhos, como se estivesse surpresa com a oferta generosa.

— Obrigada, *Herr Sturmbannführer*. Eu não fumo, mas o senhor se importaria se eu segurasse um?

Quando fui pegar o cigarro que ele me ofereceu, deixei que minha mão pairasse acima da mesa por tempo suficiente para ele notar o tremor proposital. Girei-o entre os dedos, e Irena agarrou um também, sem esperar que lhe fosse oferecido. Enquanto isso, Ebner fumava e me observava, permitindo que o suspense me enlouquecesse. Então, eu dei a ele exatamente o que ele queria.

— Por favor, diga-me por que estou aqui, *Herr Sturmbannführer* — exclamei, tropeçando nas palavras por causa da pressa. — É por causa da revolta, não é?

Ebner ergueu a mão para me silenciar e olhou para Hania, que estava de pé ao meu lado. Ela ficou quieta por um instante, como se estivesse lembrando a si mesma de que deveria tratar esse interrogatório como outro qualquer. Era apenas mais um dia de trabalho, nada mais do que isso. Quando ela falou, seu alemão era claro e preciso; sua expressão, neutra.

Ebner exibiu um sorriso tranquilizador.

— Sim, mas se você cooperar, não tem nada a temer.

Soltei um suspiro para informá-lo de que suas palavras tinham produzido o efeito desejado.

— Como ex-membro da resistência, eu sei que não devo cometer o mesmo erro novamente. Ações têm consequências, *Herr Sturmbannführer*. Às vezes, as consequências afetam apenas os culpados, mas geralmente afetam pessoas inocentes como eu. Isso é algo de que muitos se esquecem.

— Realmente — ele deu uma forte tragada no cigarro. — Você está dizendo que foi corretamente condenada pelas atividades da resistência, atividades que a trouxeram a Auschwitz, mas que, desta vez, não teve nada a ver com a rebelião?

— É isso mesmo — girei o cigarro em minhas mãos enquanto Ebner batia as cinzas no cinzeiro e consultava os papéis na mesa.

— Você passou algumas semanas trabalhando na Fábrica de Munições da União durante a primavera de 1944. Por que passou tão pouco tempo lá?

Respirei de maneira irregular e deixei minha voz tremer.

— Porque eu era jovem quando a ocupação começou. Trabalhar com pólvora e explosivos me lembrava dos bombardeios da invasão.

— Você esteve envolvida no contrabando de pólvora para a revolta? E, se não estava envolvida, sabia do esquema?

— Não, *Herr Sturmbannführer*.

Ebner ficou quieto quando Hania terminou de falar. Apesar das suas tentativas de permanecer indiferente, ela parecia mais tensa a cada momento. Irena tinha se posicionado atrás de Ebner, provavelmente para que pudesse desempenhar o seu papel sem o estresse adicional de ter o olhar dele sobre ela o tempo todo. Eu não me atrevia a olhar para elas, mas sua presença me oferecia conforto.

O silêncio pesado era suficiente para me enlouquecer; inquietar-me beneficiaria minha posição, então, não lutei contra essa vontade. Por fim, Ebner se virou para Irena.

— *Frau Aufseherin*, eu soube que você monitora a Prisioneira 16671 de perto. Você se lembra de detectar qualquer comportamento suspeito?

— Não, *Herr Sturmbannführer*, mas sei onde ela estava no dia sete de outubro. Essa vadia desleixada derramou café em todo o meu uniforme naquela manhã, então eu a supervisionei enquanto ela o limpava. E demorou muito mais do que deveria, já que ela é incompetente demais para polir uma droga de um botão direito — disse Irena, com uma risada condescendente e soltando uma baforada de fumaça. — Quando eu fui levá-la de volta à cozinha, o campo estava um alvoroço.

Depois que Hania traduziu a resposta, eu agarrei a saia dela e a puxei para perto com tanta força que ela cambaleou.

— O café foi um acidente! Diga à *Aufseherin* Lichtenberg que aquilo foi um acidente, por favor...

— Cale-se! — Irena gritou.

Então, soltei-me de Hania e me encolhi, esperando um golpe. Ela jogou a bituca de cigarro no chão e pisou em cima dela, depois levantou a mão para interromper a tradução que Hania fazia do meu apelo.

— Não perca tempo, judia. Eu não dou a mínima.

Enquanto falávamos, Ebner foi para os fundos da sala, onde os instrumentos de tortura estavam dispostos em uma maleta. Ele estava calmo, provavelmente me deixando à vontade para que eu ficasse ainda mais surpresa quando ele tivesse um ataque de raiva repentino. Isso estava prestes a acontecer. Eu podia sentir.

Quando Ebner voltou para ficar na minha frente, ele segurava um chicote em uma mão e um porrete na outra. Ele pôs os dois sobre a mesa. Um me lembrou do meu último interrogatório da Gestapo, o outro do meu açoitamento, mas não senti medo de nenhum deles porque me lembrava dessa fase dos seus interrogatórios. Ele não iria me torturar porque eu já estava cooperando. Ele só queria me aterrorizar.

Chegamos ao momento mais crítico do nosso jogo. Tínhamos feito os nossos movimentos de abertura e ele tinha assumido o controle do tabuleiro, traçando a sua estratégia e planejando. Agora era hora de atacar.

Adicionei um nível de urgência em minha voz.

— O senhor disse que eu não tinha nada a temer se cooperasse.

— É por isso que você continuará cooperando — respondeu Ebner, analisando suas opções.

Atrás dele, Irena fez contato visual comigo, como se não tivesse certeza de como proceder, mas eu esperava que o meu olhar a fizesse continuar em seu papel, como havia prometido. Enquanto isso, Hania mal conseguia verbalizar suas traduções.

— *Frau Aufseherin*, qual você sugere?

Respondendo à pergunta de Ebner, Irena selecionou o porrete. Hania parecia muito atordoada para traduzir, mas não importava, porque eu agarrei o seu braço. Apesar de fingir buscar proteção, dei um leve apertão, pedindo a ela que não perdesse a fé. Ela agarrou meu antebraço em resposta, e eu pude sentir sua pulsação, mas ela devolveu o gesto.

Ebner levantou o porrete em minha direção.

— Solte-a de uma vez.

Eu me encolhi, enquanto Hania se afastava e Ebner vinha para o meu lado. Como não havia trança para ele agarrar desta vez, sua mão áspera se fechou em volta da minha nuca enquanto o porrete erguia o meu queixo.

— Você tem certeza de que não sabia de nada sobre a pólvora contrabandeada? — ele perguntou, apertando a mão com mais força enquanto eu arquejava. — Por que eu não te deixo com a *Aufseherin* Lichtenberg enquanto você pensa na sua resposta?

Quando ele se referiu a Irena, eu fiquei tensa, até que ele me soltou e passou o porrete para ela. Antes de Hania terminar a tradução, comecei a implorar e suspeitei que Ebner não precisava de uma tradução para acreditar que seu plano estava funcionando.

Com os lábios se curvando em um sorriso maldoso, Irena brincou com o porrete.

— Você ouviu isso, polaca? Só nós.

Caí em um silêncio abrupto enquanto Ebner olhava para mim e Irena, esperando para ver o que faríamos a seguir. Minha respiração era o som mais alto na sala, e mirei Irena nos olhos.

Sua vez, Frieda.

Em uma explosão repentina de movimento, Irena bateu o porrete na mesa e avançou em minha direção. Eu soltei o grito mais agudo que pude e fugi em direção à porta trancada. Com imprecações que rivalizavam com as de Mandel, ela me agarrou e me forçou a sentar na cadeira. Mantendo-me imóvel, ela bateu na mesa novamente. Mesmo quando soltei outro grito, senti a esperança, a urgência e o desespero entre mim e Hania, cujas costas estavam pressionadas contra a parede. Ela estava em pânico também, tanto quanto seu papel exigia, embora parte do sentimento parecesse autêntico.

Antes de adentrarmos meu interrogatório, fizemos uma visita ao banheiro feminino. Lá, eu me inclinei na pia imunda e engoli goles e goles d'água, mais do que o suficiente para levar o meu papel de prisioneira aterrorizada tão longe quanto fosse necessário. Era hora de encenar a próxima fase.

Em meio aos berros ameaçadores de Irena, eu me encolhia, implorava e chorava e, então, relaxei a bexiga. O cheiro acre de urina dominou o pequeno espaço à medida que a umidade quente descia pelo meu uniforme, encharcava a minha cadeira e pingava no chão. O escárnio e as ameaças de Irena se perderam em meio à minha choradeira contínua, e baixei minha cabeça com um grito final de desespero.

— Eu disse a verdade, juro que disse a verdade! Por favor, não me deixe sozinha com ela.

À exceção do meu choro e da voz trêmula de Hania completando a tradução, tudo estava em silêncio. Ebner devia ter ficado satisfeito. E eu também. Eu o ouvi riscando um fósforo e o cheiro de fumaça alcançou as minhas narinas.

— Prisioneira 16671, há mais alguma coisa que queira me dizer?

— Eu contei tudo, *Herr Sturmbannführer*, eu juro. Por favor, afaste-a de mim — sussurrei, me distanciando mais de Irena.

Ebner deixou que a tensão permanecesse, e minhas fungadas apavoradas preencheram a sala, tão altas quanto os pensamentos que corriam pela minha mente. *Tão perto, estamos tão perto...*

Dei um pulo quando a cadeira de Ebner se arrastou pelo chão, dura e assustadora. Ele se afastara da mesa.

— Terminamos.

Xeque-mate.

Com um último empurrão, Irena me soltou, então reagi respirando fundo. Fiquei encolhida, com medo de erguer a cabeça e arriscar olhar para ela ou Hania. Não podíamos estragar tudo agora. Concentrei-me no cigarro que deixei cair durante a briga, agora no chão encharcado e cheio de urina. A visão era estranhamente satisfatória.

— *Frau Aufseherin*, acompanhe essas prisioneiras de volta a Birkenau — disse Ebner. — Vejo você amanhã.

— Amanhã? — Irena perguntou, enquanto eu erguia os olhos.

Ele assentiu com a cabeça e bateu as cinzas, observando-as cair no chão.

— Estamos realizando os interrogatórios finais hoje, mas, fora isso, já capturamos as mulheres responsáveis pelo contrabando de pólvora da fábrica de munições. Amanhã, todo o campo feminino vai assistir ao enforcamento delas.

— Eu sabia que você tinha muito *chutzpah*, Maria, mas não tanto assim — disse Hania, balançando a cabeça enquanto voltávamos a Birkenau. — Eu não entendo como você saiu ilesa do interrogatório. Foi um plano arriscado.

Ela passou o início de nossa caminhada falando em várias línguas para acalmar os nervos, o que demonstrava que estávamos na direção certa de nos acalmarmos.

Irena não dizia nada. Linhas profundas percorriam a sua testa, um sinal de que ela empurrara Frieda para longe e ficara apenas com o ódio persistente que nutria por ela.

Tremendo e em silêncio, cruzei os braços sobre a minha barriga enquanto os flocos de neve caíam ao nosso redor. Claro, fiquei aliviada por não ter sido envolvida, mas isso não diminuía o calafrio familiar da culpa. Quando trabalhava na fábrica de munições, eu me correspondi com aquelas mulheres judias que haviam sido pegas. Elas poderiam ter me entregado, ou Hania, ou tantas outras, mas não traíram ninguém. Amanhã, elas pagariam com suas vidas.

Hania deve ter identificado meus pensamentos porque me abraçou de maneira reconfortante.

— Apesar de a revolta ter fracassado, você deu esperança a muita gente. Essas mulheres morrerão como heroínas.

Ela tinha razão, mas eu não conseguia apagá-las da minha mente. Neste lugar terrível, tantas pessoas encontraram a morte por sua coragem sem igual. Eu sempre admiraria a sua bravura.

Apesar de ter saído ilesa do interrogatório da Gestapo, ele suscitou memórias que eu tinha suprimido por muito tempo. Durante o dia todo, esperei Ebner me convocar, dizendo que meu papel no contrabando tinha sido descoberto e que eu me juntaria às mulheres condenadas. Se ele tinha acreditado nas minhas mentiras ou não, era irrelevante. As mentiras não tinham me salvado da última vez.

Da última vez, eu pensei que tinha protegido minha família. Da última vez, minha falsa confissão os tinha livrado de um interrogatório, mas nos colocou em um trem. Desta vez, eu não tinha motivo para acreditar que tinha protegido a mim ou minhas amigas mais do que tinha protegido minha família.

Aquela noite, em nosso beliche, quando Hania e eu estávamos enroladas em nossos cobertores, eu repousei minha cabeça em seu colo e peguei uma garrafa de vodca que tinha conseguido depois do interrogatório. Tomei um gole e deixei o calor crescer em cada canto da minha boca antes de engolir e passar a garrafa para Hania, que a aceitou sem dizer nada.

Quando a garrafa se esvaziou, o calor formigava pelo meu corpo e a sala se movia lentamente. Eu não estava mais preocupada porque Ebner viria atrás de mim ou porque esse interrogatório levaria a resultados semelhantes aos da minha última vez. A mão de Hania permaneceu em minha cabeça, mas ela estava quieta. De alguma forma, eu acabei bebendo mais do que ela. Talvez eu acordasse com dor de cabeça pela manhã. Como uma garrafinha de líquido transparente poderia me dar uma dor de cabeça? A noção absurda me fez rir.

— Hania?

— Hmm?

— Você me conta uma história?

Ela riu e se sentou da maneira que conseguiu naquele espaço exíguo.

— Uma história para dormir para a garota que faz dezoito anos no mês que vem?

Eu sorri.

— Exatamente, *Bubbe.*

— *Oy*, acho que faz muito tempo que não conto histórias para alguém dormir, Maria.

— Não se preocupe, faz tempo que não as ouço também. Você conta em francês?

— Você quer ouvir uma história que não vai entender?

Ela riu, mas sabia o quanto eu gostava de ouvi-la falar francês. Depois que assenti, Hania passou seu dedo sobre um pequeno corte em minha bochecha e murmurou:

— *Il était une fois...*

Fechei os olhos enquanto sua cadência me envolvia nas melhores sedas francesas e enchia meu estômago com os mais saborosos doces, talvez um *croissant*, *macarón* e *mille-feuille* de uma padaria pitoresca no interior da França. Eu poderia ouvir a voz de Hania o tempo todo sem me cansar, não importava o idioma, mas seu francês me deslumbrava. Era tão delicado e lindo quanto ela. Eu não sabia a respeito do que era a história, mas, enquanto me fazia adormecer, ouvi uma palavra iídiche familiar entre os franceses. *Shikse*.

CAPÍTULO 29

BIRKENAU, 17 DE JANEIRO DE 1945

— XEQUE-MATE DE NOVO.

Hania suspirou e massageou a têmpora.

— Você ganhou quatro jogos seguidos.

— Porque você está um pouco devagar hoje, *Bubbe* — eu ri, enquanto ela me dava uma bronca em iídiche. — Revanche?

— Para você continuar a se vangloriar?

— Eu só vou me vangloriar um pouquinho desta vez, prometo.

Nós nos aconchegamos em volta do pequeno fogão, desesperadas pelo fraco calor que ele fornecia. Comecei a montar as peças de xadrez, mas Hania subiu para o nosso beliche, então recolhi-as e me juntei a ela. Deitamos juntas e observamos algumas prisioneiras caminhando pela neve alta, seus narizes vermelhos e lábios azuis. Uma mistura de neve e vento congelante caía do céu e atingia as pobres mulheres, empurrando-as até que desapareceram em outro bloco.

Duas guardas da SS passaram correndo, sem perder tempo enquanto procuravam abrigo. As guardas estavam com um humor estranho nos últimos dias. Pareciam mais ansiosas do que o normal e tinham destruído várias construções do campo e inúmeros registros, enchendo o ar com cheiro de papel queimado em vez de carne queimada. Irena estava ocupada, então não tive a oportunidade de perguntar o que tinha causado tudo aquilo.

Bem na hora, a porta se abriu e Irena fechou-a com uma batida.

— Meu Deus, está congelando! — ela exclamou, correndo para o fogão. Ela ficou lá por um momento antes de lançar um olhar de desaprovação sobre as mulheres enlameadas deitadas em seus beliches. — Vocês chamam isso de fogo? Prisioneira 16671, conserte isso.

Irena nunca invadia o nosso bloco sem motivo. Alguma coisa tinha acontecido.

Eu corri para obedecer à sua ordem. Juntei gravetos e alimentei o fogo, fingindo estar absorvida em meu trabalho enquanto ela me observava e falava em voz baixa.

— O Exército Vermelho está se aproximando. As evacuações já começaram e amanhã o setor feminino será transferido para o oeste, em direção a Loslau.

Irena não esperou para ouvir a minha resposta. Quando ela saiu, desfrutei do calor do fogo e pensei na notícia. Sairíamos de Auschwitz. Claro, isso significava que a liberdade estava chegando. Quando estivéssemos no lugar novo, eu teria que mandar um bilhete para Mateusz, assim ele saberia como me contatar se houvesse notícias sobre Fritzsch.

Ao ouvir meu relato em sussurros, Hania riu secamente.

— Nossos libertadores estão vindo, mas não haverá ninguém aqui para libertar.

— Nós podemos cruzar com as Forças Aliadas durante a transferência. Senão, pelo menos estaremos fora de Auschwitz. Isso pede um jogo de xadrez para celebrar.

Ela suspirou, mas não evitou um sorriso.

— Mais xadrez?

— Podemos jogar perto do fogão, aí ficaremos mais aquecidas do que aqui.

— Tá bom. Só mais um jogo, *shikse*.

Eu desci com um pulo e tirei a bolsa de joias de seu buraco embaixo do tijolo solto e Hania me seguiu mais devagar, com uma expressão estranha e vazia em seu rosto. Alguma coisa estava errada. Eu estava absorvida demais em nossos jogos de xadrez para notar, mas vi agora quando ela desceu do nosso beliche. Quando seus pés tocaram o chão, ela cambaleou e seus joelhos se dobraram.

Com um sobressalto, eu a segurei, antes que ela caísse no chão. Para meu alívio, ainda estava consciente.

— Hania, o que há de errado?

— Nada, nada... — ela me afastou e eu a soltei relutantemente. — Minha cabeça está doendo o dia todo, então fiquei um pouco tonta. E antes que você me pergunte, não, eu não tomei vodca.

Toquei sua testa e ela afastou minha mão.

— Você está com febre. Está com dor em alguma parte?

— É só uma dor de cabeça e eu não estou com febre.

— Responda à pergunta.

— Minhas juntas doem um pouco, mas é porque eu farei 27 anos em alguns meses. A idade está chegando para mim — disse ela com um sorriso provocador.

Ela indicou o caminho ao fogão, mas usou os beliches para se apoiar. Quando levantei seu uniforme, ela me xingou em iídiche, arrancou a saia das minhas mãos e se virou para mim franzindo a testa.

— Pra que isso? Pare de enrolar e monte o jogo. Eu não estou doente.

Mas eu já tinha visto o que estava tentando localizar. As erupções na pele.

— Hania... — deixei seu nome pairar entre nós enquanto lutava para manter a minha voz calma para o que vinha a seguir. — Você está com tifo.

Ela apertou os lábios e me olhou como se eu estivesse falando uma completa besteira.

— Nós fomos vacinadas contra o tifo, lembra?

— Isso foi há muito tempo e você...

— Chega. Eu preciso descansar, só isso, e não quero ouvir mais uma palavra sobre o assunto — ela me encarou, mas, quando falou novamente, amenizou o tom. — Eu não estou doente, *shikse.*

Hania não estava negando a doença para me deixar despreocupada. Ela tinha convencido a si mesma de que não estava doente. Pude detectar isso no aspecto obstinado da sua mirada vítrea, no medo recém-descoberto presente naqueles olhos escuros, apesar do que ela estava dizendo para mim e para si mesma. Ela não cederia, porque admitir a doença era dar um passo a mais na direção da morte. E ela tinha filhos que precisavam dela.

— Você vai ficar bem, *Bubbe*, mas está com tifo — dei um abraço nela antes que ela pudesse protestar. — Você vai descansar e eu vou pedir ajuda.

Hania tropeçava ao meu lado enquanto eu a acompanhava até nosso beliche, mas ela continuava falando em várias línguas e ouvi alguns murmúrios teimosos que surgiam em polonês e alemão.

— Impossível. Eu não tenho tifo. Eu não sobrevivi até agora pra morrer de tifo...

Assim que ela se acomodou sob os nossos cobertores, saí. O ar gelado era como um tapa no rosto, mas o terror era muito pior. *Hania,* não. *Por favor, Deus, a Hania não.*

Pressionei as minhas costas contra uma parede, mergulhei fundo nas sombras e respirei profundamente para afastar o pânico enquanto observava o meu hálito formar fumacinhas no ar. Depois de um momento, comecei a árdua jornada pela neve alta e pelo gelo. O hospital. Eu precisava chegar ao hospital.

Quando cheguei ao bloco certo, corri para dentro, gritando e ignorando os médicos e enfermeiras que me pediam silêncio.

— Janina? Janina, onde...

— Estou aqui, Maria, agora pare de incomodar os meus pacientes — as palavras vinham de uma cabeça ruiva conhecida, que permanecia abaixada enquanto sua dona administrava medicamentos em um prisioneiro semiconsciente.

Quando ela terminou, eu já estava ao pé da cama do paciente, botando a minha história para fora e implorando por remédios. Janina desapareceu para verificar seus suprimentos e eu esperei em um silêncio agitado. Quando ela voltou, sua expressão sombria destruiu minhas esperanças.

— Tudo está em falta e os guardas não nos fornecem mais nada. Isso é tudo que tenho — ela depositou três comprimidos na palma da minha mão. — Isso não é suficiente para curar Hania, nem de longe. Mas algumas doses são melhores do que nada.

Escondendo minha decepção, agarrei os comprimidos valiosos e agradeci em voz baixa antes de sair. Fiz o mesmo caminho de volta por Birkenau.

Hania ficará bem. Algumas doses são melhores do que nada. Hania ficará bem.

Eu não sabia quantas vezes eu tinha repetido este mantra quando notei um rosto conhecido andando pelo campo: Protz.

— *Herr Scharführer!* — gritei e corri atrás dele, embora ele tenha me ignorado. — *Herr Scharführer*, preciso de sua ajuda.

Ele parou para escutar. Se havia alguma coisa que eu tinha aprendido sobre o Protz era que sua ganância era ilimitada.

— O que tem para oferecer? — ele perguntou.

— Isto em troca de remédios.

Seu braço já estava estendido e pus o maior diamante que eu tinha em sua mão enluvada. Ele o inspecionou enquanto eu aguardava, lutando contra o frio e minha própria impaciência. Quando ficou satisfeito, ele olhou para mim, mas quando notei um reconhecimento em seu olhar, seus olhos se cerraram.

— A prisioneira 15177 está doente?

Eu esperava que Protz não me reconhecesse, mas ele tinha me visto com Hania várias vezes. Felizmente, eu tinha muita prática em mentir.

— Os medicamentos são para mim.

— Prove. Traga-a aqui.

Quando eu não me mexi, ele sorriu, tendo conseguido a vantagem. Comecei a pensar em outra mentira, mas desisti. Mesmo que ele estivesse errado sobre meus motivos, parecia convencido de que estava certo.

— Eu deveria atirar em você por mentir, mas prefiro ajustar os termos do nosso acordo. Isto — disse ele, mostrando o diamante — você me deu em troca da sua vida sem valor. E se você for burra o suficiente para conseguir remédios com qualquer outra pessoa, eu vou descobrir, e nosso acordo será cancelado.

O diamante estava tão perto de mim que eu poderia facilmente pegá-lo de volta, mas a vozinha me lembrou de que eu não poderia ajudar Hania com uma bala na cabeça. Saboreando sua vitória, Protz embolsou o diamante e me deixou com uma provocação final.

— Transmita à *Scheisse-Jude* os meus cumprimentos.

Suas palavras acionaram a parte de mim que ignorava todas as consequências possíveis, a parte que só se importava em agir, e as palavras saíram da minha boca tão rapidamente que não consegui impedi-las, mesmo se quisesse.

— Hania! O nome dela é Hania, seu ignorante...

Antes que eu pudesse terminar, algo bateu contra a minha bochecha e tirou o ar dos meus pulmões. Quando caí em meio à neve fresca, Protz pairou sobre mim. Ele me olhou com seu desprezo usual e eu baixei meu olhar para os seus pés, esperando. A sensação de uma bota colidindo com meu corpo era muito familiar, então, se fosse acontecer, eu queria estar preparada.

— Tenho certeza de que você sabe que a prisioneira 15177 tem um irmão que trabalha no Crematório II. Ultimamente, não há necessidade de operar a câmara de gás de lá, mas posso mudar isso e dar ao desgraçado preguiçoso alguém para arrastar para dentro dela. Mais uma palavra saindo da sua boca, polaca, e ele queimará o cadáver da prostituta judia.

Eu não sabia se Protz tinha o poder necessário para cumprir aquela ameaça, mas não era um risco que eu poderia correr. Não adiantava retrucar, de qualquer maneira. Em vez disso, observei algumas gotas de sangue pingarem do meu nariz na neve branca. Ele deve ter me dado um soco. Às vezes eu me perguntava por que ainda não conseguia me desviar dos golpes dos guardas, mesmo depois de todo esse tempo. Os passos de Protz rangiam na neve, e foram diminuindo até que desapareceram por completo. E, então, fiquei sozinha.

Era durante esses momentos em que tinha fracassado que eu sentia mais a falta do Padre Kolbe. Quando a tristeza me atingia, ele sempre sabia do que eu precisava, fosse uma palavra gentil, sua presença reconfortante, um jogo de xadrez ou seu terço. Coloquei minha mão sobre o bolso escondido, sentindo as contas redondas através do tecido fino. Ajudou, mas não importava o quanto eu tivesse tentado nos últimos anos, nunca consegui ter a resiliência do Padre Kolbe.

— Mas que diabos, Maria! Você vai congelar até a morte e está sangrando.

Eu não tinha certeza se alguns minutos ou horas tinham se passado quando a voz de Irena surgiu através do vento uivante. Limpei o sangue remanescente do meu nariz e descobri que estava congelado. Foi quando percebi como estava com frio.

— A Hania está com tifo — falar com meus dentes batendo era quase tão difícil quanto pronunciar aquelas palavras. — Não há remédios suficientes no bloco hospitalar para tratá-la e Protz se recusou a ajudar. Você tem alguma coisa?

Irena balançou a cabeça. No início, os pequenos comprimidos na palma da minha mão eram melhores do que nada; agora, eles me provocavam, lembrando-me de como eu era impotente. Eu poderia dar a ela algum alívio, mas não o suficiente. E a evacuação seria no dia seguinte.

Os mesmos pensamentos devem ter passado pela mente de Irena. Ela baixou a voz para um murmúrio.

— Maria, o plano de evacuação inclui apenas as pessoas mais saudáveis. Os doentes vão ficar aqui.

Demorei um pouco para compreender aquelas palavras. Eles estavam deixando milhares de pessoas doentes para morrer. Quando finalmente compreendi, eu balancei a cabeça. Não estava surpresa, de forma alguma. Só furiosa. E eu não deixaria aquilo acontecer com Hania.

As pessoas morriam todo dia em Auschwitz. Perder amigos, estranhos e membros da resistência era uma parte normal da vida que tivemos por tanto tempo. Mas isso era diferente. Era Hania, a minha amiga mais antiga do campo, a amiga que tinha cuidado de mim, me educado, me ensinado palavras em iídiche, a amiga a quem ensinei orações católicas e a jogar xadrez. A mulher cujos filhos mamãe tirou às escondidas do gueto, as crianças pelas quais ela lutava para permanecer viva, mesmo tendo de recorrer às medidas mais desesperadoras, as crianças que eu tinha prometido a ela que a ajudaria a encontrar. Passamos por tanta coisa juntas que não podia terminar assim. Eu não permitiria que terminasse assim.

Eu tinha um plano.

Depois de me certificar de que nenhum guarda estava se aproximando, cheguei mais perto de Irena e baixei a voz.

— Vá ao Crematório II e encontre o irmão de Hania. O nome dele é Izaak Rubinstein e ele é o prisioneiro 15162. Traga-o e me encontre nas latrinas o mais rápido possível.

Ela assentiu com a cabeça e nos separamos. Quando retornei ao meu bloco, juntei neve fresca em minha pequena caneca, derreti-a no fogão e levei para Hania. Ela estava ainda mais delirante, mas despertei-a e a fiz tomar o comprimido. Depois de beber a neve derretida, ela se acomodou em seu estupor febril.

Deveríamos estar na cama, por isso fui forçada a aguardar até que os guardas da SS terminassem de vagar pelo lado de fora dos blocos. Aconcheguei-me perto de Hania, fornecendo a ela um pouco mais de calor, dizendo palavras tranquilizadoras e gentis em um sussurro. Depois que os latidos tanto dos guardas como de seus pastores-alemães terminaram, eu escapei pela noite congelada, evitando os holofotes, me escondendo na escuridão. Minha jornada era incrivelmente lenta, mas, entre a temperatura gelada e os guardas que atirariam em qualquer coisa que se movesse, acelerar era impossível.

Dentro das latrinas, duas figuras conhecidas esperavam na sombra, e uma delas me fez parar subitamente.

Izaak tinha mudado. Ele parecia ter envelhecido uns dez anos, mas não foi aquilo que me chocou. Eram seus olhos. Eu esperava encontrar alívio e felicidade quando ele me visse depois de todo esse tempo. Em vez disso, os olhos que uma vez carregavam intensidade e calor agora mostravam uma escuridão assombrada, dolorosa. E raiva. Tanta raiva.

— Por que eu estou aqui, Maria, e quem é essa? — ele apontou um dedo acusador para Irena.

— Uma amiga, mas não há tempo de explicar. É Hania.

Ao mencionar sua irmã, eu esperava que um pouco de preocupação, amor ou algo assim, qualquer coisa, afastaria sua hostilidade. Em vez disso, ele ficou ainda mais furioso.

— O que aquele desgraçado fez com ela?

Izaak não precisava mencionar o nome de Protz para que eu soubesse a quem ele se referia; eu me segurei para não levar a mão até a área dolorida que o punho dele tinha deixado perto do meu nariz, que certamente se tornaria um hematoma.

— Nada. Ela está doente. O campo será evacuado amanhã e os doentes serão deixados para trás — engoli em seco, irritada. — Eu... Eu pensei que você quisesse ficar com ela. Você pode se esconder nas latrinas e, quando todos tiverem saído, poderá cuidar dela até que os soviéticos cheguem.

— Eu já adicionei o seu número à lista de mortos — disse Irena. — Sua ausência não será notada.

Izaak ficou em silêncio. Ele olhou para mim, para Irena, e então balançou a cabeça em um consentimento rápido. Depois que agradeci e prometi visitá-lo pela manhã, Irena me acompanhou de volta ao meu bloco. Enquanto andávamos, senti que os olhos dele continuavam sobre mim e cruzei meus braços para afastar um arrepio.

— Eu só estive perto dos crematórios e das câmaras de gás umas poucas vezes, mas foi o suficiente — disse Irena. — Se você tivesse visto o que o *Sonderkommando* viu, você entenderia.

De volta ao meu bloco, deitei-me em silêncio, incapaz de dormir. A respiração fraca de Hania pairava sobre mim enquanto eu movia meus dedos pelas contas do terço. Desperdicei quase quatro anos da minha vida neste lugar. Amanhã, isso terminaria. O pensamento deveria ter me confortado, mas não. Não agora que eu estava deixando Hania e Izaak. E eu estava deixando a libertação. Os soviéticos chegariam a qualquer momento, mas eu não estaria lá. A liberdade estava só um pouco além do meu alcance e, com ela, a possibilidade de confrontar Fritzsch. Até que eu ouvisse dele a verdade, minha luta por sobrevivência, por justiça, continuaria. Somente a justiça tinha o poder de aliviar a dor em meu peito, uma dor que ardia pela falta da minha família e que me levava a imaginá-los de pé no pátio entre os Blocos 10 e 11. Sua confusão, sua tristeza, seu terror.

Apertei o terço com mais força, afastando aquele pensamento enquanto respirava fundo, estremecendo. Algum dia a fuga aconteceria; por ora, as barras da minha prisão não tinham enfraquecido.

Minha prisão não tinha acabado. Apenas estava mudando.

CAPÍTULO 30

AUSCHWITZ, 20 DE ABRIL DE 1945

APESAR DA MINHA ORDEM para se desfazer dela, Fritzsch não toca em sua arma. Em vez disso, ele olha para o seu rei em xeque antes de se acomodar em sua cadeira e me observar com a pistola em minhas mãos trêmulas.

— Você planeja me matar como eu matei aqueles polacos? Quer me ver morrer como você viu morrer o prisioneiro 16670?

Cada parte de mim quer atirar nele, puxar o gatilho e enterrar uma bala em sua cabeça. A dor me incita a fazer isso. Mas a minha inteligência, minha derradeira peça neste jogo, me incita a fazer uma jogada diferente. O terço do Padre Kolbe pesa em meu bolso e quase posso ouvir a sua voz gentil me guiando, como fizera tantas vezes antes, removendo-me da escuridão desse lugar terrível dentro de mim. As cicatrizes das minhas queimaduras de cigarro formigam, cinco marcas para os cinco Florkowskis, alinhadas acima de cinco números tatuados, a marca em minha pele que reflete a marca que este lugar deixou em minha alma. E aqui, tão perto que o cano da minha arma não deve estar nem a um metro do seu peito, está o homem que assassinou todas as pessoas que eu amava.

Fritzsch espera pela minha resposta, então, escolho a minha jogada. Eu escolho a minha inteligência.

— Eu não vim aqui para matá-lo. Você tem o resto da eternidade para queimar no inferno. Ponha a sua arma no chão e eu vou entregá-lo às autoridades. Então, você confessará tudo que fez. Você será preso e acusado pelos seus crimes, e eu vou confirmar a sua confissão e mostrar a todos as cicatrizes que você deixou nas minhas costas. Você será sentenciado à morte ou à prisão perpétua, mas espero que seja à prisão, para que viva uma vida longa e horrível encarcerado. E você nunca escapará.

A chuva parou. Os únicos sons são da minha respiração trêmula e das batidas do meu coração chegando aos meus ouvidos, com os nomes passando repetidamente pela minha mente. *Mamãe, papai, Zofia, Karol, Padre Kolbe.*

Fritzsch ri.

— Discursos enlouquecidos e algumas cicatrizes não são suficientes em um julgamento. Por que passar por tudo isso se você pode simplesmente puxar o gatilho?

A sugestão elimina todo o resto, tudo — exceto o coro de nomes que segue o mesmo ritmo do meu coração acelerado. Como se, por conta própria, meu dedo se movesse em direção ao gatilho. Uma bala. Isso é tudo de que preciso.

— Se você tentar testemunhar em um tribunal, não conseguirá fazê-lo sem perder o controle, então, perderá toda a credibilidade. Ninguém vai acreditar em uma palavra do que você disser — Fritzsch empurra sua cadeira para longe da mesa e se levanta, expondo a frente de seu corpo para mim. — Você conseguiu chegar até aqui, Prisioneira 16671. Não arruíne isso.

O gatilho é suave e escorregadio em meu dedo molhado e frio. Uma bala.

Só uma bala.

CAPÍTULO 31

Marcha da Morte, 18 de janeiro de 1945

Depois de uma noite de sono intermitente, escapei do meu bloco enquanto o toque de recolher noturno ainda estava em vigor. Armada com um pacote de pertences, corri para as latrinas.

Embora ainda estivesse escuro quando entrei e fechei a porta, encontrei Izaak sentado com as costas apoiadas na parede oposta. Quando me aproximei na ponta dos pés, ele não se levantou e, de repente, me senti uma intrusa.

— A Hania está morta?

A pergunta parecia tão impassível. Eu pisquei e pigarreei.

— Não, mas a febre dela está pior. Eu trouxe os dois últimos comprimidos, então, certifique-se de que ela os tome. Aqui, isto ajudará até que o Exército Vermelho chegue.

Eu ofereci a ele todo o meu pacote. Embrulhados dentro de um cobertor, escondi os produtos que Hania e eu ainda tínhamos: comida, os comprimidos, meias, luvas, sabonete, uma escova de dente extra, uma tigela pequena, um pente quebrado, fósforos, cigarros e carvão. Izaak aceitou com um breve meneio.

Resmungando um adeus, voltei ao meu bloco antes que minha ausência fosse notada. Encolhida em nosso beliche, Hania parecia menor e mais fraca do que nunca. Envolvi meu braço em sua cintura e observei a agitação de seu peito subindo e descendo. Meu único conforto era que ela estava viva.

Lá fora, um zumbido de vozes indicava que os guardas da SS começavam a se reunir e, quando olhei para a janela, ameaçava nevar. Já estava quase na hora.

Virei de bruços e levantei os antebraços para poder olhar no seu rosto.

— Me escute, *Bubbe* — eu sussurrei. — Tenho que sair, mas o Izaak vai tomar conta de você. Vocês vão sobreviver e vamos nos encontrar em Varsóvia para buscar os seus filhos. Jakub e Adam precisam de você. E eu também. Sobreviva, Hania, você entendeu? Sobreviva.

Seus olhos permaneceram fechados. A testa estava franzida e os lábios, rachados e secos, mas enquanto eu colocava o cobertor em volta do seu corpo frágil, rezei para que alguma parte dela me ouvisse. Beijei sua testa ardente, salpicada de gotas de suor mesmo neste bloco gelado, e enxuguei uma das minhas lágrimas que havia caído em sua bochecha.

Então os gritos começaram, os gritos que me saudaram ao chegar a Auschwitz, os gritos que ouvira todos os dias desde então. *Raus, schnell!* Eu não obedeci.

Incontáveis inocentes jamais escapariam deste lugar terrível. Um, cujo manquejar representava bravura e compaixão, qualidades que eu sonhava emular; outra, cujo espírito fervoroso havia acendido também o meu; uma, cuja curiosidade era tão ilimitada e irrestrita quanto seus cachos dourados; outro, cuja exuberância juvenil encontrava alegria constante até na simplicidade; um, cuja natureza altruísta tinha me resgatado da escuridão sufocante; aqui, diante de mim, uma que lutava contra as garras venenosas da doença e da morte, deixada com a promessa de uma libertação que poderia chegar tarde demais. Que direito eu tinha de sair quando tantos tiveram essa chance negada?

Eu mal senti o porrete ou ouvi a voz me mandando sair. Eu atrasei o máximo que pude. Soltar Hania e descer do meu beliche foi uma das coisas mais difíceis que já fiz.

Depois de receber uma pequena ração de pão, formamos filas de seis para marchar até o campo principal. Encontramos um lugar na parte de trás da multidão, onde Irena perambulava ao meu redor. Fomos em direção ao portão e ergui a mão na altura do meu pescoço para sentir o crucifixo dela através de meu uniforme. Depois, encontrei o bolso da saia onde eu havia guardado o terço do Padre Kolbe. Mas havia algo que eu tinha esquecido de colocar naquele bolso.

Minhas peças de xadrez.

Eu queria ter trazido minhas peças de xadrez quando saí. Se eu corresse, poderia voltar ao meu bloco, pegá-las e me juntar novamente ao grupo antes que alguém notasse. Não levaria muito tempo.

Quando me virei para colocar meu plano em prática, Irena me agarrou. Ao mesmo tempo, outra mulher hesitou e um homem da SS atirou na cabeça dela.

Irena me arrastou por mais alguns passos adiante, fazendo parecer que eu a estivesse acompanhando, e então me soltou antes que alguém nos visse. Eu não tinha escolha. O destino da mulher seria o meu se eu não ficasse na fila. Com um último olhar para os conjuntos de edifícios de tijolo e madeira que se estendiam pelo terreno, onde Hania e as peças de xadrez permaneciam, engoli um nó repentino na garganta e continuei andando.

Depois de nos juntar a mais prisioneiros no campo principal, caminhamos alguns quilômetros até Rajsko, onde mais colunas nos aguardavam. A partir daí, seguimos em frente. O frio era impiedoso. Eu tinha algumas camadas de roupas sob meu uniforme, mas não eram suficientes para combater a nevasca que nos atacava de todos os ângulos enquanto caminhávamos em meio à sua fúria.

Como eu estava na parte de trás, inúmeras fileiras marchavam à frente em meio ao vento uivante e à neve. Mesmo se eu não estivesse seguindo a multidão, a trilha era óbvia. Quanto mais marchávamos, mais pessoas ficavam para trás ou desmaiavam de frio ou exaustão. Novos e velhos prisioneiros, amigos e estranhos. E todos recebiam um tiro. Alguns imploravam por suas vidas, outros não se importavam. Cadáveres eram jogados nos dois lados da estrada e sangue vermelho encharcava a neve. Um corpo me chamou a atenção enquanto marchávamos, e notei o cabelo ruivo curto e conhecido. Janina.

Quando a ração de pão acabou, não recebemos mais nada. À minha frente, um homem passara o dia todo consumindo punhados de neve, plantas, legumes apodrecidos, qualquer coisa que ele conseguisse encontrar pelo caminho. Ele escondia dos guardas e dos outros prisioneiros o que achava, comendo com uma voracidade que eu conhecia bem. Eu tinha coisas variadas dentro dos bolsos secretos do meu uniforme, mas deixara toda a comida com Hania e Izaak. Combati a fome penetrante em silêncio.

Embora eu estivesse com inveja de vê-lo comer, não demorou muito para que o estômago do preso o traísse. Eu podia dizer pelo modo como seu andar tornara-se mais difícil, como seus braços envolviam sua barriga, como ele parou de procurar por comida. Minha inveja se transformou em compaixão e desejei que ele continuasse, resistisse às dores que atacavam seu interior, mas a situação estava além do seu controle. Depois de alguns minutos agonizantes, o *häftling* se agachou na estrada, incapaz de continuar, enquanto os outros seguiam em volta dele. Até que a última coluna passou, deixando-o exposto para os guardas. Uma bala acabou com ele antes que a doença pudesse ter uma chance.

Continue andando. Viva. Lute. Sobreviva.

Apesar do frio intenso, mantivemos um ritmo vigoroso durante o dia todo. Eu me agrupei com meus companheiros de prisão para me aquecer e fiquei na ponta do grupo para estar perto de Irena. Quando a mulher ao meu lado caiu e me disse para deixá-la para trás, eu a pus de pé e coloquei seu braço sobre meus ombros antes que os guardas vissem que estávamos atrasando. Juntas, seguimos em frente.

Apoiei a mulher até que ela me soltou cuidadosamente. Caminhamos em silêncio pelos próximos minutos. Então, ela correu.

Um dos homens da SS sacou a sua pistola e apontou para ela. A mulher invadiu a floresta, tropeçou e desabou com um grito agonizante. Seu rosto se contorcia de dor, e eu avistei um osso brilhante projetando-se de sua perna enquanto seus gritos desesperados atravessavam a estrada aberta.

— Atire em mim, por favor, atire em mim!

O homem apontando para ela abaixou a arma. Nenhum dos outros guardas puxou a deles. Os apelos da mulher foram abafados pelo som dos passos.

Continue andando. Viva. Lute. Sobreviva.

Nos arredores de Miedźna, fizemos uma pausa para pernoitar. Cobertos de neve e gelo, a pele rachada, crua e sangrando, delirantes, pouco mais que cadáveres em movimento, fomos tropeçando até um grande celeiro, nosso abrigo para aquela noite. Quando me joguei em uma cama de palha improvisada, as dores latejantes que atacavam meu corpo eram insuportáveis, mas a exaustão assumiu o controle, puxando-me para suas profundezas tenebrosas.

Mal fechara os olhos quando alguém me ordenou que acordasse novamente. A única coisa em minha mente era a fome. A dor era familiar, mas não havia como me acostumar com ela; ela dominava tudo, até mesmo o frio debilitante e meus pés exaustos e com bolhas. Eu não queria me mover, queria ficar naquela palha suja, que causava coceira, e deixar que a fome, o frio ou uma bala acabassem com essa existência terrível. Mas me levantei e saí do celeiro.

Irena estava do lado de fora da porta do celeiro, observando enquanto saíamos. Quando passei, ela agarrou meu braço para me apressar. Enquanto fazia isso, sua mão livre roçou a minha, tão brevemente que ninguém percebeu. Fechei meus dedos em torno do pedaço de pão que ela colocou na palma da minha mão.

O segundo dia foi ainda mais árduo do que o primeiro, mas o padrão permaneceu o mesmo. Andar, passar fome, frio, tiro, viver, lutar, sobreviver.

Mais prisioneiros tentaram escapar. Uns poucos conseguiram. A maioria, não. Alguns foram baleados enquanto corriam, outros foram capturados e trazidos de volta para que pudéssemos testemunhar suas execuções. Sangue e morte. Tanto sangue, tantas mortes.

Tentar escapar teria sido imprudente. Mas, à medida que cada passo se tornava mais difícil, a fuga estava sempre presente em minha mente. Quando encontrava o olhar de Irena, suspeitava de que isso estava na mente dela também.

O único pessoal da SS que nos cercava eram alguns poucos homens e mulheres, incluindo Protz. Ele vinha em uma motocicleta e ia e voltava pelas colunas de prisioneiros, atirando sempre que tinha uma oportunidade. Ninguém estava prestando atenção em mim, então olhei para Irena novamente. Ela olhou de volta antes de mover seus olhos para a estrada à frente, quando fez um pequeno aceno ligeiro. Assim, nosso acordo mútuo foi fechado.

Quando houvesse uma oportunidade, escaparíamos.

Ao meio-dia, senti como se tivéssemos caminhado por semanas. Mexi os dedos dos pés para aliviar o inchaço doloroso e o frio que entorpecia, depois peguei outro punhado de neve discretamente. Quando me endireitei, coloquei-o na boca. A neve derreteu no calor da minha língua, a única parte de mim que estava quente, e eu a saboreei tanto quanto pude. Quando acabou, o vazio no meu estômago não tinha melhorado, mas tentei me convencer de que sim.

Enfiei meus dedos congelados nas mangas, na esperança de aquecê-los. Ignorando os gritos e tiros ao meu redor, senti a pele áspera e irregular das minhas cicatrizes de queimaduras de cigarro e tracei o meu número de prisioneira, embora não pudesse ver ou sentir a tatuagem.

Quando meus dedos ficaram mais quentes, cruzei meus braços e inclinei a minha cabeça contra o vento, marchando para a frente. Passei por um corpo caído no caminho. Não nevava mais, uma pequena bênção sobre essa evacuação amaldiçoada. Eu estava na fileira da esquerda, então tinha à minha frente e ao meu lado direito uma pequena proteção, graças aos outros prisioneiros. Além disso, havia uma fileira de presos atrás de mim. Não era uma posição ideal, mas era a melhor maneira de ficar perto de Irena sem levantar suspeitas.

Um som familiar perturbou o ruído rítmico dos passos. O homem atrás de mim tropeçou. Ele não tinha caído, mas agora estava a alguns passos da fileira, então, eu sabia o que esperar em seguida. O tiro.

Quando o estalo perfurou o ar, algo colidiu com as minhas costas e me jogou no chão. A queda foi dura e dolorosa o suficiente para me deixar sem fôlego. Pisquei atordoada para clarear minha visão. Deram um tiro em mim? Eu não me sentia ferida e não achei que estava ficando para trás da coluna, mas meus pulmões não estavam se expandindo o suficiente para que eu pudesse inspirar adequadamente.

Não, não era um ferimento que estava afetando a minha respiração; algo estava em cima de mim, me prendendo no chão. O homem morto.

Caímos com metade do corpo na estrada e metade fora dela. Da minha posição, achei que ninguém podia me ver. Um guarda atiraria em mim se me visse correndo de volta para a minha posição, e atiraria também se me encontrasse sob o cadáver. Mas se eu continuasse escondida e evitasse ser descoberta, eu conseguiria escapar com sucesso.

Então, eu não me mexi.

Segurando minha respiração, espiei pelo vão entre a estrada e o ombro do homem morto, observando as colunas de prisioneiros. Nenhum dos homens ou mulheres da SS parou, ninguém se preocupou em saber onde eu estava, ninguém para dar uma última olhada no homem morto. Ninguém percebeu.

Tudo que eu precisava fazer era alertar Irena.

Ela andava pelo lado esquerdo, perto da última fileira de prisioneiros, e eu vi os pés dela conforme eles passaram. Protz estava perambulando perto dela. Quando ela ficou a poucos metros de mim e do homem morto, lançou um olhar cuidadoso por cima dos ombros. Claro que eu não precisei alertá-la. Ela já sabia.

Quando ninguém estava olhando, Irena caiu e segurou sua perna direita.

— Merda!

Com o grito dela, Protz parou e desceu da moto.

— Que droga de tempo. É o seu tornozelo?

Irena assentiu, fazendo uma careta. Ele se aproximou, mas ela mordeu o lábio e o afastou com um aceno, como se estivesse com muita dor para falar.

Os prisioneiros continuaram marchando, ficando cada vez menores a distância, mas um guarda se virou.

— Protz, Lichtenberg, vamos! — ele gritou.

— Certo, vou começar a rastejar — respondeu Irena, olhando furiosamente para ele.

— A gente te alcança — disse Protz. — A Frieda está machucada.

O guarda assentiu com a cabeça e retornou ao grupo. Protz sentou-se ao lado de Irena, que estava cuidando de sua perna supostamente machucada, se encolhendo e praguejando. Eu tive a impressão de que ela gostava do teatro que acompanhava nossas farsas, embora nunca admitisse.

Quando Protz se inclinou para mais perto dela, ela deu um tapa na mão dele.

— Desgraçado, não me toque.

É claro que ela faria questão de atormentá-lo.

Protz não contestou e ela o ignorou, concentrada no ferimento, enquanto as fileiras de prisioneiros desapareciam pela estrada. Por fim, depois que os tiros ficaram distantes, ela suspirou.

Protz pareceu decidir que era seguro enfrentá-la.

— Está melhor?

— De jeito nenhum.

— Que bom, você vai andar na moto comigo por alguns dias.

— Bem, fico feliz que meu infortúnio lhe traga tanto prazer, Ludolf — disse ela com uma risada sarcástica.

Eu fiz uma careta. Ludolf?

Irena voltou sua atenção para o tornozelo, mas Protz agarrou seu queixo e pressionou seus lábios nos dela. Imediatamente, ela ficou tensa e tive que me esforçar para permanecer escondida. De alguma maneira ela suportou aquilo, mas, na hora que ele colocou a mão na parte de dentro das coxas dela, ela o empurrou com um sobressalto.

— Afaste-se de mim! — o grito instintivo saiu em polonês, não em alemão.

Não, não, não.

— Mas que diabos você disse, Frieda? Desde quando você fala polonês?

Pelo amor de Deus, Irena, recomponha-se.

Ela não respondeu de imediato. Por fim, forçou uma risada nervosa.

— Meu Deus, passei tempo demais com aquelas polacas. Me ajude a levantar.

Protz se levantou, deixando-a onde ela estava.

— Você é uma *Volksdeutsch*? Por que você não disse?

Irena poderia ter dito que sim. Seria a resposta mais fácil e segura. Porém, quando ela olhou para mim, tão brevemente que Protz nem percebeu, eu soube que a resposta dela seria arriscada. Estúpida. Inconsequente até.

Sua escolha deveria ter me aterrorizado. No entanto, à medida que eu tirava o cadáver de cima de mim, ela me acalmou.

De seu lugar no chão, Irena olhou para Protz e sorriu.

— Eu não sou uma *Volksdeutsch*. Tampouco sou alemã. E com certeza eu não sou Frieda Lichtenberg.

Quando Protz foi pegar sua arma, eu saltei. Ele atirou em direção ao movimento repentino, mas, ao mesmo tempo, Irena lhe deu uma rasteira. O tiro foi parar na floresta e, quando Protz caiu de costas, a arma voou de suas mãos. Ela pulou para pegá-la, mas ele não estava muito longe. Ele agarrou a perna dela e ela tentou chutá-lo enquanto brigavam pela pistola.

Segurando duas pedras que apanhara enquanto me escondia, corri na direção deles, mas até eu chegar Protz já tinha segurado Irena no chão, o que a deixava incapaz de pegar a pistola dela. Enquanto ela se contorcia, ele se esticou, seus dedos a apenas centímetros de sua arma.

— Saia de cima dela, seu filho da puta estúpido!

Meu grito distraiu Protz apenas por um momento, mas foi suficiente. Ele olhou por cima do ombro para mim, dando a Irena o espaço de que ela precisava para dar uma cotovelada no peito dele e pegar sua pistola. Protz atacou novamente enquanto eu atirava minhas pedras nele, e quando ele pegou a arma, Irena levantou a dela e golpeou-o na nuca. Ele desmaiou.

Irena o empurrou. Eu não tinha certeza se Protz estava vivo ou morto, mas não ficamos lá para descobrir.

Corremos. Os prisioneiros já estavam longe, mas era apenas uma questão de tempo antes que outro guarda voltasse para ver por que Protz e Irena não os alcançaram. Nós disparamos pela floresta, lutando contra arbustos que se enroscavam em nossas roupas, abrindo espaço pela neve, escorregando no gelo, tropeçando nos galhos, abrindo a maior distância possível entre nós e a estrada. Quando não podíamos mais correr, paramos. Por um momento, ficamos sem fôlego até para falar.

De maneira nenhuma aquilo já poderia ser considerado uma fuga de sucesso, mas uma combinação estranha de tensão e alegria surgiu em meu peito. Era um passo a mais para a liberdade. Para encontrar Fritzsch e agir contra ele, agora que a posição da Alemanha na guerra estava enfraquecida. Se os nazistas fossem derrotados, eles certamente seriam forçados a pagar por seus inúmeros crimes, e quando Fritzsch admitisse que matou a minha família, eu gostaria de vê-lo sendo responsabilizado.

— Que performance espetacular, Marta Naganowska — eu disse, olhando para Irena com um sorriso provocador e usando seu velho nome da resistência.

— Obrigada, Helena Pilarczyk, aprendi com a melhor. E, se não estou enganada, essa foi a primeira vez que a vi falar um palavrão.

— Aprendi com a melhor.

Irena deu um sorriso satisfeito antes de tirar o sobretudo e oferecê-lo a mim. Quando hesitei, ela deu um suspiro exasperado.

— Você vai fingir que não está com frio nessa coisa patética que te deram pra vestir? Vista o maldito casaco. E, sim, eu vou pegá-lo de volta depois — ela acrescentou, revirando os olhos.

Satisfeita com o acordo, obedeci. O casaco era pesado e de lã, mais quente do que qualquer coisa que eu tivesse usado em muito tempo. Enrolei-o em torno de mim e coloquei as luvas de couro de Irena sobre minhas mãos dormentes. Agora que tínhamos recuperado o fôlego, continuamos andando.

Fazia anos desde que estivera em uma floresta pela última vez e, apesar de estar congelando, o frio, que há pouco não era nada além de meu inimigo, também se tornara uma fonte de fascínio. Pingentes de gelo pendiam dos galhos, refletindo a luz do sol poente que espreitava por entre as árvores. Uma teia de aranha congelada brilhava contrastando com um arbusto enquanto um cobertor de flocos de neve cobria um tronco caído. Pequenos movimentos indicavam criaturas minúsculas se abrigando, tão rápidas que, ao me virar para o movimento, elas já tinham desaparecido, deixando seus pequenos rastros. O solo estava coberto de neve e congelado, mas com camadas de folhas caídas e galhos que cediam sob meus pés, muito mais macios do que a lama congelada sobre a qual eu caminhara nos últimos invernos.

Eu saí de um mundo e entrei em outro totalmente novo. Um, de sofrimento e morte; o outro, de beleza e tranquilidade. Era difícil imaginar o mesmo inverno criando ambos.

— Por que não roubamos a moto do Protz para chegarmos à cidade mais próxima? — murmurou Irena depois de andarmos por um tempo. Ela cruzou seus braços com mais firmeza quando o vento gelado passou por nós, tão frio que fazia meus olhos arderem.

— Você não poderia ter sugerido isso antes de fugirmos?

— Eu não tinha pensado nisso até agora. Por que você não sugeriu? Você é a que inventa os planos ridículos, não eu.

— Certo, desculpe. Como está o seu tornozelo?

Irena cerrou os olhos, mas não disfarçou um pequeno sorriso. Ela xingou quando tropeçou em uma raiz camuflada pela neve. Apesar do clima rigoroso, eu estava feliz que não tínhamos passado mais tempo do que o necessário na estrada aberta. Se tivéssemos ido de moto até a cidade, poderíamos estar em risco de nos expor a civis, homens da SS, qualquer um que poderia nos ver. Pelo menos aqui estávamos sozinhas. Mas uma cidade ofereceria calor, comida e abrigo, o que quase fazia o risco valer a pena.

— Você pelo menos sabe guiar uma moto, Irena?

— Não.

Conforme prosseguimos, listras azuis e cinza chamaram minha atenção. Quando eu devolvi o sobretudo e as luvas a Irena, ela seguiu meu olhar até o cadáver e se virou enquanto eu o inspecionava. Um jovem, quase da minha idade, rígido de frio, coberto de gelo e neve. O uniforme em frangalhos, desgastado demais para ser útil. Bolsos vazios. Eu me ajoelhei ao lado dele e ergui seu pulso magro. Algo estava preso em seus dedos congelados, algo que eu reconheci de imediato: meia ração de pão. Ele devia tê-la guardado e estava tentando comer quando o frio o incapacitou de seguir com o esforço. Com alguma dificuldade, eu abri seus dedos para alcançar a oferenda e segurei com força o pedaço sagrado, comprovando sua existência.

A sobrevivência era um instinto egoísta. O desespero não deixava tempo para a gratidão. Ainda assim, quando a boa sorte me encontrou, eu fiz o melhor para reconhecê-la, como se meu agradecimento ao favor incentivasse o destino a enviar mais bênçãos para mim. Mesmo com uma estratégia tão implacável como a sobrevivência, tirar proveito do sacrifício de outra pessoa nunca pareceu um jogo justo.

Sussurrei um agradecimento ao homem morto antes de voltar para o lado de Irena. Assim que consegui partir o pão ao meio, ofereci um pedaço para ela. Ela balançou a cabeça enquanto sua boca se contorcia de desgosto.

— É todo seu. Prefiro não comer algo que estava em um cadáver.

Uma colocação válida, mas, quando nossos olhares se encontraram, ela desviou o dela, provando que essa não era a única razão por trás de sua recusa.

— Eu vi como você olha para mim, Irena. Você não pode me tratar como se eu fosse frágil.

— Meu Deus, Maria, você é frágil. Depois do que você passou, deveria saber disso melhor do que ninguém.

— A fome não escolhe as pessoas. Você não está mais preparada para lutar do que eu e, diferentemente de você, eu não tenho uma filha que precisa da mãe.

Ao ouvir aquilo, ela respirou fundo e quebrou um pingente de gelo de um galho de bétula.

— Eu tenho muito mais chances de voltar para ela do que você. Você sabe disso. E não vou deixar de maneira nenhuma que você morra depois de sobreviver àquele inferno.

Fiquei em silêncio por um instante, deixando minha irritação passar.

— Você disse que nós duas sairíamos vivas de Auschwitz, lembra? Não pretendo fazer com que isso mude.

Desta vez, quando ofereci o pão, ela aceitou. Depois de engoli-lo, olhou para o cadáver e a cor sumiu de seu rosto. Eu a empurrei para longe, amaldiçoando minha própria estupidez. Por que eu não esperei até que estivéssemos mais distantes?

Segure esse vômito, Irena, por favor, segure.

Ela o fez com grande dificuldade.

Nós continuamos. Nossa busca por comida foi inútil, então comemos neve, várias raízes e caramujos. Foi preciso muita persuasão para convencer Irena a comer os caramujos. O ar frio doía quando tocava meus pulmões e me envolvia em seu abraço congelado, mais apertado e mais doloroso a cada passo, sugando a pouca energia que restava em meu corpo. Não sobreviveríamos à noite nesta floresta.

A luz do dia estava quase desaparecendo quando as árvores começaram a rarear. Rezei para que isso significasse que estávamos nos aproximando da borda da floresta. Continuamos andando até que uma visão bem-vinda confirmou minhas expectativas. Diante de nós, uma pitoresca casa de fazenda se erguia em um terreno aberto. Filetes de fumaça saíam de sua chaminé e um homem idoso, o fazendeiro, emergiu do celeiro, empunhando um machado. Ele passou alguns minutos cortando a pilha de toras reunida ao lado do celeiro até que uma senhora idosa o chamou de dentro da casa.

Suas vozes atravessaram o campo e chegaram aos meus ouvidos. Alemão. Notei a bandeira ondulando em um mastro perto da casa, e não precisei da luz do dia para reconhecer o círculo branco, a suástica preta e o fundo vermelho.

— Droga, eles são *Volksdeutsche*. Por que não encontramos um bom casal polonês? — murmurou Irena, rindo depois. — Bem, acho que podemos bater na porta e pedir uma cama em vez de entrarmos de fininho no celeiro.

— Fico contente em saber que você está pensando o mesmo que eu.

Irena olhou do meu sorriso dissimulado para a fazenda e de volta, com os olhos arregalados.

— Eu não estava falando sério.

— Você é uma guarda do campo, lembra? Uma guarda exigiria um lugar para ficar. Como eles são *Volksdeutsche*, ficarão felizes em ajudar. Ficaremos aquecidas e teremos uma refeição decente.

— Não parece maravilhoso jantar com o inimigo?

Ignorei seu sarcasmo e continuei com a nossa história.

— Você e seus colegas estavam transferindo presos para Loslau e eu tentei escapar, mas você me pegou. Já que nos separamos do grupo, precisamos de um lugar para passar a noite. E lembre-se: você não fala polonês.

Quando abri um sorriso divertido, ela olhou fingindo me repreender.

— Se você tentou escapar, por que eu não atirei em você?

— Você não conseguiu uma boa mira, você não queria gastar uma bala comigo, sei lá — respondi com um aceno impaciente. — Eles não vão questioná-la sobre a decisão que tomou. Pegue a sua pistola e vamos.

Irena segurou a pistola frouxamente e conduziu o caminho. Quando não a segui, ela olhou para trás.

— Quê?

— Isso é o melhor que você consegue fazer, Frieda?

Ela cerrou os dentes.

— Eles não conseguem ver a gente.

— Não agora, mas se eles olharem para fora e nos virem andando até a porta como duas amigas em uma caminhada noturna, você acha que vão acreditar na nossa história?

— Meu Senhor.

Ela suspirou, tirou um fio de cabelo do rosto e agarrou meu antebraço. Quando olhei para ela novamente, agarrou com mais força a contragosto e pressionou o cano da pistola nas minhas costas.

— Muito melhor — meneei a cabeça em aprovação, enquanto Irena me forçava a andar na frente dela. — Não se esqueça de ser convincente.

— Cale a boca.

— Perdoe-me, *Frau Aufseherin*.

— Porra, Maria.

Quando chegamos à casa, Irena bateu na porta até que a mulher atendeu. Irena não disse nada, esperando que ela falasse, mas a mulher pareceu tão surpresa que eu tive que me segurar para não rir. O fazendeiro se juntou à esposa na porta e imediatamente ergueu seu braço direito em uma saudação romana. A mulher piscou, como se estivesse saindo de um estupor, e o imitou.

— *Heil* Hitler — eles disseram em uníssono.

— *Heil* Hitler — respondeu Irena, com um leve indício de força, embora o fato de estar me segurando tenha dado a ela um motivo para evitar erguer o braço direito. — Frieda Lichtenberg, *Aufseherin* de Auschwitz-Birkenau.

— Hermann Meinhart e minha esposa, Margrit — ele respondeu. — O que podemos fazer por você, *Frau Aufseherin*?

Depois que Irena contou a nossa história, Frau Meinhart abriu caminho e mandou o marido sair da porta. Quando entramos, olhei à minha volta. Era a primeira vez que eu entrava em uma casa em quase quatro anos. Caminhamos pelo chão de madeira até a sala de estar, onde havia um sofá, um tapete e duas poltronas. Um fogo animado dançava na lareira enquanto uma pequena prateleira acima da borda exibia uma fotografia de casamento emoldurada e alguns retratos de bebês. Um aroma tentador de carne e legumes soprava do fogão quando chegamos a quatro cadeiras e uma mesa quadrada posta, com uma toalha floral, um pequeno pão em uma travessa, dois guardanapos de pano brancos, duas colheres e duas tigelas.

Eu não sabia por que, mas uma simples casa foi demais para mim e me levou às lágrimas. Ainda bem que chorar era adequado ao meu papel em nossa farsa. Quando Frau Meinhart indicou duas cadeiras vazias, engoli o choro e me preparei para sentar-me, mas Irena não deixou. Ela me mantinha a uma certa distância, como se estivesse muito enojada para chegar mais perto.

— Aonde você pensa que vai, sua criatura imunda? Você não vai fazer nada até limpar cada milímetro de sujeira do seu corpo.

Eu queria dar um beijo em cada uma de suas bochechas.

Herr Meinhart colocou duas tinas de madeira em frente à lareira, uma para mim, outra com uma tábua de bater roupa para o meu uniforme, e então buscou água do poço, que *Frau* Meinhart aqueceu no fogão. Quando terminaram, eles desapareceram nos fundos da casa, dando a mim alguma privacidade, enquanto Irena fingia que ficaria de guarda; em vez disso, ela se sentou à mesa com as costas viradas para mim. Mesmo no campo ela sempre dava um jeito de não olhar para mim quando eu estava sem o meu uniforme. Talvez ela não quisesse que eu me sentisse como se estivesse sendo inspecionada; talvez ela duvidasse de sua capacidade de suportar a visão do que havia por baixo dele.

Desinfetei o meu uniforme primeiro, eliminando cada um dos insetos e usando a tábua para esfregar as camadas de sujeira. Quando terminei, a roupa continuava encardida e manchada, mas parecia um pouco melhor. Eu a pendurei na borda da tina para secar, perto do calor da lareira.

Senti o piso de madeira frio sob os meus pés descalços quando andei até a tina maior e entrei na água quente. Com um sabonete, uma barra inteira de sabonete de verdade, eu me limpei e esfreguei minha cabeça raspada, inalando o perfume leve, mas doce, de flores de macieira. Era uma sensação que eu não tinha em muitos anos: estar limpa.

Quando terminei, sequei-me com uma toalha branca e macia e vesti o meu uniforme ainda úmido. Mas a casa era quente o suficiente. Quando Irena se juntou a mim e encontrou lágrimas em meus olhos, um sorriso suave apareceu em seus lábios.

Então, suspirando, ela apertou a arma contra as minhas costas antes de chamar o casal. *Herr* Meinhart carregou as tinas para fora e *Frau* Meinhart reaqueceu o jantar. Irena me conduziu até a minha cadeira. Sentei-me em posição ereta, com a respiração instável, fingindo estar tensa quando ela pressionou a arma com mais firmeza nas minhas costas.

— Comporte-se.

— Sim, *Frau Aufseherin* — sussurrei, dando um pequeno suspiro quando ela me soltou e tirou a arma.

Frau Meinhart colocou tigelas fumegantes de guisado diante de nós. Ninguém falou durante a refeição, mas o silêncio doloroso não me incomodou. Minha única porção de ensopado continha mais carne de porco, cenoura, cebola e repolho do que dez porções em Auschwitz. O caldo me aqueceu de dentro para fora, enquanto os legumes tenros, os cortes grossos e suculentos de carne e as fatias de pão dissipavam a dor sempre presente da fome. Foi a refeição mais maravilhosa que já tive.

Mas era uma porção pequena, apenas uma fatia fina de pão e algumas colheradas de guisado. Quando terminei e me levantei para pegar mais, uma mão agarrou a minha tigela. Imediatamente, agarrei-a de volta. Embora a mão da outra prisioneira se mantivesse firme, a minha também estava. Que audácia, roubar de um dos números mais antigos do campo feminino. Ela não iria se safar daquilo. A experiência me ensinara a ganhar esse jogo, então eu resistiria até que ela desistisse, procurasse um alvo mais fácil e desse à minha senioridade o devido respeito.

Sua mão livre fechou-se em volta do meu pulso, com tanta força que me obrigou a soltar a tigela, e eu ergui meus olhos para ver se reconhecia aquela *häftling* que havia me dominado.

Irena pairava acima de mim, uma mão no meu pulso, a outra na minha tigela. Ela a puxou para longe.

— Já chega.

Este não era o meu bloco, era a casa da fazenda. *Herr* e *Frau* Meinhart ficaram encarando suas próprias refeições enquanto Irena retirava a minha tigela da mesa. Irena não era nazista nem outra presa. Era supostamente a minha amiga, então por que estava me deixando com fome?

Ela pôs a minha tigela sobre o fogão e apoiou as duas mãos no balcão antes de olhar por cima do ombro. Dada a maneira como ela repentinamente se voltara contra mim, eu esperava que me olhasse com ódio e nojo; em vez disso, seus olhos brilharam antes de ela piscar e engolir em seco.

Tínhamos visto o que comer em demasia causava aos prisioneiros na minha condição. Meu corpo não aguentaria. Ainda que eu não estivesse delirando, a tentação de consumir a minha porção e incontáveis porções adicionais seria muito grande. *Frau* Meinhart havia me dado uma porção segura e administrável; agora, Irena estava salvando a minha vida.

Depois de se recompor, Irena voltou ao seu lugar. Lágrimas brotaram dos meus olhos, mas consegui reprimi-las. Eu não sabia por que estava chorando tanto.

Enquanto o casal tirava a mesa, Irena e eu ficamos em nossos lugares. Para manter o nosso teatro, continuei olhando para baixo, mas era difícil. Como não podíamos examinar os seus rostos, era quase impossível determinar se os Meinharts acreditaram em nossa farsa. Quando eles ficaram de costas para nós, virados para a pia, lavando e secando pratos, tentei dar uma olhada rápida para Irena. Ela brincava com a pistola, como se para garantir a minha obediência, mas estava tensa, provavelmente pensando o mesmo que eu. Se a nossa mentira fosse descoberta, eles nos entregariam.

O casal nos levou a um pequeno quarto com duas camas, uma de cada lado da janela. Depois de desejarem boa noite, fecharam a porta. Com a respiração suspensa, fiquei escutando. Seus passos diminuíam conforme eles seguiam para o quarto do outro lado do corredor, e eu relaxei quando a porta se fechou.

Na pressa de se livrar da arma, Irena quase a jogou na mesa de cabeceira, depois suspirou e sentou-se na beirada da cama. Enquanto isso, eu fiquei onde estava, olhando para a segunda cama. Um sentimento estranho me dominou, parecido com o que eu tive quando entrei na casa. Eu ainda não podia identificar o que era, mas novamente lutei para respirar direito.

— O que foi? — sussurrou Irena.

— Nada — mantive a minha cabeça baixa para esconder as lágrimas que tinham voltado. De novo. — Pare de falar senão eles vão nos escutar.

— Se eles podem nos escutar sussurrando do outro lado do corredor e por trás de portas fechadas, sua audição é excelente.

— Não podemos arriscar.

Para meu alívio, Irena não contestou. Ela nem se preocupou em tirar as botas antes de se jogar na cama e puxar o cobertor, enquanto eu fui até a janela. Flocos de neve, iluminados pelo brilho prateado da luz da lua, caíam e se assentavam nos campos abertos. Fiquei imaginando quantas vezes eu tinha atravessado campos cobertos de neve indo e voltando de Birkenau. Milhares de vezes, provavelmente. Talvez mais.

Se eu estivesse em casa, teria me inclinado no parapeito de ferro de nossa pequena varanda ou me juntado aos meus irmãos na janela para olhar os flocos de neve se acumularem nos paralelepípedos e edifícios da rua Bałuckiego, enquanto mamãe e papai tomavam chá e contavam histórias. Mas eu não estava em casa. Quando pensei em ter de andar pela neve fresca novamente, o temor se juntou aos estranhos sentimentos que tinham me dominado desde que chegamos. Sentada no chão de madeira perto do pé da segunda cama, rezei para que a neve parasse.

Irena se apoiou em seu antebraço.

— Que diabos você está fazendo? — ela sussurrou.

— Indo dormir.

— No chão?

— Onde mais Frieda me deixaria dormir?

— Frieda está de folga esta noite — ela disse, levantando-se e me puxando para eu ficar de pé —, e a Irena está mandando você dormir na porra da cama.

Dei de ombros e voltei para o chão, ignorando suas imprecações em voz baixa. O dia tinha cobrado seu preço e eu estava muito cansada e esgotada para discutir. Além disso, eu não conseguia explicar sentimentos que eu mesma não entendia. Eu certamente não entendia por que o piso de madeira aliviava o caos que girava dentro de mim. Enquanto eu me afundava nas profundezas familiares do sono, ainda consegui perceber Irena jogando um cobertor sobre mim.

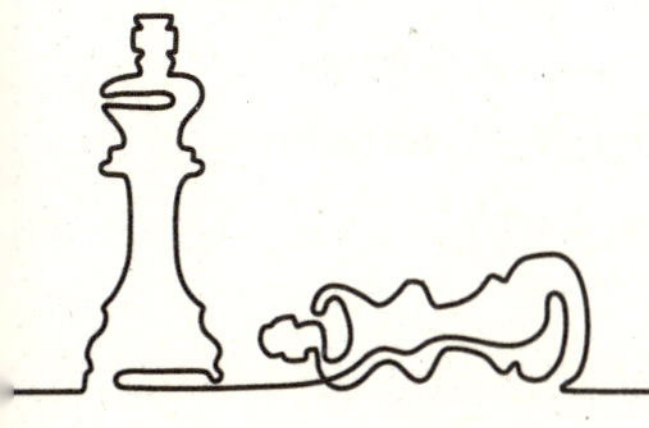

CAPÍTULO 32

PSZCZYNA, 20 DE JANEIRO DE 1945

MEUS OLHOS SE ABRIRAM quando alguma coisa tocou o meu ombro. Sentei-me de uma vez e olhei em volta para verificar se as minhas companheiras de beliche ainda estavam respirando. Mas elas não estavam lá, nem sequer Hania, e algo pairava sobre mim, uma guarda se preparando para me retirar à força do bloco.

Pisquei para clarear a névoa confusa e sonolenta que me cercava. A evacuação. Nossa fuga. A fazenda.

Frau Meinhart colocou um dedo nos lábios pedindo silêncio e me mandou ficar em pé. Ela me levou para a sala, onde uma luz fraca passava pela janela. Estava quase amanhecendo. Achei que ela tinha me acordado para o café da manhã. Olhei para trás para me certificar de que Irena estava nos seguindo; em vez disso, vi *Herr* Meinhart entrar no quarto segurando um rifle.

Ofegante, parei quando a voz surpresa e furiosa de Irena chegou aos meus ouvidos.

— Mas que diabos é isso? Tire as suas mãos de mim!

Ela continuou soltando palavrões enquanto a voz irritada de *Herr* Meinhart se juntava à dela, e por fim cambaleou para o corredor, meio adormecida. *Herr* Meinhart segurou um dos braços dela pelas costas e cutucou-a com seu rifle. A pistola dela estava no cinto dele. Enquanto ele empurrava Irena para a sala, ambos ainda gritando, engoli em seco.

Era o fim. Eles tinham descoberto a farsa e agora estávamos à sua mercê; eles nos matariam ou nos entregariam ao homem da SS mais próximo que pudessem encontrar.

Não, tínhamos sacrificado muita coisa para deixar que terminasse assim. Ignorando a possibilidade de receber um tiro, lutei contra a mão firme de *Frau* Meinhart. Eu me soltaria, alcançaria Irena e fugiríamos.

Por muito tempo, a morte nos perseguiu, sempre em nossa cola enquanto escapávamos de seu alcance. Este não era o dia em que sucumbiríamos.

Enquanto eu me debatia, o aperto de *Frau* Meinhart ficou mais forte.

— Shhh, está tudo bem, querida — disse ela em um polonês reconfortante.

Ao ouvir isso, parei de lutar. O aperto firme deve ter sido para me proteger, não para me conter, e ela estava murmurando algo tranquilizador. E agora, ao avaliar a situação, percebi que a arma de *Herr* Meinhart estava apontada para Irena, apenas para ela.

— Nazista imunda — ele atacou, enquanto a forçava a sentar-se na cadeira mais próxima. — Cale a boca e sente-se.

Nós não tínhamos sido descobertas. Pelo contrário. Tínhamos sido muito convincentes. Mas estávamos enganadas sobre esse casal. Eles podiam ser *Volksdeutsche*, mas, apesar das aparências, não eram simpatizantes do regime nazista.

— Não se preocupe, você está segura agora — *Frau* Meinhart disse para mim, ainda em polonês. Talvez ela acreditasse que minha língua nativa me acalmaria. Ela consultou o marido e jogou um olhar assassino em direção a Irena. — O que vamos fazer com ela?

— Exatamente o que precisa ser feito — *Herr* Meinhart cutucou Irena com o cano do rifle. — Para fora.

— Escute, seu desgraçado estúpido, se você me tocar com essa arma de novo...

Abri minha boca para protestar, mas, antes que pudesse, *Frau* Meinhart me calou e me deu um tapinha carinhoso nas costas.

— Pobre garota. Não posso imaginar o que você passou, mas não está mais em perigo, entende? Não vamos te machucar e ela nunca mais vai te machucar de novo.

— Machucá-la? — perguntou Irena, zombando. — Você não sabe do que está falando, então tire as suas mãos dela antes que eu mesma as tire.

Tentei novamente argumentar com eles, mas era inútil. Minhas palavras se perdiam no alvoroço de vozes discutindo. Entre os gritos, a porta da frente se abriu, trazendo uma rajada de vento gelado. Todos se calaram e um jovem passou pelo umbral. Ele não se importou de analisar a cena diante dele enquanto tirava neve de seus pertences e pendurava seu chapéu e sobretudo no cabideiro. Então, fez uma pergunta desatenta.

— Por que diabos estão todos gritando?

Ao ouvir sua voz, Irena se inclinou para a frente para ver melhor.

— Franz?

O jovem ergueu a cabeça e a examinou enquanto atravessava a sala.

— Irena? É você?

Herr Meinhart colocou uma das mãos no peito de Franz, fazendo-o parar antes que se aproximasse demais.

— Você conhece essa vadia nazista?

— Diga a esses idiotas que eu não sou nazista.

— Certo. Irena, deixe-me apresentá-la a esses idiotas, Hermann e Margrit Meinhart — Franz disse, com um sorriso divertido. — Meus pais.

As bochechas dela ficaram vermelhas e ela passou a mão aflita pelo cabelo.

— Meu Deus — ela murmurou.

— Papai, mamãe, permitam-me apresentar a vocês essa vadia nazista, Irena, que não é vadia nazista coisa nenhuma. É um disfarce, que ela usou para ajudar uma amiga a escapar de Auschwitz. Ela contatou a resistência alemã para que nós a ajudássemos a se infiltrar nas *SS-Helferin*. Eu fui o seu contato enquanto estava em Berlim ajudando Elsa, minha irmã — neste momento, ele se virou para mim —, muito envolvida com a resistência alemã, juntamente com o marido dela. Preparamos Irena e ela ingressou na base de treinamento das *SS-Helferin* ao norte de Berlim, perto de uma vila chamada Ravensbrück, onde ficava o campo de concentração feminino de mesmo nome. E esta — Franz olhou para mim novamente — suponho que seja a sua amiga.

Irena assentiu com a cabeça.

— Esta é Maria.

Nós cinco ficamos em silêncio, embora Franz parecesse estar se divertindo muito. Por fim, *Herr* Meinhart baixou o rifle e *Frau* Meinhart me soltou. Ainda assim, ninguém se mexeu.

— Bem, não era isso que eu esperava encontrar ao chegar em casa depois do turno da noite no hospital. Aliás, deparar-me com o meu pai te segurando sob a mira de uma arma não era exatamente como eu tinha pensado que seria quando eu te apresentasse à minha família, Irena — disse Franz, cujo sorriso enorme formava covinhas em suas bochechas.

— Você tem certeza de que esta é a mesma garota que você conheceu, Franz? — perguntou *Herr* Meinhart. — E você tem certeza de que ela não é nazista?

— Absoluta.

— Você não viu o que vimos na noite passada — disse *Frau* Meinhart. — Eu não confio nela.

Franz suspirou.

— Pelo amor de Deus, mamãe, se ela tivesse se comportado de uma maneira que a fizesse confiar nela, ela não teria sido uma nazista muito convincente, teria?

Frau Meinhart pareceu desnorteada com aquela lógica. Ela não contestou, mas não pareceu convencida tampouco, assim como o seu marido. Embora tivesse baixado a arma, ele não tinha relaxado nem devolvido a pistola de Irena.

Eu dei um passo à frente.

— Eu compreendo que pareça estranho, mas é verdade. Ninguém se sacrificou mais por mim do que Irena.

Um silêncio se seguiu. *Herr* e *Frau* Meinhart trocaram olhares. Por fim, ele permitiu que Irena ficasse de pé, mas permaneceu entre ela e Franz. Ele devolveu a pistola para ela, que aceitou com hesitação.

Com um aceno satisfeito, Franz se virou para Irena.

— Como vocês chegaram aqui?

Quando ela voltou sua atenção para ele, uma acusação implícita residia em seu olhar duro. E, se eu bem conhecia Irena, não ficaria implícita por muito tempo.

— Você é um maldito *Volksdeutsch*? Vocês três estão registrados, não estão?

Ele apertou os lábios enquanto um lampejo de culpa e nojo cruzava seu rosto.

— Tínhamos de escolher entre reconhecermos a nossa origem alemã ou sermos rotulados de traidores e perseguidos.

— E preferiram ser rotulados de traidores pelos *untermenschen* poloneses em vez de pelos nazistas.

— Se fosse assim que eu me sentisse, teria passado a maior parte da guerra ajudando as organizações de resistência alemãs e polonesas? Nem eu nem meus pais queríamos assinar a *Deutsche Volksliste*, mas os líderes da igreja e da resistência nos disseram para fazê-lo para nossa própria segurança.

— Bem, que bom que você pôde se esconder por trás de sua ascendência — disse Irena, com mordacidade. — Outros não tiveram tanta sorte.

Um silêncio profundo se seguiu às suas palavras. Senti que todos os olhares repousaram sobre mim. Nenhum durou muito, mas eu senti como se estivesse no meio de uma seleção. O escrutínio era sufocante e eu poderia ouvir os médicos da SS me mandando virar, levantar os braços, abrir a boca...

— Maria, estamos saindo.

As vozes ásperas sumiram, as roupas voltaram ao meu corpo, um pouco da ansiedade desapareceu. Eu tinha sido poupada. Desta vez.

Irena passou marchando por Franz sem olhar para ele e não esperou que eu a seguisse antes de bater a porta atrás de si.

Depois que dez minutos se passaram e Irena não retornou, convenci Franz a me deixar falar com ela antes dele. Do lado de fora, o primeiro sol da manhã emprestava um tom dourado à neve fresca que cobria a casa, o celeiro, os campos e as árvores. A cena pastoral deveria ter me enchido de tranquilidade, mas quando fui em direção à pilha de lenha onde Irena estava sentada, fui dominada por uma inquietude. Ninguém estava me mandando andar mais rápido ou me empurrando para a minha escala de trabalho, e eu não tinha certeza de como lidar com essa sensação.

Sentei-me ao lado de Irena, que não se importou com a minha presença.

— Vamos ficar sentadas aqui até morrermos congeladas ou vamos conversar sobre a discussão entre os dois pombinhos?

— Não há nada para conversar e *não* foi uma discussão entre pombinhos — ela disse, olhando para mim furiosamente. — Eu sabia que você seria desagradável e foi exatamente por isso que eu não contei sobre ele.

— Uma sábia decisão, sua idiota apaixonada.

Murmurando uma torrente de impropérios, Irena levantou-se e tentou se afastar, mas eu agarrei o seu braço para impedir que saísse. Quieta, embora visivelmente irritada, ela se sentou novamente, enquanto eu deixava as piadas de lado.

— Parei, eu prometo. Você não sabia que Franz era alemão?

— Claro que sabia. Mas, fora isso, eu só sabia o seu primeiro nome, porque não era seguro compartilhar informações pessoais. Presumi que ele era um alemão que não apoiava os nazistas. Em vez disso, ele é um alemão étnico que cresceu na Polônia e usou sua etnia para se salvar — ela fez um buraco na neve com a bota, suspirando. — Não achei que ele fosse um covarde, só isso. Ou um traidor.

— Igual a você, *Frau Aufseherin*.

Irena parou de cavar e ficou tensa. Ela aguardou, provavelmente esperando que eu voltasse atrás no que dissera; em vez disso, apontei para o seu uniforme.

— Você fez isso para me ajudar, mas também jurou lealdade ao Terceiro Reich e fingiu ser uma guarda, não foi? Se Franz é um traidor por ser um *Volksdeutsch* que na verdade não apoia os nazistas, o que isso faz de você?

Ela abriu a boca, mas nenhum som saiu, então, fiz a minha jogada final.

— Você até me bateu.

Com isso, Irena deu um salto.

— Se eu tivesse me recusado, teríamos sido assassinadas, você sabe disso...

— Xeque-mate.

Ela ficou em silêncio enquanto sua fúria se dissipava.

— Porra, Maria, você é tão idiota — ela sussurrou, afundando novamente na pilha de lenha.

— Você teria me escutado se fosse de outra maneira? — perguntei com um pequeno sorriso, mas dando apertões em sua mão para me desculpar. — Agora, você vai fazer o Franz congelar ou podemos todos voltar para dentro?

Caminhamos para a casa de fazenda, onde *Frau* Meinhart estava fazendo ovos mexidos para o café da manhã e *Herr* Meinhart alimentava o fogo. Franz estava sentado na sala de estar, então se levantou e esperou por Irena. Quando ela o alcançou, eles não falaram.

— Acho que entendo por que você é um maldito *Volksdeutsch*... — murmurou Irena por fim.

Ele sorriu.

— Esse é o pior pedido de desculpas que já ouvi, mas aceito.

— Meu Deus, não me faça voltar atrás — ela respondeu bufando, mas, enquanto se afastava, pude ver o sorriso que ela tentava esconder.

Aproximei-me do fogo, curtindo o calor que causava comichões em minha pele. Eu tinha esquecido de como era a sensação de um fogo de verdade, acostumada que estava com os aquecedores patéticos que aqueciam os nossos blocos. Enquanto eu observava as chamas dançantes, inalei o ar esfumaçado que cheirava a lenha, mas quando fechei meus olhos, engasguei-me com o cheiro familiar de cabelo e carne queimados.

— Maria, você está escutando?

Atordoada, abri os olhos e o fedor se foi. Levei um momento para compreender onde estava, embora não conseguisse saber por quê. Talvez porque a memória não parecesse em nada com uma memória. A compreensão foi tão assustadora e brutal quanto uma noite de inverno em Birkenau.

Quando me virei para encarar Irena e Franz, eles pareciam estar se perguntando o que se passava em minha mente. Ainda bem que eles não perguntaram.

— Vou voltar ao hospital para buscar algumas coisas — Franz falou. — Vocês não são os primeiros membros da resistência ou prisioneiros fugitivos que meus contatos direcionam para cá, embora sejam os primeiros que nos encontraram por acaso — ele deu um pequeno sorriso. — Alguns dos meus colegas no hospital são confiáveis, mas é melhor mantê-las escondidas.

Assenti, lutando contra uma respiração instável. Antes eu era uma prisioneira, agora sou uma fugitiva.

Depois de vestir o chapéu e o sobretudo, Franz foi em direção a Irena, segurou-a pela cintura e a puxou para um beijo, que ela devolveu com o mesmo entusiasmo.

— Muito bem — ele murmurou, olhando para mim antes de soltá-la.

Quando ele fechou a porta, ela viu o meu pequeno sorriso. Desta vez, ela retribuiu.

Frau Meinhart se juntou a nós.

— As velhas roupas de Elsa estão no quarto onde vocês passaram a noite, então, podem se trocar enquanto esperam por Franz. Vocês encontrarão uma seleção adequada.

Uma seleção não, qualquer coisa menos uma seleção.

Irena já estava desabotoando a jaqueta, ansiosa para jogar o uniforme fora e nunca mais tocá-lo novamente. Eu a segui para o quarto. Em uma pequena cômoda rústica de madeira, ela escolheu uma saia e uma blusa para si e jogou algumas opções na cama para mim. Eu examinei os vestidos, blusas, saias e calças, sabendo que nada serviria direito e me sentindo como se estivesse vasculhando artigos confiscados. Antes de fazer a minha escolha, puxei o crucifixo de Irena que estava sob o meu uniforme e desprendi a corrente. Então, bati no seu ombro para chamar a sua atenção. Quando ela me encarou, pus o colar na palma de sua mão. Sua respiração ficou presa na garganta. Ela olhou para o crucifixo, incrédula, e passou um dedo suavemente sobre ele antes de prendê-lo ao redor do pescoço.

Voltamos à nossa troca de roupas e despi-me do meu uniforme listrado.

Atrás de mim, Irena tomou um susto.

Havia um espelho de corpo inteiro no quarto, algo que eu estava muito exausta para ter notado na noite anterior. Agora, podia analisar o reflexo que encontrara. Um corpo fraco, com cada osso exposto, coberto de incontáveis ferimentos, cicatrizes, cortes e picadas de inseto.

Uma pele azul, acinzentada, com círculos pequenos e murchos onde seios deveriam estar. Uma cabeça raspada que destacava as orelhas. Um queixo pontiagudo, nariz pequeno, bochechas côncavas, maçãs do rosto salientes e lábios finos em um rosto magro e pálido absorvido por olhos fundos. Olhos assombrados e distantes, mas também brilhantes, quase selvagens e desesperados, agarrados aos resquícios de vida que restavam. E no braço esquerdo, um braço que parecia tão frágil quanto a asa de um passarinho, cinco cicatrizes redondas e um número tatuado: 16671.

Eu não via meu reflexo desde os catorze anos, mas o número provava que aquela figura olhando para mim era mesmo eu. Talvez eu devesse ter sentido algo, mas não senti nada. Essa figura não era diferente de qualquer outra que eu vira nos últimos anos.

Mas não havia sido a minha forma emaciada que fizera com que Irena entrasse em choque. Seu horror estava concentrado nas minhas costas, então me virei e estiquei a cabeça por cima do ombro, dando uma primeira olhada nelas eu mesma.

As cicatrizes das chicotadas. Algumas eram mais rosadas do que outras, umas eram longas, outras eram curtas, algumas espessas e em relevo, outras finas e menos salientes. A horrorosa teia me cobria dos ombros à região lombar. As cicatrizes eram horríveis mas, ao vê-las, sorri. *O Padre Kolbe.*

Meu corpo contava a história da minha vida nos últimos anos. Eu estava fraca e alquebrada, uma sombra de ser humano, mas quando olhei para essas cicatrizes eu vi vida. Minha vida. A vida que quase abandonara.

Dobrei o meu uniforme listrado e o coloquei sobre a cama. Então, vesti-me com um vestido simples que se pendurou no meu corpo como um lençol.

Irena se aproximou e eu deixei que ela pegasse no meu pulso. Ela virou meu antebraço para cima e passou o polegar sobre meu número de prisioneira. Quando ela falou, sua voz mal podia ser ouvida

— Nós conseguimos, Maria. Você está viva, segura e livre.

Viva. Segura. Livre. Palavras simples, que já pareceram nada além de uma memória distante. Agora que elas tinham se tornado minha realidade novamente, eu esperava sentir alegria ou alívio, mas não me sentia muito diferente. Apenas cansada e faminta, como sempre.

Quando eu estivesse realmente livre, talvez essas palavras evocassem algum tipo de sentimento, mas eu ainda não era realmente livre. Eu estava longe de Auschwitz, mas fiz promessas enquanto estive lá. Prometi viver, lutar e sobreviver; prometi reunir Hania com seus filhos, encontrar Karl Fritzsch e trazer justiça para minha família. Até que eu tivesse feito essas coisas, o jogo ainda estava aberto. O jogo não tinha acabado.

Algum dia eu seria livre, e algum dia essa palavra me traria a paz e o conforto certos que deveria trazer. Mas ainda não.

Enquanto esperávamos por Franz, acomodei-me na cama por insistência de Irena. Ela ficou no quarto comigo, talvez receosa de que eu voltasse ao chão se ela saísse, e me aconcheguei nos travesseiros. Eu não me deitava em um travesseiro há quase quatro anos.

Quando Franz retornou, anunciou que tinha trazido consigo um amigo que era membro da resistência e funcionário do hospital. O rapaz com frequência ajudava a sua família a cuidar dos que se refugiavam com eles. Quando o seu colega entrou na sala, meu coração bateu de uma forma que eu tinha quase esquecido que era possível. Ele parou subitamente, como tinha feito naquele dia antes de deixar sua bicicleta no canto da estrada e caminhar a meu lado. O garoto estúpido atraído por uma menina presa era agora um jovem membro da resistência; eu, de muitas maneiras, era aquela mesma menina, algemada à culpa e à tristeza, mas encontrando nele um refúgio inesperado.

Eu estava perfeitamente ciente do profundo contraste entre as nossas aparências. Eu, macilenta, machucada e quase morta; ele, um jovem alto e musculoso, cujos profundos olhos azuis brilhavam de vivacidade. Porém, se ele ficou tão atônito quanto eu por causa disso, não demonstrou. Olhou para mim como sempre, como se eu fosse mais do que um número.

Eu dei um pequeno sorriso ao olhar para ele.

— É bom ver você, Maciek.

Depois de trocar apresentações e amabilidades, Irena saiu para buscar um copo d'água e Franz foi lavar as mãos antes de cuidar de mim. A porta mal tinha se fechado após eles saírem e Mateusz sentou-se na beirada da minha cama, observando-me com tanta atenção que era quase assustador.

— Eu jurei manter segredo, por isso, não pude lhe contar sobre os outros motivos que me convenceram a vir para Pszczyna — ele começou. — Franz me pediu para ajudá-lo a cuidar dos membros da resistência e dos prisioneiros que conseguissem fugir dos campos e buscassem refúgio aqui na casa dos pais dele. Eu não poderia deixar passar uma oportunidade como essa, e pensei que ele poderia me ajudar a tirar você de lá. Quando eu dei para ele o seu nome e número de prisioneiro, ele me disse que já havia alguém de Varsóvia planejando libertar a mesma pessoa.

Minha respiração de repente ficou trêmula, quase como se eu pudesse sentir o velho cheiro de suor e palha dos nossos dias de trabalho na cestaria. Ele só tinha ido embora para tentar me ajudar a sair.

— Você me ajudou a viver — eu disse, finalmente, com a voz baixa. — E não apenas porque me trazia pão e informações.

Seus olhos encontraram os meus, duas piscinas azuis entre os cílios escuros, olhos que eu havia passado noites e noites temendo nunca mais poder ver. Por fim, ele passou as mãos na barba rala em seu queixo.

— Por falar em informações, desde a minha última carta, tive mais notícias sobre a prisão de Fritzsch. Durante a investigação, um ex-guarda de Auschwitz depôs sobre os vários casos de corrupção que ele tinha presenciado. Eu não sei dos detalhes, mas esse depoimento e uma acusação por assassinato foram os motivos que levaram Fritzsch a ser transferido para a linha de frente.

Fiquei em silêncio, processando a informação. Um ex-guarda que tinha testemunhado a perversidade de Fritzsch e a vira como tal. Eu sabia exatamente quem era essa pessoa. Oskar, o oficial mais velho que me contara sobre a minha família. Ele tinha visto Fritzsch me açoitar quase à morte em desrespeito ao protocolo. Ele tinha visto Fritzsch me forçar a testemunhar uma execução privada no Bloco 11, quando prisioneiros apenas testemunhavam os enforcamentos públicos. Ele tinha visto o que Fritzsch fizera com a minha família. Oskar tinha se reportado a Höss por ocasião da transferência de Fritzsch, e isso deve ter motivado a sua convocação para testemunhar durante o julgamento, que culminou com o envio de Fritzsch à frente de batalha.

Mateusz mudou de posição e a cama rangeu. Embora eu tivesse dito a ele que estava interessada no destino de Fritzsch porque não queria que ele voltasse a Auschwitz, detectei uma incerteza que estava perigosamente perto de se tornar uma suspeita. Por que eu havia pensado que ele era um garoto estúpido? Eu não podia deixá-lo começar a fazer perguntas, então tive que atenuar os seus temores. Ele precisava acreditar que eu não estava conectada ao caso de corrupção. Eu era apenas uma garota preocupada com um homem cruel. Peguei sua mão.

— Quando você me disse que Fritzsch estava sendo investigado por suspeita de corrupção, não me surpreendi. Eu o vira tratar mal os presos, mesmo para os padrões da SS. É por isso que ele me assustava.

Mateusz pôs a sua mão livre sobre a minha.

— Você não tem que se preocupar mais com ele.

— Não é tão simples — murmurei. — A guerra não acabou.

— Fritzsch ainda está na linha de frente, longe daqui. Ele não pode mais alcançá-la.

E aí estava a informação pela qual eu esperava. Fritzsch ainda estava vivo em algum lugar nos campos de batalha. E, agora que eu estava livre, poderia seguir adiante com meus planos.

— Se eu escrever uma carta, seus contatos poderiam levá-la a Fritzsch? — perguntei, antes de me soltar de suas mãos e abraçar um travesseiro. — Preciso ouvir diretamente dele que ele está na linha de frente. Eu sei que é idiota e não espero uma resposta, mas me sentiria melhor se tentasse.

Quanto mais eu mentia para Mateusz sobre meu propósito com Fritzsch, mais surpresa eu ficava com o fato de as mentiras não me preocuparem. Eu não tinha outra escolha. Se eu dissesse a verdade, isso poderia comprometê-lo, e eu ainda arriscaria perder a sua ajuda; com isso, perderia minha chance de fazer justiça para a minha família, para o Padre Kolbe e para mim mesma. E eu não iria para casa até que conseguisse justiça. Eu não podia.

Ele deu um sorriso discreto e reconfortante.

— Não é idiota, Maria. Um dos homens no batalhão de Fritzsch trabalha para os dois lados e passa informações para um amigo meu. Vou trazer um papel, uma caneta e um envelope para a carta. Quando você terminar, eles podem nos ajudar a entregá-la para Fritzsch. Qualquer coisa que te ajude a encontrar a paz.

Mateusz acreditava em mim. Ele sempre acreditou em mim.

CAPÍTULO 33

PSZCZYNA, 19 DE ABRIL DE 1945

ALGUMAS POUCAS NUVENS BRANCAS passavam pelo céu azul-claro enquanto o sol aquecia minha pele e uma brisa refrescante puxava a minha saia. A grama se estendia pelo campo, emergindo depois do inverno como o cabelo loiro emergia da minha cabeça. Dei uma espreguiçada no cobertor macio e fechei meus olhos com um suspiro satisfeito.

Três meses. Três meses sem trabalho forçado, agressões, doenças e a constante ameaça da morte, e ainda assim não parecia real. Em todas as manhãs eu esperava acordar em Auschwitz, em todas as noites o sono me levava para lá.

Quando as risadas chegaram aos meus ouvidos, abri os olhos e segui o som. Mais adiante no campo, Irena segurava uma linha, enquanto Franz corria com uma pipa, a rabiola balançando ao vento. Quando o vento aumentou, ele a soltou e a pipa despencou no chão. Xingando, Franz tentou novamente; eles já estavam nisso há pelo menos vinte minutos, mas Irena ria demais para ajudar, então, ele a enrolou na linha. A risada dela se transformou em protestos; mesmo em meio a suas queixas, ela o puxou para perto e acolheu seus lábios nos dela. Eles se beijaram na minha frente muitas vezes, mas desta vez eu vi os braços de Protz em volta dela, os lábios relutantes de Irena contra os dele, se contorcendo para escapar do seu toque...

Pisquei e descartei a imagem. Nojenta.

As lembranças de Auschwitz vinham quando menos eu esperava. O som das botas de *Herr* Meinhart no chão de madeira, o cheiro de pele queimada quando *Frau* Meinhart sofreu um pequeno acidente na cozinha na semana passada. A mão forte e pesada de Franz no meu ombro esta manhã, apenas para chamar a minha atenção, se parecendo muito com a dos homens que tocavam meu ombro antes que seus punhos atingissem meu rosto. Um pouco antes, Irena servindo o nosso piquenique me lembrando de quando eu media as porções da comida que negociava.

Eu não sabia por que as memórias vinham. Quando elas vinham, eu levava um tempo para perceber que elas eram apenas isso. Memórias.

Peguei algumas folhas na grama, cortei-as em vários tamanhos e as montei como peças de xadrez. Quando a brisa as soprou para longe, desisti. No meu caminho para a recuperação, eu tinha livros, amigos e jogos, mas não xadrez. Mesmo se eu tivesse as peças, Irena não sabia jogar, tampouco Mateusz, Franz ou seus pais. Eu poderia tê-los ensinado e poderia ter feito peças como as que o Padre Kolbe fizera, mas, por algum motivo, não parecia certo. Aquela parte de mim estava faltando e eu não sabia quando a encontraria novamente.

Ou Hania. Era outra parte que faltava, e eu precisava desesperadamente dela. Quando eu a encontraria de novo? Ela estava viva; ela *tinha* que estar viva. Se eu a tinha deixado para morrer como deixei minha família...

— Sabe, eu nunca imaginei que tinha aptidão para fazer cestas.

Virei-me e deparei-me com Mateusz atrás de mim. Ele tinha passado muitas tardes conosco na fazenda. Às vezes, caminhávamos ou fazíamos piqueniques com Irena e Franz; às vezes, apenas conversávamos. Tínhamos passado da simples troca de bilhetes escondidos para as conversas sussurradas na oficina de cestaria e, agora, para dias inteiros passados juntos.

Quando ele ergueu a cestinha minúscula de grama e palha que acabara de tecer, torci o nariz.

— Depois de todas aquelas cestas que fizemos, por que você teria vontade de fazer outra novamente?

Ele deu de ombros.

— Não era tão ruim.

— Talvez não quando o trabalho era voluntário.

As palavras saíram mais agressivas do que eu as tinha imaginado. Sempre que as memórias estavam a ponto de me dominar, por algum motivo eu perdia todo o controle.

Peguei o cobertor com as mãos trêmulas e fechei os olhos. Memórias, apenas memórias. A enxaqueca debilitante viria se eu não conseguisse me controlar. Eu tinha que me recuperar antes de sucumbir, antes que meus amigos descobrissem a que ponto as memórias me prejudicavam, porque, se eles soubessem, começariam a fazer perguntas.

Consegui afastar as lembranças e os tremores pararam. Com um suspiro, abri os olhos e peguei outra folha da grama.

— Desculpe, Maciek, isso não foi justo.

— A guerra não é justa.

Ele examinou a sua obra e depois a jogou fora com toda a força que conseguiu reunir. A minúscula cesta voou alguns metros pelo campo aberto até que desapareceu na grama alta. Mateusz parecia querer dizer mais, mas notou que Irena e Franz se aproximavam, então ficou quieto.

— Você me deve uma linha nova, Irena — disse Franz.

Ele segurava a linha rompida e olhou para nós buscando apoio.

— É culpa sua, seu idiota — respondeu Irena com um sorriso.

Ela prendeu uma mecha solta de cabelo atrás da orelha — seu cabelo castanho natural, não aquele tingido de loiro — e se sentou ao meu lado.

— Como testemunha da cena, eu concordo com a Irena.

Franz balançou a cabeça.

— Eu sabia que não poderia contar com a sua ajuda, Maria.

— Deixe-me ver — disse Mateusz. Franz mostrou-lhe a pipa quebrada e ele passou seus dedos ágeis por ela. — É fácil de arrumar. Você tem mais linha?

— No celeiro — respondeu Franz. — Pegue à vontade. Eu tenho compromissos na cidade.

— No hospital, dr. Meinhart? — perguntou Irena, enquanto Mateusz levava a pipa e seguia para o celeiro.

— Sempre — ele respondeu, com um sorriso irônico.

— Alguma notícia de Hania ou Izaak? — perguntei.

Franz deu um suspiro lento e compassivo.

— Nada. Mas você sabe que procurei por eles em todo o campo.

Enquanto Franz cuidava de mim nos primeiros dias aqui, eu tinha implorado a ele que fosse a Auschwitz e encontrasse Hania e Izaak, uma tarefa impossível de início, já que alguns oficiais da SS tinham permanecido no campo para protegê-lo. Uma semana depois, quando o Exército Vermelho chegou, ele se juntou à Cruz Vermelha polonesa e a outros médicos para cuidar dos prisioneiros. Apesar de ele não ter encontrado os meus amigos na ocasião, eu tinha a esperança de que algum dos outros médicos voluntários tivesse descoberto alguma coisa a essa altura. Irena e eu não deveríamos tê-los abandonado.

— Eles não desapareceram — ele disse. — Tenho certeza de que alguém os encontrou e os levou para outro hospital. Eu prometi a você que os encontraria e vou fazer isso.

Franz pegou seu chapéu de feltro de cima da toalha do piquenique, colocou-o na cabeça e beijou a bochecha de Irena antes de cruzar o campo em direção ao celeiro, onde havia estacionado o carro. Depois que o motor ganhou vida, ele dirigiu pela estrada de terra e desapareceu pela rua principal.

Irena ficou olhando para ele com uma expressão pensativa no rosto, até que percebeu o pequeno sorriso que surgia em meus lábios.

— Por que você está me olhando desse jeito?

— Porque estou feliz por você.

— Meu Senhor, não comece — ela puxou uma folha alta de grama e brincou com ela antes de deixá-la de lado. — Ele é alemão.

— Eu achei que você tinha superado o fato de ele ser um *Volksdeutsch*.

— É mais do que isso. Alguns *Volksdeutsche* mal têm uma gota de sangue alemão, mas Franz é um polonês de segunda geração. Ainda que seus pais tenham crescido aqui, eles são alemães puro-sangue. Ele é *alemão*.

— E daí?

— Como e daí! — ela exclamou, passando a mão pelo cabelo enquanto eu me sentava. — O que mamãe diria se eu o levasse para casa?

— Sua mãe não é do tipo que julga, e Franz não é nazista.

— Não é tão simples assim. As pessoas veem uma mãe polonesa solteira e já supõem que ela ou é uma vítima da guerra ou uma vadia traiçoeira que colaborou com os soldados, então, elas me julgam e odeiam a minha filha. Eu vejo isso em seus olhos todos os dias, e se eu casasse com um *Volksdeutsch*... — ela parou bufando e balançando a cabeça em sinal de recusa antes de baixar a voz. — Não vou permitir que isso fique ainda pior.

Fiquei quieta. Irena se levantou e andou de um lado para o outro em um silêncio agitado. Eu tinha a sensação de que essa decisão a estava atormentando há semanas, mas ela fez bem em manter segredo de todos, especialmente de Franz.

Por fim, ela parou e olhou para a pequena casa da fazenda.

— E não vou colocar o Franz nessa posição também. Depois que formos embora, ele encontrará uma garota legal, e Helena e eu ficaremos bem por nossa conta.

Quando ela olhou para mim, eu assenti.

— Tá bom.

Ela esperou, mas eu não continuei.

— Isso é tudo que você vai dizer? — ela perguntou.

— O que eu devo dizer? É a sua vida. Você decide o que é melhor para você e Helena.

Cortei uma fatia de *golka* e mastiguei devagar, saboreando o toque salgado do queijo enquanto o silêncio continuava. Irena provavelmente sabia o que eu estava fazendo, mas eu ganhava toda vez que nos envolvíamos neste jogo em particular, então segui adiante com ele. Previsivelmente, ela cedeu.

— Mas que porra, Maria, você é tão irritante.

Embora eu tenha dado um sorriso ao qual ela não conseguiu resistir, um vislumbre de preocupação permaneceu em seus olhos. Por mais infundados que alguns de seus medos fossem, somente o tempo poderia eliminá-los.

Depois de um momento, falei com uma voz suave.

— Você pode ir embora quando quiser, Irena.

— Quantas vezes você vai dizer isso? — ela retrucou, sentando-se novamente.

— Eu sei que você sente falta delas e não esperava ficar tanto tempo fora.

— Falamos ao telefone, e mamãe e Helena estão de volta a Varsóvia agora que a cidade foi libertada. Você está quase boa o suficiente para ir embora comigo. Usaremos os documentos que Franz conseguiu para nós e vamos mantê-la disfarçada tanto quanto pudermos. Ele vai conosco para ter certeza de que chegaremos com segurança. Logo estaremos em casa.

O silêncio recaiu sobre nós, confortável e familiar. Os pássaros piavam à distância e o vento assobiava em meus ouvidos. A fazenda tranquila tinha se transformado em nosso refúgio, bem diferente da agitação de Varsóvia e da crueldade de Auschwitz. A guerra se aproximava do fim, mas ainda não tinha acabado, então a fazenda era um abrigo bem-vindo dos horrores que a cercavam. Ainda assim, a inquietação me consumia.

Eu tinha entregado a minha carta ao Mateusz um dia depois de ele me entregar o material para escrevê-la, mas ainda aguardava respostas. A espera era quase tão enlouquecedora quanto a minha espera pela libertação.

— Franz não sabe da Helena — disse Irena depois de ficarmos em silêncio por um momento. — Contei muito pouco da minha vida pessoal para ele.

Ela pôs o dedo em um pequeno furo na toalha. Quando falou novamente, sua voz saiu muito baixa.

— Mamãe não sabe também.

— Eu acho que sabe, considerando que Helena é a neta dela e está sendo cuidada por ela — respondi com um pequeno sorriso. Porém, quando Irena ergueu a cabeça, seu olhar enxotou o meu humor. — Você não contou para ela como ficou grávida?

Ela se contraiu e tentou se esconder por trás de um meio sorriso amargo.

— A idiota apaixonada, lembra? Eu nunca imaginei que usaria aquela droga de história, mas funcionou. Quando eu não fui mais capaz de esconder a gravidez, disse a ela que estava saindo com um jovem que trabalhava para a resistência que havia sido capturado e executado, deixando-me grávida da sua filha. Desde que o papai morreu, minha querida mãe tem tentado me fazer parar de dizer palavrões, porque garotas que fazem isso são prostitutas, não é?

— Não, Irena, isso não é justo. Não com a sua mãe e certamente não com você.

Apesar da dureza do meu tom, Irena deu de ombros.

— Ela ficou chateada, é claro, mas garanti a ela que tinha aprendido com os meus erros e ela nunca descontou na bebê. Desde o nascimento de Helena, tudo está bem entre nós. Mamãe a ama.

— E ela te ama. Por que você quer que ela acredite em uma mentira?

— Meu Deus, isso não é importante — a indiferença forçada na sua voz não era convincente. — Os nazistas mataram o marido dela e ela não precisa saber o que eles fizeram com a sua filha também. Deixe que eu me preocupo com a minha mãe, Maria, e você se preocupa com a sua e...

Ela só precisou de um segundo para perceber.

— Merda, eu não...

Ergui minha mão para interrompê-la, uma mão que já não exibia cada um dos ossos que a formavam. Mas eu ainda estava magra. Meu corpo parecia ter se esquecido do que fazer para ganhar peso. Irena caiu em um silêncio pensativo enquanto mexia em seu colar, mas notei seu olhar se dirigindo ao meu antebraço.

Nós não tínhamos falado sobre meu tempo no campo. Nem da minha prisão, nem de como ganhei as cinco cicatrizes redondas que ela olhava quando achava que eu não estava prestando atenção, nem da história por trás do meu açoitamento. E certamente não de Fritzsch. Ela estava preocupada porque eu andava muito calada. Eu a ouvi dizendo isso para o Franz, que garantiu que eu ficaria bem. Mas eu andava quieta porque havia muita coisa em minha mente. Tirando isso, nossa amizade tinha voltado ao normal.

Eu me reclinei, enfiei a mão no bolso da frente e passei os dedos pelas contas do terço. Às vezes, eu me esquecia de que não estava usando meu uniforme listrado azul e cinza. Como estávamos na fazenda, compramos alguns itens na cidade, incluindo roupas novas. Se minhas roupas não vinham com bolsos, eu os costurava.

Tirando pedaços de grama da minha saia, levantei-me e limpamos os restos do nosso piquenique. Eu estava dobrando a toalha quando ouvi o carro de Franz estacionando perto do celeiro. Então, um grito flutuou pelo campo e alcançou meus ouvidos.

— Você vai dizer olá para mim ou não, *shikse*?

Imediatamente, deixei a toalha cair. Eu teria reconhecido aquela voz em qualquer lugar, mas tive que olhar para a sua dona para acreditar. E, certamente, lá estava ela, de pé e sorrindo ao lado de Franz. Eu corri pelo campo e não parei até que estivesse com ela em meus braços.

— Cuidado, você vai nos derrubar — disse Hania, rindo e retribuindo o meu abraço apertado. — Deixe-me olhar para você.

Ela pegou o meu rosto com as duas mãos e eu me segurei nos seus pulsos, certificando-me de que ela era real. Soltá-la seria como acordar de um sonho melhor do que tivera em muito tempo. Mas ela estava aqui, realmente aqui, tão real quanto eu. Seus conhecidos olhos escuros brilhavam de vitalidade e seu cabelo grosso e escuro estava curto, mas crescendo ainda mais rápido que o meu. Ela usava um vestido simples, que contornava uma forma que estava sendo moldada novamente em curvas delicadas.

Depois de um momento, Hania passou seus polegares pelas minhas bochechas, como se se certificasse de que eu também era real, e beijou-as.

— Você está mais bonita do que nunca, Maria.

— Você também, *Bubbe* — sussurrei. — Franz, você sabia que a Hania estava viva esse tempo todo, não é?

— Passei todo o meu primeiro dia no campo procurando por ela. Quando finalmente a encontrei, disse que a *shikse* estava mandando amor para a *Bubbe*, como você tinha pedido. Isso foi o que bastou para convencê-la a confiar em mim.

— Por que você não me contou?

— Isso foi culpa minha — disse Hania, antes que ele pudesse responder. — Izaak tomou conta de mim da melhor forma que pôde, mas quando Franz me encontrou eu ainda estava muito doente de tifo. Eu pedi a ele que não lhe contasse caso eu morresse. Eu me recuperei, mas peguei pneumonia uns dias depois. Quando finalmente me recuperei, decidi esperar até que estivesse bem o suficiente para fazer uma surpresa. O Franz tem cuidado de mim no hospital de Pszczyna.

Mostrei um sorriso de gratidão para ele, e então fiz a pergunta que se seguiu em minha mente, rezando para não saber a resposta.

— Onde está o Izaak?

Ela apertou os lábios antes de responder.

— Assim que me recuperei, ele e alguns trabalhadores do *Sonderkommando* partiram juntos. Eu o pressionei a me contar para onde estavam indo, e tudo que ele disse foi que buscariam criminosos de guerra — ela olhou para além de mim por um momento e respirou fundo. — Eu não quero saber o que isso significa. Ele prometeu me encontrar em Varsóvia até o fim do verão.

Mateusz saiu do celeiro, provavelmente atraído pela comoção.

— Você estava em quase todas as cartas que a Maria me enviou, Hania — disse ele, sorrindo — Eu sou...

— Não precisa se apresentar. Ouvi muito sobre você, Mateusz — ela respondeu, abrindo mais ainda o sorriso.

Quando ele se virou para dar a Franz a pipa que tinha consertado, ela o analisou. Depois, aproximou-se de mim e disse com um sorriso malicioso:

— *Mazel Tov.*

Dei-lhe um empurrão leve e discreto e fingi não ouvir suas risadinhas. Porém, aquele som, que tinha me acompanhado pelos momentos mais sombrios nos últimos quatro anos, fez minha garganta apertar. Finalmente, uma das minhas peças perdidas havia retornado. Uma que eu poderia ter perdido. Quando peguei em suas mãos, ela ficou séria.

— Você nunca me deixou — eu consegui dizer, engolindo em seco. — Mas eu a deixei...

Hania balançou a cabeça.

— Você e Irena me deram o meu irmão, talvez tenham salvado as nossas vidas. Meus meninos não terão pai, primos, tia ou avós, mas terão mãe e tio. Por isso, não tenho como expressar a minha gratidão. E agora nós três estamos juntas novamente, não é?

Ela disse isso quando Irena se juntou a nós e a abraçou. Quando elas se soltaram, Hania sorriu levemente para ela.

— Irena — ela disse, enfatizando o nome enquanto seu olhar passava pelo cabelo mais escuro e pelas roupas civis que substituíam as mechas loiras e o uniforme da SS de Frieda.

— Hania — ela respondeu com a mesma ênfase, sorrindo antes de se dirigir a Franz. — Você já tem cuidado dela há quanto tempo?

— Um médico nunca quebra a confiança do paciente.

— Eu já tenho os meus documentos também, graças a ele — Hania mal continha a sua alegria ao se virar para mim. — Ele disse que você escreveu para os seus amigos para falar sobe os meus filhos. Tudo bem se formos para casa amanhã para ver o que eles descobriram, né?

Amanhã. Eu havia prometido a mim mesma que não voltaria a Varsóvia até que tivesse encontrado Fritzsch, mas tinha feito uma promessa a Hania também. Teria sido cruel fazê-la esperar por mais tempo, mas eu não estava pronta. Não até que eu ouvisse o que queria dos contatos de Mateusz.

— É claro. É hora de irmos para casa — disse Irena antes que eu pudesse responder. Ela pegou o caminho para a casa da fazenda sem esperar por ninguém.

Franz observou e depois a seguiu, dizendo algo sobre contar aos pais dele que eles teriam outra hóspede para a noite.

Quando alcançamos Irena, respirei fundo e calmamente. Mateusz entraria em contato comigo assim que tivesse notícias de seus contatos. Iríamos a Varsóvia no dia seguinte e veríamos o que a Madre Matylda e a sra. Sienkiewicz tinham descoberto sobre os filhos de Hania e depois eu me concentraria novamente em Fritzsch. A ordem do meu plano havia mudado, apenas isso.

Eu me coloquei entre Irena e Hania e abracei as duas pela cintura. As duas amigas que eu mais amava no mundo, comigo, vivas e bem. Um longo tempo se passara desde a última vez que tinha me sentido assim, um sentimento que eu poderia descrever como semelhante à felicidade plena e verdadeira.

Quando nos separamos para seguir com todo mundo para dentro, uma mão conhecida pegou a minha e me fez parar. Virei-me para encarar Mateusz, esperando que me trouxesse notícias de Fritzsch, até que sua expressão séria me dissesse que não.

— Não tem sentido eu tentar encontrar outra maneira de lhe dizer isso — começou ele com um meio sorriso, tão logo a porta se fechou atrás de nossos amigos. — Vou estudar em uma universidade americana no outono. Nos Estados Unidos, para ser exato. Meu tio mora em Nova York, então, vou ficar com ele.

Estados Unidos. Pisquei, deixando a ideia passar pela minha cabeça antes de expressar a primeira coisa que poderia pensar em dizer.

— Você não fala inglês.

Ele riu.

— Comecei a aprender. Eu parto no mês que vem.

Mesmo sorrindo e dizendo o quanto eu estava feliz por ele, não pude deixar de me sentir como quando ele tinha se mudado para Pszczyna. Mais uma vez eu estava perdendo meu amigo e minha ajuda em minha missão contra Fritzsch. Manter contato desde Varsóvia já seria bem desafiador, mas fazê-lo dos Estados Unidos envolvia um novo nível de complicação. Meu plano não poderia ser arruinado agora. Não quando eu estava tão perto.

Muitas vezes eu imaginava como teria sido se tivéssemos nos conhecido em circunstâncias diferentes. Esses últimos meses me deram uma ideia. Longas caminhadas pelos campos, sua mão na minha; assar *pączki* juntos e rechear as bolas fritas de massa doce com geleia de morango; sentarmos juntos na grama alta para ver o pôr do sol, com uma serenata de grilos cantando ao redor, seu braço em volta da minha cintura, minha cabeça em seu ombro. A cada momento, quase me sentia como uma daquelas garotas pelas quais passava indo e voltando de Birkenau. O tipo de garota que eu poderia ter sido. Eu tinha acreditado que nosso tempo juntos continuaria, talvez nos levasse a Varsóvia para um café da manhã no café do Hotel Bristol, seguido por uma caminhada pela *Krakowskie Przedmieście*, passando pela Catedral de São João. Agora os momentos estavam chegando ao fim, em uma jogada que eu não havia previsto.

Eu não estava pronta para perder nada disso, nem os nossos momentos futuros nem os meus planos.

— Mais uma coisa — disse Mateusz, me entregando um envelope. — Uma resposta à última carta que você escreveu para mim.

Tão rapidamente quanto minhas preocupações tinham aumentado, voltaram ao normal quando ele colocou o envelope na minha mão. Apesar de termos mantido a troca de cartas ao longo dos últimos meses, esta eu não tive que abrir para saber que não era de Mateusz.

Era dele. Senti isso em cada fibra do meu ser.

— Tive a sensação de que você não cairia nessa — disse Mateusz, sorrindo. — Meu contato trouxe para mim hoje e, como você vai embora amanhã, o momento não poderia ter sido melhor. Mas mesmo que tivesse que fazer isso dos Estados Unidos, eu me certificaria de que você recebesse essa carta.

Passei meus dedos sobre o selo intacto.

— Não tenho palavras para agradecer, Maciek.

— Abra. Sua paz de espírito está esperando dentro deste envelope.

— Mais tarde — peguei sua mão e apertei em agradecimento, eliminando as rugas de preocupação em sua testa. — Você vai ficar para o jantar?

— Não posso. Tenho o turno da noite no hospital.

— Então você volta amanhã de manhã antes de partirmos para Varsóvia, não é?

Seu olhar suavizou.

— Assim que meu turno acabar.

Assenti com a cabeça e o abracei, me apoiando na força do seu abraço, na batida reconfortante do seu coração, no seu pequeno suspiro quando ele abraçou com mais força. Abracei-me a ele, a ele todo. A um de nossos últimos momentos.

Quando nos soltamos, Mateusz voltou para a sua bicicleta e seguiu para a cidade. Eu o observei partir, embora necessitasse de um esforço significativo para aguardar até que ele estivesse fora do meu campo de visão. O envelope queimava em minha mão como a chicotada em minha pele.

Quando me certifiquei de que ele estava longe, examinei o envelope. Não havia marcações, o que significava que ele tinha refeito os passos pela linha da resistência até retornar para mim. Abri, e a luz dourada do sol do fim de tarde iluminou uma única folha de papel dobrada.

Heil Hitler!

Recebi a carta em que você menciona ter informações sobre a minha transferência. Estou ansioso para tratar desse assunto contigo e, como afirma sua carta, você tem uma preocupação adicional que seria melhor revelar pessoalmente. Depois de considerar o seu pedido de um encontro para resolvermos ambos, decidi que posso fazer uso de você uma última vez. O aniversário do Führer será a data perfeita para um encontro, você não concorda?

Você sabe onde me encontrar, Prisioneira 16671.

Hauptsturmführer Karl Fritzsch
SS-Totenkopfverbände
Lagerführer de Auschwitz

Agradeço a Deus por Mateusz. Apesar de transferido para as linhas de batalha, Fritzsch não tinha morrido. O aniversário do Führer era amanhã e eu sabia onde ele queria me encontrar.

Afinal, meu plano estava se desenrolando exatamente como eu esperava.

A porta se abriu e dobrei o papel quando Franz saiu.

— Você vem para dentro? — ele perguntou.

— Sim, eu estava lendo uma carta do Mateusz — mostrei o envelope. — Franz, você me faria um favor?

Ele assentiu e eu respirei fundo. Não porque estivesse hesitante, mas porque esse momento por tanto tempo parecera fora do meu alcance, e agora estava aqui. Enquanto eu segurava a carta, uma onda de energia pulsou por mim, mais poderosa do que qualquer coisa que eu havia sentido em muito tempo. Eu esperava por esse encontro desde os catorze anos. Finalmente eu expiaria o que tinha trazido para minha família, mesmo que nunca concedesse a mim mesma o perdão total. Mesmo que isso significasse voltar para aquele lugar do qual minha mente nunca me permitiu escapar.

— Amanhã preciso que você me leve a Auschwitz.

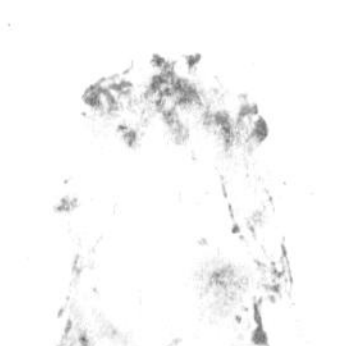

CAPÍTULO 34

AUSCHWITZ, 20 DE ABRIL DE 1945

— Maria, você tem certeza disso? — perguntou Franz, talvez pela centésima vez.

Íamos de carro pelas mesmas estradas que percorrêramos a pé na evacuação, estradas cobertas de neve, sangue e lama, cheias de cadáveres. A neve já tinha derretido fazia tempo e os corpos já tinham sido removidos, mas enquanto eu observava a paisagem passar, eles eram tudo que eu via.

Ainda não tinha amanhecido. Após minha insistência, Franz e eu saímos para ir a Auschwitz antes que os outros acordassem. Estávamos quase lá.

— Você tem certeza de que quer voltar? E você tem certeza de que quer ficar sozinha? Eu não me importo de ficar.

— Já disse, como estamos partindo para Varsóvia hoje, eu quero ver esse lugar mais uma vez para superar. Será uma visita difícil, então eu não queria que Hania e Irena se sentissem pressionadas a vir. É por isso que eu não contei a elas.

Apesar de suas perguntas, tinha sido fácil convencê-lo a me trazer de carro. Ele tinha acreditado no meu motivo, mesmo que o deixasse perplexo, e achou consciencioso de minha parte pensar em Hania e Irena. Por outro lado, ele não sabia nada sobre Fritzsch e muito pouco sobre meu tempo presa, então, é claro que ele não suspeitou de nada.

Pobre Franz. Irena ficaria furiosa quando descobrisse, e eu quase podia ouvir os xingamentos em iídiche que Hania gritaria para ele. Eu teria subornado um fazendeiro vizinho para me levar se não precisasse que Franz soubesse onde eu estava. Talvez Irena e Hania adivinhassem assim que percebessem a minha ausência, mas eu precisava ter certeza de que sabiam. Eu precisava que elas viessem, mas não imediatamente. Não até que eu estivesse pronta para elas.

Eu não esperava que elas entendessem. Como poderiam? Isso era entre mim e Fritzsch. Eu não queria que elas ficassem expostas ao perigo e não permitiria que elas me impedissem. Era algo que eu tinha que fazer: ouvir a verdade finalmente, obter justiça para a minha família, responsabilizar Fritzsch e pôr um fim ao pesadelo que eu tinha vivido nos últimos quatro anos. Enfrentá-lo sozinha não me preocupava. Eu tinha um longo histórico de imprudência.

— Vou ficar bem — eu disse, para silenciar as perguntas de Franz.

Essa parte não era uma mentira completa. Antes de sairmos, eu tinha pegado a pistola de Irena.

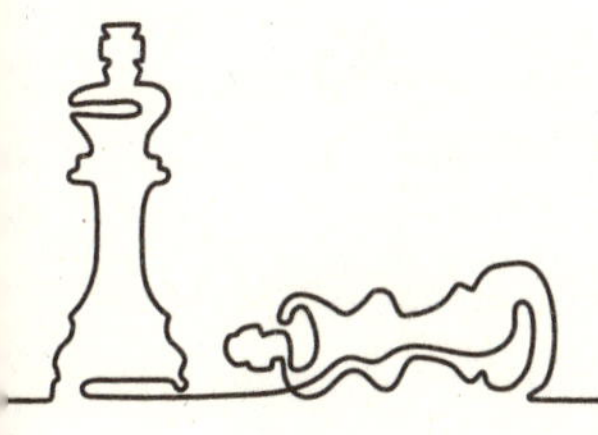

CAPÍTULO 35

AUSCHWITZ, 20 DE ABRIL DE 1945

QUANDO MEU DEDO TOCA o gatilho, Fritzsch joga os ombros para trás, como se estivesse chamando a bala para o seu peito. Uma bala e não terei que enfrentar um julgamento traumático ou lidar com os meus fantasmas ao tentar falar sobre o que aconteceu aqui. Vou enterrar as memórias para nunca mais desenterrá-las e isso chegará ao fim. Eu só quero que isso acabe.

Mas uma bala não faz parte da minha estratégia.

Matar Fritzsch não é o meu plano; esse nunca foi o meu plano. Ele merece passar o resto da vida pagando pelo que fez. A essa altura, Franz já deve ter voltado para a fazenda, e Irena e Hania exigirão saber para onde ele me havia levado. Elas vão pensar que algo está errado e virão atrás de mim. Certamente, mantive Fritzsch ocupado por tempo suficiente. Meus amigos estão a caminho, eu sei que estão. Quando eles chegarem, levaremos Fritzsch a algum dos contatos de Franz que tenha poder para prendê-lo formalmente. Ele confessará cada atrocidade e enfrentará as consequências.

Ou eu poderia atirar nele.

Seguro a pistola com mais força para me concentrar na dor em vez de no desejo irresistível de alcançar o gatilho novamente. Uma confissão é suficiente para ele ser condenado em um julgamento. Meu depoimento não será necessário. Passei todo o meu tempo encarcerada esperando por este jogo e vou controlar o tabuleiro. Eu não posso perder agora.

— Vá em frente.

A fala quase me faz repensar, mas resisto à tentação. Mais alguns minutos. Eu cultivei o seu interesse por mim neste campo por quase oito meses. Posso fazê-lo novamente por mais alguns minutos. Meus amigos estarão aqui antes que ele se canse de mim, tenho certeza.

— Solte a sua arma e termine o jogo.

O tremor na minha voz está pior do que nunca, fazendo com que minhas palavras soem mais como um apelo do que uma exigência, mas eu não desvio o olhar.

Fritzsch não reage. A sordidez conhecida ilumina os seus olhos enquanto ele me observa e eu uso as duas mãos para firmar a arma. Minha mira permanece ao nível de seu peito enquanto luto contra minha respiração instável, mas, com algum esforço, tiro o dedo do gatilho.

Mais alguns minutos.

Sua risada irrompe no silêncio macabro.

— O que você esperava ao vir até aqui, Prisioneira 16671? Todo esse tempo você planejou me capturar e me fazer confessar durante um julgamento? Para isso, eu teria de atender aos seus desejos, mas você esqueceu uma coisa muito importante, sua vadiazinha polaca inútil. — ele se aproxima e sorri. — Eu não sigo ordens.

Ele saca a arma do coldre antes que eu possa reagir.

A dor na minha cabeça é insuportável. Ouço um grito que deve ser meu, enquanto pressiono meu dedo contra o gatilho e um tiro é seguido de outro. Então, fico salpicada de sangue quente.

Fumaça e sangue, odores tão familiares que me cercam e sufocam, e eu espero a dor chegar, mas não sinto nada. O sangue não é meu. Eu não estou ferida, mas Fritzsch, como tantos que passaram por este solo amaldiçoado, está caído, morto, em uma poça de sangue vermelho.

Não, não, não, não pode acabar assim.

Respingos de sangue e a água da chuva cobrem o tabuleiro de xadrez; as peças pintadas com minúsculas gotas vermelhas. Com um movimento do meu braço, ele cai no chão e se quebra com um estalo agudo. As peças se espalham.

Ele tinha de ir julgamento, o mundo tinha de saber a verdade, ele tinha de apodrecer na prisão, ele não poderia morrer...

— Maria, meu Deus, que diabos você fez?

— Baixe a arma, Maria, por favor!

Vozes conhecidas, embora eu mal consiga ouvi-las. Ele tinha de ir a julgamento. Em vez disso, eu puxei o gatilho.

— Porra, Maria, baixe a merda da arma!

— Por favor nos ouça, *shikse*. Baixe a arma.

Eu desvio meu olhar do corpo de Fritzsch e o dirijo para as vozes, que pertencem a Irena e Hania. Elas vieram. Tarde demais.

Quando me viro para elas, elas estão tensas, mas não tenho certeza da razão, e não sei por que estão tão longe de mim. Talvez elas não entendam que Fritzsch está morto. Ele não pode machucá-las e não pode ser levado à justiça. Hania e Irena se aproximam, ainda falando. Embora eu não esteja prestando atenção, acho que estão tentando me acalmar. Talvez porque eu não consiga parar de gritar.

— Ele tinha de ser julgado, ele não podia morrer...

— A arma, Maria — Irena diz furiosamente, fazendo meus gritos pararem de repente.

A pistola. Esqueci que a estava segurando.

Viro-me para o corpo de Fritzsch. Minha bala atravessou seu abdome e manchou de sangue seu uniforme perfeito. Por algum motivo, ele não me acertou. A pistola de Fritzsch está caída no chão, perto de sua mão, e o sangue jorra do círculo de carne destroçada em sua têmpora, onde uma segunda bala acertou. O tiro da morte.

Não, não estava certo. Puxei o meu gatilho uma vez, mas uma bala no estômago não o teria matado tão rapidamente.

E eu ouvi dois tiros.

Disparei uma vez. Eu sei que disparei uma vez, e ele também. Foi o tiro na cabeça que o matou, o tiro que eu não poderia ter dado, não de onde eu estava. E, como eu sabia muito bem, as balas de Fritzsch sempre encontravam o seu alvo.

Ele não tinha atirado em mim. O tiro na cabeça foi disparado por ele mesmo.

— Seu desgraçado estúpido e covarde, você deveria ter ido para a prisão, não era para ter se matado!

Em meio a meus gritos, a arma voa da minha mão, porque eu acho que devo tê-la jogado, mas não sei. A enxaqueca piora e meus gritos se transformam em soluços quando meus joelhos atingem o cascalho; pressiono minhas mãos nas têmporas para aliviar a dor latejante, mas só consigo espalhar as gotículas pegajosas de sangue que mancham minha pele como mancharam o tabuleiro de xadrez quebrado.

Um erro, um erro fatal, suficiente para arruinar um jogo de xadrez inteiro. O erro que cometi me parece tão óbvio agora. Ao longo dos meus anos jogando xadrez, nunca discuti minha estratégia, mas desta vez escolhi a dor antes do juízo, movi minha rainha muito cedo e meu rei muito tarde, e disse ao meu adversário como jogaria e como queria que o jogo acabasse. Este peão estúpido abriu caminho para o xeque do seu próprio rei, mas tenho que sair antes do xeque-mate. Tem de haver uma maneira, não pode acabar assim.

Mãos firmes, porém gentis, me pegam e me puxam para longe do corpo de Fritzsch, enquanto dois pares de braços conhecidos me abraçam. Meu próprio descuido provocou essa jogada final, e agora ele estava morto.

Quando as lágrimas e a dor na minha cabeça diminuem, sou acometida da vaga consciência de que Irena e Hania estão me levando pelo portão. Então, ouço a voz de Franz.

— Mas que diabos...

— Exatamente! — grita Irena, correndo até ele e desferindo murros contra o seu peito. — Mas que diabos, Franz? Como pôde ter deixado a Maria aqui?

Ela não espera por uma resposta antes de me agarrar pelos meus ombros, agora que Hania e eu os alcançamos.

— Explique-se, sua maldita idiota.

Tudo que Franz tenta dizer se perde no alvoroço, enquanto Hania pragueja em iídiche e empurra Irena para longe. Ela fica entre nós, gritando em várias línguas, mas Irena não se intimida, e quanto mais elas gritam, mais quero que parem.

— Vamos, explique-se! Eu sei que você tinha um plano, você sempre tem a merda de um plano...

— Irena!

Meu grito sai com uma onda de fúria. Imediatamente, ela para e me puxa para perto, me abraçando com força.

— Porra, Maria — ela sussurra, incapaz de formular as palavras antes de cair em soluços repentinos e ferozes.

Franz envolve Irena em seus braços e eu caminho alguns metros para longe. Olho para o letreiro acima do portão. Três palavras em alemão, uma frase simples. Por algum motivo, aquela frase parece ainda mais sombria e ameaçadora do que o normal. As lágrimas retornam, como rios quentes e raivosos que picam a minha pele, mas mãos gentis me viram de costas para a placa.

— Acabou, *shikse*.

O murmúrio reconfortante rompe os ecos das provocações de Fritzsch e os gritos de frustração que enchem a minha cabeça. O polegar de Hania limpa uma lágrima misturada com sangue da minha bochecha, então ela me segura contra o seu peito e beija o topo da minha cabeça.

Acabou. Não acabou. Não assim. O arame farpado ainda me cerca, e a corrente ainda passa por ele.

No carro, vamos em silêncio. Minhas lágrimas cessaram e minha dor se dissipou. Estou vazia de novo, tão vazia como durante aqueles primeiros meses de cárcere, quando escolhi não sentir nada. Enquanto observo as manchas de sangue nas minhas roupas e na minha pele, o sangue de Fritzsch, volto àquele lugar. Escolhi não sentir nada novamente.

CAPÍTULO 36

PSZCZYNA, 6 DE MAIO DE 1945

A MATÉRIA DO JORNAL TEM quase uma semana e eu já a memorizei. Eu a leio todos os dias, certificando-me de que não a imaginava. Adolf Hitler se matou. O Führer está morto. Outro criminoso que tirou a própria vida para que não tivesse que enfrentar as consequências de suas ações deploráveis.

Ainda estou furiosa com Fritzsch pelo que ele fez. Passei uma semana inteira na cama pensando nisso, embora não houvesse nenhum sentido em fazer isso. Às vezes, não consigo evitar que meus pensamentos se voltem para ele. Ninguém fala comigo sobre o assunto, mas no dia seguinte ao suicídio de Fritzsch, entreouvi Hania e Irena falando sobre o que tinham feito. Franz retornara a Auschwitz e pusera fogo em tudo: na mesa, nas cadeiras, no jogo de xadrez e no corpo de Fritzsch. Ele descartou suas cinzas em um local que não divulgou, nem mesmo para Irena. Só disse que não tinha sido entre os restos das vítimas de Auschwitz. Como Fritzsch deveria estar nas linhas de frente, seu desaparecimento seria atribuído às mortes em batalha. Ninguém sentiria sua falta e ninguém o encontraria.

Ele foi embora deste mundo, mas não de mim. Eu vejo seu rosto, ouço sua voz. *Sua vez, Prisioneira 16671...*

Levanto-me da cama subitamente para eliminar seu escárnio da minha mente. Era mesmo como Hania tinha dito quando me recusei a sair da cama e ela compartilhou suas próprias memórias recorrentes comigo: *Todos os cigarros e toda a vodca do mundo não são suficientes para fazer o passado ir embora.*

Talvez não devamos deixar o passado para trás. Talvez devamos trazê-lo conosco para que possamos nos reunir a outros sobrecarregados pelo mesmo fardo e carregá-lo juntos. Talvez seja assim que encontraremos a paz.

Depois de colocar o artigo na valise aberta no chão, fico olhando para as roupas empilhadas sobre a minha cama. Todos foram para a cidade, mas fiquei para terminar de fazer as malas. Pego meu uniforme de prisioneira dobrado. Vejo-o todos os dias. Permaneceu no pé da minha cama desde que o tirei. Irena me disse inúmeras vezes para *tirar essa maldita coisa do nosso quarto*, mas eu não tirei.

Quando eu o apanho, ele se desdobra. Meu uniforme está ainda mais fino do que quando o recebi, tão fino que é praticamente transparente. As listras cinza e azuis estão sujas e gastas; as bainhas e as mangas, puídas; a roupa, esfarrapada e manchada. A faixa branca com meu número de prisioneira em preto está desbotada e suja, assim como o triângulo vermelho e o *P* maiúsculo. Uma costura sobe até a metade das costas, o rasgo que remendei depois de ter sido açoitada. Na parte de dentro, encontro os vários bolsos que acrescentei ao longo dos anos para os artigos negociados, mas o meu preferido é o que tem a aba com botão. Aquele reservado para o terço do Padre Kolbe.

Puxo a manga do roupão para delinear com os dedos as minhas cicatrizes e a tinta escura da tatuagem, que se destaca tão proeminentemente em minha pele pálida.

Meu primeiro nome era Maria. Meu nome de guerra era Helena. Meu novo nome é Prisioneira 16671.

Sinto a pontada familiar na têmpora. Concentrando-me em respirações lentas e constantes, pressiono meus dedos ao lado da minha testa para aliviá-la. Depois de um momento, a dor se dissipa.

Termine o jogo, Maria.

Começo a me perguntar se conseguirei algum dia.

Alguém bate na porta quando cubro meu antebraço, dobro o meu uniforme e o guardo sob os vestidos, calças e saias que guardara em minha valise. Irena sempre entra sem bater, então deve ser Hania. Amarro o roupão e permito a entrada.

É Mateusz quem aparece no quarto. Ele se mantém a distância, sua mandíbula cerrada acentuada pela barba por fazer. Eu não o via desde que passara por ele, brevemente, ao retornar cambaleante para dentro da casa da fazenda, abalada e coberta com o sangue de Fritzsch. Como prometido, ele tinha vindo se despedir de uma querida amiga e se deparou com uma garota que o havia usado, usado sua bondade e sua confiança. O olhar que ele me dirigiu, de preocupação, confusão, choque, tristeza, traição, tudo combinado, me despedaçou — tanto quanto eu o despedaçara naquele instante. Desde então, ele nunca mais tinha vindo me visitar.

Por um momento, eu não soube o que dizer, mas tinha certeza da razão de ele ter vindo.

— Você ainda não partiu para os Estados Unidos?

Ainda bem que a valise me dá algo para encarar.

— Semana que vem. Franz disse que vai levá-la para Varsóvia amanhã, já que o plano original... — ele faz uma pausa, como se nada pudesse capturar adequadamente o que tinha acontecido com o plano original — ... mudou.

Uma conclusão simples, que resumia a totalidade do que tinha acontecido ao plano original, a mim e a ele. A nós.

Ele espera, talvez acreditando que seu reconhecimento da mudança seja suficiente para me levar a explicar por que ela ocorreu. Talvez seja a minha oportunidade de salvar o último de nossos momentos restantes. Mas fazer isso pressupõe uma jogada impossível. Eu limpo a garganta.

— Eu não consigo acabar de arrumar essas coisas. Se você me der licença, preciso me apressar.

Mexo nas gavetas da cômoda, fingindo separar as peças. O silêncio é opressor. Parte de mim gostaria que Mateusz dissesse o que veio dizer, mas outra parte prefere que esse instante dure para sempre, em vez de avançarmos para o próximo.

— Eu não teria entregado aquela carta se soubesse o que ela continha.

Embora eu estivesse esperando por essas palavras, elas mexem com algo dentro de mim e me empurram para o limiar conhecido. Fechando a gaveta da cômoda com força, eu me viro para encará-lo.

— A decisão não era sua. A carta era minha.

— Você tinha planejado aquilo o tempo todo, não? Por que me envolveu?

— Eu confiava em você e precisava de ajuda.

— E eu confiei em você, mas você mentiu para mim. Por anos.

Ele aguarda, provavelmente esperando que eu admita ou negue, mas não faço nada. Não há necessidade de confirmar uma verdade que ele já conhece. Talvez ele esteja esperando algum sinal de remorso.

Quando não reajo, ele se aproxima, rígido de tensão.

— Você disse que estava preocupada. Você nunca disse que confrontaria Fritzsch. Eu te ajudei a encontrá-lo, eu te dei a carta dele porque achei que lhe traria paz de espírito, mas, em vez disso, você quase morreu. Você não percebe isso?

— Eu tinha que fazer aquilo.

— Por quê? Que mentira você vai me contar desta vez?

A dureza em sua voz acende minha fúria ainda mais.

— Você não conseguiria entender.

Mateusz balança a cabeça e segue de volta para a porta, como se não conseguisse ver nenhum propósito em me contestar.

— Bem, Maria, você encontrou Fritzsch. Conseguiu o que queria.

É o que basta para trazer as memórias. Vejo os corpos da minha família, o braço do Padre Kolbe humildemente estendido e esperando pela injeção, o meu sangue pingando do chicote, o tabuleiro de xadrez na praça da chamada, o sorriso cruel de Fritzsch, e ouço seu escárnio, sinto cada pedaço de terror e fúria e agonia que ele infligiu sobre mim, e então ouço o grito, aquele que sempre me espanta quando percebo que é meu.

— O que eu queria? Você acha que é isso que eu queria? Todo mundo que eu amava foi assassinado por causa dele! *Isto* foi por causa dele.

Eu me viro e deixo meu roupão cair, exibindo minhas costas dos ombros ao quadril. O estalo do chicote apita em meus ouvidos enquanto meu choro soluçante marca a dor de cada laceração. *Eins, zwei, drei...*

A reação de choque de Mateusz me tira do chão escaldante e empoeirado da praça da chamada e me traz de volta ao quarto frio onde estou de pé seminua. Eu me cubro e o encaro novamente. Ele me olha como se me visse pela primeira vez.

— Não vou dar desculpas porque não as tenho, mas não me peça para me explicar. Eu não posso. Nem mesmo para Irena ou Hania.

Minha voz treme, a pontada se instala na minha cabeça. Raiva e dor se tornaram parte de mim tanto quanto as cicatrizes.

Sigo até a janela e espero que Mateusz diga que minhas palavras não são boas o suficiente e exija uma explicação, porque devo muito a ele em face da dimensão das minhas mentiras. Eu anseio por sua fúria, anseio por algo que me faça odiá-lo tanto quanto ele certamente me odeia. Porém, quando ele fala, sua voz não contém fúria nem ódio.

— Talvez você não consiga explicar hoje, talvez nem amanhã. Mas algum dia as palavras virão. E, quando vierem, vamos ouvi-las.

O peitoril da janela jaz firme e implacável sob as minhas mãos, a vidraça está lisa e fria quando pressiono minha testa contra ela. Os soluços chegam em um ataque violento e repentino; embora eu não afrouxe minhas mãos no peitoril, caio de joelhos. As mãos dele encontram meus ombros e me ajudam a levantar. Eu deveria me virar, mas, em vez disso, rendo-me ao seu abraço.

Estamos em lados opostos de um abismo que para sempre vai nos separar. Não há como ser de outro modo, não quando os últimos anos de nossas vidas foram tão diferentes. Mas, apesar de minha incapacidade de ajudá-lo a entender, acho que a distância diminuiu.

— Tudo que eu queria era que você encontrasse a paz — ele murmura, enquanto ergo a cabeça e limpo as lágrimas do meu rosto.

— Estou mais perto dela. E, se pudesse fazer tudo de novo, há uma coisa que eu faria de forma diferente, Maciek — engulo o tremor repentino na minha voz e ergo meus olhos para os dele. — Eu nunca teria feito o que fiz com você.

Mateusz passa o dedo sob o meu olho, o mesmo que ficou roxo e machucado depois de nosso primeiro encontro, e depois pela minha têmpora, onde um cano de pistola foi pressionado com tanta força que deixou uma marca. Ele tira do bolso um pedaço de papel gasto e rasgado, mas, quando o desdobra, reconheço a caligrafia. É minha. A primeira carta que escrevi para ele, e ele recita a frase antes da minha assinatura.

— Tudo é perdoado.

Eu balanço a cabeça, sentindo a estranha necessidade de lutar contra ele como luto contra o perdão cada vez que ele me é oferecido, mas aprendi que esse é um jogo que eu nunca ganho. Se é para perder com dignidade, devo aceitar a derrota agora. Então, é o que eu faço.

Mateusz vira-me de costas e baixa meu roupão até a altura da cintura. Eu fecho os olhos enquanto ele examina a massa mutilada de carne exposta que se estende pelo meu corpo. Quando ele passa os dedos pelas cicatrizes, o simples gesto faz meu coração bater mais lentamente. Depois de me recuperar, viro-me para encará-lo. Ele me puxa para mais perto e eu levanto minha cabeça, seguindo sua mandíbula bem definida até a curva de seus lábios e a inclinação de seu nariz até alcançar seus olhos. Olhos azuis tão profundos. Ele sempre viu a garota, não a prisioneira.

Quando seus lábios encontram os meus, eu abandono tudo, exceto a suavidade de seu toque. De alguma forma, ele suprime a agitação frenética dentro de mim.

Entre beijos, ele sussurra meu nome, sussurros para que eu vá para os Estados Unidos com ele e deixe tudo isso para trás. Um anseio familiar atravessa meu conforto em seu abraço e no calor titilante que seus dedos enviam à minha pele. Desejando-o, desejando ser outra coisa que não a que me tornara, uma coisa criada por aquele lugar. A voz alta interfere, me dizendo para ignorar a vozinha, e estou tentada a ouvir seus apelos ensurdecedores. Mas a vozinha me conhece. Muito de mim permanece espalhado, uma confusão de peças de xadrez em um tabuleiro onde a estratégia se desfez, deixando confusão e caos em seu rastro. Resolver o caos é um desafio que só eu posso superar.

Mais uma vez, descanso minha cabeça em seu peito e fecho os olhos. Como eu gostaria que as coisas fossem diferentes.

— Sabe, Maciek — murmuro —, acho que os americanos já têm correios.

Uma risada ressoa em seu peito e vibra no meu ouvido.

— É mesmo?

— Eu não tenho certeza, mas diria que a possibilidade é alta — levanto a cabeça para olhar para ele. — Talvez eu escreva para você algum dia. Mas se eu o fizer, e você receber a minha carta e não responder, saiba que é falta de educação e você deveria se envergonhar.

— Não se preocupe, eu vou responder. É falta de educação desrespeitar os desejos de uma garota.

Trago sua boca até a minha mais uma vez. A voz alta faz uma última tentativa, me lembrando de como seria fácil nunca deixá-lo ir.

Eu me solto gentilmente. Deixo que ele se vá, e apego-me a esse momento e à promessa de que, algum dia, talvez eu encontre o próximo.

Depois que Mateusz vai embora, fico onde estou, olhando para as cartas enfiadas no canto da minha valise. Ele realmente não é um menino estúpido, afinal.

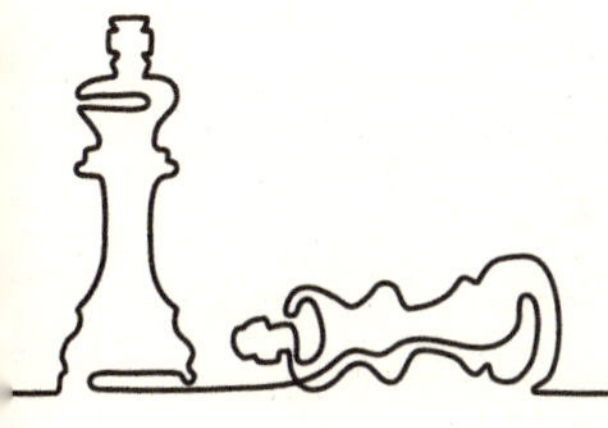

CAPÍTULO 37

VARSÓVIA, 7 DE MAIO DE 1945

IRENA NOS AVISARA DE que Varsóvia não era mais a mesma, mas nenhum aviso poderia ter nos preparado — a mim e a Hania — para o que restara de nossa cidade. Edificações outrora grandiosas e ornamentadas tinham sido transformadas em poeira, cinzas, tijolos e vidro quebrado. Diversas ruínas já haviam sido removidas, deixando no lugar enormes espaços sem nada. O vazio me lembra dos espaços vagos em nossos beliches após as seleções. As ruas, antes apinhadas, estão abandonadas — resultado das incalculáveis mortes de civis, deportações e fugas. Varsóvia quase fora dizimada.

É claro que a minha cidade estava espancada, machucada, quase destruída. Mesmo se eu tivesse encontrado a justiça que procurava, encontrá-la não teria enterrado o passado como eu esperava; agora, enfrento meu passado e meu presente. Aqueles que tornaram Varsóvia bela, que fizeram dela a minha casa, perderam a vida. Minhas ações arrancaram a beleza da minha vida e me deixaram em ruínas, assim como as bombas, as balas e o sangue tinham feito com a minha cidade. O lar que eu deixei não existe mais; tornara-se um reflexo da minha vida transformada.

Apesar do estado desolador da cidade, a rua Hoża ainda é linda. Quando Hania e eu paramos na esquina, lembro-me das vezes que subi e desci essa rua até o convento. Cada lembrança afetuosa é um pequeno conforto, embora tingido pela dor em meu peito, tão familiar para mim agora que não espero mais que vá me abandonar totalmente.

— Quatro anos — murmura Hania, mais para si do que para mim. — Já se passaram quatro anos desde que vi meus filhos pela última vez. E nunca imaginei que enfrentaria este dia sem o meu marido.

Eu ponho minha mão em seu antebraço, mas não tenho certeza se ela percebe.

— Você tem certeza de que quer que eu fique?

Ela assente com a cabeça, sem desviar os olhos do convento.

Nossos saltos batem contra os paralelepípedos enquanto a conduzo rua abaixo. Quando tocamos a campainha, uma freira nos leva para o pátio, onde os pássaros cantam e uma brisa faz barulho entre as árvores. A atmosfera tranquila contrasta com os nervos que me atormentam. Esperamos perto da estátua de São José enquanto ela vai buscar a sua superiora.

Hania está ao meu lado, o rosto marcado pela preocupação, as mãos entrelaçadas, tão pálida e imóvel como a estátua de São José. Ela parece muito mais velha do que deveria. Velha, cansada, esperançosa, petrificada. Quatro anos de sofrimento indescritível a trouxeram a este momento. Eu estendo a mão, ela se agarra ao meu braço e não me solta.

Quando a Madre Matylda aparece, sozinha, Hania me aperta ainda mais.

Ela me agarra por um instante, depois me solta, então corre para encontrar a Madre Matylda e pega as suas mãos. Seu aperto parece tão forte que temo que ela esteja machucando a velha madre provincial, mas a Madre Matylda se agarra a ela com a mesma intensidade.

— Diga que eles estão bem — diz Hania, as palavras nítidas e urgentes, apesar da falha em sua voz. — Por favor, eles não podem estar...

— Oh, minha querida, perdoe-me. Eu não quis assustá-la — responde Madre Matylda, colocando uma mão tranquilizadora no rosto de Hania. — Eu gostaria de compartilhar o que minhas irmãs e eu descobrimos desde que Maria nos contatou. A mãe de Maria, Natalia, trouxe seus filhos para nós. Adam e Jakub foram transferidos para o nosso orfanato em Ostrówek — ela dá um pequeno sorriso. — E eles estão vivos.

Por um instante, Hania parece atordoada demais para reagir, então, com um soluço, seus joelhos se dobram. Sua cabeça se inclina sob o peso da notícia e ela pressiona os lábios na mão enrugada da madre provincial. Com surpreendente agilidade, Madre Matylda se ajoelha com ela, cabeça baixa, olhos fechados, embalando Hania como se ela fosse uma das crianças que as freiras salvaram.

Fecho os olhos, voltando para a sala de estar da minha família, onde mamãe e eu tínhamos tantas conversas em sussurros, imaginando momentos como este, ajudando a reunir famílias que haviam sido separadas. *Não podemos imaginar o que eles sofreram, mas devemos fazer a nossa parte para amenizar*. O conselho que ela sempre me deu. Enquanto sussurro um agradecimento silencioso a ela por seus esforços incansáveis, seu entusiasmo e sua compaixão, sinto seu alívio e alegria como se fossem meus.

Quando Hania se acalma, a madre provincial limpa uma lágrima que permanece em seu rosto.

— Você gostaria de ver os seus filhos?

Hania leva um tempo para conseguir falar.

— Eles estão aqui?

— Depois de localizá-los, nós os trouxemos para cá o mais rápido que pudemos. Expliquei a situação para eles, para que saibam que são judeus. E eles *são* judeus — acrescenta Madre Matylda, apertando a mão dela de forma reconfortante. — Ninguém que foi trazido para nós foi batizado contra a vontade.

Hania pisca, parecendo comovida demais para processar tudo que acabara de ouvir. Outra lágrima rola pelo seu rosto. Ela ainda está agarrada à Madre Matylda, como se soltá-la fosse levar embora tudo que a madre provincial estava devolvendo para ela.

— Antes de encontrar seus filhos, Hania, você deve ter em mente que eles eram muito pequenos quando vocês foram separados. Eles...

— Eles não se lembram de mim — ela baixa a cabeça em um pequeno aceno, a voz trêmula. — Eu entendo, Madre. Por favor, traga os meus *kinderlach*.

Madre Matylda me chama. Quando me junto a elas, ela ajuda Hania a se levantar e desaparece no interior do prédio.

As mãos trêmulas de Hania encontram as minhas, uma morena e a outra pálida como o jogo de chá de porcelana de mamãe. Imagino minha mãe segurando na mão de Jakub, conduzindo-o pelo sistema de esgoto com Adam em seus braços; imagino-os aqui, neste mesmo lugar, imundos e exaustos, mas vivos. Penso nas freiras limpando e alimentando as crianças enquanto mamãe se troca, junta suas roupas sujas e corre para casa para disfarçar seu trabalho antes que meus irmãos acordassem.

Se ao menos mamãe soubesse que aquelas crianças que ela resgatou eram filhos de uma mulher que um dia resgataria a sua própria filha...

Quando a Madre Matylda retorna, traz consigo dois garotos de cabelos escuros pelas mãos. Um pequeno suspiro emerge dos lábios de Hania enquanto seu tremor pulsa até mim com tanta força como se fosse o meu. Os olhos escuros de Jakub nos avaliam, primeiro Hania, depois eu, depois de volta para ela, enquanto os de Adam permanecem arregalados e curiosos. Ela dá alguns passos na direção dos filhos, depois para e, com aparente dificuldade, espera. A Madre Matylda guia a mão de Jakub para a de Adam. Ambos esperam por sua orientação, então ela lhes dá um aceno encorajador.

Lentamente, Jakub conduz Adam pelo pátio. Quando alcançam sua mãe, eles param e ela cai de joelhos. Eu imagino que ela deseje envolvê-los em seus braços e sufocá-los com beijos, mas está esperando por sua permissão, com medo de assustá-los. Eu observo com a respiração suspensa, rezando para que Jakub alcance as profundezas de sua memória e reconheça a pobre mulher que perdeu tudo e passou quatro anos agonizantes sonhando com esse momento. Certamente ele vai se lembrar de algo, qualquer coisa, sobre a mãe que o ama tanto.

Hania observa os meninos que emergiram da criança e do bebê que ela conhecia, absorvendo cada detalhe.

— Vocês sabem quem eu sou?

— Seu nome é Hania e você é nossa mãe. Foi isso que *Matusia* Matylda disse — responde Jakub, e eu sorrio com o uso do título amável. — Ela disse que meu nome é Jakub, não Andrzej, e o nome de Henryk é Adam.

Hania assente com a cabeça e luta para conter uma nova onda de lágrimas enquanto murmura em iídiche. Jakub cerra os olhos e olha para Madre Matylda em busca de uma explicação. A madre provincial lança um olhar solidário a Hania; novamente, meu coração se torce em um nó doloroso. Nenhuma das freiras pôde fazer com que Jakub mantivesse o conhecimento de sua língua nativa. A língua que Adam nem sequer teve a chance de aprender.

A mesma compreensão domina Hania, que para no meio da frase. Ela engole em seco e pega o retrato da família que guardou durante todo o nosso tempo no campo. Depois de entregá-lo a seus filhos, ela aponta para os seus rostos.

— Essa sou eu e esses são vocês.

Os meninos verificam a imagem e então Jakub sentencia:

— Você parece diferente.

Ela ri.

— E vocês também. Essa fotografia foi tirada quatro anos atrás. E este é seu pai, Eliasz.

— Onde ele está? — pergunta Adam.

— Vamos encontrá-lo novamente um dia — diz Hania de maneira suave, embora sua voz trema.

Ela pega nas mãos deles. Adam dá um passo de confiança para mais perto dela e, embora Jakub ainda pareça incerto, não se afasta.

— Vocês eram muito pequenos quando seu pai e eu tivemos que trazê-los para cá para que ficassem seguros. Sentimos tanta falta de vocês, mas *Matusia* Matylda podia protegê-los de uma forma que nós não podíamos. Apesar de não estarmos juntos, eu os mantive comigo todos os dias porque eu pensava em vocês, sentia saudades de vocês e amava vocês. Vocês se lembram do dia em que partiram?

Jakub balança a cabeça negativamente. Adam balança a sua também, como se sentisse que havia sido deixado de fora da conversa. Eu esperava pela resposta, mas ainda assim era decepcionante.

— Tudo bem, porque eu me lembro. Adam, você era um bebê...

— Assim? — ele aponta para si mesmo na fotografia.

— Sim, exatamente assim. Jakub, você mal tinha três anos, mas me prometeu que seria um garoto corajoso. E posso ver que você manteve aquela promessa. Você vai continuar a ser corajoso?

Depois de pensar na resposta, ele assente com a cabeça.

— E, Adam, você será corajoso também?

Adam envolve o pescoço de Hania em seus braços com um abraço exuberante.

— Sim, mamãe!

Deixo Hania com os filhos, prometendo voltar depois de visitar a rua Bałuckiego. Não tenho certeza se nosso prédio sobreviveu à destruição ou se sobrou alguma coisa do lar que eu conhecia. Mas eu preciso descobrir.

Fora do convento, chego ao fim da rua e avisto Irena a caminho de nos encontrar depois de ter apresentado Franz à sua mãe.

— Encontro vocês daqui a pouquinho — eu digo ao passar, mas ela agarra meu antebraço, me fazendo parar.

— Não faça isso.

Espantada com a urgência em sua voz, eu me viro para ela. Pelo olhar em seu rosto, ela sabe exatamente para onde eu vou.

— Não existe mais? — sussurro, embora não esteja certa de que posso aguentar a resposta.

— Não. Bem, o prédio ainda está de pé e o apartamento foi saqueado, mas, para responder à sua pergunta, não, não existe mais — ela relaxa a mão e eu olho em seus olhos transbordando compaixão. — Não existiu mais no momento que a Gestapo invadiu.

Um nó surge na minha garganta. É claro que não existe mais. *Eles* não existem mais. Mas ouvir Irena dizer isso é a confirmação.

Preciso voltar. Para enfrentar o que fiz. Confrontar Fritzsch deveria ter me trazido um pouco de paz, mas Varsóvia não é nada além de outro lembrete. Toda a felicidade que eu conhecia aqui tinha sido apagada. Por que eu deveria ser poupada das consequências das minhas ações?

A rua Bałuckiego e seus paralelepípedos soltos que sempre faziam minha irmã tropeçar. O toque da bengala do meu pai nas escadas que levavam ao nosso apartamento. Meu irmão implorando para ir ao parque Dreszera. Minha mãe pegando gerânios de seu pequeno jardim em nossa varanda, organizando os brotos cor-de-rosa e brancos em seu vaso de cristal favorito. Meu lindo jogo de xadrez *Staunton* em nossa sala de estar.

O lar destruído pela Gestapo. Por meu fracasso.

Quando tento sair novamente, Irena me segura mais firme. Talvez ela esteja certa; talvez não haja necessidade de ver, não quando eu posso fechar meus olhos e voltar àquele dia com uma agonia renovada toda vez. Dediquei quatro anos à justiça, esperando que ela me acalmasse. Eu tinha deixado Varsóvia como uma garota destruída e agora retorno como uma jovem destruída. Coisas destruídas, mesmo se reconstruídas, continuam quebradas, imperfeitas, nunca completas.

Uma brisa fria passa por nós, então cruzo meus braços para enfrentá-la e Hania surge do convento, trazendo um filho de cada lado. Conforme eles se aproximam, respiro de maneira trêmula e olho para Irena.

— O que eu faço agora?

Ela ri.

— Porra, Maria, você é tão idiota.

Agora não é a hora para isso. Abro a minha boca para protestar, mas Irena já está caminhando em seu usual ritmo apressado na direção do apartamento da sua família. Ela não desacelera, mas nos chama por cima do ombro.

— Vamos, vamos para casa.

Quando entramos no apartamento dos Sienkiewicz, eu me recordo da garota que tinha vindo até aqui com sua mãe, à espera do seu primeiro dia de trabalho na resistência. Como ela era jovem e ansiosa. De muitas maneiras, ainda é o mesmo lar confortável e convidativo, embora um peso novo paire no ar. A guerra impactou este lugar como a todos nós: fora agredido, quase arruinado, mas ainda estava lutando.

Irena indica para Hania e os meninos o chão da sala, onde Franz está sentado com uma menininha, rodeado de brinquedos e jogos que já mostravam sinais de idade. Provavelmente tinham pertencido a Irena quando criança. A menina abraça uma boneca e vira uma página de seu livro de imagens, que ela é muito pequena para ler. Uma fita rosa segura o seu cabelo castanho dourado e ela usa um vestido simples, sem prestar atenção à saia quando se senta com as pernas abertas. Sob o corpo ainda arredondado da menina, já reconheço as formas esguias herdadas de sua mãe, mas antes que Irena possa chamar a filha, a sra. Sienkiewicz surge da cozinha.

Ela está mais magra do que antes, o trabalho de algo muito mais grave do que a escassez de alimento. Cada linha em seu rosto e cada ruga em sua testa conta uma história de sofrimento, de luta, fosse a perda do marido, a quase perda da filha ou a proteção da neta. E tudo isso enquanto ainda levava crianças judias às escondidas para um local seguro e desempenhava um papel fundamental na resistência. Essa mulher corajosa e altruísta, a amiga mais querida da minha mãe.

Sem dizer uma palavra, ela dá três beijos alternados em minhas bochechas, me puxa para perto e eu a envolvo em meus braços. Ela estremece sob meu aperto; ao me soltar, ela vê os olhos de papai, o nariz de mamãe, todas as peças da minha família que se fundiram em mim.

Lágrimas brilham em seus olhos, piedosas e afetuosas; baixo meu olhar, incapaz de suportar. Não quando a verdade ainda se esconde dentro de mim, como tem feito por tanto tempo, libertando-se apenas quando a revelei ao Padre Kolbe. Um dia, eles vão ouvir tudo de mim. Um dia, se eu conseguir revelar a verdade sem que as memórias venham junto.

Depois de dar um beijo em sua filha, a sra. Sienkiewicz segura o minúsculo crucifixo de Irena entre os dedos. Ela solta um pequeno suspiro melancólico antes de Irena cobrir a mão da mãe com a sua.

— Quase conseguimos, mamãe — diz ela, com uma quebra repentina em sua voz. — Está quase no fim.

— Se Deus quiser — ela responde baixinho, piscando para conter as lágrimas enquanto observa Franz apontar para uma imagem no livro de Helena. Seus lábios se transformam em um pequeno sorriso. — Witold disse que Patryk teria adorado os dois.

Eu olho para ela surpresa.

— Pilecki?

Ela assente com a cabeça.

— Durante a invasão, ele serviu na 19ª Divisão de Infantaria ao lado do meu marido. Eles eram grandes amigos.

— Durante a resistência, mamãe manteve contato com Witold e com o Exército Nacional. Quando eu fui capturada, ela enviou uma mensagem a ele — diz Irena. — Ele negociou o suborno que salvou a minha vida.

— Sim, e ele veio hoje para... — a sra. Sienkiewicz para. — Deixa pra lá, vou deixar que vocês se acomodem primeiro.

Ela pede licença e Irena acena para que eu a siga. Quando nos aproximamos de Helena, ela se agacha perto dela e a garotinha ergue os olhos do livro e sorri.

— Helena, esta é a prima da mamãe — diz Irena com um sorriso divertido, lembrando de nosso teatro favorito na resistência. — Você pode chamá-la de tia Maria.

Helena olha para mim e se concentra na minha tatuagem, visível porque as mangas da minha camisa florida acabam nos meus cotovelos. Antes que eu possa explicar, ela cutuca o braço de Irena.

— O que você está fazendo, bobinha? — Irena ri, enquanto Helena se esforça para virar seu antebraço para cima.

— Onde tá o número?

— Que número?

— O número, mamãe! Como o da tia Maria.

O sorriso de Irena some e seu rosto fica vermelho. Ela pega a mão da filha para acabar com a busca impaciente.

— Chega.

Surpresa com a dureza da voz de sua mãe, Helena congela, como se não tivesse certeza do que havia feito de errado.

— Sua mãe não tem número, Helena, mas você gostaria de ver o meu?

Após a bronca, a menina lança um olhar incerto para Irena, que acena em consentimento. Com a confiança renovada, Helena se aproxima de mim e estuda a tatuagem.

— Por que você desenhou no seu braço?

— Não fui eu, mas outra pessoa. Olha, não sai.

Eu esfrego meu dedo sobre os números para provar. Com os olhos arregalados, Helena passa um dedo rechonchudo sobre as marcas, confirmando o que eu dissera, antes de apontar para cada número e falar em voz alta:

— Um. Seis. Seis. Sete. Um. Um seis seis sete um.

Seu sorriso triunfante some quando ela examina os números novamente.

— A mamãe fala pra desenhar no papel.

— Está certo. Se você desenhar em si mesma, pode ser que não saia, igual o meu.

Helena acena com a cabeça solenemente. Em seguida, corre na direção de Irena, que a pega nos braços à espera e a beija na bochecha. Olhando por cima da cabeça da filha, ela me dá um pequeno sorriso agradecido, e eu passo meu polegar pela tatuagem. Quando Helena anunciou a sequência, esperei que a dor de cabeça surgisse, mas ela não veio.

Alguém bate na porta. Com o cenho franzido, Irena acena para Franz atender, então ele obedece. Parado no corredor está Izaak.

Mal dá para reconhecer o seu rosto, ainda lutando pela recuperação, como todos estamos, mas já com uma enorme diferença em relação ao de três meses atrás. Sua pele, endurecida pelos anos de trabalho, irradia um novo calor, seu cabelo está escuro e brilhante, ele deixou crescer uma barba espessa e os pontos que antes eram apenas pele e osso agora têm músculos. Aquela estranha escuridão continua em seus olhos, mas quando Hania dá um salto e joga seus braços em volta dele, a dureza suaviza.

— Eu achei que você não voltaria a Varsóvia até o final do verão — ela diz ao soltá-lo.

— Encontramos o criminoso de guerra que buscávamos e demos um jeito nele — responde Izaak. — Eu voltei a Varsóvia e contatei Witold. Ele me disse que você estaria aqui.

Izaak não revela o nome do criminoso de guerra, mas, com base no olhar que ele dirige a Hania, eu sei exatamente de quem se trata. Protz. O golpe na cabeça não o tinha matado, afinal. Hania dá um passo para trás e leva uma mão trêmula à boca, enquanto seus olhos se enchem de lágrimas. Izaak a puxa para perto, murmura algo em iídiche e beija sua bochecha.

— Venha, Izaak, sinta-se em casa — diz a sra. Sienkiewicz. — E pensar que você e Hania são parentes desses garotos doces — ela lança um sorriso amável para Jakub e Adam. — Quando Helena e eu ficamos no orfanato em Ostrówek, ela brincava com Jakub e Adam o tempo todo. Isso foi antes de sabermos que a mãe de Maria os tinha tirado do gueto e que a mãe deles era a amiga de Irena e Maria. Que coincidência, não acham? É como se todo mundo aqui estivesse destinado a se encontrar.

Quando eu passo meus braços em volta da cintura de Izaak, ele retribui, hesitando no início, mas depois apertando com mais força.

— As coisas que você deixou para mim e para Hania salvaram nossas vidas — diz ele.

— Hania era responsável pela maioria delas. Ela negociava melhor do que eu — eu o empurro na direção da irmã. — Mas acho que seus sobrinhos gostariam de se reencontrar com o tio.

Sorrindo, Hania pega Izaak pela mão e o leva até os meninos. A sra. Sienkiewicz anda de um lado para o outro, preocupando-se com adultos e crianças, e prepara goulash de porco com a carne e os legumes que Franz trouxera da fazenda. Depois do jantar, ela reúne todos na sala. Quando ela nos encara, respira fundo antes de falar.

— Hoje a Alemanha sinalizou uma rendição total e incondicional, e os Aliados a aceitarão formalmente amanhã. A guerra acabou.

O silêncio recai sobre nós. Aquela notícia tão esperada parecera tão distante por tanto tempo, mas agora estava aqui, e era real. Alguns suspiros de alívio e orações ofegantes de louvor preenchem o silêncio quando um aperto repentino toma meu peito. Esse pesadelo de guerra acabou, mas o meu perdura. Algumas vezes, me sinto mais perto do fim, cercada por essas pessoas cuja presença me fortalece e me sustenta. Em outras, eu me sinto como naquele primeiro dia em Auschwitz, buscando a minha família e percebendo que a vida que eu conhecia fora destruída sem qualquer possibilidade de reparo. O que é a vida depois da guerra? Retornar às vidas que deixamos é impossível, mas criar uma vida nova parece quase tão intransponível quanto. Vivemos, lutamos e sobrevivemos enquanto as memórias — e o passado — perduram.

Enquanto as conversas continuam, Irena me leva até o seu quarto. Lá, ela puxa uma caixa de baixo da cama e passa um dedo pela tampa fechada.

— Eu guardo isso desde vinte e sete de maio de 1941. Quando você não me encontrou para o nosso trabalho de resistência naquele dia, eu fui até o seu apartamento. Eu não achei que você estaria viva para reclamar os seus pertences, mas juntei estes antes que os saqueadores tivessem uma chance. Assim, se alguém viesse procurá-la, eu teria alguns itens para oferecer. Não é muito, mas é alguma coisa.

Irena coloca a caixa na minha frente. Lentamente, eu removo a tampa e tiro cada item, um por um. Três dos soldados de brinquedo de Karol e duas fitas de cabelo de Zofia. O chapéu de feltro favorito de papai com a aba larga e a fita Petersham azul, o vaso de cristal favorito de mamãe. Nossos terços. E, o melhor de tudo, um retrato emoldurado da família. É a última foto que tiramos juntos e me lembro claramente daquele dia de abril de 1941. Vestimos nossas melhores roupas e passamos horas com o fotógrafo, tirando foto atrás de foto para que pudéssemos conseguir a perfeita. Isso foi algumas semanas antes de tudo mudar.

Eu olho para Irena, mas não consigo falar nada. O choro fecha a minha garganta e as lágrimas embaçam a minha visão.

— Não se esqueça do resto.

Ela pega as coisas que eu não tinha notado, muito distraída com as lembranças. Alguns maços de *zlotys*, dinheiro que meus pais provavelmente sacaram de suas contas bancárias e mantiveram escondido no apartamento. Eu mal olho para as notas.

— Isso não cabia na caixa.

Irena se estica sob a cama e pega a bengala de papai. A madeira é tão escura e sofisticada quanto me lembro e, embora a ponta prateada esteja manchada, é tão bonita quanto posso me lembrar. Eu seguro o cabo, já desgastado pelo uso, bato a bengala no chão e a seguro com as duas mãos. De repente, é a única coisa que me mantém de pé.

— Mais uma coisa. Isso não cabia na caixa também.

Eu coloco a bengala de papai na cama enquanto Irena pega algo embaixo dela novamente. Desta vez, ela puxa meu jogo de xadrez.

Eu passo meu dedo pelo tabuleiro quadriculado antes de abrir a tampa para revelar seu interior forrado de feltro verde, onde as peças de madeira estão organizadas em compartimentos individuais. Todas estão lá, ainda mais bonitas do que posso me lembrar, e sinto os entalhes delicados em minhas mãos. A última partida de xadrez que eu joguei com essas peças foi contra meus pais na noite anterior à nossa prisão. Pego um peão branco. O verniz está descascado, provavelmente devido à queda durante a invasão da Gestapo. De alguma forma, isso faz com que eu o segure com mais força.

— Droga, eu deveria ter dito alguma coisa antes — Irena suspira e afasta uma mecha solta de cabelo do rosto, talvez achando que meu silêncio fosse sinal de desconforto. — Se você não quiser mais, depois...

Ela deixa a voz desaparecer, provavelmente se lembrando do tabuleiro de xadrez manchado de sangue da praça da chamada, e recomeça:

— Se o xadrez...

Balanço a cabeça para fazê-la parar. Apesar de tudo, o xadrez ainda é o meu jogo. Sempre será. Este tabuleiro me lembra de um pai que o deu de presente para filha e ensinou a ela como jogar, me lembra de uma garotinha fortalecida por um peão minúsculo feito à mão.

— Você sabe o que isso significa, não sabe, Irena? — pergunto, sorrindo entre lágrimas — Agora, você vai ter que me deixar ensiná-la a jogar.

— Merda — ela murmura, embora eu prefira pensar que havia um certo tom de carinho em sua voz. E ela não reclama quando envolvo seu pescoço em meus braços e beijo a sua bochecha.

Uma batida suave vem da porta e Hania entra.

— A Wiktoria está se perguntando por que vocês duas desapareceram, então, se eu estou interrompendo, já deixo claro que ela é a *yente*, não eu.

— Meu Deus, ela nunca mais vai deixar nenhuma de nós sumir de vista — diz Irena com um suspiro.

Hania ri e se prepara para sair, mas para ao notar as coisas em cima da cama. Ela se aproxima e segura o retrato com as duas mãos. Em seguida, passa o dedo em cada rosto, terminando no de mamãe.

— Posso mostrar para os meninos? — ela pergunta. — Eu não quero que eles se esqueçam dela jamais. Ou de qualquer uma de vocês — ela acrescenta, olhando entre nós com seus olhos brilhantes.

Outra realidade da guerra: aqueles que sobreviveram juntos a ela podem ser forçados a se separar no final. Essa guerra já tinha levado a minha família e eu me recusaria a aceitar outras perdas, a despeito do que o futuro reservasse para mim. Se algo surgir entre nós, encontraremos uma forma de voltar umas para as outras.

Irena olha para a porta.

— É melhor nos juntarmos aos outros antes que mamãe pense que eu saí correndo para me transformar em nazista de novo — ela diz.

Quando ela termina, eu repouso uma das minhas mãos em seu antebraço para impedi-la de sair. A leve pontada volta para a minha cabeça enquanto penso no que vou dizer. Respiro fundo para aliviá-la.

— Vocês duas merecem tantas explicações de mim, e eu quero dá-las, mas não sei se consigo ainda. Prometo que vou continuar tentando.

— Quando você se sentir pronta, *shikse* — diz Hania, pegando minha mão.

Irena assente com a cabeça.

— E nem um minuto antes.

Eu pretendo dizer mais, mas as palavras não vêm, então, não as forço. Em vez disso, puxo minhas amigas para perto e as peças espalhadas da minha vida deixam de ter importância. Quando nossos braços se envolvem, a paz dissipa o caos e meu coração reconhece seu lar. Juntas, vamos nos ajudar mutuamente a recolher todos os pedaços caídos.

Quando voltamos para a sala de estar, todos se reúnem em um amplo círculo ao redor da mesa de centro. Hania acomoda-se à minha frente, entre Adam e Jakub. Irena se senta ao meu lado com Helena no colo e Franz se acomoda ao lado delas. Izaak e a sra. Sienkiewicz estão sentados no sofá, e observam enquanto Hania e eu montamos o jogo.

— Este é um cavalo — exclama Adam, segurando um cavalo preto.

— Isso mesmo. Tem que ter dois pretos, e você pode colocar um aqui e o outro lá — diz Hania, apontando para as casas B8 e G8.

Helena examina a peça escolhida e a mostra para Irena.

— Uma torre.

— Essas são as torres e elas vão nos cantos — aponto para os espaços. — Você pode colocar as duas brancas nesses cantos para mim e as duas pretas vão para os cantos da tia Hania.

— Como você ganha o jogo? — pergunta Jakub, colocando o último bispo de Hania em posição.

— Essa é a única pergunta que consigo responder — diz Irena. — Você dá um xeque-mate no oponente.

Posiciono meu último peão.

— Veja como jogamos, Jakub, e eu vou te mostrar um xeque-mate em alguns minutos.

— *Oy vey*, já se vangloriando, Maria? — pergunta Hania, exibindo um sorriso competitivo. — É um pouco cedo para isso, até pra você.

Quando Hania e eu começamos a partida, explicamos as regras para a plateia curiosa. As crianças acompanham com os olhos arregalados, interrompendo para fazer perguntas ou dar sugestões mirabolantes para nossos próximos movimentos. Quando chegamos ao fim do jogo, eu faço minha jogada final, explico o significado e sorrio para ela.

— Xeque-mate, *Bubbe*. E só porque é você, isso é tudo que vou dizer para me gabar.

Ela ri.

— Excelente partida, *shikse*. Sua vez, Irena — ela se afasta e puxa os filhos para o colo, permitindo que Irena ocupe o lugar à minha frente, apesar de sua apreensão visível.

Assim que os pequenos preparam as peças, começamos. Eu permito que Hania faça as vezes de orientadora, já que é o primeiro jogo de Irena. Posso gostar de vencer, mas gosto ainda mais de desafios. Enquanto meus dedos navegam pelo tabuleiro familiar, traçando estratégias, planejando e prevendo a próxima jogada, sinto-me mais como eu mesma desde a libertação. Acima de tudo, eu me sinto viva.

Estou viva. Estou segura. E estou livre.

O jogo que jogamos por tanto tempo ainda parece inacabado, mas, quando aprendi a jogar xadrez, um dos melhores conselhos que papai me deu foi para não ter pressa, para usar o tempo necessário para considerar cada movimento e, então, fazer a jogada quando chegasse a hora certa. *Termine o jogo, Maria.* Não importa quanto tempo demore.

Do sofrimento terrível e da perda incapacitante surge um tipo especial de resiliência, que só aqueles que passam por isso possuem. Cada toque de uma peça de xadrez no tabuleiro, cada sussurro e gargalhada preenche a sala e envia uma centelha de calor ao meu peito. São essas as vozes que o mal tentou silenciar. Vozes de bravura, bondade, força, inteligência. Vozes de resiliência. Aqueles levados pelo ódio serão curados pelo amor, e seus espíritos corajosos e almas piedosas os conduzirão através da escuridão para uma vida além.

EPÍLOGO

AUSCHWITZ, 12 DE OUTUBRO DE 1982

ESTE LUGAR. O lugar ao qual pensei que jamais voltaria.

Não havíamos retornado à Europa desde que imigramos para Nova York alguns meses depois do fim da guerra. Juntas sobrevivemos; juntas reconstruiríamos. Embora as dores de cabeça e as lembranças tenham se tornado menos frequentes depois que contei às minhas amigas sobre o motivo de ter retornado a Auschwitz naquele dia fatídico, nunca falamos sobre mais nada do que acontecera durante a guerra. Já tínhamos sobrevivido a ela uma vez e isso era mais do que suficiente. Porém, alguns meses atrás, enquanto planejávamos uma viagem à Cidade do Vaticano para a canonização do Padre Kolbe, Hania sugeriu que visitássemos Varsóvia também, e a vozinha na minha cabeça sussurrou que eu precisava voltar a este lugar. A voz alta protestou, mas dei ouvidos ao sussurro. Eu sempre faço isso.

Uma névoa discreta e uma chuva fina marcam o início da manhã. Já haviam se passado trinta e sete anos da última vez que estive neste mesmo lugar — uma garota de dezoito anos ferida, traumatizada e desesperada por justiça — e quarenta e um anos da primeira — uma criança de catorze anos que não tinha nenhuma ideia dos horrores que a esperavam do outro lado do portão, o mesmo portão me encarando a distância.

ARBEIT MACHT FREI.

Tiro o terço do Padre Kolbe do bolso e passo meus dedos sobre as contas azuis, já empalidecidas. Está desgastado por décadas de uso, mas é uma das minhas posses mais estimadas. Fecho os dedos em torno do crucifixo de prata, recordando da noite em que o Padre Kolbe, agora São Kolbe, o colocou em minhas mãos. Aquelas primeiras semanas em

Auschwitz foram os dias mais sombrios da minha vida, mas este terço é de um homem que deu a uma garota torturada a coragem para viver, lutar e sobreviver.

Depois de guardar o terço, respiro fundo até que o ar encha meus pulmões, afastando as lembranças que invadem a minha mente. As memórias virão. E, quando elas vierem, eu as enfrentarei.

Visitantes de todo o mundo passam por mim, murmurando em suas línguas nativas, tirando fotos, fazendo perguntas e escutando os guias de turismo. Em vez de seguir pelo portão, começo a jornada três quilômetros a oeste, como fiz tantas vezes antes. Um guia tenta me convencer a esperar pelo ônibus que faz o trajeto entre os campos, mas nego com um aceno de cabeça. Se eu conseguia caminhar aquela distância como uma criança faminta e agredida, eu podia fazê-lo como uma mulher saudável de meia-idade.

Eu chego ao setor feminino de Birkenau e não paro até retornar ao meu bloco. Diferentemente de outros alojamentos, o meu não foi destruído. Alguns turistas saem enquanto eu entro. Atravesso o chão desnivelado até chegar ao beliche de cima, onde Hania e eu passamos tantas noites, tremendo e abraçadas contra o frio implacável. Uma rosa e uma pedra foram colocadas nas tábuas de madeira em homenagem aos mortos.

Respirando fundo, me ajoelho em frente ao tijolo solto e o levanto. A mão que o segura é pálida, mas rosada, ligeiramente enrugada e salpicada de algumas manchas da idade, e cheias de restos de cicatrizes antigas. Essa mão agarrou esse tijolo tantas vezes antes; naquela época, ela era cinza e rachada, coberta de calos, arranhões e hematomas, irreconhecível sob camadas de sujeira. Como as coisas mudaram.

Agora que revelei o buraco no meio da sujeira, olho para dentro. Lá está, exatamente como eu deixei. A bolsa de joias que conseguira para as minhas peças de xadrez.

Com as mãos trêmulas, despejo as pedras e os galhos na palma da mão. Todos estão aqui. Um sorriso melancólico surge em meus lábios enquanto preparo o jogo no meu antigo beliche. Então, coloco a bolsa de volta em seu esconderijo e a cubro novamente com o tijolo.

Volto para o campo principal, ainda a pé, mas paro antes de passar pelo portão. Já sinto meu batimento cardíaco acelerando. Não tenho certeza se posso fazer meus pés continuarem. Quando hesito diante da placa, duas mulheres aparecem, uma de cada lado, e não preciso virar a cabeça para reconhecê-las. Meu coração sempre reconhecerá aqueles que o mantêm em ordem.

— Vocês não precisavam ter vindo.

— E você não precisa fazer isso sozinha. Decidimos te dar a oportunidade de mudar de ideia.

Um calor suave se espalha por mim e eu me viro para Irena enquanto ela afasta uma mecha de cabelo solta da testa. Suas mechas estão tingidas de castanho, um pouco mais escuro do que a cor natural. De acordo com a Irena, o tom grisalho que tomou conta de todas nós faz com que ela pareça velha demais. Ao lado dela, Hania arruma a capa de chuva. Seus olhos, enrugados nos cantos, continuam brilhando mesmo enquanto atravessam a desolação deste lugar. Ela não vai embora nem se eu mandar.

Mais passos saúdam meus ouvidos. Quando seu dono me alcança, eu beijo seus lábios, mas se me aninhar em seu abraço não terei forças para sair. Eu me afasto na hora.

— Maciek...

Eu queria falar, mas quando eu olho em seus familiares olhos azuis, as palavras param na minha garganta. Esse olhar, que sempre me conheceu; esse olhar, meu refúgio por tantos anos difíceis, levando momentos de luz à escuridão. Esse olhar e esses momentos, ambos encontrados novamente quando pisei em solo americano.

— Você realmente achou que ficaríamos em Varsóvia enquanto você vinha para cá sozinha? — perguntou Mateusz com um pequeno sorriso.

O humor desaparece quando ele passa a mão gentilmente em meu ombro cicatrizado e baixa a voz.

— Dividimos tão pouco, Maria. Todos nós. Não é hora de isso mudar?

Ele olha por cima do ombro e eu sigo seu olhar para encontrar nossa família esperando a alguns metros de distância. Quando nos viramos para eles, Jakub e Adam, no meio de uma conversa em iídiche, ficam em silêncio. Izaak e meu filho, Maks, olham o ambiente com a testa franzida, enquanto minha filha, Marta, para de andar e nos encara. Helena fica entre Marta e Franz e dá um passo à frente.

— Vamos dar uma olhada por conta própria se você preferir, tia Maria, mas nós... — embora as palavras se dissipem, o olhar dela não é diferente do olhar dos outros.

Eles não sabem por que a tia Hania lutou por tanto tempo para vencer o hábito de fumar; por que a tia Irena nunca tira o crucifixo de ouro do pescoço; por que o tio Izaak às vezes se senta sozinho, sussurrando sobre como *poderia ter sido qualquer um de nós*; por que o tio Franz insiste que a comida nunca deve ser desperdiçada porque *eles eram esqueletos, cada um deles*; por que o tio Mateusz carrega um pedaço de papel desbotado em sua carteira; por que a tia Maria tem dores de cabeça debilitantes e algumas vezes acorda no meio da noite gritando *Jawohl, Herr Lagerführer*...

Nossos filhos sabem tão pouco mesmo querendo saber tanto.

Deixando-me com um beijo na bochecha, Mateusz se junta ao grupo novamente. Quando olho para o portão mais uma vez, a pontada surge em minha cabeça, ameaçando me dominar. Os traumas são horríveis demais para serem expostos, mas, ao mesmo tempo, é justamente por isso que devem sê-lo. A história é o grande mestre e apenas analisando seu jogo o aluno pode aprender e melhorar.

Deixo a pontada passar antes de olhar para Irena e Hania.

— Vocês vão ficar comigo?

Hania entrelaça seu braço no meu.

— Alguma vez já te abandonamos, *shikse*?

Anos atrás, eu tinha vindo sozinha confrontar o meu passado. Hoje, enfrentarei meu passado ao lado daqueles que me ajudaram a sobreviver a ele. Juntas, Irena, Hania e eu atravessamos o portão, seguidas pela nossa família.

Vamos devagar, lembrando de nossas experiências pelo caminho. Quando viramos à direita na praça da chamada, imagens de infindáveis partidas de xadrez e do cadáver de Fritzsch surgem na minha mente, mas elas não me atormentam mais. Meus pés sabem aonde ir quando cruzo a estrada rochosa e desnivelada e passo pelos conhecidos prédios de tijolos vermelhos.

Dentro do Bloco 11, descemos as escadas até a Cela 18. Minha família ouviu muitas histórias sobre o Padre Kolbe, mas nenhuma de quando eu o visitava nesta cela. Fazer as palavras surgirem é difícil no início; então elas vêm, passando por meus lábios como as contas do terço passam entre meus dedos. Quando termino, todos esperam por mim do lado de fora enquanto eu permaneço na cela, segurando o terço do Padre Kolbe, ouvindo suas preces e hinos que trouxeram luz e conforto a este lugar de escuridão e desespero. Abro minha bolsa e tiro meu terço da infância, aquele que Irena recuperou do apartamento da minha família. Eu o passo por entre as barras. O Padre Kolbe me deu o dele, então é justo que eu retribua o favor.

Quando saímos, ficamos entre os Blocos 10 e 11, de frente para o portão de ferro aberto do pátio, onde eu estive no meu primeiro dia. O dia em que falei com o prisioneiro que enchia o carrinho de corpos.

A parede está lá. É uma parede nova, já que a original foi derrubada, e esta está coberta de flores, pedras, cartões com orações e memoriais. A estrutura cinza se destaca de maneira tão proeminente dos tijolos vermelhos. Quando vamos para o pátio, seus nomes ecoam a cada passo.

Mamãe. Papai. Zofia. Karol. Padre Kolbe.

Paramos a alguns metros de distância da parede e fecho os meus olhos. Como eu sinto falta deles.

— Oh, perdão.

O pedido de desculpas vem de uma garota americana que obstruiu minha visão em seus esforços de fotografar a parede. Ela dá um passo para trás, aparentemente sem perceber que meus olhos estão fechados.

— Tudo bem — respondo em inglês.

Então, os olhos dela se arregalam. Meu inglês é adequado, mas, apesar dos já muitos anos vivendo nos Estados Unidos, não consigo perder o forte sotaque polonês que acompanha minhas palavras. Hania adora dizer que meu inglês é tão ruim quanto meu iídiche.

A garota olha para o meu braço. Eu tinha puxado a manga involuntariamente para passar os dedos pelas minhas cicatrizes de queimaduras de cigarro. Quando ela nota a tatuagem, arregala os olhos ainda mais. Eu a observo enquanto ela me observa. Ela é tão jovem.

— Quantos anos você tem?

Perplexa, ela olha para baixo, talvez envergonhada por ter sido flagrada olhando, mas a amabilidade em minha voz deve ser suficiente para ela perceber que eu não estou brava. Ela coloca uma mecha solta de cabelo loiro atrás da orelha e responde com uma voz tímida.

— Catorze.

Eu passo o polegar sobre o meu número de prisioneira, 16671.

— A idade que eu tinha.

A garota fica próxima à minha família e observa enquanto eu me aproximo da parede. Lá, eu abro minha bolsa e coloco de lado o uniforme listrado dobrado. Normalmente, eu o deixava guardado em uma caixa em casa, mas o queria comigo hoje. Sob a roupa conhecida, encontro o que estou buscando: uma cópia do retrato de família que Irena pegara tantos anos atrás. No verso, escrevi nossos nomes, datas de nascimento e a data da execução da minha família. Trago seus terços também.

Alguns dizem que a vida que eu tive por quase quatro anos não foi uma vida, mas eu não acredito nisso. Não foi uma vida que eu desejasse para alguém, mas, ainda assim, foi uma vida. Minha vida. E por minha vida valeu a pena lutar.

Mesmo depois de todo esse tempo, ainda não parece ter acabado. Não realmente. Mas agora, de pé neste lugar, o lugar que foi o oponente mais cruel que já enfrentei, a partida está chegando ao fim. É hora de fazer minha jogada final.

Eu me ajoelho e coloco o retrato da minha família na frente da parede, sustentado pelos quatro terços restantes e uma pedra do meu jogo de xadrez. Um peão. Ofereço uma prece por minha família, pelo Padre Kolbe, pelos judeus e por todos que sofreram e perderam suas vidas durante aquela terrível guerra. Irena e Hania se juntam a mim, uma de cada lado. Quando eu pego em suas mãos e me levanto, espero pela dor de cabeça, os tremores, as memórias, mas por enquanto eles não aparecem.

Xeque-mate.

"Ninguém no mundo pode mudar a Verdade. O que podemos e devemos fazer é buscar a verdade e servir a ela quando a encontrarmos. O verdadeiro conflito é o interno. Além dos exércitos de ocupação e as hecatombes dos campos de extermínio, há dois inimigos irreconciliáveis nas profundezas de cada alma: o bem e o mal, o pecado e o amor. E de que adiantam as vitórias no campo de batalha se nós mesmos formos derrotados em nosso eu interior mais íntimo?"

— São Maksymilian Kolbe

NOTAS DA AUTORA

O texto a seguir contém informações extremamente importantes, mas *spoilers* consideráveis. Eu rogo a você que leia, mas só depois de ter lido o livro. Esteja avisado!

PRIMEIRO, DEVO ESCLARECER QUE a Auschwitz retratada neste romance não é uma representação totalmente factual do campo. Para estudar sobre Auschwitz, baseei-me muito em *Auschwitz Chronicle* [Crônica de Auschwitz], de Danuta Czech, e em *Anatomy of the Auschwitz Death Camp* [Anatomia do Campo de Concentração de Auschwitz], de Yisrael Gutman e Michael Berenbaum, mas tomei várias liberdades criativas para o propósito da história, algumas delas detalhadas abaixo. Minha esperança é de que este livro o encoraje a se aprofundar na história. Em Auschwitz, pessoas reais, mais de um milhão delas, viveram, sofreram e morreram, a grande maioria, judeus europeus. Meus próprios pés caminharam por seu terreno e eu não tenho palavras para descrever a experiência: o pesar, a crueldade e a injustiça, e ainda assim a coragem e a resiliência das vítimas. Infelizmente, alguns alegam que o Holocausto nunca aconteceu, a despeito das montanhas de evidência que mostram o contrário e das vítimas que ainda estão vivas. Tenha em mente que a Segunda Guerra Mundial ocorreu menos de 80 anos antes da publicação deste livro. Não é muito tempo. Por favor, procure os sobreviventes, seus depoimentos e ouça e aprenda com eles. Por favor, consulte os especialistas que dedicaram suas vidas a educar o mundo sobre os horrores daquela guerra: o Museu e Memorial de Auschwitz-Birkenau, o Yad Vashem, o Museu Memorial do Holocausto, nos Estados Unidos, e tantos outros. Por favor, não esqueça.

Este livro começou com São Maximilian Kolbe, um dos meus santos favoritos, conhecido por ter oferecido a sua vida para salvar a de outro preso em Auschwitz. O Padre Kolbe foi um frei franciscano conventual e padre católico polonês que abrigava judeus em seu monastério e publicava material antinazista. Ele foi preso e enviado a Auschwitz em 1941. Inaugurado em 1939, Auschwitz funcionou primeiramente como um campo de trabalhos forçados para prisioneiros políticos do sexo masculino; em 1942, com a implementação da Solução Final, o plano nazista de genocídio dos judeus, transformou-se em um campo de extermínio. De acordo com declarações de testemunhas, o Padre Kolbe era uma influência positiva e solidária para os outros presos. Ele ofereceu a sua vida em troca da vida do prisioneiro 5659, Franciszek Gajowniczek, um dos dez homens escolhidos pelo subcomandante do campo, Karl Fritzsch, para morrer de fome em retaliação à fuga de outro prisioneiro. Gajowniczek sobreviveu à guerra e esteve presente na canonização de São Kolbe em Roma, em 10 de outubro de 1982. Eu aprendi muito sobre o Padre Kolbe na biografia escrita por Patricia Treece, *A Man for Others* [Um Homem para os Outros]. Este romance surgiu da ideia de uma jovem prisioneira visitando o Padre Kolbe no Bloco 11, Cela 18, onde ele passou duas semanas sem comida ou água antes de ser assassinado por uma injeção letal. Essa garota sentia uma grande necessidade de estar com ele, tanto que estava disposta a se arriscar com essa visita para tentar confortá-lo, do mesmo modo, imaginei, que ele a teria confortado. Uma vez que prisioneiras do sexo feminino não foram mantidas em Auschwitz até março de 1942, quando o primeiro transporte de mulheres judias chegou, perguntei-me se eu poderia pensar em um jeito de tornar esse cenário improvável possível.

À medida que ia me familiarizando com a minha fictícia integrante da resistência polonesa, Maria, li *O Papa Contra Hitler*, de Mark Riebling. A posição do Vaticano a respeito do nazismo continua a ser muito questionada, mas esse livro fascinante reúne inúmeras fontes primárias que detalham o trabalho que o Papa Pio XII fez, em segredo, para combater os nazistas e depor Hitler, embora seu plano tenha falhado no fim. Para saber mais sobre a Varsóvia ocupada e a resistência polonesa, baseei-me em *Irena's Children: The Extraordinary Story of the*

Woman Who Saved 2.500 Children From the Warsaw Ghetto [Os filhos de Irena: a história extraordinária da mulher que salvou 2.500 crianças do Gueto de Varsóvia], de Tilar J. Mazzeo — a história de uma mulher polonesa chamada Irena Sendler, que tirou crianças judias do gueto de Varsóvia às escondidas, tendo salvado mais de 2.500 vidas. Por intermédio do trabalho de Sendler, Maria cruza o seu caminho com o da Madre Matylda Getter e as Irmãs Franciscanas da Família de Maria, que ajudaram na resistência fornecendo certidões falsas para disfarçar as crianças judias como católicas e as escondendo nos locais de assistência das freiras. Embora muitos dos detalhes sobre as freiras e a resistência sejam reais, minha representação foi condensada e romanceada para os propósitos da história.

Descobri rapidamente que Maria seria uma jogadora de xadrez e logo percebi que o xadrez teria um papel central em sua história. Mergulhando no mundo do xadrez, descobri mulheres como Vera Menchik, que venceu o primeiro Campeonato Mundial Feminino de Xadrez em 1927, defendeu o seu título seis vezes e, em 1944, foi morta junto com sua irmã e a mãe em um bombardeio de V-1 em Londres. Ela tinha 38 anos e ainda detém o recorde de mulher que por mais tempo manteve o título de campeã do Campeonato Mundial Feminino de Xadrez: 17 anos. Pesquisando Auschwitz, aprendi sobre a criação favorita de Maria Mandel: a Orquestra Feminina, composta de mulheres judias que foram poupadas da morte, mas forçadas a entreter seus captores com música e a tocar durante as chamadas, seleções, transportes e execuções. Combinei esses conceitos para conceber por que Maria, uma garota enviada a um campo de prisioneiros masculinos, seria poupada: o subcomandante do campo, Karl Fritzsch, descrito pelos historiadores como um homem que se ressentia da autoridade e frequentemente quebrava as regras, controlava a vida cotidiana dos prisioneiros e nem sempre estava sob o olhar atento do *Kommandant* Rudolf Höss. Höss, por outro lado, acreditava fielmente na ordem e na obediência aos superiores, como indicado em sua autobiografia, *Commandant of Auschwitz* [Comandante de Auschwitz]. Na minha história, Fritzsch exerce a sua rebeldia contra a autoridade ao registrar Maria, uma garota, para que ele possa forçá-la a jogar xadrez para entreter os guardas da SS.

Quando o leitor conhece Maria, em abril de 1945, Auschwitz já tinha sido evacuado, antes de ser libertado pelo Exército Vermelho, mas a guerra ainda não tinha terminado, o que aconteceu em maio. Ela retorna a Auschwitz para uma partida final de xadrez contra Fritzsch, buscando confirmar o que ela tinha descoberto durante sua prisão: Fritzsch assassinara a sua família. Depois que os soviéticos libertaram Auschwitz, em janeiro de 1945, a Cruz Vermelha cuidou dos prisioneiros e os levou a hospitais e campos de refugiados. Auschwitz se tornou um museu em 1947, graças aos esforços de, entre outros, Kazimierz Smoleń, um sobrevivente. Após a libertação, muitos ex-prisioneiros voltaram ao campo em busca de familiares ou amigos. Em outros casos, "garimpeiros", como eram chamados, foram atrás de objetos valiosos, então, uma guarda protetora, formada por ex-prisioneiros e outros interessados em preservar o campo como local histórico, foi montada para proteger o campo e seus artefatos. Não tenho certeza de quando a guarda foi criada, mas usei como base a parte que menciona os prisioneiros buscando familiares e amigos, ou, no caso de Maria, informações das circunstâncias em torno da morte deles, uma vez que ela já sabe do seu destino.

Quanto a saber se houve ou não um momento em que o campo foi completamente abandonado, a resposta simples é que não tenho certeza, então isso é uma romantização da minha parte. Do ponto de vista histórico, eu queria que essa cena crucial acontecesse em Auschwitz por razões óbvias. Foi lá que Maria e Fritzsch se conheceram, foi lá que ela perdeu sua família e foi lá que ela passou por uma experiência horrível, que mudou a sua vida e a deixou com um transtorno de estresse pós-traumático que ataca severamente quando ela retorna, bem mais do que ela esperava. Além disso, com Karl Fritzsch descrito por testemunhas oculares e historiadores como um homem que gostava de fazer tortura psicológica, tenho certeza de que nada mais o agradaria do que trazer Maria de volta a Auschwitz para lembrá-la ainda mais do que ela havia sofrido em suas mãos. Finalmente, considerando que houve um intervalo de tempo (de janeiro a maio de 1945) entre a libertação de Auschwitz e o fim da guerra, fiquei pensando se, durante esse período, alguns prisioneiros, como Maria, não poderiam ter se recuperado o suficiente para voltar em busca da família ou amigos, mas talvez a guarda protetora ainda não tivesse sido montada e não houvesse prisioneiros pensando em preservar o campo e seus artefatos, dando a Maria e Fritzsch a possibilidade de retornar ao lugar sem interferências.

Outra liberdade mais óbvia, como mencionei, foi prender uma garota em um campo masculino. Não judeus não eram submetidos a um processo de seleção, como eram os judeus; entretanto, nesses transportes iniciais e menores antes da Solução Final, a maioria dos homens era poupada. Algumas exceções — incluindo homens incapazes de trabalhar pesado e as raras mulheres e crianças enviadas junto com os homens ou presas nas cidades ao redor — eram executadas a tiros na parede negra no pátio entre os Blocos 10 e 11. Mais tarde, os enormes transportes de homens, mulheres e crianças judeus passaram a ser rigorosamente examinados e os considerados inaptos eram enviados para câmaras de gás. Tornei esse transporte maior e mais movimentado do que provavelmente foi historicamente, para fazer com que fosse mais fácil para Maria se perder de sua família. As mulheres não chegaram a Auschwitz até a primavera de 1942, quando receberam seu próprio sistema de numeração e foram mantidas em blocos separados no campo principal antes de se mudarem para o setor feminino em Birkenau, quando o campo foi expandido. Aprendi muito sobre o que essas mulheres passaram no livro *Irmãs em Auschwitz*, da sobrevivente Rena Kornreich Gelissen com Heather Dune Macadam.* Maria chega em 1941, durante um tempo em que as mulheres teriam sido executadas. Achei que seria certo que uma mulher judia fosse a primeira mulher no campo antes de Maria, uma maneira simbólica de reconhecer e honrar as primeiras presidiárias do campo, que eram judias. Isso me levou a Hania. Quanto ao registro de Hania, criei um guarda da SS cujo sobrenome alemão fictício e proeminente lhe garante um poder significativo, então ele consegue permissão para registrá-la (depois que ela se oferece sexualmente para ele em troca de sua vida). Muitas mulheres usavam seus corpos para sobreviver, geralmente com prisioneiros em posições de autoridade, em vez de guardas da SS. Eu queria que Hania se envolvesse com um guarda para aumentar os riscos, pois isso seria um desafio às

* Publicado no Brasil pela Universo dos Livros. [N. T.]

leis de contaminação racial e para demonstrar o quanto ela está disposta a arriscar para sobreviver por seus filhos. Ela e Maria são alojadas com homens e recebem números de prisioneiros nos mesmos agrupamentos dos homens. Concluí que Fritzsch não se daria ao trabalho de conceder alojamentos separados ou estabelecer números diferentes de prisioneiros para duas mulheres que, francamente, deveriam estar mortas e que ele não esperava que sobrevivessem por muito tempo.

Outra liberdade importante a ser observada é a infiltração de Irena nas *SS-Helferin*, ou Auxiliares da SS, para se tornar uma das guardas de Auschwitz. Para tratar disso, primeiro devo falar de Witold Pilecki, um proeminente militar polonês e membro da resistência, que facilitou a sua própria captura para auxiliar o Exército Nacional e foi preso em Auschwitz com uma identidade falsa. Ele elaborou um relatório sobre Auschwitz e a organização de resistência que estabeleceu no campo, que virou o livro *O Voluntário de Auschwitz*.** Essa fonte original inestimável me ajudou a entender como era a vida no campo e sua organização de resistência (embora eu a tenha simplificado para o propósito da história), bem como a descobrir sobre a sua intenção de liderar uma revolta. Já que Pilecki se infiltrou como prisioneiro, tive a ideia de fazer Irena se infiltrar como guarda. Embora muito mais arriscado e difícil, pensei que talvez ela pudesse encontrar uma maneira de fazer isso devido às conexões da família dela com Pilecki, com o Exército Nacional, várias organizações de resistência e à forma como a SS recrutava guardas para o campo.

Quando desejava recrutar mulheres para trabalhar no campo, a SS publicava anúncios em jornais, pedindo a elas que mostrassem o seu amor pelo Reich, e assim contratava até criminosas e prostitutas. Algumas eram recrutadas com base nos dados que a SS tinha reunido de várias maneiras, como garotas que se juntaram às organizações da SS quando mais jovens. Uma delas, a *Bund Deutscher Mädel*, ou Liga das Moças Alemãs, era a ala feminina da Juventude Hitlerista, a organização de doutrinação juvenil do partido nazista.

Com sua falsa identidade, Irena se apresenta como uma jovem que passou anos na BDM, um programa que teria feito dela alguém

---

** Publicado no Brasil pela Universo dos Livros. [N. T.]

extremamente pró-nazista. Muitas dessas mulheres (e muitas das guardas femininas da SS que estudei para criar essa personagem) vinham de classes mais baixas, não tinham um alto nível de instrução, não eram exatamente inteligentes ou capacitadas e estavam ansiosas para servir ao país. Durante o treinamento para o trabalho no campo, algumas recebiam nada além de uma rápida palestra sobre suas responsabilidades, outras um pouco mais de treinamento, mas nenhuma era totalmente preparada para as atrocidades reais que aconteciam. Quando assumiam suas posições, muitas ficavam chocadas com o que encontravam, mas passavam por uma lavagem cerebral e recebiam garantias de que tudo que estava sendo feito era para o bem do Reich. Não levava muito tempo para que elas participassem dos mesmos atos horríveis e até os achassem necessários.

Com a ajuda de seu contato na resistência alemã, Franz (também seu interesse amoroso), Irena passa meses aprendendo a ser o tipo de moça que o Terceiro Reich teria criado e responde ao anúncio de recrutamento. Então, com uma ajuda adicional dos subornos, que desempenhavam um grande papel na vida do campo e da resistência, ela se certifica de que será enviada a Auschwitz para que possa ajudar Maria a escapar. No entanto, em decorrência do mistério que cercava os campos e de a SS ser deliberadamente vaga ao treinar esses homens e mulheres que se ofereciam para o serviço, ela não sabe exatamente o que a espera. Embora haja um pouco de inexatidão histórica de minha parte, foi assim que teorizei que tal infiltração poderia ter sido possível, e se alguém fosse tentar, não tenho dúvidas de que Irena o faria.

Outro ponto importante a abordar é o destino de Karl Fritzsch. Embora muitos guardas desafiassem as regras quando trabalhavam nos campos, a SS conduziu uma investigação sobre corrupção interna, então Fritzsch foi preso, condenado e enviado para a linha de frente como punição. Acredita-se que tenha morrido durante a Batalha de Berlim, mas seus restos mortais nunca foram recuperados, então seu destino é desconhecido. Ao fazer com que Fritzsch voltasse a Auschwitz para enfrentar Maria e cometesse suicídio para evitar que ela conseguisse a justiça que buscava, eu queria ilustrar o fato de que a vasta maioria dos perpetradores do campo nunca foi capturada ou condenada. Como esses homens e mulheres não foram responsabilizados, não houve justiça para as vítimas.

Busquei manter as datas corretas e muitos dos eventos históricos incluídos na história aconteceram realmente, incluindo a revolta do *Sonderkommando*. Aprendi muito sobre essa rebelião de prisioneiros com *Eyewitness Auschwitz*, do sobrevivente do *Sonderkommando* Filip Müller. Embora eu pudesse gastar páginas e páginas descrevendo todos os detalhes históricos, espero ter esclarecido algumas das liberdades que tomei e ter encorajado o leitor a descobrir mais a respeito dessa história fascinante e importante por conta própria. Por fim, eu recomendo fortemente *A Noite*, de Elie Wiesel, e *Em Busca de Sentido*, de Viktor Frankl, já que os dois relatos desses sobreviventes fornecem informações inestimáveis sobre a experiência no campo e seus impactos na saúde mental. Qualquer erro histórico ou de ambientação é de minha total responsabilidade.

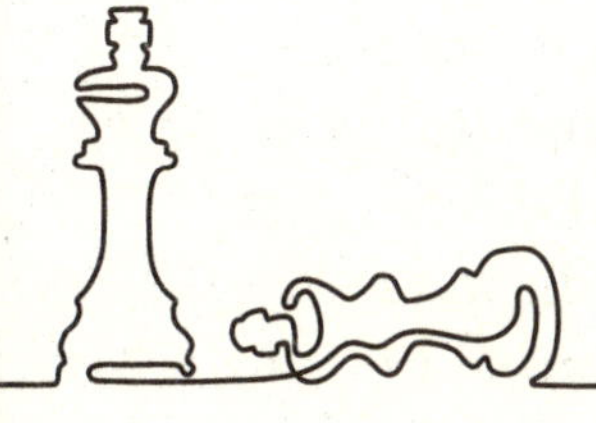

FIGURAS HISTÓRICAS NO ROMANCE

Karl Fritzsch

Karl Fritzsch nasceu na Boêmia em 10 de julho de 1903. Em 1930, com 27 anos de idade, filiou-se ao partido nazista e à SS. Serviu no campo de concentração de Dachau entre 1934 e 1939 e foi transferido para Auschwitz em maio de 1940, para servir como subcomandante do campo sob Rudolf Höss.

Descrito como baixo, magro, estúpido e sádico, ficou conhecido pela brutalidade e pelo emprego de tortura psicológica. De acordo com o depoimento de Höss, foi Fritzsch quem sugeriu o uso de Zyklon B, um gás venenoso, para o assassinato em massa, testando-o primeiro em prisioneiros de guerra russos. Em 15 de janeiro de 1942, ele foi transferido para o campo de concentração de Flossenbürg.

Após a SS conduzir uma investigação para apurar corrupção interna, Fritzsch foi preso, em outubro de 1943, e acusado de assassinato. Não está claro se ele assassinou um preso sem autorização ou um colega da SS. Ele foi enviado à linha de frente como punição (SS-Panzergrenadier-Ersatzbatallion 18). Acredita-se que Fritzsch tenha morrido durante a Batalha de Berlim (16 de abril a 2 de maio de 1945), mas seus restos mortais nunca foram recuperados. Os soviéticos alegam que o MI-6 (serviço de inteligência britânico) capturou-o na Noruega. Em *For He Is an Englishman, Memoirs of a Prussian Nobleman* [Ele é Inglês, Memórias de um Nobre Prussiano], o Capitão Charles Arnold--Baker, oficial do MI-6 e autor do livro, alega ter prendido Fritzsch em Oslo: "Nós capturamos, por exemplo, o subcomandante de Auschwitz, um tampinha chamado Fritzsch, que obviamente colocamos sob a custódia de um guarda judeu — com instruções estritas de não causar danos a ele, é claro". Em um relatório de 1966 do Escritório Central das Administrações de Justiça do Estado para Investigação de Crimes Nacionais-Socialistas, Gertrud Berendes, uma residente de Berlim, disse que, em 2 de maio de 1945, Fritzsch se suicidou com um tiro no porão de uma casa na rua Sächsische, 42, em Berlim. Berendes disse que seu pai e um vizinho enterraram Fritzsch no Preussenpark e que ela enviou seus pertences pessoais à esposa. Em um relatório separado de 1966 feito pela *Kriminalpolizei Regensburg*, a esposa de Fritzsch declarou que tinha recebido a aliança de casamento e cartas pessoais de seu marido e não tinha motivos para duvidar de sua morte; entretanto, o verdadeiro destino de Fritzsch nunca foi descoberto.

Matylda Getter

Matylda Getter nasceu em 1870 e se tornou a Madre Provincial das Irmãs Franciscanas da Família de Maria em Varsóvia. As freiras gerenciavam instalações educacionais e orfanatos para crianças em Varsóvia e nas cidades em seu entorno, incluindo Anin, Wilno e Ostrówek. Durante a guerra, elas auxiliaram civis e membros da resistência polonesa, arranjaram trabalho, abrigo e documentos falsos e retiraram crianças às escondidas do gueto judeu. Neste trabalho, elas cooperaram com Irena Sendler e membros da Żegota, uma organização de resistência clandestina polonesa ligada ao Estado Secreto Polonês, criada especificamente para ajudar judeus. Durante o Levante de Varsóvia, a casa provincial na rua Hoża, 53, foi convertida em uma estação paramédica, uma cozinha solidária e, mais tarde, um hospital.

Durante a guerra, as freiras resgataram mais de 500 crianças judias do gueto de Varsóvia. Para determinar se alguém estava disposto a aceitar uma criança judia, a Madre Matylda falava em código, perguntando: "Você aceita a bênção de Deus?". As crianças judias adoravam a Madre Matylda e a chamavam de *Matusia*, um termo carinhoso similar a "mamãe". As freiras nunca forçaram os judeus a se converterem, diferentemente de alguns católicos civis ou religiosos, embora forçar conversões nunca tenha sido uma posição oficial da Igreja Católica. Como Madre Matylda afirmava: "Estou salvando um ser humano que está pedindo ajuda".

Madre Matylda faleceu em 1968 e foi reconhecida pelo Yad Vashem como Justa Entre as Nações, uma honra usada pelo Estado de Israel para descrever não judeus que arriscaram suas vidas durante o Holocausto para salvar judeus do extermínio nazista.

Rudolf Höss

Rudolf Franz Ferdinand Höss nasceu em 25 de novembro de 1901 em Baden-Baden e cresceu em uma família estritamente militar que enfatizava o papel central do dever na vida moral. Durante a Primeira Guerra Mundial, aos 14 anos, ele se alistou no 21º Regimento de Cavalaria do Exército Alemão. Depois do Armistício de 11 de novembro de 1918, ele se juntou aos Freikorps (unidade voluntária militar alemã) e, então, ao partido nazista em 1922, depois de ouvir Hitler discursar em Munique.

Höss se juntou à SS em 1934, depois à Totenkopfverbände, e serviu em Dachau e Sachsenhausen antes de se integrar à *Waffen-SS*, em 1939, após a invasão alemã da Polônia. Ele foi nomeado comandante de Auschwitz em 1 de maio de 1940 e serviu por três anos e meio no campo, tendo sido responsável pela expansão de Auschwitz-Birkenau. Em junho de 1941, Himmler disse a Höss que Hitler tinha ordenado a "solução final da questão judaica" e que Auschwitz tinha sido escolhido para o extermínio em massa, então Höss começou a testar técnicas de extermínio. De acordo com sua autobiografia e declarações de testemunhas, Höss era obcecado por ordem e disciplina e aceitava qualquer coisa, até violência e brutalidade, desde que tivesse sido ordenada por uma figura de autoridade.

Höss era descrito como um homem frio e sem emoção. Em sua autobiografia, ele alega que buscava liderar por meio do exemplo e, assim, encorajar os prisioneiros a trabalhar duro, mas que suas "boas intenções" foram destruídas pela "inadequação e total estupidez" dos homens designados a ele. Ele achava que "[...] teria sido possível controlar os homens e aproximá-los do meu modo de pensar se aqueles no comando do campo de prisioneiros" — ou seja, homens como Karl Fritzsch — "obedecessem às minhas instruções [...], o que eles não podiam nem queriam fazer devido às suas limitações intelectuais, obstinação e maldade". Höss argumenta constantemente que era o único competente o suficiente para fazer qualquer coisa, mas os prisioneiros eram deixados nas mãos de Friztsch e outras "pessoas desagradáveis", que não comandavam o campo como Höss queria.

Obcecado por sua posição, eficiência e ordem, Höss tinha ataques ocasionais de raiva, especialmente quando observava seus subordinados quebrando suas regras. Em relação à Solução Final, Höss argumenta que "as razões por trás da ordem de extermínio pareciam certas", "eu recebi uma ordem e tinha que cumpri-la" e "o que Führer ou o seu segundo em comando ordenava estava sempre certo". Ele alegou que os experimentos com gás o deixaram "desconfortável", mas que a matança "não causou muita preocupação". Ele achava que a morte por gás era o procedimento mais eficaz porque os guardas eram poupados dos "banhos de sangue" e, as vítimas, "poupadas do sofrimento". Isso não era verdade: as vítimas levavam até 15 minutos para morrer e os guardas sabiam que todos estavam mortos "quando os gritos paravam". O único arrependimento que Höss expressa em sua autobiografia é o de não ter passado mais tempo com sua família, mas ele nunca expressou qualquer arrependimento sobre seus crimes no campo.

Conforme a guerra chegava ao fim, Höss se escondeu, mas acabou preso em 11 de março de 1946. Ele foi levado ao tribunal durante os Julgamentos de Nuremberg e escreveu sua autobiografia na prisão. Ele foi condenado à morte por enforcamento em 2 de abril de 1947 e a sentença foi executada em 16 de abril em Auschwitz, próximo a um crematório da Gestapo do campo.

Maksymilian Kolbe

Raymund Kolbe nasceu no ano de 1894 em uma família pobre e humilde. Em 1907, ele se juntou aos Franciscanos Conventuais. Adotou o nome Maksymilian em 1910, quando entrou para o noviciado, e depois Maria, em 1914, quando proferiu seus votos finais. Ele foi ordenado ao sacerdócio em 1918 e dispensava uma forte devoção à Nossa Senhora. Após a invasão da Polônia, ele permaneceu no monastério em Niepokalanów para organizar um hospital temporário. Ele foi preso em setembro de 1939, mas solto em dezembro; abrigou refugiados, escondeu dois mil judeus no convento e publicou materiais antinazistas. O depoimento de um habitante de Niepolalanów dizia: "Quando os judeus me abordaram pedindo um pedaço de pão, perguntei ao padre Maksymilian se eu poderia dá-lo com a consciência tranquila, e ele me respondeu: 'Sim, é necessário fazer isso, porque todos os homens são nossos irmãos'".

Em 17 de fevereiro de 1941, os alemães fecharam o monastério. Kolbe foi preso pela Gestapo, enviado a Pawiak e, em seguida, transferido para Auschwitz, em 28 de maio. Ele chegou em 29 de maio e recebeu o número de prisioneiro 16670. Mesmo no campo ele manteve sua humildade e compaixão e realizava suas tarefas como padre em segredo. Em 29 de julho de 1941, um preso do Bloco 14, o bloco do Padre Kolbe, escapou. Como punição, Fritzsch sentenciou dez prisioneiros ao emparedamento. Um dos selecionados, um jovem chamado Franciszek Gajowniczek, Prisioneiro 5659, disse que tinha uma família e implorou por clemência. O Padre Kolbe deu um passo à frente e disse em alemão: "Eu sou um padre católico. Quero tomar o lugar deste homem, porque ele tem uma esposa e filhos". Todos ficaram chocados, até mesmo Fritzsch, que permitiu a troca mesmo assim, já que os religiosos estavam entre os prisioneiros mais odiados.

Padre Kolbe passou duas semanas no bunker da fome no Bloco 11 e testemunhas podiam ouvi-lo rezar, cantar e acalmar os outros prisioneiros. De acordo com um zelador que trabalhou no bloco, Kolbe sempre estava de pé ou ajoelhado calmamente no meio da cela toda vez que os guardas o inspecionavam. Depois de duas semanas, Padre Kolbe era o único ainda vivo, mas os guardas estavam impacientes para esvaziar o bunker e utilizá-lo para outros prisioneiros. Em 14 de agosto de 1941, ele foi assassinado com uma injeção letal de ácido carbólico. Kolbe ofereceu seu braço ao guarda e acredita-se que suas palavras finais tenham sido: "Ave Maria".

Maksymilian Kolbe foi canonizado pelo Papa João Paulo II em 10 de outubro de 1982. O homem que ele salvou, Franciszek Gajowniczek, esteve presente em sua canonização.

Maria Mandel (escrito também como Mandl)

Nascida em 10 de janeiro de 1912 em Münzkirchen, Alta Áustria, Mandel serviu nos campos de concentração de Lichtenburg e Ravensbrück, subindo de patente até suceder Johanna Langefeld como *SS-Lagerführerin* de Auschwitz-Birkenau. Ela se reportava apenas ao comandante e participava das seleções e outros abusos. Estima-se que ela tenha enviado meio milhão de mulheres e crianças para as câmaras de gás. Em Auschwitz, Mandel era conhecida como *A Besta*. Tendo desenvolvido afeição por Irma Grese, uma guarda que os prisioneiros apelidaram de "a Hiena de Auschwitz" e "a Linda Besta", promoveu-a a chefe do campo feminino húngaro em Birkenau (Grese foi acusada de crimes de guerra durante o Julgamento de Belsen e enforcada aos 22 anos de idade). Mandel criou a Orquestra Feminina de Auschwitz para acompanhar chamadas, execuções, seleções e transportes com música. Ela recebeu a Cruz de Mérito de Guerra de 2ª Classe por seus serviços.

Em novembro de 1944, Mandel foi transferida para o subcampo Mühldorf do campo de concentração de Dachau e Elisabeth Volkenrath a substituiu em Auschwitz. O Exército dos EUA prendeu Mandel em 10 de agosto de 1945 e a entregou à República Popular da Polônia em novembro de 1946. Ela foi julgada na Cracóvia durante o Julgamento de Auschwitz e, em novembro de 1947, condenada à morte por enforcamento. A sentença foi executada em 24 de janeiro de 1948. Ela tinha 36 anos.

Witold Pilecki

Pilecki nasceu em 13 de maio de 1901 em uma família polonesa nobre e devota da igreja católica romana. Ele serviu como capitão no exército polonês durante a Guerra Polonesa-Soviética, na Segunda República Polonesa e na Segunda Guerra Mundial. Foi cofundador do Exército Secreto Polonês — um grupo de resistência na Polônia ocupada —, membro do Exército Nacional clandestino e autor do "Relatório de Witold", o primeiro relato abrangente de inteligência dos Aliados sobre o campo de concentração de Auschwitz e o Holocausto.

Durante a invasão da Polônia, ele serviu na 19ª Divisão de Infantaria como comandante do pelotão da cavalaria. Depois, sua divisão foi incorporada à 41ª Divisão de Infantaria, onde Pilecki serviu como segundo em comando. Em outubro, sua divisão foi desmembrada e partes dela começaram a se entregar, então, Pilecki e seu comandante se esconderam em Varsóvia, onde fundaram o Exército Secreto Polonês, uma das primeiras organizações clandestinas da Polônia. O Exército Secreto Polonês depois foi incorporado à União da Luta Armada, que mais tarde se transformou no Exército Nacional.

Em 1940, ele apresentou seu plano de entrar em Auschwitz para obter inteligência e organizar a resistência dos presos. Seus superiores forneceram a ele uma identidade falsa: Tomasz Serafiński. Em 19 de setembro de 1940, durante uma ronda em Varsóvia, ele foi pego, detido por dois dias e então enviado a Auschwitz, recebendo o número de prisioneiro 4859. No campo, Pilecki criou a União de Organizações Militares (zow), e muitas organizações clandestinas menores de Auschwitz, por fim, se fundiram a ela. A zow elevou a moral dos prisioneiros, pois fornecia notícias do mundo exterior, distribuía alimentos e roupas extra para os seus membros, montava redes de inteligência e treinava destacamentos caso houvesse um ataque do Exército Nacional, lançamentos aéreos de armas ou pousos da 1ª Brigada Polonesa Independente de Paraquedistas baseada na Grã-Bretanha. A zow fornecia aos movimentos clandestinos poloneses informações sobre o campo e começou a enviar relatórios a Varsóvia em outubro de 1940. A partir de março de 1941, a resistência polonesa passou a encaminhar esses relatórios ao governo britânico em Londres. Pilecki organizava a resistência em células compostas de cinco pessoas, que ficavam em contato apenas entre si. Assim, se uma fosse pega, limitava-se o número de pessoas que poderiam ser expostas sob tortura.

Pilecki trabalhou em vários *kommandos*, incluindo carpintaria, oficina de cestaria, curtume e no escritório de expedição. Em 1942, o movimento de resistência de Pilecki começou a usar um transmissor de rádio para divulgar as chegadas, as mortes e as condições dos presos, mas ele foi desmontado no outono por receio de que os alemães pudessem descobri-lo. Com a ajuda de trabalhadores civis, Pilecki estabeleceu uma rede de envio de mensagens cifradas, o que lhe permitiu obter medicamentos e vacinas contra tifo. Ele esperava que os Aliados lançassem armas ou tropas no campo ou que o Exército Nacional organizasse um ataque; enquanto isso, a Gestapo do campo, sob o comando do *SS-Untersturmführer* Maximilian Grabner, capturava e matava muitos membros da zow.

Pilecki decidiu fugir do campo e convencer pessoalmente os líderes do Exército Nacional de que uma tentativa de resgate era possível. Depois de um plano inteligente que envolveu fingir um caso de tifo e ser transferido para o *kommando* da padaria, Pilecki e alguns presos escaparam na noite da segunda-feira de Páscoa de 1943. Na padaria, situada da cidade, eles vestiram roupas civis fornecidas por amigos, desmontaram a porta dos fundos e correram, carregando tabaco em pó para esconder seu cheiro dos cães da SS. Enquanto se abrigava com um contato de confiança, Pilecki enviou uma mensagem a Varsóvia, dizendo que permaneceria nas proximidades de Auschwitz para organizar um destacamento enquanto aguardava permissão para atacar o campo. Acrescentou que voltaria à cidade se o seu plano fosse recusado ou se recebesse ordens para desistir. Em julho, o comandante do Exército Nacional foi preso, então Pilecki percebeu que não receberia uma resposta. Ele foi a Varsóvia e trocou cartas com homens em Auschwitz para mantê-los mobilizados. No outono de 1943, apresentou seu plano completo de ataque e escreveu seu relatório final de Auschwitz. Em 1944, participou do Levante de Varsóvia. Apesar de seus esforços, o Exército Nacional não possuía homens em quantidade suficiente para atacar Auschwitz com sucesso.

Na Polônia comunista, Pilecki continuou a trabalhar para a inteligência militar polonesa e coletou evidências das atrocidades soviéticas. Em maio de 1947, o Ministério de Segurança Pública o prendeu e o acusou de crimes que incluíam espionagem, travessia ilegal de fronteira, uso de documentos falsos e assassinatos planejados de membros do Ministério. Ele se confessou culpado de tudo, exceto pelos planos de assassinato e espionagem, embora admitisse ter passado informações para o 2º Corpo do Exército Polonês; ele se considerava um oficial do corpo e alegou que não estava infringindo nenhuma lei. Ele foi torturado, e alguns relatos afirmam que ele disse que seu tempo sob custódia soviética foi pior do que seu tempo em Auschwitz. Após um julgamento encenado, Pilecki foi condenado à morte. Executado com uma bala na nuca na prisão de Mokotów em 8 de maio de 1948, aos 47 anos, deixou esposa e dois filhos.

Em setembro de 1990, Witold Pilecki e outros condenados no julgamento encenado foram reabilitados. Ele recebeu a Ordem da Polônia Restituída em 1995 e a Ordem da Águia Branca em 2006, a maior condecoração da Polônia. Em 6 de setembro de 2013, foi promovido a coronel pelo Ministro de Defesa Nacional.

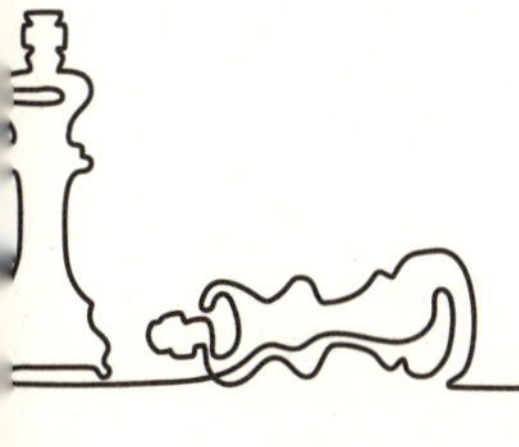

FATOS E INFORMAÇÕES DIVERSOS

Aspectos do interrogatório de Maria pela Gestapo se basearam em depoimentos de sobreviventes, incluindo a presença de detalhes como as portas e janelas abertas para que os prisioneiros pudessem entreouvir a tortura, as secretárias tomando notas, as mulheres jovens e meninas sendo despidas até ficarem apenas com as roupas de baixo e as famílias inteiras sendo atormentadas para forçar o prisioneiro interrogado a confessar. Os interrogatórios eram normalmente conduzidos na língua nativa do prisioneiro, e é por isso que Ebner, o interrogador de Maria, oferece um intérprete. Eu queria que o diálogo ocorresse entre Maria e Ebner, então não incluí um. Por outro lado, durante seu segundo interrogatório, Maria finge não saber alemão para que Hania possa atuar como intérprete, enquanto Irena finge ser uma guarda, oferecendo apoio e conforto.

Em Pawiak, os prisioneiros usavam suas rações de pão para fazer peças de xadrez, terços e enfeites, uma forma de se entreterem e de levantar o moral. Eles misturavam o pão com terra, arame, cabelos ou qualquer coisa que pudessem encontrar. Eu vi um desses jogos de xadrez quando visitei o Museu da Prisão de Pawiak, em Varsóvia, e foi quando encontrei a inspiração para que o pai de Maria fizesse um peão pra ela.

O retorno de Höss de uma viagem a Berlim é uma alusão à sua reunião com Heinrich Himmler naquela cidade em junho de 1941, durante a qual ele soube que Hitler tinha ordenado a aplicação da Solução Final para a questão judaica. Eu provavelmente estendi sua ausência, já que eu o faço retornar só em julho. Himmler selecionou Auschwitz como local de extermínio dos judeus da Europa "devido ao fácil acesso por trem e porque o amplo local oferecia espaço para medidas que garantissem o isolamento". Himmler o descreveu como um "assunto secreto do Reich", então uso a mesma expressão.

O processo de tatuagem foi implementado alguns anos depois da criação do campo. Novos prisioneiros começaram a ser tatuados no campo principal no outono de 1941 e, em Birkenau, na primavera de 1942. Já os que haviam sido encarcerados antes dessas datas foram tatuados na primavera de 1943. Tomei alguma liberdade com a data e o local do processo de tatuagem de Maria. A data se conecta historicamente ao plano de fuga de Witold Pilecki e o local (Bloco 26) é o mesmo onde ela foi registrada. Eu queria levá-la de volta ao campo principal para visitar novamente o seu bloco de registro e ter um último encontro com Pilecki antes da sua fuga. Na realidade, ela provavelmente teria sido levada a uma tatuadora mulher em um bloco de registro em Birkenau. No início do processo de tatuagem, um carimbo de metal era pressionado no lado superior esquerdo do peito do prisioneiro e a tinta era esfregada na ferida. Esse método foi abandonado, dando lugar ao uso de agulha, e a posição da tatuagem foi alterada para o exterior do antebraço esquerdo e, depois, para o lado de dentro do antebraço. No caso de Maria, eu queria que a sua tatuagem fosse feita no lado de dentro do antebraço esquerdo, bem abaixo das cicatrizes deixadas pelas queimaduras de cigarro feitas no interrogatório, e é por isso que eu a coloquei lá. No entanto, o mais provável é que ela fosse tatuada no lado externo do antebraço.

O leitor descobre que a irmã e a sobrinha de Hania foram mortas no gueto porque caminhavam na calçada, e não na sarjeta, quando um grupo de homens da SS se aproximava. Então, os homens as jogaram de volta na rua e as espancaram. Essa passagem foi baseada no depoimento de um sobrevivente do gueto de Varsóvia, que descreveu as punições severas que eram aplicadas aos judeus que caminhavam na calçada em vez de na sarjeta. O sobrevivente mencionou um encontro específico em que um grupo de homens da SS nem mesmo disse uma palavra antes de jogar um judeu na rua e espancá-lo impiedosamente.

Maria menciona uma epidemia de tifo e os blocos femininos infestados de pulgas. Se você olhar para as datas dos capítulos que contêm essas referências, elas aludem historicamente a uma epidemia de tifo que realmente aconteceu no campo e a uma infestação de pulgas nos blocos femininos. Da mesma forma, antes de uma seleção, Hania menciona uma chamada que ocorrera três dias antes e se transformara em uma seleção. Se você verificar a data, encontrará uma chamada realizada no mesmo dia mencionado que, em seguida, tornou-se uma seleção.

Quando Maria busca detalhes sobre a execução de sua família, ela fala com Oskar, um guarda da SS que não aprovava o que estava acontecendo nos campos, mas se sentia impotente para impedir e temia as represálias caso falasse. Nem todos os nazistas eram sádicos como Fritzsch, que adorava a crueldade; muitos sofreram lavagem cerebral para acreditar que estavam trabalhando com as melhores intenções para ajudar a Alemanha ou reconheciam que o que estavam fazendo era errado, mas se sentiam impotentes para evitar e resolveram que o dever para com o país estava acima de tudo. O leitor descobre que as crianças foram mortas primeiro, que muitas vezes é o que o carrasco fazia para afligir os pais, e que os pais de Maria encararam Fritzsch em vez da parede, algo que muitos prisioneiros fizeram como um ato de rebeldia.

Eu queria que Maria estabelecesse uma conexão com a resistência civil e foi assim que Mateusz surgiu. A família dele é dona da padaria local e isso alude ao plano de fuga de Pilecki. Os nazistas confiscaram muitos negócios, mas em alguns casos os civis ainda trabalhavam ao lado dos prisioneiros. Imaginei que a família de Mateusz fosse a dona da padaria pela qual Pilecki foge para que assim ele relatasse o sucesso a Maria.

Quando Irena é capturada e enviada para Auschwitz, ela diz que foi pega levando uma garota judia para viver com uma família católica. A Gestapo trancou a garota e a família lá dentro, colocou fogo na casa e se certificou de que não havia sobreviventes. O destino da criança judia e da família que a abrigava foi uma versão fictícia do depoimento de uma testemunha ocular.

Há um pequeno detalhe na cena em que Maria está trabalhando na cozinha e a kapo joga um pedaço de batata podre nela para chamar sua atenção. Esse momento foi inspirado pelo depoimento de um sobrevivente. O sobrevivente descreveu o momento em que o kapo lançou uma pedra em sua direção para chamar a sua atenção, e ele disse que parecia ainda mais degradante do que espancamentos e xingamentos, porque atirar uma pedra é algo que um homem faria para chamar a atenção de um animal, não de um humano.

O leitor descobre que Pilecki é responsável pelo suborno que salvou a vida de Irena quando ela foi enviada a Auschwitz para ser executada. Os guardas costumavam ser facilmente subornados e a natureza da fuga de Irena foi inspirada por eventos reais. Ela recebeu roupas civis e foi levada de carro para fora do campo. A fuga foi inspirada em um prisioneiro chamado Kazimierz Piechowski, que, junto com alguns outros, roubou uniformes da SS e um carro e dirigiu para fora do campo, passando debaixo do nariz dos guardas nas torres e dos que abriram o portão para eles.

Quando Irena retorna ao campo disfarçada de guarda e diz a Maria que pretende ajudá-la a escapar, elas encerram a conversa com um abraço, o que surpreende Maria e a faz refletir sobre o que aquele abraço significa para ela. Essa cena foi inspirada por uma citação de Eva Moses Kor, uma gêmea de Mengele que morreu em 4 de julho de 2019: "Estando tão sozinha, um abraço significava mais do que qualquer um poderia imaginar, porque substituía o calor humano pelo qual estávamos famintos. Não estávamos apenas famintos por comida, mas também pela bondade humana".

Irena menciona que sua mãe e sua filha deixaram Varsóvia porque o Exército Nacional planejava um levante. Uma coleção de depoimentos de sobreviventes do Levante de Varsóvia menciona o que aconteceu no distrito de Mokotów, onde vivem as famílias de Irena e Maria. Quando o levante ocorreu no gueto de Varsóvia, Himmler ordenou que a cidade inteira e sua população fossem exterminadas. Embora o distrito de Mokotów e a rua Bałuckiego tenham sobrevivido com danos mínimos, era um distrito chave para o Exército Nacional e caiu durante a supressão de Mokotów, então os nazistas realizaram uma série de estupros — incluindo estupros coletivos —, roubos e assassinatos nas casas e hospitais. Irena está aliviada por sua mãe e sua filha terem fugido para um local seguro e diz que "não tem dúvidas" sobre o que teria acontecido se elas tivessem ficado, o que significa que ambas teriam sido vítimas de estupro e assassinato.

A impureza racial entre arianos e judeus era severamente punida, assim como as relações sexuais entre guardas e prisioneiros. No entanto, como mencionado, Hania troca sexo por favores com Protz. As prisioneiras teriam mais probabilidade de trocar sexo com kapos, mas eu queria que Hania se envolvesse com um guarda porque isso aumenta o risco, demonstra o quanto ela está disposta a arriscar para permanecer viva por seus filhos e captura o desespero que muitas mulheres em sua situação vivenciaram.

Judeus e não judeus deveriam viver em blocos separados, mas os guardas muitas vezes ignoravam esta regra. É por isso que Maria e Hania acabam dividindo o beliche em Birkenau.

Em um certo ponto, Maria descobre que o bloco hospitalar fora "esvaziado" e que um membro da resistência estava lá e morreu. Quando o hospital ficava superlotado, os guardas ordenavam que todos fossem executados nas câmaras de gás ou com injeções de fenol. Os prisioneiros muitas vezes tinham medo de transferências porque não sabiam se o novo campo seria melhor ou pior do que o atual. Para evitar a transferência, eles subornavam prisioneiros para tirar seu nome da lista ou subornavam um funcionário do hospital para interná-los. O hospital era arriscado porque, se recebesse ordem para ser esvaziado, o membro da resistência seria morto ao lado dos enfermos, o que aconteceu de acordo com depoimentos de sobreviventes.

Quando Maria e Hania contrabandeiam cápsulas de pólvora para a rebelião, Maria menciona ter passado as cápsulas para "uma mulher no depósito de roupas". É uma referência a Róża Robota, que trabalhava no depósito de roupas adjacente a um dos crematórios. Mulheres judias contrabandeavam pólvora da Fábrica de Munições da União, onde Maria trabalhou brevemente para estender seu apoio a elas; depois, esse trabalho é o motivo pelo qual ela é interrogada pela Gestapo do campo. Robota e outras passavam a pólvora para os trabalhadores do *Sonderkommando*. Em 7 de outubro de 1944, os trabalhadores do *Sonderkommando* no Crematório IV (perto de onde meu personagem Izaak trabalha) ouviram um rumor de que seriam liquidados. Eles entraram em pânico e colocaram explosivos no Crematório IV. Eles mataram e feriram alguns guardas, mas a revolta foi derrotada e centenas de trabalhadores do *Sonderkommando* foram assassinados em represália. As cápsulas de pólvora no crematório destruído foram rastreadas até a fábrica de munições, então Róża Robota, Ala Gertner, Estusia Wajcblum e Regina Safirsztajn foram capturadas e interrogadas, mas elas não traíram nenhum dos demais envolvidos. Elas foram condenadas à forca, como Maria fica sabendo após o interrogatório da Gestapo do campo, e executadas em 6 de janeiro de 1945 na presença de todo o acampamento feminino, poucas semanas antes da libertação.

A cena da Marcha da Morte em que Maria testemunha uma mulher que tenta escapar é inspirada por uma combinação de depoimentos de sobreviventes. Um relatou que um homem com uma perna quebrada foi deixado para morrer, outro relatou uma mulher que correu para um campo e ficou presa em um banco de neve. Um soldado sacou sua arma para atirar nela, mas quando ela percebeu que estava presa, implorou que ele o fizesse. Quando ele ouviu os apelos, guardou a arma e nenhum dos outros guardas sacou as suas; em vez disso, eles a ignoraram e a deixaram para morrer no banco de neve.

Franz e sua família assinaram a *Deutsche Volksliste* seguindo o conselho de líderes da igreja e da resistência. Muitos antinazistas descendentes de alemães fizeram isso para se proteger e obter melhores direitos. Eles poderiam se movimentar com mais liberdade e ter acesso a melhores bens. Muito frequentemente usavam seu *status* elevado para apoiar a resistência.

Após a libertação, Hania menciona que seu irmão Izaak foi caçar criminosos de guerra nazistas. Mais tarde, o leitor descobre que Izaak rastreou Protz para vingar tudo que Hania sofrera em suas mãos. A missão de Izaak foi inspirada por organizações como o *Nakam* (hebraico para Vingança), um grupo de sobreviventes do Holocausto que, a partir de 1945, buscou matar seis milhões de alemães em represália pelos seis milhões de judeus mortos durante o Holocausto. Muitos grupos que agiam por conta própria passaram a caçar criminosos nazistas e o fizeram durante anos após a guerra, já que muitos escaparam sem consequências.

A saúde mental não era uma questão muito conhecida naquela época e o transtorno de estresse pós-traumático não era diagnosticado. Os sobreviventes tiveram dificuldade de se reajustar à vida normal, e as pessoas não sabiam como ajudá-los ou não sabiam que eles precisavam de ajuda. Os sintomas de Maria após a libertação (*flashbacks*, dores de cabeça, inquietação, pesadelos, mudanças de humor etc.) agora são categorizados como um tipo de transtorno de estresse pós-traumático específico de sobreviventes do Holocausto. Depois da guerra, ela não tem ideia de por que desenvolveu tais problemas e os teme, o que contribui para sua dificuldade no confronto final contra Fritzsch. Ela está determinada a manter os sintomas sob controle e a permanecer focada em si mesma, mas o ambiente e o próprio Fritzsch os desencadeiam facilmente. Depois que ele morre, os sintomas ainda não a deixam em paz, e Maria sente que é a única assombrada pelo passado, até que Hania confessa que também tem *flashbacks*. Maria aprende a lidar com eles, mas mesmo no epílogo você descobre que os sintomas nunca a abandonaram. Muitos sobreviventes do Holocausto sofreram de transtorno do estresse pós-traumático para o resto de suas vidas, mesmo aqueles que finalmente encontraram a ajuda de que precisavam.

Muitos sobreviventes não falavam sobre o que haviam sofrido. Isso, juntamente com a falta de terapia e de recursos, tornou difícil para eles aceitarem o que haviam vivenciado. Alguns perceberam que compartilhar sua história os ajudava a lidar com a situação, mas a maioria ficou em silêncio por anos, até mesmo pela vida inteira, e nunca quis revisitar Auschwitz. Quando o fizeram, muitos descobriram que falar de suas experiências e voltar para Auschwitz realmente lhes trazia paz. É por isso que Maria tem tanta dificuldade de falar sobre seu tempo no campo, e depois passa a compartilhar a sua história, mas não tem uma verdadeira sensação de paz até retornar a Auschwitz muitos anos depois.

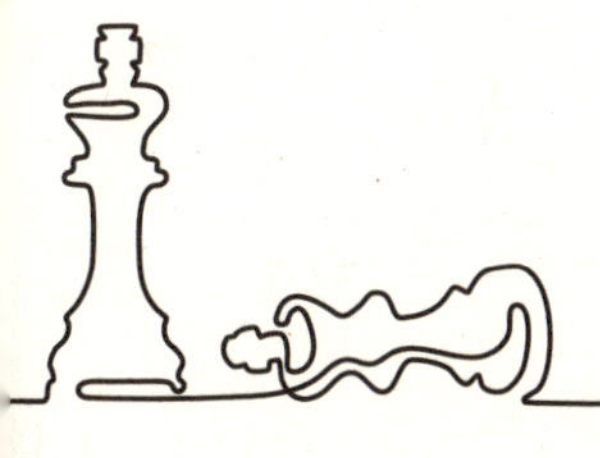

AGRADECIMENTOS

MEU ETERNO AGRADECIMENTO A todos que me apoiaram, incentivaram e ajudaram no desenvolvimento deste livro. Minha agente, Kaitlyn Johnson, por suas ideias brilhantes e eterna fé em mim. Minha editora, Lucia Macro, Asanté Simons e toda a equipe da William Morrow, vocês são um sonho que se tornou realidade. Meu pai, que foi meu primeiro leitor e minha companhia na viagem de pesquisa, e minha mamãe, que acendeu minha paixão por literatura e história. Meus irmãos, irmãs, avós, tias, tios e minha família por seu amor e entusiasmo. Adrian Eves, uma das metades da Associação. Olesya Gilmore, minha amiga querida e uma escritora incrível. Mary Dunn por ser uma das primeiras leitoras, e Melanie Howell por me ajudar com iídiche e judaísmo. As Irmãs Franciscanas da Família de Maria em Varsóvia, na Polônia, por responderem às minhas perguntas, e ao Museu e Memorial de Auschwitz-Birkenau pelo trabalho tão importante e necessário. Amanda McCrina por seu feedback maravilhoso e informações históricas. Por fim, ao meu avô. "Se eu pudesse dedicar esta história ao homem que me incentiva a continuar lendo, aprendendo e criando, isso significaria mais para mim do que todo o sucesso do mundo". Estas são palavras que nunca compartilhei com o senhor, parte de uma redação para apresentação acadêmica que dizia que meu objetivo de carreira era escrever um romance histórico.

Nessa redação, descrevi como o senhor nunca duvidara de que eu conquistaria o sonho que comecei a buscar quando ainda era uma garotinha. Enquanto eu desenvolvia esta história, o senhor me ajudou com o material de pesquisa e com o planejamento de minha viagem à Polônia. Todo domingo, o senhor me ligava de uma livraria para sugerir romances históricos de que achava que eu pudesse gostar, muitos publicados por “aquela editora que você adora”, a William Morrow. Este livro, em sua forma de manuscrito não publicado, foi meu último presente para o senhor, embora nenhum de nós soubesse disso. Então, Poppy, esta história é tanto sua quanto minha e é minha pequena forma de agradecimento. Dedicar este livro ao senhor realmente significa mais para mim que todo o sucesso do mundo. Te amo, sinto sua falta e sou eternamente grata a você.